コクと深みの名推理⑰

ほろ苦いラテは恋の罠

クレオ・コイル　小川敏子 訳

Shot in the Dark

by Cleo Coyle

コージーブックス

SHOT IN THE DARK
by
Cleo Coyle

This edition published by arrangement with
The Berkley Publishing Group,
an imprint of Penguin Publishing Group,
a division of Penguin Random House LLC
through Tuttle-Mori Agency,Inc.,Tokyo

挿画／藤本将

ほろ苦いラテは恋の罠

長年にわたってわたしたちを真摯に支え続けてくださる代理人、ジョン・タルボットに本書を捧げます。

ジョン、あなたの健闘、そして勝利に乾杯。

謝辞

本書『ほろ苦いラテは恋の罠』は〈コクと深みの名推理〉シリーズの第十七作目となります。執筆においても人生においても、かけがえのないパートナーであるマーク・セラシーニに改めて感謝します。才能豊かな彼と出会ったのは、まだマッチングアプリのない時代でしたが、彼を一目見てわたしは心の中で「右にスワイプ」し、以来、二人で円満な人生を歩んできました。

本作ではデジタル時代の恋愛のよろこびと落とし穴を、いささか誇張気味ですが、かなりリアルに描いています。執筆の際、アプリを仲立ちとする実際のシンデレラと王子たちの恋愛の悲喜こもごもを、おおいに参考にさせていただきました。この場を借りて皆様に御礼申し上げます。

ニューヨーク市を舞台としたこの物語で今回とりわけ重要な役どころを担っているのがハドソンリバー・パークです。ハドソン川沿いに広がるこの公園は全米でもっとも長いウォーターフロント・パークでもあります。わたしたちの質問に丁寧に回答してくださったハドソンリバー・パークの担当者に深く感謝します。退廃が進んでいたわが街のウォーターフロントをニューヨーク市民および毎年この街を訪れる人々にとって、かけがえのない宝物に変えた皆様のご尽力を称えます。

　ハドソン川に浮かぶピア66マリタイムの心優しいスタッフには、美味しさに満ちあふれたご協力をいただきました。灯台船としての役目を終えて岸につながれたフライパン号、その船上の活気あるバーとグリル、そこから眺めるウォーターフロントの景観の素晴らしさは格別です。

　ニューヨーク市警の皆様との温かな交流は、わたしたちにとって大いなる心の支えとなっています。また今回はニューヨーク市警港湾隊についての知識を提供してくださいました。厚く御礼申し上げます。ただし、わたしたちの作品においては、実際の法規から多少逸脱した部分があることをお断わりしておきます。本シリーズはあくまでもフィクションであり、法規を柔軟に解釈する場面が登場します。

　本書をわたしたちの代理人ジョン・タルボットに捧げます。粘り強さとプロフェッショナル魂でわたしたちを支えてくれる、まさに一流の仕事人です。

　ペンギン・ランダムハウス、バークレーの皆様には、大変お世話になりました。とりわけケイト・シーヴァーは本作を強力に支え、貴重な助言をいただきました。カフェインをたっぷり込めた感謝を捧げます。また、新しいエディター、ミッシェル・ヴェガはわたしたちのモチベーションを高めることに、アシスタントのサラ・ブルメンストックとジェニファー・モンローはわたしたちが着実に進んで行くことに、情熱を込めてくださいました。そのみごとなな仕事ぶりに拍手を送ります。

長年お世話になっているカバー・アーティストのキャシー・ゲンドロン、デザイナーのリタ・フランジーとクリステン・デル・ロサリオ、プロダクション・エディターのステイシー・エドワーズ、コピー・エディターのマリアン・アギアル、パブリシティー担当のタラ・オコナーの惜しみないご尽力に厚く御礼申し上げます。

つねに支え続けてくれた友人と家族の一人一人に深い感謝の念を伝えたいと思います。

そして、ありったけの感謝を読者の皆様に捧げます。皆様から寄せられるメール、ウェブサイトとソーシャルメディアへのメッセージはわたしたちを励まし、創作意欲をかき立ててくれるのです。

初めてわたしたちの作品を手に取ってくださった方も、長年愛読してくださる方も、マークとわたしのオンライン上のコーヒーハウス・コミュニティ coffeehousemystery.com にぜひ遊びにいらしてください。レシピ、コーヒーについての情報など盛りだくさんの内容を用意しております。登録いただいた方にはわたしたちからニュースレターをお届けします。

おいしく食べて飲んで、そして読んで幸せになりましょう!

ニューヨークにて

クレオ・コイル

人としてたいせつなことは三つある。一に優しさ。二に優しさ。三に優しさである。

ヘンリー・ジェイムズ

「コーヒーはどう？　人間らしさを取り戻せる飲み物だ」

レイモンド・チャンドラー
『さらば愛しき女よ』より

主要登場人物

クレア・コージー……………………ビレッジブレンドのマネジャー
マテオ・アレグロ……………………同店のバイヤー。クレアの元夫
マダム…………………………………同店の経営者。マテオの母
ジョイ…………………………………クレアとマテオの娘
マイク・クィン………………………ニューヨーク市警の警部補。クレアの婚約者
エマヌエル・フランコ………………ニューヨーク市警の巡査部長。ジョイの恋人
キャロル・リン・ケンドール………発砲事件の犯人。〈シンダー〉の利用者
リチャード・クレスト………………投資銀行家。〈シンダー〉の利用者
シドニー・ウェバー＝ローズ………〈シンダー〉の創業者。最高経営責任者
AJ………………………………………〈シンダー〉の開発部門の臨時リーダー
ヘイリー・エリザベス・ハートフォード……〈シンダー〉の開発部門の元リーダー
コーディー……………………………〈シンダー〉のセキュリティ部門の責任者
トリスタン・フェレル………………高級フィットネス・ジムのインストラクター
レオニダス・ジャバリ・ジョーンズ……ニューヨーク市警港湾隊の巡査部長

1

「またしても空振りか……」

元夫がそうつぶやきながら、混み合うコーヒーカウンター前のスツールに大きな身体をどさっと乗せた。手にはバラを一輪握っている。

「スリーストライクで今夜は試合終了？」

「野球みたいに言うな、クレア」

「ヤンキースみたいなわけにには、いかないわね」

「どうしたらいいかな」

「あきらめてカウンターのなかに入って働きましょう」

今夜はふだんよりもスタッフが少ない上に、店内のテーブル席とカウンター席はすべてふさがり、長い行列が店の外まで延びている。ウエストビレッジの寒空のもと、お客さまは歩道で吹きさらしの状態だ。

この大盛況の原因は、スマホの「マッチングアプリ」らしい。店の若いバリスタの話では、最近登場した「シンダー」というアプリはたちまち人気に火がついたそうだ。シンダーとは燃え殻という意味で、灰かぶり姫(シンデレラ)を連想させるうまいネーミング。このアプリはユーザーに人気の市内のデートスポットを「ユーザー・ランキング」として発表し、そのトップスリーに、なんと、このビレッジブレンドがランクインしているという。

この街のランドマークとなっているコーヒーハウス、ビレッジブレンドがデジタル時代の人気デートスポットとして注目されたおかげで、店内はしっとりと落ち着いたムードどころか、こんな夜更けになってもタイムズスクエアの横断歩道かと思うほどのにぎわいだ。

「カウンターには入る」マテオが言う。「しかしエプロンをつける前にカフェインの補給が必要だ」

「シングル?」

「レッドアイで」

レッドアイ、またの名を「ショット・イン・ザ・ダーク」。ひとことで言うと、ボイラー・メーカーというカクテルのコーヒー版だ。ライトローストの豆で淹れたカフェインたっぷりのドリップコーヒーにエスプレッソを加えるので、おそろしくカフェイン含有量が高い。気弱な人にはおススメしない。別の理由から、元夫にも飲ませたくない。

わたしの元夫マテオ・アレグロは世界有数のコーヒーハンターとして名を馳せている。時にはイタリアの高級リゾート、ポルトフィーノでヨットを優雅に操り、時にはボリビアで死の道路と呼ばれるアンデス山脈ユンガス地方の道を泥だらけのジープで颯爽(さっそう)と走る。まぎれもなくアドレナリン依存症だ。それだけではない。わたしの夫だった頃にはコカイン依存症になり、赤道直下の地域でドラッグパーティーに明け暮れた。それでは命がいくつあっても足りないとわたしは懸命に彼をコカインから引き離し、依存症を克服させた。しかしひとつだけ、どうにもならなかったのは、彼の女癖の悪さ。

コーヒーが栽培されている土地、いわゆる世界のコーヒーベルト地帯がマテオのせいでさらに温暖化するのではないかと思うほど、彼は行く先々で熱い恋に落ちた。わたしはよくよく考えた末に、彼との結婚生活にピリオドを打つことにした。それにしても今夜のマテオは、いくらなんでもやりすぎではないか。一晩で三人とデートの約束？　しかもマテオが三振空振り？


いい気味だ、という本音はもちろん隠す。わたしはフラれた人をむち打つような、ひどい人間ではない。だからいじわるなセリフを懸命にこらえている。

そんなわたしの心遣いを踏みにじったのが、レジを担当しているバリスタのエスターだ。漆黒の髪の彼女は豊満なヒップに片手を当て、黒縁のメガネ越しにマテオを見据えた。

「なにかの聞きまちがえ？　まさか、情熱の王子がスルーされた？　口説きの帝王が袖にされた？　欲望の大王がフラれた？」

「そのまさかだ。一流のバッターでもファールで粘った挙げ句アウトになることはある」マテオが強がるように笑顔を浮かべてセーターの袖をまくりあげると、よく日焼けして彫刻のように筋肉もりもりの腕があらわれた。

「一人目と二人目が席を立つのは見届けたのに、三人目は見逃してしまって残念だわ。三人目はなにがお気に召さなかったのかしら？　もしや彼女はヴィーガンで、子牛を食べるのは拒否とか？」

「はずれだな。ヴィーガンは一時間前に会ったミンディだ」

「八時半の赤毛はどんな理由で？」

「元のダンナの面影があるんだと」

「で、いまさっき出ていった小柄なブロンドは？　なにがダメポイント？」

「ダメポイントってわけじゃない。彼女の父親に似ているから嫌だと」

「あら」

わたしは必死で笑いをこらえて二人のやりとりを聞いていたけれど、ついに噴き出してしまった。

「楽しいか？」すかさずマテオが言う。

「ごめんなさい」完成したレッドアイを彼に出した。「どうぞ召し上がれ。愛情をたっぷり入れておきましたから」

マテオはそれを一気に飲み干し、ふうっと息をつくと、手に持っていたバラをカウンターに置いた。長い茎のバラは枢（ひつぎ）に置かれたカーネーションのように見えなくもない。マテオは空いた手でスマホをつかんだ。

「またスマホ？　カウンターに入らないの？　約束を忘れたの？」

マテオの視線はすでにスマホの画面に釘づけになっている。「あと一回だけカボチャのなかを見る」

「カボチャ？」

エスターが呆れた表情で天を仰ぐ。「シンダーのアプリですよ」

わたしは大きく息を吸い込んで、言葉を呑み込んだ。そしてエスプレッソマシンの前に立ち仕事を再開した。カプチーノ三杯、続いてヘーゼルナッツ・モカ二杯の注文をこなした。マテオはまだ画面をスワイプしている。

「やめて！」手を伸ばして彼のスマホをつかんだ。

さすがにマテオがこちらを向いた。「どうした。そんなに殺気立って」

「殺気？」その言葉が聞こえたのか、数人が振り返ったので少し声を落とした。「確かにそうかもしれない。スワイプでデートの相手を選んだり、マッチングアプリに夢中になったり――レッドアイを飲んだいきおいで恋愛ゲームですか。愛はスポーツではない。ちがう？」

「スポーツじゃないよ、クレア。ゲームだ……」マテオはスマホを取り返し、わたしを手招きした。「ほら――」

新しいおもちゃの自慢をする子どもみたいに、画面に出ているロゴを見せる。シンダーという赤い文字を赤い炎がちらちらと舐(な)めている。ロゴの下にはディズニーを思わせる色鮮やかなアニメでガラスの靴、羽をひらひらさせて飛ぶ妖精、リズミカルに鼓動を刻むカボチャが描かれている。

小さなカボチャをマテオが指でタップすると、小さく揺れ、弾みながらどんどん大きくな

った。そこに妖精の粉が降り注ぎ、カボチャが高貴な馬車に姿を変えた。紫色の幕があらわれ、

今日のシンデレラ！

と書いてある。

馬車のドアがあき、サムネイル表示で女性の画像が十数枚流れるように出てきれいに並んだ。その一つをマテオがタップした。女性のプロフィールと魅力的な写真が画面全体にあらわれる。コケティッシュな笑顔も、片方の目に少しかかる前髪のスタイルも、いかにも計算ずくといった印象だ。

「スワイプしてカボチャに入れたばかりのエラだ。明日の真夜中までに彼女がぼくを右にスワイプすれば、ティンカーベルの合図がある」

「合図？」

「シンデレラからガラスの靴が来ましたよ、という合図よ」声の主はマテオではなく、マテオの母親マダム・ドレフュス・アレグロ・デュボワだった。一世紀にわたって家族でいとなんできたビレッジブレンドの現在のオーナーであり、八十歳を超えても魅力にあふれている。スタイルも抜群で、今宵はラインの美しいウールのスラックスとニュアンスのあるラテミルク色のカシミアのセーターという装いに、画家エドガー・ドガの有名な踊り子の柄をプリン

トしたシルクのスカーフ。踊り子のスミレ色の衣装がマダムのスミレ色の瞳を引き立て、その瞳は店内の夜のやわらかな照明を受けてキラキラと輝いている。

マテオが母親の両頬にキスして迎える間、わたしはエスプレッソを抽出した。

「めずらしいですね、こんな遅くに」エスプレッソを出しながら挨拶した。

「待ち合わせしているのよ！」

「オットーも来るんですか？」マダムはここのところ画廊のオーナー、オットーと交際しているので、何気なくたずねた。ところがマダムは首を横に振って否定する。

「彼はコンサルティングの仕事でまだヨーロッパよ。お互いに束縛しない約束なの。あなたの結婚式にエスコートしてくれる相手もそろそろさがしておきたいし。あなたの青い騎士（ナイト）はもう会場を決定したかしら」

「一日も早く、とは思っているんですが」

「その日に備えて……」マダムがスマホを揺らしてみせる。「スワイプして相手を見つけるのよ！」

「マダムもシンダーを？」

「いいえ！　シルバーフォックスよ。このマッチングアプリは男女どちらからでもアプローチできるの」

「そっちも試してみるかな」マテオがいたずらっぽい表情で言う。

「残念だけど、これは大人向け！　六十五歳以上でないと登録できないわ」

すぐにエスターが反応した。「これは朗報。ミスター・ボスもあと二十年待てばデートの相手が見つかる」

マテオはスマホを揺らして応戦する。「二十年どころか二十秒もしないうちに」

キラリン！

「来たっ！」マテオはすっかり元気を取り戻してさっそく親指でタイプしている。

「なんの音？」わたしはエスターにたずねた。

「シンダーのティンカーベルの合図です」

「合図って、海賊のフック船長が来たぞという合図？」

「いえいえ、もっとうれしい内容です。あなたと話したがっている女性がいますよ、という知らせ。ガラスの靴が来た、とシンダーの世界では表現するんです。ガラスの靴を贈るのはシンデレラだけ、つまり女性だけに与えられた権利。そういうところも評判がよくて、このアプリは大ヒットしているんですよ」

マテオがうなずく。「コニー・フランシスの歌とは逆で、彼女がぼくを見つける。シンダーの女性登録者はほかのマッチングアプリよりも多い。女性に指名権があるから安心感がある。誰かがぼくを右にスワイプしたらティンカーベルが合図する。そして実際に会って――」

「ガラスの靴が合うかどうかを確かめる」

「もしもぴったりだったら……」マテオがにこっと笑う。「いざ、舞踏会へ。シンダーではそう表現するが……」

「説明されなくても想像はつくわ。女性があなたを右ではなく左にスワイプしたら？」

「その時は、ジ・エンド。イエスかノーか。勝つか負けるか。じつにシンプルだろ？」

「シンプル？　あきれた。数枚の写真と数行の自己紹介だけでなにがわかるの？」

「ダメか？」親指でタイプしていたマテオが手を止めた。「バーやパーティーで出会うのと変わらない。気になる相手がいたら軽く言葉をかわして意気投合するか、しないか。そういう出会いの拡大版がこのアプリだ」

「時代の流れを受け入れなくてはね」マダムがウィンクとともに言ってエスプレッソを飲み終えた。「そろそろわたしのシルバーフォックスが着く頃よ！」わたしたちに手を振って行ってしまった。

「あなたのお母さまの言う通り」ようやくカウンターのなかに入ったマテオに向かって、わたしは話を続けた。「時代の流れを受け入れる必要はある。現実にさからうことはできない。でも、すべてを無条件で受け入れてはいけないと思う」

「というと？」

「変化は悪い影響ももたらすわ。とくに人間の本質に関わる部分で」

マテオは小馬鹿にするような表情を浮かべたが、エスターが助太刀してくれた。

「ミズ・ボスに賛成。マッチングアプリについて社会科学者は、『恋愛の使い捨て』文化に拍車をかけるターボエンジンの役割を果たすと論文に書いていましたよ。動物を実験箱に入れて条件づけするみたいなもので、ユーザーは依存症状態になり、それが加速されて生き物として退化する。そういう内容でしたね」

「やっぱり」

マテオはまったく意に介さない。エプロンの紐を結びながら彼が指さした方向を見ると、マダムがおしゃれな紳士といそいそと正面のドアから出ていくところだった。マッチングアプリで出会った相手だ。ほんとうに「退化」するのなら、それを証明してみろとマテオがわたしに詰め寄った。

できるはずがない。少なくとも、その時点ではできなかった。ところが、それから一時間もたたないうちに店のなかで証明されることになるとは……。

ようやく休憩をとって待ちに待ったエスプレッソを飲んでいると——。

「パーン！」

一発の銃声がビレッジブレンドの二階のラウンジに響き渡った。

いま思えば、時間の問題だったのかもしれない。スワイプするごとに新しい出会いが生まれるシステムは、裏を返せばひっきりなしに誰かが振られているということ。それが続けばキャンディのような甘い興奮は酸っぱいものとなり、しまいには苦くなるだろう。ＩＴで大陸と大陸を結ぶことはできるけれど、人間の恐れや脆さを二進法のプログラムで取り除くことはできない。暴力の芽を摘むことも……。

銃声とともに人でいっぱいの一階のメインフロアは静まり返り、誰も彼もがまっさおになっている。まっさおどころか、壊れたスマホの画面のようにのっぺらぼうだ。

本物の銃声？

パン！　パン！　パン！

さらに三回の発砲音。とたんに店内はカオスに陥った。皆がいっせいにパニックを起こして正面のドアに殺到し、わたしは大西洋に浮かぶコルクのようにもみくちゃになった。

「クレア！」マテオが叫び、カウンターを飛び越えてきた。「どこだ？」

「ここよ！」飛び上がりながらこたえた。もう一度飛び上がり、もっとだいじなことを伝えた。伝えるというより、叫んでいた。

「警察に通報を！」

2

必死の形相の人々がごったがえすなか、わたしはある異変に気づいた（もちろん、銃声も戸口への大移動も普通ではないけれど）。二階から誰も下りてこない。

人の波をかきわけながら、二階に続くらせん階段までようやくたどり着いた。美しい彫刻のように上へと延びる錬鉄製のらせん階段はしんとして人の気配がない。その場で見上げてもなにも見えないので、いそいで三段のぼってみた。

大移動する人々の向こうでマテオが緊急通報している。彼と目が合い、わたしは上を指さした。

二階にあがる、という合図だ。

マテオがぎょっとした表情を浮かべ、激しく首を横に振る。

警察を待て、と言いたいのだろう。しかしこのまま手をこまねいているわけにはいかない。上のラウンジにはバリスタのダンテ・シルバが、そしておおぜいのお客さまがいる。

彼らは人質になっているのだろうか。それとも誰かの悪ふざけ？　こわい思いをしているだろうか、ケガをしてはいないだろうか。なにかのまちがいだと思いたい。

さっぱり状況がつかめない。だから確かめなくては。そして(可能ならば)助けなければ。ここはわたしのコーヒーハウス。マネジャーのわたしはスタッフに対して責任がある。

「裏の従業員用の階段からあがって!」口の形だけでマテオにそう伝えると、わたしはらせん階段をのぼり始めた。

上がるにつれて足取りがゆっくりになり、這うような体勢でラウンジに入った。お客さまはたがいに身を寄せ合い、視線は同じ方を向いている。そのなかにダンテのスキンヘッドとタトゥーの入った腕が見えた。

ゆっくりと進むと、彼らの視線の先になにがあるのか、ようやく視界に入ってきた。

部屋の中央付近にすらりとした女性が立っている。年齢はわたしの娘ジョイと同じくらいで、たぶん二十代前半。まっしろなシルクのブラウスとピンクの花柄のスカートで、いかにも清楚な雰囲気だ。ハニーブロンドの髪は肩にかかる長さだ。

店で何度か見かけたことがある。おとなしそうな感じで、来店する時にはいつもひとりだった。でもアシスタント・マネジャーのタッカー・バートンとはおしゃべりしていた。ほっそりとした手にはいつも流行のバッグやトートバッグを携えていたのに、今夜、その手に握られているのはセミオートマチックのピストル。

「いいか、二度とわたしを笑うな」

甲高い彼女の声が飛ぶ。命じている相手は三十代とおぼしき男性だ。高い背もたれのビクトリアンチェアに座ったまま、首をちぢこめ身体をまるめている。ブランドものの細身のスーツにオープンカラーのシャツという服装は、いかにも女性受けしそう。茶色の髪にゴールドのハイライト、サイドを短く刈り上げて頭頂部は後ろになでつける今風のヘアスタイルは、ヘアサロンでやってもらったのだろう。

この男性は、先週、数回店内で見かけた。そのたびに違う女性を連れていた――はずだが、どうだろう。いま彼は両手を顔の前に掲げて、しかも首を傾けているので確かめづらい。

「次は天井ではなく、おまえを撃つ！　どこがいい？　心臓に命中させてやろうか？　それとも、にやけた口？　もっと下のほうがいい？」

標的になっている男性がそれにこたえないのは、賢い選択だ。

「やっぱり下を狙う。真の痛みを実感してもらおう！」

キラリン！

彼の高価なローファーのすぐ脇にスマホが転がっている。ペンも数枚の紙もいっしょに落ちたらしく、フロアにちらばっている。スマホが鳴り出して我に返ったのか、男性がとっさに電話に手を伸ばした。

「やめろ！　携帯電話にさわるな！」

ピストルを握った若い女性が容赦なく携帯電話を蹴り飛ばす。そしてピストルで男性の頭を叩いた。彼が悲鳴を上げ、椅子に座ったまま身をのけぞらせた。

「おまえのせいでこれ以上女性の被害者を出すわけにはいかない。まだ続けるなら、殺してやる！　聞こえたか？　殺してやるといったんだ！」

イタリア・オペラの一幕みたいな光景が繰り広げられるなか、ある気配を感じてはっとした。バリスタのダンテがじりじりと移動している。オペラを演じている女性の方に向かって、そして彼女が握る実弾入りのピストルに向かって。

まずい。

彼女はまだ誰のことも撃っていない。少なくとも、いまのところは。

彼女のいまの心理状態は？　常軌を逸している。

人を殺せるほど？　おそらく。

怒りは？　最高潮に達している。目の前の男性への激しい怒りだ。なにかで拒絶されたことが許せないのだろう。そんなところに「別の」男性が介入しても、逆効果だ。

ダンテは頼もしくてクリエイティブで心優しい。けれども、いまこの状況で彼は適役ではない。そのことに気づかないままダンテがタトゥーのある腕を振り上げ、英雄的な――そしておそらく致命的な――行動を取ろうとした瞬間、わたしは腹這いの姿勢からぴょんと立ちあがった。

「ダンテ！」ボスが部下を厳しく叱る声で続けた。「一時間も前にあなたのシフトは終わったわ。これ以上残業手当は出しません。いますぐに仕事をあがってちょうだい」

ダンテがあっけにとられて、その場に凍りついたようにこちらを見ている。

「行きなさい」声には出さず、口だけを動かして伝えた。

「しかし――」

「ぐずぐずしないで！」

階段を指さすと、ダンテは言われるまま（さいわいにも）らせん階段に向かった。

ピストルを握った若い女性は、そんなやりとりには目もくれない。もしかしたらまったく気づいていないのかもしれない。次から次へと物騒な言葉を男性に浴びせている。

腹這いの体勢から立ち上がったので、イタリア・オペラの観客となっている人たちの様子がよく見えるようになった。ほとんどの人が携帯電話を掲げて、目の前の光景を撮影している。

そこで、はたと気づいた。ピストルを握っている若い女性の真の目的は、これだ。この場に第三者が観客として居合わせ、この模様を携帯電話で撮影する。それなら、目的は果たしたことになる。

「閉店します」わたしは宣言した。「ショーはもう終わり。どうぞみなさんお引き取りください。いますぐに！」

椅子に座っていた人たちがごそごそと動き始め、ゆっくりとした足取りでわたしがいるらせん階段のほうへとやってきた。

そのタイミングで、ピストルを握る若い女性へとわたしは近づいていった。

「やってしまえ。息の根を止めてやれ！」背後からヤジが飛んできた。

けしかけるような言葉を、いったい誰が吐いているのか、確かめてみたかった。しかしピストルから目を離すわけにはいかない。

最後のひとりがらせん階段を駆け下りていくと、奥の方から誰かがシーッと合図する音が聞こえた。

ぱっと視線を向けた。

従業員用の階段に通じるドアが少し開いてマテオの顔がのぞいている。目が合うと、なかに突入する準備はできていると彼が手の動きで伝える。しかし、いま男性に介入させるわけにはいかない。だからわたしは首を横に振り、このままそっと引っ込んでくれと合図した。じきに警察が到着するだろう。彼らが銃撃犯をどう扱うのかはわかっている。「尊い人命が危険にさらされている場合、警察は即刻、犯人を射殺する」教えてくれたのは、婚約者マイク・クィン警部補だ。

理性を失った若い女性は、目の前の男性を威嚇している。彼女は自分自身の命が危ないことを、きっと知らない。

わたしは大きな深呼吸をしてから、数歩前に出た。この女性が射殺されるのも、冷血な殺人犯になるのも、この目で見たくない。いちかばちかで説得するしかない……。

「もう閉店です」できる限り、穏やかな声で話しかけた。「観客は皆、引きあげたわ。だからあなたも、ね。お友だちも――」

言葉の選択がまずかった。

「友だちじゃない！」彼女が噛みついた。「こいつはモンスターよ。平気で人を壊す怪物。のさばらせておくわけにはいかない！」

まくし立てながらも手に持ったピストルの銃口は、男性に向けられている。が、ほんの少しだけ顔をわたしの方に向けた。なんと、その顔にはじつに念入りなメイクアップがほどこされていた。ファンデーションを丁寧に塗り、アイラインを完璧に引き、バラ色の頬紅と口紅できれいに仕上げている。すべてはこのパフォーマンスのためか。きゅっととがった小さな顎にも口元にも力を込めて、きかん気な子どものようだ。青い瞳は強い光を帯びて、こちらをキッと見据えたかと思うと、たちまちどんよりして焦点が合わなくなる。あきらかに具合が悪そうだ。

「この人があなたに犯罪行為をしているのなら、警察に被害届を出しましょう」あくまでも穏やかな声で話しかけてみる。「性犯罪特捜班が――」

「レイプはされていない。嘘はつかれた。その嘘にだまされて彼を好きになって、信頼した。翌朝目覚めたら、隣にいたのはまるで別人。暴言を吐かれた。屈辱を味わった。犯罪行為にはあたらないかもしれないけれど、人の尊厳をふみにじる行為よ。わたしだけじゃないわ、そんな目に遭ったのは！」

「わかった。それをこの人にしっかり言ってやりたかったのね。あなたはちゃんと実行した。だからこれくらいでやめておきなさい」

「わたしが？」彼女がピストルを振りまわして抵抗する。「やめるのは、わたしじゃない。彼よ！」

「彼は肝に銘じたはず」当の男性を見ると、椅子に座ったままガタガタ震えている。「ほら見て。あなたの言葉はじゅうぶんに伝わっている」彼女をなだめすかしながら、じりじりとピストルに近づいた。「だから、それを下ろして、ね？　あなたがケガをしたら大変。もしも警察が駆けつけたりしたら、よけいに危ないわ」

もしも、ではなく、確実に警察は来る。しかもなんの前触れもなしにあらわれる。こういう状況なら、いっさい物音を立てず、灯りもサイレンも消したままで包囲するだろう。

警察のひとことが効いたらしく、彼女はすっかり動転している。パニックに襲われて身体が硬直し目の焦点が合っていない。

いまだ。

ピストルを引き抜くのに力はいらなかった。いつのまにか背後にいたマテオがそれを受け取ってくれたので、わたしは彼女を両手でしっかり抱きしめた。

そのほんの数秒後、ニューヨーク市警の制服警察官が銃を構えて、らせん階段と奥の従業員用の階段からなだれ込んできた。

3

ピストルを男性に突きつけていた若い女性は手錠をかけられミランダ警告を受けた後、今度は自分がビクトリアンチェアに座らされた。そのかたわらに警察官がひとり立ち、ラウンジ全体を半ダースほどの警察官が歩きまわっている。

この二階のラウンジにはアンティークのランプやさまざまな家具が配置されて、ボヘミアンの住まいのような趣がある。グリニッチビレッジ界隈のフラットとニューヨーク大学の寮といえば狭いのが当たり前なので、じっさいにこのラウンジを居間がわりに使う人がとても多い。

ここではエスターがポエトリースラムを開催し、舞台の演出を手がけるタッカーは台本の読み合わせやショーのオーディションをおこない、地域の特別なイベントの会場にもなる。

壁にはアーティストの作品が所狭しと飾られている。マダムは彼らを六十年にわたって励まし、力づけ、酔いざましのコーヒーを飲ませて面倒を見てきた。歴史を刻んだ壁はバンドのリハーサルもベビー・シャワーのパーティーも、ユダヤ教の少年が十三歳を迎えるお祝いのバルミツヴァもなにもかも見守ってきた。しかし今夜、ここはパーティー会場でもなんでもない。三十分前からこの空間は犯罪現場となった。

いまラウンジにいる制服警察官はほとんど知っている顔ばかり。皆、この店のお得意さまだ。とくに、長らくハドソン通りを持ち場としているラングレー巡査とデミトリオス巡査は常連だ。彼らは現場の最新の状況を若手刑事に伝えている。

「ひとことも口をきいていません。わたしが権利を読み上げたときも」ラングレー巡査だ。「ですが、理解しているのであればうなずくように言って確認を取ったので、法的に問題は……」

その言葉通り、彼女はすっかり抜け殻のような状態だ。わたしが両手で抱きしめたとき、彼女の闘争心が消えていくのが伝わってきた。ショーの幕切れとともに、まるでゴムボートから空気が抜けて沈んでいくように無気力になった。いま彼女はうなだれて、フロアの一点をじっと見つめ、無表情な顔はハニーブロンドの髪にほぼ覆われている。

デミトリオス巡査が声を落とした。「薬物かなにかの作用が切れたようにも思えます……」

そう言われてみれば、あれほど興奮して騒いでいた彼女が、ある瞬間から放心状態になり口もきかなくなった。薬物の効き目が切れた、という可能性はじゅうぶんにある。違法薬物のたぐいかもしれない。

「見つかったのはこの銃だけか？」話を聞き終わった刑事、エマヌエル・フランコ巡査部長は証拠袋に納められたピストルを示す。

ラングレー巡査がうなずく。

「妙だな」フランコが眉をひそめた。

「いや、彼女が、というわけではないが」

「どうしましょう。もう少し待ったほうがいいですか？」ラングレーが確認する。

フランコはきれいに剃り上げたスキンヘッドを横に振った。「署に連行して聴取を」

放心状態の若い女性を巡査が二人がかりで慎重に立ち上がらせ、そのまま連れていった。後にはフランコ巡査部長が残った。

フランコ巡査部長もビレッジブレンドの常連だ。警察無線で発砲事件の一報が入った時、ちょうど近くに居合わせた彼はすぐに現場に駆けつけた。日頃から親しい間柄だけに、じっとしていられなかったのだろう。正確にいえば、彼と「ごく親しい間柄」なのはわたしの娘ジョイ・アレグロなのだけれど。

フランコ巡査部長が捜査の指揮をとっているのは、あくまでも警察官としての階級でそうせざるを得ないから。しかしわたしの元夫マテオにとって、それが癪にさわってしかたない。

そもそもマテオは制服を着た人々を嫌っている。とりわけ嫌っているのが警察官だ。これまで極上のコーヒー豆を求めて訪れた開発途上国で、腐敗した公務員とさんざんやりあってきたせいで、そうなった。そんなマテオがひときわ敵意をむきだしにするのが、エマヌエル・フランコ巡査部長。皮肉や当てこすり、というレベルではない。

マテオはフランコに逮捕されたことがある——それも、一度ではない。

フランコはわたしのことも逮捕したことがある。でも、もうわたしは気にしていない。しかしマテオはずっと根に持っている。しかもそのフランコはマテオの愛娘のハートを虜にしてしまった。これではマテオがフランコをゆるす日は未来永劫（えいごう）来ないのではないかと、わたしは心配している。マテオはフランコの名を口にしない。「ちんぴら」とか「バンダナ野郎」などと表現する。

　正直なところ、フランコのファッション――ファッション要素の欠如というべきか――は絶望的だ。いつ見てもシミだらけのフードつきパーカー、着古したTシャツ、むさ苦しいデニム、すり減ったワークブーツだ。マテオの言う通り、以前はバンダナを頭に巻いたりもしていた。しかし若い刑事として、彼はあくまでも仕事にぴったりの服装を選んでいるだけ。薬物過（O）剰摂取捜（D）査班（薬物の過剰摂取を捜査することに特化したニューヨーク市警の精鋭ぞろいのタスクフォースだ）の一員として、大半の時間をおとり捜査についやしているのだ。

　しかし今夜は、いつもとちがう。

　こんな格好のフランコ巡査部長を、いままで見たことがない。チャコールグレーのジャケットは仕立てがよく上質で、彼の筋肉質の身体にぴったりフィットしている。真っ黒のシャツはエジプト綿。ノーネクタイで胸元のボタンをはずしている。靴はいつものバイカーブーツではない。警察官の給料では買えそうにない高級品だ。

「ダンスパーティーにお出かけ？」フランコに聞いてみた。

　彼はにっこりして襟のあたりを指さし、「似合ってる？」とひとこと。

　説明を待った。それは彼にも伝わっていたはずなのに、なにも返ってこない。気詰まりな空気が流れ、フランコはばつが悪そうな表情を浮かべてこちらに背を向けた。外の警察官に指示を出して、まだ残っている目撃者の証言を取るように手配した。わたしもラウンジで座って待つように指示された。後でフランコが直接、聴取するという。待っているとマテオがやってきた。フランコが被害者の男性と話す様子を、わたしたちはそろって眺めた（つまり、しっかりと聞いた）。

男性の名前はリチャード・クレスト。職業は投資銀行家。ひどく動揺している。死の恐怖から解放されたばかりだから、というわけではなく、自分に銃をつきつけていた女性にスマホを蹴り飛ばされた拍子に画面が割れてしまったからだ。そのことでずっと騒いでいる。

「彼女に弁償させる」恨みがましく文句を言いながら、必死に再起動しようとしている。

フランコは彼の肘をつかんで暖炉の脇の椅子に連れていって座らせた。薪をくべた暖炉ではパチパチと静かな音を立てて炎が揺れている。その炎に照らされて、若い男性二人がたがいに品定めをするようにじっと向き合っている。

エマヌエル・フランコはあくまでもポーカーフェイスを貫いている。リチャード・クレストは相手をみくだすような表情を隠さず、フランコのおろしたてのスーツを観察している。対等な相手と認めざるを得なかったのか、ようやく聴取に応じて話し始めた。

「彼女とは二、三週間前に出会ってつきあった。きっかけはシンダー。デートで盛り上がり、わたしの自宅に連れていった。翌朝、彼女を追い出して、それっきり彼女との関係は終わった。それなのにしつこくつきまとうから、言ってやった。どうせ金蔓（かねづる）にするつもりだろう、この売春婦め、と。そして彼女のアカウントをブロックした」

フランコが片方の眉をくいとあげた。「金蔓にするつもりだろう、この売春婦め。彼女にそう言ったんですか」

「ああ。はっきり言ってやるのが一番だ。あの手のメス豚はこっちを金の詰まった袋くらいにしか見ない。だから手荒に振り払うしかない」

「しかし彼女とはそれっきりにはならなかった。そうですね？」

「こっちはケリをつけたつもりだった。しかし彼女はストーカー化して、新しいマッチングの相手として出てくるようになった……」

あきれた。ラテのミルクの泡が消えるよりも速く、「交際」を終わらせるなんて。

とはいっても、これはいまの社会を映し出しているだけかもしれない。もの、アイデア、ニュース、健康食品の流行まで、あっという間に「過去」のものになる。いまのままでまったく問題がなくても、つぎを選択しろとけしかけられるように感じて、世の中の大半の人はひたすらスワイプしている気分なのではないか。つぎに得るものは、これまでと大差なくて、ちょっと斬新に感じられるだけ。長く生きていれば、わかる。この世に真に斬新なものなど、ほとんど存在していない。

クレストの言い分を受けてフランコは剃り上げた頭を掻いている。

「もう少しくわしく聞かせてもらおうかな。ミズ・ケンドールの好意が迷惑なら、どうして今夜会う約束を？」

「どうして？　嵌(は)められたからだ。彼女に会うつもりで来たわけじゃない。相手は二十二歳のモデルのはずだったのに、あらわれたのは、あの不快な女だった。ピストルまで用意して！」

もう少し聞いてからフランコ巡査部長は被害者の事情聴取を切り上げ、署名をさせて帰宅させた。

フランコが椅子に腰掛け、今度はわたしとマテオを呼んだ。

「客観的な立場からはっきり言っておくわ」わたしは切り出した。「彼女は天井に向かって発砲し、あとは山のような脅し文句を口にしただけ。彼に危害を加えるつもりはなかったはずよ。彼以外の人にも」

「わかっている」フランコがこたえた。「あの銃は芝居の小道具だ」

「小道具？」

「空砲が装填されていた」

マテオがにやりとした。「それなら彼女にタックルしても大丈夫だったな」

「そこなんだが……」フランコがマテオを見据えた。「ジョイの母親が毅然と銃撃犯に立ち向かって銃を取り上げようとしている時に、いったいなにをしていたのか聞きたい」

「バックアップだ」マテオは平然とこたえる。

「遠く離れて？」

「失礼なやつだな！　彼女のバックアップをしていたと言っただろう。『バックアップ』の意味を知りたければテレビの刑事ドラマを見ればいい。いい勉強になるぞ」

フランコが口をひらいた。しかし、彼が取り返しのつかない言葉を吐く前に、わたしとジョイが後々悔やむことがないように、フランコとマテオの間に割って入った。

「まちがいなく空砲だったの？　ものすごく大きな音だった。本物みたいに」

「それが肝心なんだ。空砲を装塡する時には、あえて火薬を多めに使う。カメラや観客向けに大きな音を出す仕掛けだ」

「そんなものをどうやって手に入れたのかしら？」

「キャロル・リン・ケンドールは複数の身分証明書を所持していた。映画俳優組合の会員証や、アストリアスタジオの臨時入館証も」

それで、うちの店のアシスタント・マネジャーのタッカーと親しげにおしゃべりしていたのか。芝居の関係者となると、もしかしたら……。

「今夜の騒動では、ミズ・ケンドールが自分に向けられたカメラを意識して演じているようなところがあった。ある種の売名行為、という可能性は？」

「被害者の話を聞く限りは、それはなさそうだ。しかし違う立場、違う視点からの話を聞くことは重要だ。最初から、推論はいっさいまじえずに話してもらいたい。じっさいに見たこと、聞いたことだけを」

「事実だけね？」

彼がうなずく。

「まかせて……」

一つひとつ、思い出していく。銃声を聞いた瞬間から、犯人の手からピストルを抜き取るところまですべてを。最後の最後に、現場に居合わせた人々のなかから飛んだヤジも。

「残念ながら、その男性の顔は見ていない……」

そこまで話し終えて、フランコがメモを取るのを待った。彼の要望にこたえて「事実だけ」を完璧に伝えたところで、ひとつだけささやかな推論を加えておきたかった。

「ヤジを飛ばした男性だけど、わたしがらせん階段でラウンジにあがる前にも彼女をけしかけていたとは考えられない？　なにか関係ありそうな気がする。あくまでも直感だけど。ミズ・ケンドールは今夜、パフォーマンスアートを実行したのよ、きっと。彼女なりの理由があって、スマホのカメラに向かって演じた」

「その動画を入手して再生してみよう。ただし、いまの推論は説得力に欠けるな。自殺未遂でも人質事件でも、かならず当事者や犯人にヤジを飛ばす輩がいる。飛び降りろとか引き金を引けとか。それが人間の本性なんだろう」フランコが肩をすくめる。ニューヨークの街でとことん鍛え抜かれた警察官の顔をしている。

フランコがメモ帳を閉じた。

「今夜はお手柄だ、コーヒーレディ。負傷者ゼロだ。若い彼女には前科がついてしまうが、運よく切れ者の弁護士がつけば重罪はまぬがれるだろう」

フランコが咳払いをした。「ただ、署に入り浸っている《ポスト》紙の記者がこの件をかぎつけたら、記事にするだろう」

「そうならないよう祈るわ」

「悪評がこわい？」フランコはまじめな表情だ。

「安全面に問題があると思われてお客さまの足が遠のいたら悲しいわ」

「さっき言っていたスマホの動画が出まわったら？」

それは心配していなかった。「世の中にどれだけ動画があふれていると思う？　無数の動画がひっきりなしにアップされているのよ。今夜のささやかな騒動が拡散するなんて、考えられない」

4

「さあ、食べてストレス解消！」エスターがいせいよく宣言したのは、それから一時間後だった。

すでに警察は引きあげ、わたしは店の責任者として閉店時刻の繰り上げを決めた。手分けして戸締まり、テーブルの片付け、翌朝の備品の補充をした。

残ったペストリーの大部分はニューヨークのフードバンクとスープキッチンに寄付するためにシティ・ハーベストのバンに積み込んだ。「大部分」にしたのは、とんだ騒ぎの後でエスター、ダンテ、マテオの胃袋が食べ物を欲しがっていたから。

わたしはアドレナリンがどっと出たせいで食欲をまったく感じない。欲しいのは、興奮を鎮めるためのやすらぎのドリンクだ。そこで熱々のラテに自家製のカラメルアップル・サイダーシロップをたっぷり加えた。

スナックタイムは絶対に二階のラウンジで、わたしはそう言い張った。楽しく食べて今夜の負のエネルギーを払いのけてしまえ、本気でそう思っていた。すると、あの音が聞こえてきた。

キラリン、キラリン！

あんな衝撃的なできごとの後で、マテオはもうスワイプを再開していたのか。

大きな声を出してしまいそう。でもそれをぐっとこらえて穏やかに話しかけた。

「あなたのなかのピーターパンを少しお休みさせてあげたら？」

「なんだって？」

「自分が病んでいると思わない？　スマホのチェックをするなとは言わないけれど、いまはやめて」

マテオはわたしを追い払うようなしぐさをして、「確認するだけだ」とつぶやいた。

エスターが黒みを帯びた紫色のリップを塗ったくちびるをすぼめた。

「言っても無駄ですよ。ミスター・ボスの頭のなかはマッチングのことでいっぱいなんだから。獲物がうようよいるなかで狩りをするなと言っても、やめられない。アプリの巧妙な仕掛けで……」

マテオの左右の親指は、おそろしい勢いでスマホの画面上を動いている。もう耐えられない。じりじりしながら見ているわたしに気づいたエスターが、マテオを肘でこづいた。

「まずいですよ、それってファビング」

マテオは顔をしかめた。「ファビング？」

「いっしょにいる相手を無視してスマホやモバイル端末に熱中している状態のことです」エスターは睨みをきかすように分厚い黒縁のメガネを下げる。「もうひとつ、スマホのチェックに夢中で周囲を無視することは無礼を通り越してネット依存の初期症状ですから」ゴスファッションに身を包むエスターが精神分析家気取りで指摘する。

ゴスファッションの精神分析家に迫られるマテオは、皮肉にもリチャード・クレストが座っていた背もたれの高い椅子に腰掛けている。マテオは余裕たっぷりに、にやりとした。

「わかった、切ろう。きみたちも電源を切るなら」

エスターとダンテが即座に同意すると、マテオがあせりの表情を浮かべた。若いバリスタ二人がスマホをオフにして休憩するとは思わなかったのだろう。わたしには意外でもなんでもなかった。ずっといっしょに働いてきた二人が、マンハッタンに巣くうスマホゾンビにうんざりしているのはわかっていた。もちろん、わたしも。

引っ込みがつかなくなったマテオは、恨めしげな表情で携帯の電源を切ってポケットにしまった。

エスターは得意げにわたしに目配せし、いよいよ本日の難問にとりかかった。口のなかでとろけるチョコレートスフレ・カップケーキにするか、メープルクランチ・フロスティングをかけた人気のバナナブレッド・マフィンにするか、それともバースデーケーキ・ビスコッティ(虹色のスプリンクルを生地に混ぜて焼き、バニラグレーズをかけてさらにスプリンクルをまぶした細長いクッキー)にするか。これは大問題だ。

けっきょく、二本残っていたバースデーケーキ・ビスコッティをダンテが取り、マテオがバナナブレッド・マフィンに手を伸ばして決着がついた。

エスターは浮き浮きした様子でチョコレートスフレ・カップケーキを手に取った。夢のようにふわふわのカップケーキをあっという間に食べ終えると、バターをたっぷり使った素朴でほろほろと崩れやすい食感のエスプレッソショートブレッドを一切れつまみ、クッションがよく利いたアームチェアにどさっと座り込んだ。

「今夜はつくづく自分の歳を思い知らされた」エスターはそう言ってショートブレッドをフラットホワイトに浸した。

「歳？　まだ三十歳にもなっていないだろう」マテオが言う。

「ええ。でもスマホ全盛のいまどきのカルチャーにはついていけない」話す合間に、エスターはショートブレッドをうれしそうに頬張る。「昔ながらのやり方がいいわ。コンサートやクラブやポエトリースラムで偶然の出会いがあった時代。ボリスとはポエトリースラムで出会った」

「アートギャラリーも忘れないでもらいたいね」ダンテはTシャツに落ちた色とりどりのかけらを払いながら口を挟んだ。「それから美術館、彫刻公園、いろんな店が出るお祭りも」

「そうね、バー、バス、地下鉄も！　人があちこちで興味の赴くままにいろんなことをして、有機的に人と人がつながっていく魔法を信じる。いまはなにもかも科学技術に汚染されている。スマホとメッセージとスワイプばかり。人と人のつきあいじゃなくて、まるでショッピング。人は商品になって値踏みされる。それも、基準は人間性ではなくて、インスタグラムでどれだけ巧みにアピールするか、仕事内容をいかに盛るか、いかにかわいく見せるかで決まる。そんなふうだから逆に没個性的になる」

「まったくだ」ダンテがうなずく。「ほんの数秒が勝負の分かれ目。ポップアップ広告並みだ。エナジードリンクや携帯の契約プランのかわりに自分の売り込みをする。人と人はもっと大事なものでつながれているはずなのに……つまり――」

「ウブントゥ」マテオはひとこと言って、指についたメープルクランチ・フロスティングを舐めている。

ダンテとエスターはきょとんとしている。「え？」

「ウブントゥ。アフリカの言葉だ。正確にはバンツー族の」

「その意味は？」エスターがまたもやメガネを下げてゴスファッションの精神分析家のまなざしを向けている。

マテオは首を傾げるようにしてわたしの方を示した。「クレアに聞いてくれ。彼女はエキスパートだからな」

二人のバリスタの視線がこちらを向く。

5

元夫が思いがけないことを言い出した。世界を股にかけて飛び回るコーヒーハンターはマテオであって、わたしではない。彼は何度もアフリカ大陸横断の旅をしている。わたしがブルックリンを訪れた回数よりも、はるかに多い。

「あなたが教えてくれたのよ、そういう言葉があると」

「しかし、ウブントゥを実践しているのはきみだ。きみには誰もかなわない。ングニの人々は別として」

エスターが待ってくれという調子で、両手をぱっと上に突き上げた。

「その言葉の意味は？」

「人間性」わたしがこたえた。

「それだけじゃない……」マテオがぐっと身を乗り出す。「人はたがいを通じてのみ人間らしくなれるという、強い信念だ。ぼくという人間の価値は、きみに対するふるまいによって決まる。ぼくがなにを持っているのか、なにを身につけているのかで決まるのではなく、きみにどう接し、どんなふうに交流するのかで決まる」

「アフリカでは、分かち合いにも通じる」わたしも加わった。「人として、そしてコミュニティとして寛容であること。わたしたちはみな、たがいにつながっているのだと自覚すること」

「そうだな。マッチングアプリのいいところは、そこだ」マテオは椅子の背にもたれ、両手を後頭部にあててにっこりした。「かんたんに、しょっちゅう人とつながりが持てる」

エスターが鼻を鳴らした。「スワイプする人のうち、誰ひとりとしてウブントゥを信じていないでしょうけど！」

「人間性どころか、人としての礼儀すらなってない」ダンテがこぼす。「何様だと言いたくなる女の子もいるからな。こちらの〝アラ〟をずけずけと指摘する！　理想より劣るから視界に入るなって調子だ。それに、手軽に相手がみつかるってことは、そのぶんだけ危険な罠がひそんでいる可能性がある」

わたしは眉をひそめた。「罠？」

ダンテがうなずく。「ある女性を右にスワイプした。すてきな笑顔の持ち主で、会ってみたら話もおもしろい。明るくて、よく話を聞いてくれて、気のあるそぶりを見せた。だから自宅に誘った。最高の一夜を期待して。まずキスをした。それから……」

マテオが目を輝かせた。「それから？」

「彼女がキスを中断して、価格表を読み上げた」

「なにを!?」てっきり、聞きまちがえだと思った。けれどもダンテの口からはふたたび――。

「価格表」

「同じだ。そっくり同じことがあった」マテオが片手を振りまわしながら言う。

エスターがダンテに詰め寄る。「で、どうしたの？　腹をくくって払ったの？」

「出ていけと言った。すると騒ぎ出した。脅し文句も吐いた。オトコを寄越して痛い目に遭わせると」

「警察に通報したんでしょうね！」言わずにいられなかった。

ダンテは肩をすくめた。「それは避けたかった。なるべく穏やかに事を運びたくて、なんとか説得しようとした。出て行かなければ警察を呼ぶと。彼女は半狂乱になって家具を蹴るわ、描きかけの絵に手を出すわで……ついに九一一番に通報した。すると彼女はとっとと逃げ出した」ダンテが首を横に振る。「最高の一夜になると期待していたら、最悪になった」

エスターが自分の顎をトントンと叩きながら言う。「なるほどね。次のポエトリースラムの題材がみつかったわ。ありがとう」

「なんだそれ。チンピラから逃れる方法か？」

「いいえ！　マッチングホラー。出会い系アプリの悲劇よ」

ダンテがうめくような声を出した。「いいところを突いている。趣味と実益を兼ねてなりすましをするやつもいるし」

「なりすまし？」わたしは顔をしかめた。「それは川の生き物かなにか？」

「なりすましは自分のアイデンティティを偽って交際に持ち込むことを意味します」

わたしの困惑した様子を見てエスターのスイッチが入ったのか、マッチングアプリの業界用語を片っ端から挙げて解説を始めた。たとえば――。

粉をかける(ブレッドクランブリング)――思わせぶりなメッセージ(パンくず)を送って関心をひきつけておいて、実際のデートはしない――気を持たせるタイプはデジタル時代以前から存在している。

ゴースティング――はっきりと別れを伝えずに音信不通になること。相手からのメールもボイスメールもいっさい無視し、ソーシャルメディアのページで相手をブロックし、相手に〝察してもらう〟ことを期待する。

ベンチング――スポーツ用語からの転用で、控え選手扱い。〝もっといい〟相手をゲットできない場合に備えて、いまの相手にメールを送ったり気を引いたりしてキープしておく。まだある。キャッチ・アンド・リリース、クッショニング――本命に振られた時の衝撃をモロに受けないために別の相手を確保しておくこと、ホーンティング――つきまとい、ラブ・バミング――愛情攻勢、フェードアウト、thot――遊んでいる女性。

「まあ、ウブントゥとはおおちがい!」思わずぞっとした。

いまのやりとりからマテオはなにか教訓を学んでくれただろうか。そっと観察したけれど、なにも感じていない様子。コーヒーの産地を、しかも世界でもっとも危険とされる土地を何十年も歩きまわっている彼は少々のことではおじけづかない。むしろ、うわの空でそわそわしている。薬の効果が切れた依存症患者に近いかもしれない。

「ねえマテオ、リチャード・クレストがあんな目に遭ったことだし、マッチングアプリで

「スワイプするのはしばらくやめたら?」

「リチャード・クレストだと!? あんなやつとぼくを一緒にするのか?」

「そういうわけでは」

「ミスター・ボスが正しい」エスターはわたしを責めるような口調だ。「クレストなんかと、なにひとつ共通点はないですよ。先週、カウンターでニューヨーク大学の大学院生があいつのターゲットになって、ひどい目に遭ったんです。彼が去った後、その子は震えて泣いてましたよ。すごく具合が悪そうだったのでナンシーが二階に連れていって落ち着かせたんです」

「あなたは直接それを見たの?」

エスターがうなずく。「彼に侮辱された女性が、立ち去ろうとする彼の背中にラテを浴びせたことも」

「聞いただろ、クレア?」マテオがすかさず口を挟む。「ぼくはちがうね。女性への愛がある。女性ならひとり残らずだ。つねに敬意と愛情を忘れない。だから恨んで去っていく女性もいない!」

「あなたが善良だということはわかっているわ。でもね、ものすごいいきおいでスワイプして相手を仕分けしているのは事実でしょう。女性たちのなかを突っ走っていくみたいに」

「ぼくなんてかわいいもんだ。突っ走っているのは、むしろ彼女たちだ! マッチングアプリを使うのは、気が合う知的な女性と出会うためだ。法定年齢に達し交際相手を求め、楽しい時間を過ごし、前向きに生きようとするレディを見つけたいからだ」

「そんなにかんたんにデートしてほんとうに楽しめるの？」

「ああ楽しめるとも。相手もな。いままで会ったなかで文句を言った女性はひとりもいないし、ぼくのパフォーマンスはたいてい好評で、再度のリクエストがある」彼は椅子の背にもたれ、腕組みをした。「確か、この場にもそんな相手がいたな……」

「そんなことはいいから！」わたしはあわてて話題を変えた（マテオの「パフォーマンス」の評価など、話題にしたくもない）。「シンダーでマッチングしてデートする時は、どんな話をするの？」

「食べ物、ワイン、映画、うちの店のドリンクについて、ウェイターの口ひげについて。話題はなんでもいい。たいして長い会話はしないな」

「その後は？」

「さよならのキスをしてそれぞれの生活に戻る」

「おたがいの考えを共有したりしないの？　本質的な部分で共感したり、踏み込んだ話をしたりは？」

「踏み込んだ話？」マテオがあははと笑う。「ぼくが二回の離婚経験者だとか、ブルックリンのどん詰まりの倉庫で暮らしていることなど、誰も知りたがりはしない。こっちだって彼女たちのケチな上司や告げ口する同僚のことなんて興味はない。ぼくたちの絆はそういうこととは無関係なんだ」

「絆？　うわべだけの話しかできない相手と絆が生まれるの？　ほんとうのことを言ったらどう？　二度目の離婚の後、あなたがマッチングアプリにはまってスワイプばかりしているのは、寂しさをまぎらわすためね？」

「誰もが親密さを求めるわけではないよ、クレア。個人の領域に深く立ち入らず、ほどほどの距離でたがいに楽しく過ごすのは可能だ。きみの好みじゃないかもしれないが、八〇年代にシンディ・ローパーが歌ってただろ。女の子はただ楽しみたいんだ。いまもそうだ。ぼくはよろこんでその手伝いがしたいね」

「誰かといっしょなら孤独ではない。そういうことね？」

「フロイトみたいに分析か？　それより、ありのままを見たらいい」

マテオはさっきからずっとそわそわした様子だ。わたしは腕組みをしてたずねた。

「一刻も早くスマホのチェックをしたいんでしょう？」

マテオが口をひらいたが、聞こえたのは彼の声ではない。女性の声だった。外の通りから聞こえる。

若い女性が大声で叫んでいる。

6

「お願い、こたえて。こわくてたまらないの！」

マテオ、ダンテ、エスター、わたしは、一瞬固まってしまった。が、すぐに窓辺に駆けつけて下を見ると、店で一番若いバリスタ、ナンシー・ケリーが通りに立ってこちらを見上げている。三つ編みにした小麦色の髪を街灯の光が赤く染め、恐怖にかっと見開いた目も真っ赤だ。

「みんな、無事なの？」ナンシーが叫ぶ。

「わたしたち？」エスターも大きな声で返す。「もちろん無事よ！　そっちこそ、大丈夫？」

「ええ！」ナンシーがきっぱりとこたえた。

「そんな異様な声を出して」

「異様じゃない。心配しているの！」

「なにを？　酔ってる？」

「酔ってない！」

「二人とも、よしなさい！」わたしの言葉など平気で無視して、二人は言い合いを続ける。

これはいつものこと。

ナンシーはほつらつとして少々のことではへこたれない。農場育ちの女の子がそのまま大きくなったようなイメージだ。しかしエスターから見たナンシーは、救いようのない世間知らず。都会派で辛辣(しんらつ)な自分とは正反対の存在に見えるらしい。

エスターよりも小柄なナンシーはカントリーガールのイメージ通り、丸顔で体形もふっくらしている。ジュディ・ガーランド演じる「ドロシー」みたいにまっすぐな性格で、すぐに驚いて目を丸くする。マキアートを注文する「イケメン」には、ほぼ百パーセント恋してしまう。

エスターにはロシアから移住してきたハードボイルド系の婚約者がいる。彼は昼間はブルックリンのベーカリーでパンを焼き、夜は詩を発表するラッパーだ。エスターは二つ目の修士号取得をめざして夜は勉強に励んでいる。

これだけ異質なナンシーとエスターがアルファベットシティのアパートでルームシェアをすると宣言した時には、びっくりしたのなんの。それだけニューヨークの不動産相場がおかしなことになっているということ。おかげで、ありえない組み合わせの二人が同居する羽目になる。

じつはわたしと元夫も、離婚後かなり経ってからこのコーヒーハウスの上のデュプレックスの住まいで、つかのま（ほんとうに、ごく短い間だけ）同居した。しかし、それは別のお話。

ともかく、縁あって一緒に暮らしているナンシーとエスターの会話には、もはやいっさいの〝遠慮〟はない。そんな二人でも、こんなふうに路上と二階で怒鳴り合うなどという光景は初めてだ。

「お嬢さんがた……」マテオが口を挟んだ。「続きは部屋のなかでやったらどうだ」二人を刺激しないよう、彼なりに言葉を選んでいる。

「ミスター・ボスの言葉、聞こえたでしょ？」エスターは厳しい口調だ。「あなたの声が近所迷惑だとカンカンに怒っているわよ！」

「わたしの声が!?」ナンシーが両手を腰にあてた。「そっちこそ、近所迷惑よ！」

そこでいきなりダンテがゲラゲラ笑い出して止まらなくなった。と同時に隣人の声が飛んできた。いかにもニューヨーカーらしく、優しいとは言い難い言葉が通りに響いた。

「いい加減にしろ、うるさいぞ！」

「黙れ！」

「警察に電話しているところだ！」

エスターとマテオはおとなしくなるどころか、ムキになって怒鳴り返している。ここには書けないような言葉を織り交ぜて。

もうたくさん。これ以上ゆるしてはならない。

わたしは両手を伸ばしてエスターとマテオを同時に窓辺からどかし、窓から顔をつきだしてナンシーに命じた。

「なかに入りなさい。いますぐ！」

7

十分後、全員が一階のカウンターに集まっていた。

マテオと店のスタッフは腰かけ、わたしはカウンターのなかに入ってココモカ・ラテをつくっていた。冷えきっているナンシーを温めるために——そして落ち着かせるために。とにかく異様に興奮している。

目をかっと見開いて、両手をぶんぶん振り回している。

「フィットネス・ジムでクリッター・クロールのクラスに出た後でスマホをチェックしたの。ロビーで動画を見てぞっとした！　ここの二階で乱射事件が起きていて、その動画を自分が見ているなんて、信じられなかった。みんなの携帯にかけたのよ。無事かどうか確かめたくて。でも誰にもつながらなかった」

「みんな電源を切っていたんだ」ダンテが言った。

「それもこれも、ミスター・ボスのせいよ」エスターは親指でマテオを指し示す。

「ぼくのせいか？　切ろうなんて言ってない」

「切ろうと提案したのはわたしよ」わたしはマテオに言った。

ダンテがうなずく。「みんなが電源を切ったら、自分も電源を切ると言いましたよね」

「でも、ほんとうはそうしたくなかった」

「スマホに夢中でわたしたちを無視していたのよ」エスターがナンシーにささやく。

マテオが腕組みをする。「聞こえているぞ」

「ややこしいことはよくわからないけど、とにかく、みんなが生きているかどうか確かめたかった。でも誰の電話にもかからないし、ローカルニュースでもなにも報道されていないし」ナンシーの目に涙がたまっていく。「みんなは家族と同じだから。この大都会で、みんなはわたしのすべてなの。だからものすごく怖かった。きっとみんな撃たれて死んだと思った！」

「落ち着いて」わたしはできあがったココモカ・ラテのカップをカウンターにすべらせるようにしてナンシーに渡し、彼女の手を優しくトントンと叩いた。「そうよ、わたしたちは家族よ。ほら、こうしてみんな元気だからね」

ナンシーは涙をぬぐい、ドリンクをすすった。エスプレッソと自家製のダークチョコレート・シロップを混ぜ、そこにココナツミルクを使った滑らかなスチームミルクを注いだ熱々のココモカ・ラテを。ナンシーはかすかに微笑むようにしてありがとうと言うものの、まだ全身がこわばっている。

「この子に必要なのは炭水化物！」エスターがきっぱりと言い放った。

ダンテが眉をひそめた。「炭水化物？」

「そうよ！Ｓｔｒｅｓｓｅｄ（ストレス）を逆から書いたら？」

ダンテがタトゥーのある自分の腕に指で書いてみる。「ｄｅｓｓｅｒｔｓ（デザート）か？」

「炭水化物はセロトニンを増やす効果がある！」

エスターはすばやくアーミッシュ・シナモンアップル・ブレッドを一切れ差し出した。

「お食べなさい」母親のような口調にナンシーは素直に従った。エスターがダンテの方を向く。

「これでおとなしくなる」

「上等の強い酒も効くんじゃないか」

「ご冗談を」エスターがストップをかけるようにダンテに手のひらを向けた。「酔ったナンシーに比べたら、ヒステリックなナンシーのほうがはるかにマシよ」

ナンシーの目がくるりと動いた。「わたし、ここにいるんだけど。いい加減なこと言ったらゆるさないからね」

「ねえ」わたしが割って入った。「気になるんだけど、どうやって動画を見たの？この店のお客さまがあなたに送ったの？」

甘いシナモンアップル・ブレッドを口一杯に頬張ったまま、ナンシーは首を振って否定し、口のなかのものを飲み込んでからこたえた。「チャターで。トレンド・トピックになっていたから。ハッシュタグがたくさんついていたわ！」

わたしは額に手を当てた。アプリとオンラインサービスが次々に登場して、もはや見分けがつかない。「教えて、チャターとは？」

ナンシーはスマホを取り出してタイムラインを見せてくれた。投稿された画像やコメント、ニュースの記事、動画もある。

「新しいSNSのサービスで、グローバルに展開しているんです。ここの端にトレンド・トピックのリストが表示されて……」タグ付けされたトピックのリストの中ほどをナンシーが指さす。＃ビレッジブレンドと＃コーヒーショットという項目がある。彼女がそのひとつをクリックすると、動画についてのコメントがずらっと表示された。動画はすでに何度もシェアされている。

「再生してみて」

「はい！」

皆が集まって見つめるなか、動画が始まった。ビレッジブレンドのレビューのようだ。とくに変わった様子はない。

「……さあ、いよいよニューヨーク、ウエストビレッジのビレッジブレンドにやってきました！」元気いっぱいの若い女性が自撮りしてウィンクした後、二階のラウンジを映し出した。

「あの有名なファララ・ラテとビリオネア・ブレンドはここで誕生しました！」

「でもわたしたちが注文したのは、そのどちらでもありません」同行している若い女性がドリンクを掲げてみせる。「これは新作のタートルラテ。自家製のチョコレートカラメル・シロップ入りで、ホイップクリームとピーカンプラリーヌ・シロップをトッピング。めっちゃオイシー！」

「わたしはシナモンドルチェ・カプチーノにトライしてます。フォームミルクを入れたエスプレッソにシナモンとバニラビーンのシロップを混ぜてバニラキャラメルを散らし、セイロン・シナモンをふりかけてあります。最高！」

「それよりも最高なのが、この場所です。ここでは週に一度、自由参加型（オープンマイク）のポエトリースラムが開かれます。クールなミュージシャンの演奏もあります。俳優のタッカー・バートンは長年ここで働いているんですよ。彼はわたしの大好きなテレビ番組にたくさん出ています！」

「演出もしてますね！　おもにキャバレーのショーやオフブロードウェイで活躍していますが、リハーサルにはここを使うので、時には有名俳優も――」

パン！

最初の銃声がして、動画に映っている若い女性が戸惑っている。「え、なに――？」

「その椅子から動くな。よく聞いてろ！」

「なにこれ」撮影を続けながら、もう一人の女性がコメントする。「今夜のわたしたち、すごくラッキーかも。どんなパフォーマンスアートがおこなわれているのか、チェックしてみましょう！」

携帯電話のカメラのレンズが次にとらえたのは、リチャード・クレストだった。スキニースーツにオープンカラーのシャツを着た彼が高い背もたれの椅子に座ったまま縮こまり、両手を顔に当てている。

彼の前にはハニーブロンドのキャロル・リン・ケンドールが立っている。シルクのまっしろなブラウスにピンクの花柄のスカートという姿で、彼女はセミオートマチックのピストルを振り回している。

奥のほうでは壁に張りついている人、テーブルの下にもぐって身を守っている人が見える。

「ここにいるみなさん！　あなたたちには決して危害は加えません！　わたしの目的は」キャロルは銃口をリチャードに向け、ぴたりと静止した。「こいつ。女性を侮辱し、屈辱を与える最低の男。これ以上野放しにしておけない。だからわたしがとどめを刺す。カス野郎、聞こえてる？　これなら聞こえるわね！」彼女が銃を天井に向け、引き金を続けざまに三度引いた。

パン！　パン！　パン！

「止めないで続けて」ささやき声が入る。キャロルに言ったのではない。カメラを止めるなという意味だ。「これが芝居でないとしたら、この動画は絶対に売れる！」

生々しい状況を撮影してお金に換えようと考えたのは、彼女たちだけではなかった。カメラ付き携帯電話の数が増えた。キャロル・リンがリチャードを恫喝している間に、テーブルの下にもぐっていた人も出てきた。防衛本能よりも好奇心が勝ったということ。

この数分後に、わたしが登場するのね……。

画面に映った自分の姿に、目をそむけたくなった。責任者なのにおろおろして、ダンテとお客さまに下におりるよう促している。動画の撮影者は撮影を続けながら皆といっしょに階段をおりて正面のドアから外に出た。カメラは店の前にできた小さな人だかりをとらえ、そこから二階の窓を映す。

警察が到着し警察官二人が店の前から人を移動させ始めると、唐突に動画は終わった。わたしとマテオの携帯電話にこの動画のリンク先を送るようにナンシーに頼んだ。

「すごい迫力だ」ダンテが言う。

「これを見たら、もう怖くて怖くて」

ナンシーの肩をエスターがぽんぽんと叩いた。「こんな恐ろしい動画、わたしだって耐えられない」

「いったいどれだけの人が見たのかしら。たいした人数ではないわよね」ひとりごとのつもりだった。

「見てみます」エスターがナンシーのスマホをつかんでスクリーンを数回タップした。

「やっぱりね。ユーチューブにアップされてシェアされている」

「再生回数は？」ダンテだ。

「一時間もたたないうちに三、三、〇――いまもぐんぐん増えている」

わたしとマテオは顔を見合わせ、ほっとして息をついた。

「よかった。三百三十人なら、たいしたことないわね」

エスター、ダンテ、ナンシーの視線がわたしに集まる。なにかいけないことを言ったのか。

「ボス、三百三十回とは言ってません。わかってないんですね。ハッシュタグ二つつけてチャターに投稿したら、そんな桁じゃすまないんです。三十三万回ですよ！」

「バズったんだ！　すごい！」ダンテの声がうわずっている。

若いバリスタ三人が興奮して雄叫びをあげ、拳をぶつけあうのを尻目に、わたしとマテオは顔を見合わせた。心配だ、とおたがいの顔に書いてある。

こんなことで注目を浴びて、よろこんでいる場合ではない。

タグ付けされた動画を見る人々は、ストーリーのごく一部をかいまみるだけだ。スクロールしてつかのまのエンターテインメントとして楽しむ。ソーシャルメディアへの無数の投稿と同様、世間一般の人々にとっては見世物小屋をのぞくようなもの。

しかしそれはわたしたちに、そして一世紀にわたって大事に守ってきたビレッジブレンドに、甚大な被害をもたらすかもしれない。

8

「たぶん、大丈夫だ」マテオの言葉には、まったく説得力がない。

「この店で発砲騒ぎが起きて、その動画が拡散しても？」テーブルを拭く手に思わず力が入る。「わたしたちはきっと潰される。この動画に……」

マテオとわたしは二階のラウンジの後片付けをしている。バリスタたちには早めに切り上げてもらった。動画が「バズった」と興奮しながら、彼らは引きあげていった。マテオとわたしは黙っていた——二人きりになるまで。

「常連客は減るかな」マテオがぽつりともらした。

「しかたないでしょうね」

「そうならないことを願うよ。一つだけはっきりしているな。これからは新手のマッチングアプリのビジネスに利用されずにすむ」

「そうね。凶暴なシンデレラがカス同然の王子に銃を突きつけたのだから、そんな場所をデートに使う人はいないわね」

じっとしていられなくて、そこらじゅうを歩きまわってカップやグラスは残っていないかとさがした。バリスタたちはなにひとつ残さずきちんと片付けていた。フロアはもっと徹底的に掃いたほうがいいだろう。でもそれは朝でもじゅうぶんに間に合う。

翌朝のことを考えたら、思わずため息が出た。目を閉じて一気に吐き出した。朝になったらどうなるのか。新聞やテレビで今夜のことが報道されるだろうか。そうなったらわたしたちはどんな苦境に立たされるのだろう。いや、でも、もしかしたら夜が明けるまでに、あの発砲騒ぎはすっかり忘れ去られてしまうかも。

こんな時、水晶玉にこたえを聞けたらいいのに。マテオのほうを振り向くと、彼は水晶玉ではなくスマホの画面に目が釘づけだ。

「こんな騒動が起きたばかりなのに、さっそくガラスの靴さがしですか」

「いや。ウーバーを手配している。あいにくブロードウェイのショーがはねたばかりで、すぐには来ないな……」

さらに何度かタップして、マテオは椅子にどさっと座り込んで脚を組んだ。高級ブランドのローファーのかかとに紙切れが一枚ついている。

わたしがそれを剝がし、マテオは両脚をそろえて座り直した。「なんだそれは？　百ドル札ならうれしいね」

「かなり近いわ」紙に印刷された文字に目を走らせながらこたえた。「銀行でお金を引き出した取引明細書。一万ドルですって」

「ほんとか!?」マテオが床に手足をついて椅子の下をのぞく。「残念だ。現金は落ちていない。ボールペンが転がっているだけだ」

彼がペンをカフェテーブルにぽんと放った。見覚えがある。今夜の騒動のさなかにリチャード・クレストが足元に落としたペンだ。あの時、彼の携帯電話と紙切れがいっしょに落ちた。この明細書も交じっていたにちがいない。マテオにそう説明した。

「クレストはなぜ現金で一万ドルもおろしたのかしら？」

マテオは肩をすくめただけで、またもやスマホのスクリーンを凝視している。わたしは手に持った紙をじっくりと眺めた。名前の記載はないけれど、銀行の支店名と口座の末尾の四桁の数字が印字されている。引き出した時刻は五時間ほど前の午後四時四十七分。

「これ、どうしようかしら」

「捨てればいいじゃないか」

「いいえ。取っておく……」エプロンのポケットにしまいこんだ。次にリチャード・クレストに会う機会があれば、会話のきっかけくらいにはなるだろう。それに――。

「ちょっと気になるわね」

「なにが？」

「クレジットカードとスマートフォンさえあればなんでも間に合うのに、どうしてキャッシュでこんな大金を引き出すの？」

「ブルーバーでダイヤモンドつきマティーニを注文するなら、わかる」

「一万ドルのドリンクは宣伝用でしょ。実際にオーダーする人はいないわ」

「だから冗談さ」

「まじめに考えて。もう一度あの動画を出して」

マテオがじっとこちらを見ている。「大丈夫か？　かなり参っているんだろう？　上で少し休んで、あの騒動のことはいったん忘れたほうがいい。そして――」

「いいから、動画を見せて！」

マテオは口をつぐんでスクリーンをタップした。わたしはマテオといっしょに、さきほどと同じ動画を食い入るようにして見た。ある箇所でマテオの肩を叩いた。

「見て、ほら！」

「痛いじゃないか！　どうした？」

「一時停止して」わたしは画面の一点を指した。「リチャード・クレストの顔は完全に隠れている。両手を当てたまま横を向いたり下を向いたりしている。変だと思わない？」

「そうかな？　顔を映されたくないんだろう」

「でもね、ほら――」ふたたびスクリーンをタップして再生を続けた。「キャロルはかなりしつこく絡んでいるのに、クレストはひとことも発していない。まったくの無言。そんなの不自然よ。こんな時は相手をなだめて落ち着かせて、撃たないように説得しない？　でもクレストはなにも言わずに座ったまま。顔に当てた手も絶対に外さない」

「確かにそう言われてみると……」マテオは動画を見ながら、しきりにうなずく。「そうだな。まるで、懸命に――」

「顔がばれないようにしている！」わたしが言葉をつないだ。「どうして？」

「ぱっと思いつくのは、彼が妻子ある身で、アプリを悪用して次々に女性を騙している」

「ずいぶん具体的ね。やはり経験者だから？」

「よそう。大昔の結婚生活を蒸し返してもしかたない」

「そうね……」わたしはふうっと大きく息をついた。「あなたの勘はきっと当たっている。マッチングアプリを利用して騙す手口は横行しているらしいから。でもひょっとしたら、まったく違うことが進行している可能性も」

「たとえば？」

キラリン、キラリン。

わたしはマテオを睨みつけた。「ウーバーを手配していたと聞いたけど」

「そうだよ。しかしシンダーのアプリはつねにオンの状態だ……」最後まで言わずに、夢中でガラスの靴に返信を打っている。数秒後、彼が申し訳なさそうな表情をこちらに向けた。

「今夜は連れができた。さっき振られたと思った相手の気が変わった」

「本気？　あの騒動を見たばかりなのに、よくそんな気になれるわね。そういう判断力もないの？」

「いいか、ぼくはリチャード・クレストとはちがう。女性を傷つけたりしない」

「そういうことではなくて、相手はろくに知らない女性ばかりでしょう？」

「そのためのアプリだからな。相手を知るための」

「精神的な理解を深めることができる?」

「そうやっておふくろの判断力も責められるか? シルバーフォックスでマッチングした彼氏といまごろデートしているはずだ」

「あなたはその人物の名前すら知らない」わたしは彼の携帯電話を指さした。「あなたにコンタクトしてきたシンデレラは何者? 『気が変わった』というのはどういう意味?」

「小柄なブロンドの女性だ。父親を思い出すといって振られたと話したのを憶えているか? その子からメールが来た。ぼくとの会話が忘れられなくて、ほかの相手とデートしている間も考えていたと。それで、もう一度会いたいそうだ」そこでキラリン、キラリンと鳴った。

「彼女だ。車でいま着いた。じゃあ!」

わたしはあきらめの境地でカギ束を取り出し、正面のドアをあけて元夫を愛のコンクリートジャングルへと送り出した。

昔ながらのイエローキャブが停まっている。彼が乗り込んで後部座席に腰をおろすと、笑顔のシンデレラがいそいそと彼に身を寄せた。

プラチナブロンドの彼女は大きくウェーブしたレトロなヘアスタイル、つけまつげ、ほくろ、身体にぴったりしたセーター、そしてラインストーンつきのキャットグラス(これで今風の雰囲気になる)で、ミレニアル世代のマリリン・モンローといった雰囲気だ。

ふうっと大きくため息をついて、わたしは正面のドアを施錠し防犯装置をセットした。とんでもない夜だった。それももう終わるかと思うとほっとする。まだ緊張が解けないまま目だけが冴えて、とても眠れそうにない。やっと食欲が復活してきた……。

ふと見ると、カウンターに一輪のバラ。まだつぼみで赤い花びらは固く閉じているが、端のほうから少ししおれてきている。このまま処分するのは心が痛む。そこで思い出した。

これはマテオが持ってきた花……。

彼は置きっぱなしにして行ってしまった。

花の香りを深く吸い込み、ラテ用のガラスのマグに常温の水を注いだ。長い茎の棘で手を刺さないように気をつけながらいそいでマグに生けた。そして、はっとした。マテオにもう少しだけ残って欲しかった。それが自分の本心だったのだと気づいたのだ。いっしょになにかを食べたり、店の評判を守るための方法を考えたりしたかった。なにより、寂しさをまぎらわしたかった。

わたしの婚約者マイクが指揮を執るＯＤ班はすぐそばの六分署に拠点を置いている。けれども、このところ特別プロジェクトで六分署より本部、通称ワンポリスプラザにいる時間が長い。

今夜はイーストビレッジの自宅アパートに泊まることになっている。彼からの連絡が待ち遠しかった。例の動画のこともあるから、なおのこと。

スマホを取り出して電源を入れ、愛しい人からの新しいメッセージをさがした。

未読のメールが三通――ナンシーがずいぶん前に送信したものだ。

少しがっかりしながら見ていくと、「至急」という新しいボイスメールが入っている。残念ながらマイク・クィンからのものではなく、発信人のIDは〝ピア66マリタイム〟。ハドソン川に浮かぶ人気のバーだ。

バーの電話から、いったい誰がボイスメールを？

好奇心にかられて、再生してみた。

「わたしよ」ささやくような小さな声は八十歳を超えたわたしの雇い主。マテオの母親だ。「息子に連絡したら過剰反応するだろうから、あの子には内緒ね。じつは、すごく言いにくいのだけど……いま、ピンチなの！」

9

これは一大事。ピンチが悲劇になる前にどうにかしなくては。

「身動きが取れないの」マダムのメッセージが続く。「それに携帯電話は充電切れなのよ！」

携帯電話が使えないのでウーバーで車を手配できない（手配できても支払いができない）。手持ちの現金があっても、こんな夜更けに人通りのほとんどない川沿いでイエローキャブをひろうのは絶望的。そもそもひとり歩きは無謀だと思う。

いちいちうなずける。さっそくバーに電話してマダムに連絡をとった。マダムはウーバーの車を手配して料金はビレッジブレンドの支払いにして欲しいと言う。でも、わたしはどうしても自分で迎えに行くと言い張った。

「じゃあ、せっかくだからピア66で待ち合わせて、遅い夕食をいただきましょう！」

少し食欲を感じるようになったので、マダムの案に賛成して電話を切った。質問したいことは山ほどあったけれど、いつまでもバーの電話に引き留めておくわけにもいかない。

マッチングアプリで出会ったお相手はいまどこにいるのだろう。なぜその男性はマダムを送り届けられないのだろう。

一刻も早くそのこたえを知りたくて、十五分後、二十六丁目の街灯の下にビレッジブレンドのバンを停めた。

出る前に手早く身支度を整え、イタリアンローストのコーヒー豆と同じ色の髪はポニーテールをほどいて垂らし、くちびるに紅をさした。ジーンズとボートネックのセーターは新しいから人前に出ても大丈夫。ビレッジブレンドのエプロンをはずし、ウールのピーコートを着込んだ。秋の夜にしては暖かいけれど、川のそばはきっともっと気温が低いだろう。

十二番街を越えて歩行者自転車専用道路を渡ると、予想通り暗い水面から冷たい風が吹きつけ、髪を乱した。顔にかかった髪を手で払って前に進み、冷えきった指をコートのポケットに入れた。

寒くはあるけれど、外は心地よくて海から吹いてくる冷たい風はすがすがしい。日頃、おおぜいの人がひしめき合うニューヨークの暮らしのなかで忘れがちだが、ここはまぎれもなく古くからの港町なのだ。息苦しい思いを強いられる街のほんの数マイル先には、雄大な大海原がひらけている。

仕事に追われる人々——わたしもそのひとり——がここで癒やしを感じられるように、街の有識者のはたらきかけでウエストサイドのウォーターフロントは一般の人々(億万長者だけではなく)の憩いの場となった。ボロボロだった波止場は数年がかりで緑豊かな公園へと姿を変え、沈んでいた桟橋は修復されておとなが楽しめる遊び場が誕生した。

いまわたしが向かっているのも、そういう遊び場のひとつ、ピア66。

ここは昔、貨物列車の積み降ろしに使われ、ハドソン川に突き出した桟橋が鉄道艀として活躍していた。それをそっくり利用した屋外のバーだ。ここではグリル料理も楽しめる。

頑丈な木製のデッキを進むわたしのアンクルブーツがコツコツと硬い音を立てる。桟橋の南側にはアメリカの灯台船フライパン号が係留されてレストランの一部として使われている。自然の脅威を耐え抜いて、いまでは永久に錨をおろしている船体を見ると胸が熱くなる。

初めてこの船名を聞いた時、外食産業が仕掛けたのかと思った。が、そうではなかった。フライパン号は現役時代の大半をノースカロライナ州ケープフィアー沿岸の危険な浅瀬フライパン・ショールズで働いた。その海域での事故へ注意をうながす役目をになっていたが、現役引退後は三年間も沈没していた。ようやく引き上げられて、いまでは史跡に指定されている。

古い赤い船はふたたび輝いている。洋上の灯台としての役目は終え、今度は皆が楽しめるスペースとして。下甲板はさすがに錆びてフジツボがたくさんついているが、復元された上甲板は活気に満ちている。灯台としての強い光で照らすことはもうないけれど、人々の笑いさざめく声が闇のなかで眩くきらめいている。

これから会うわたしの雇い主ブランシュ・ドレフュスは、まさしく筋金入りの女性だ。そしてマダムはいろいろな意味で、この船とよく似ている……。

ブランシュ・ドレフュスはごく幼い頃からたびたび嵐に見舞われ、過酷な人生を生き抜いてきた。戦争の嵐に巻き込まれて美しいパリの自宅を離れ、ニューヨークのロウアー・イーストの安アパートにたどり着くまでの厳しい旅のさなか、愛する母親と姉妹を失った。幼い少女にはあまりにつらい経験だ。けれども彼女は負けなかった。必死にがんばって新しい世界で新しい人生を築いた。

成長した彼女は、ハンサムなイタリア系アメリカ人の若者と出会ってふたたび幸せを手に入れた。彼が手がけているコーヒーのビジネスはとても繁盛していた。愛するアントニオ・アレグロとの幸福な結婚生活が永遠に続くものと彼女は信じていた。ところが元気だった夫はあっけなく亡くなり、衝撃のうちに彼女はまたもやどん底に突き落とされた。

しかしあきらめてビジネスを手放すかわりにブランシュは昼も夜も働いて、もっとも過酷な時期にニューヨークでビレッジブレンドを守り通した。大好きな父親を失って悲しむ息子のことも、りっぱに守った。

その息子とわたしの結婚が破綻したのも、やはりショックだっただろう。早くに母を亡くしたわたしにとってマダムは実の母親のような存在だ。大学で美術を学んでいたわたしは妊娠して退学した。心細い思いをしていたわたしを支えてくれたのはマダムの揺るぎない愛情だ。出産までの十カ月間も、娘のジョイが成長するまでの山あり谷ありの子育ての時期もずっと。

マダムはわたしにコーヒービジネスについてありとあらゆることを伝授してくれた。離婚の書類が整い、彼女の息子と夫婦ではなくなった後も、変わらずわたしの人生でかけがえのない存在だ。

元の姑をわたしはいまも心から慕っている。そのガッツに惚れ惚れし、知恵に敬意を払う。マダムはこれまでたくさんのことを経験し、実行してきた。いっしょにいてこれほど楽しい人はいない。だから自然と桟橋を歩くスピードが速くなる。

消防車と同じ赤い車掌車にようやく着いた――この桟橋はもともと貨車用艀だったのだと意識する瞬間だ。女性の係員に愛想よく迎えられ、客で混み合うテーブルを縫うように案内してもらう。水面からは凍るように冷たい風が吹いてくる。あちこちにヒーターが設置されているのでダイニングエリアは驚くほど快適だ。

テーブルに着いているマダムの姿が見えた。落ち着き払った様子で夜景を楽しんでいる。こちらの川岸には上流側から下流側までマンハッタンの摩天楼が並び、光が空を照らす。対岸はニュージャージーのホーボーケン。低層の建物の光がハドソン川の黒い川面に反射してキラキラ輝いている。

マダムもキラキラしている。スミレ色の目が明るく輝き、ふんわりと内巻きにした銀髪は上からの光を受けてこれまた輝いている。ヒーターの熱で寒くはないけれど、シックなイタリア製のレザーのジャケット姿だ。ジャケットの前をあけ、ラテのミルクと同じ色のエレガントなセーターとドガの踊り子の柄のスカーフをのぞかせている。

わたしと同じようにマダムも口紅をつけているが、頬紅はつけていない――つける必要がない。やさしいシワのある顔は、ふだんは青白いけれど、今夜はきれいなバラ色に染まっている。

マダムとハグして腰掛けようとすると、マダムは半分ほどに中身が減ったハイボールグラスを掲げた。

「あなたもこれを！」

「それは？」

「ラム、ジンジャービール、そしてライムを少々」

バラ色の頰の謎が解けた。「ダーク・アンド・ストーミーですね」

「まったく同じではないわ。この店のオリジナルで、名前はトラブルド・ウォーターズ――〝荒波〟という意味よ」

今夜の騒動を振り返ってみると、まさにぴったりのカクテルだ。

ピア66は中央にバー&グリルがあり、カジュアルなセルフサービスが特徴となっているのに、マダムにはちゃんとウェイターがサービスしてくれる（マダムはこの街でつねに、そういう特別なはからいを受けるコツを心得ている。もちろん、わたしはありがたく甘えさせてもらうことにした）。

「さて」ウェイターに注文をしてから、さっそく本題に入った。「聞かせてください」

「彼のこと？」

「ええ。今夜のお相手のシルバーフォックス氏の身になにが起きたのか」

「アルバートはシルバーフォックスではなかった。あれは、ずるがしこいヘドね」

10

マダムは冗談を言っているのだろうか。しかし表情は真剣そのもの。

「ヘビ、ですか？ ビレッジブレンドではあんなに仲睦まじい様子だったのに」

「第一印象はよかったわ。でもね、プロフィールとちがって実際の彼はアートにもカルチャーにも関心が薄かった。いちばん熱心に語ったのは不動産市場について。それも延々と――一晩じゅう……」

マダムが片手をひらひらさせてなにかを追っ払うようなしぐさをする。

「ディナーの後、食後の一杯をといってここに連れてこられたの。対岸のニュージャージーの風景を見ながら、この数年で融資した物件を一つひとつ説明するのが目的だったみたい」

「まあひどい。でも、いい教訓と思えばいいじゃないですか」

「そうね。しかも化粧室に入ったら、カンカンに怒っている女性がいてね。アルバートの義理の妹だったのよ」

「つまり彼のきょうだいの妻、ですか？」

「いいえ。妻の妹よ」

「ということは、彼は既婚者!?」

マダムがうなずく。「若い妻から解放されたくてあのアプリを利用したんですって」

「ちょっと待って、若い妻?」

「ヘビ男が下手ないいわけをしたのよ。セクシーな若い妻はお金をじゃぶじゃぶ使う、肉体的な満足を与えてくれるけれどベッドから出ればどうしようもなく退屈な女性だと。会話が成り立つ相手じゃないから、成熟し教養あるわたしのような女性と交際して心を満たしているのだそうよ」

「なんて口のうまい」

「バカバカしいでしょ。だから帰らせたわ。家まで送り届けると言われたけれど、断固拒否よ。ところがまさかの事態」マダムは銀髪に手をあて、目線をそらした。「携帯電話が充電切れになるなんて」

「済んだことです。無事でよかった」

「そうね、もう大丈夫!」マダムはドリンクを飲み干して空のグラスを掲げた。

タイミングよくウェイターがわたしにカクテルを運んできた。彼はすぐにマダムのおかわりも持ってきてくれた。

マダムが少しも落ち込んでいない理由がわかった。ハイボールで味わうトラブルド・ウォーターズは案外いける。炭酸が利いていて、柑橘系の甘さとピリッとしたジンジャービールの風味が味わえるカクテルだった。つんと鼻孔を刺激して頭がクラクラするほどだ。もりもりと力が湧いてくる。料理を運んできたウェイターにさっそくおかわりを頼んだ。

マダムは食事をすませていたのでデザートにアップルシュトルーデルを注文していた。

わたしは店の「オクトーバーフェスト特別メニュー」を片っ端から食べる自信があった。爆発しそうな食欲を懸命に抑えて、チキンシュニッツェル・サンドイッチにバイエルンビールを使ったビアチーズソース、赤キャベツの蒸し煮、つけあわせにはジャーマンポテトサラダを選んだ。

鶏の肉はドイツマルクのように薄く叩いてあり、パン粉はカリッとした食感だ。シードを加えた丸いパンは焼き立て。ビアチーズはシンプルなサンドイッチに濃厚でクリーミーなアクセントを与えている。赤キャベツの蒸し煮をひとくち味わったとたん、懐かしい味の記憶がよみがえった。ホットジャーマンポテトサラダも昔食べたものと変わらない味だった。わたしが育ったペンシルベニア州の町の教会では、オクトーバーフェストの期間中にベーコンとビネガーがふるまわれた。あの時に食べた料理の味わいを思い出した。フォークで刺して口に運び、少しいぶくさくてツンと刺激的な味を堪能した。

口いっぱいに頬張ったままでお行儀は悪いけれど、マダムに話しかけた。

「じつは、今夜はマッチングアプリがらみのトラブルが、これで二件目なんです。マダムのはまだマシなほうです」

「わたしはこんなの平気よ」

「わたしはもうぐったり。『気に入ったら右にスワイプしてデート』という流行が不気味でしかたないわ。だって侮辱されたり裏切られたり、もっとひどい目に遭うかもしれないのに、なぜ女性も男性も嵌まってしまうのかしら」

マダムがいたずらっぽく片方の眉をあげてみせる。「なんだか切実な響きがあるわね」

「ええ」

「あらまあ。あなたにはれっきとした婚約者がいるのに。しかも非の打ち所がなくて騎士道精神の持ち主でもあるのに。どうしてマッチングアプリに手を出したの？」

「誤解です！〝切実〟なのは、店のお客さま二人が絡んでいるから……」

ピストルを振りまわした若い女性と、彼女をそこまで追いつめた男性の一件をかいつまんで説明した。その騒動を映した動画がネット上で猛スピードで拡散していることも。

「ビレッジブレンドのイメージにすっかり傷がついてしまって、どうやったら立て直せるのか……」弱音を吐いてしまった。

マダムの反応は予想外だった。まるで動じていない。むしろ明るい。

「その娘さんは気の毒にね。愚かな若者にも同情するわ。どちらも未熟で判断力がなかった。人として最低限の礼儀をわきまえていたなら、そんなことにはならなかったでしょうに。でも今夜の出来事がきっかけで、いい方向に向かうかもしれないわ」

「いい方向に？　いったいどこをどう見れば、そんなふうに思えるのかしら」

「遠近法を使うのよ……」

「どういう意味ですか？」

マダムのスミレ色の目が川面を見つめる。艀の列がゆっくりと進んでいく。それを示すようにマダムが首を傾げてみせた。静かにすうっと通り過ぎる艀もあれば、汽笛の音を響かせながら過ぎていく艀も。

「時代というのはあの艀のように過ぎていく。しんとして静かな年もあれば、騒々しい大音響で変化が起きる年もある。店がオープンしたり閉店したり、ビルが建ったり崩れたり、いろいろな流行り廃りも。そういうなかで、つねに新しい世代は冒険を試みる。古いものは廃れ、新しいものが台頭する。でもね、人間のふるまいで真に革新的と呼べるものはそうそうないわ。だからこそ、たったひとつの犯罪がすべてをがらりと変える力を発揮する」

「たったひとつの犯罪が？　この街の話ですか？」

マダムがうなずく。それからぐっとこちらに身を乗り出してわたしの目を見据えた。「グルービー殺人事件のことを、あなたは知っている？」

11

「グルービー殺人事件？」わたしは首を横に振って否定した。

「一九六七年のことよ。サマー・オブ・ラブと呼ばれた年。けれども平和も愛も理解も、長くは続かなかった……」

合間にカクテルのおかわりをジェスチャーで注文し、マダムは話を続けた。舞台は一九五〇年代と六〇年代。当時を思い起こすマダムの目はガラス玉のように虚ろな表情となった。

マダムと夫、つまりマテオの父親は若くして店の主となり、つましい暮らしをしている人々が集まる街の一角で懸命に働いて店を切り盛りしていた。その界隈に集まる売れない詩人、作家、アヴァンギャルドのアーティスト、アーバンフォークのミュージシャンたちは、やがてカウンターカルチャーのムーブメントの担い手となった。

グリニッチビレッジはボヘミアンたちの街として知られるようになり、実験劇場、アートギャラリー、小規模の出版社、最先端を行くクラブなどが次々に生まれた。

その時期、ブランシュとアントニオ・アレグロがストロングコーヒーとイタリアン・ペストリー、フレンチ・ペストリーでもてなした客たちのなかには抜群の影響力を持つ因習打破主義者(アイコノクラスト)がおおぜいいた――たとえばウィレム・デ・クーニング、ウィリアム・S・バロウズ、ジャクソン・ポロック、ジャック・ケルアック、アンディ・ウォーホル、アレン・ギンズバーグ、ジョアン・ミッチェルからジョニー・アレン(またはジミ)・ヘンドリックス、ボブ・デュランなども。

「解放の時代だったわ、新しいアイデアと無限の可能性に満ちていた……」マダムがにこっと微笑んだが、その微笑みはすうっと消えた。「カルチャーシフトが起きて一九六七年にはビート族、詩、ボンゴに代わってヒッピー、フリー・セックス、幻覚剤(サイケデリック・ドラッグ)が全盛となり……」

それはゆっくりとした移行だったと、マダムは振り返る。

「それまでビレッジを訪れていたアーティスト、作家、ミュージシャンたちはとても精力的だった。いろいろな仕事を掛け持ちしながら、あらんかぎりの情熱を自分のアートの創作と研鑽(けんさん)にそそいだ。わたしたちのささやかなボヘミアンのコミュニティは、じつはそういう岩盤の上に築かれていたの」

「岩盤?」

「遠く離れた岸から見れば、岩盤は目に入らない。だからボヘミアンの暮らしはロマンティックだなどと見誤ってしまう。ビレッジにはその後も創作活動に真剣に打ち込むアーティストと熱心な活動家が集まってきた。いっぽうで、快楽にのめりこみたくて危険な香りに引きつけられてやってくる人たちもいた」

マダムがゆっくりと首を横に振る。「社会的な制約からの逸脱を目的にするのは、まったく無意味なのに。あくまでもそれは、創作と引き換えにされるべきもの。人間の魂を高みに引き上げるいとなみと、目的もなく生きることは真逆なのよ。それをまず胸に刻んで、あの夏に起きたことを聞いてね」

「つまり一九六七年のサマー・オブ・ラブですね？」

「『目覚めよ（ターンオン）、意識を解放せよ（チューンイン）、わが道を行け（ドロップアウト）』というスローガンに乗せられた若者が、ビレッジブレンドのあたりにおおぜいやってきたわ。なかでも気になったのはティーンエイジャーたち。まだほんの子どもだった。中流階級に育った子たちがボヘミアンの理想を追いかけて家を飛び出してきたのよ。あの年、道路や公園、店の周囲にはそんな若い子や放浪者、物乞い、教祖気取りのペテン師があふれ返って、夏を迎えた……」

三杯目のトラブルド・ウォーターズが運ばれてきて、マダムは物憂げな表情でグラスを口に運んだ。「だいじに育てられた女の子たちもいたわ。温室育ちで世間知らずだから男たちに〝フリー・セックス〟を吹き込まれて餌食にされた。わたしが知る一家の娘にも、そういう悲劇が襲いかかった。リンダの身に起きたことは、一九六七年の冬を迎える頃にはこの街全体に知れ渡ったわ」

「リンダ？」

「グリニッチビレッジの安宿の汚らしい地下室で命を落としたティーンエイジャーの女の子よ。コネティカット州の裕福な一族に生まれた。リンダの高祖父は独立戦争後にコーヒーの輸入事業を始めた人物。何不自由なく育ったリンダはアーティストになる夢を抱いた。彼女は富裕層の子どもたちが集まる全寮制の学校をドロップアウトした。ボヘミアン的なライフスタイルに憧れてね。そういう暮らしでなければ、夢を実現できないと信じきっていた。そして十八歳で彼女はグリニッチビレッジにやってきた」

「家族はゆるしたんですか？」

「アートの道を真剣に極めたいと言ってリンダは両親を説き伏せたのよ。わが子を溺愛する両親は毎週彼女に仕送りした。そのお金がどんなふうに使われているのかも知らずにね。娘は親に嘘をついて、〝ポーラ〟という女友だちと暮らしているふりをしていたけれど、ほんとうは〝ポール〟という男性だった。彼以外にもたくさんの男性と深い関係になっていた。アートできる仕事などないのに、働いていると家族に嘘をついた。勉強もしていなかった。アートなど、なにも生み出していなかったのよ。両親が送ってきたお金は、リンダと友人たちが使う違法薬物の支払いにほとんど使われた。嘘で塗り固め、違法薬物に溺れるだけの日々は長くは続かなかった」

「ある日の午後、リンダは両親からの仕送りを持って若者と出かけた。彼はグルービーという名で知られる温厚な人物で、ビレッジブレンドの近くに住んでいたわ。二人が向かった先はトンプキンス・スクエア・パーク。そこで違法薬物を手に入れようとしたのね。それが仇（あだ）になってリンダは十九歳の誕生日を迎えることができなかった。数時間後、彼女とグルービーの人生は終わりを迎えた。イーストビレッジの安宿のボイラー室で殺害されたの。残忍な犯行の詳細を新聞各紙は報じなかったけれど、すぐに情報がリークされ……」

マダムは感情があふれそうになるのを、懸命にこらえている。「リンダは薬物を投与されて意識を失った状態で性的暴行を受け、頭蓋骨を煉瓦で強打された。犯人は地元のドラッグディーラー。共犯者もいたわ。ヒッピーのコミュニティではよく知られた人物だった……」

艀の汽笛の音が川から大きく響いて、マダムが黙り込んだ。重苦しい空気のなかで、わたしも暗い水面を見つめる。もしも自分の娘の身にそんなことが起きたら。そう思うだけで、全身を悪寒が走り抜けた。ヒーターのおかげで決して寒くなどないはずなのに。

「リンダのご両親は、さぞショックだったでしょうね」わたしはつぶやいた。

「ええ。わたしたち皆にとってショックなできごとだった。あの凶悪な犯罪はグリニッチビレッジ全体に大きな爪痕を残したわ。結果的に、流れが大きく変わった」

「というと？」

「似たような殺人事件が続いて、グリニッチビレッジで野宿する若者はとうとう目を覚ました。そして愕然とした。ピース・アンド・ラブは理想としてはすばらしい。でも現実の世界はエデンの園ではない。凶悪な連中がうようよしている危険な場所であると理解したのよ」

「わかっていなかったんですか？」

「世間知らずなのよ。だから〝コンクリートジャングル〟という言葉を文学的にとらえて現実と結びつけていなかった。彼らはいろいろな規則や周囲からの期待に縛られたくなくてビレッジにやってきた。従来の暮らし方にはたくさんの決まりごとがあるけれど、それによってじつは守られている。放浪生活をしていた子どもたちは、リンダの身に起きたような事件に心底ふるえあがった。あまりにも無防備な自分に気づいて、安心安全な環境に戻りたくなった。家出して自由奔放に遊び暮らしていた子どもたちは、ひと月もしないうちに家に戻っていったわ。放浪者は姿を消し、人々の意識に変化が起きた。グルービー殺人事件をきっかけにひとつの時代が終わりを迎えた……」

マダムの言葉がとぎれ、わたしはふとウブントゥのことを思った。人間性と人とのつながりを教えてくれる、あの言葉を。

「ヒッピーの理想がまちがっていた、というわけではないんですよね」

「そうね。でも理想を実現するには、労力を惜しんではならない。甘くはないのよ。願えば叶うなんてあり得ないわ」マダムがわたしの手をぎゅっと握った。「いまは皆がこぞってマッチングアプリをやりたがるわ。自分にぴったりの相手がみつかると夢見て、完璧な幸せを手に入れられると期待してね。そしてひたすらスマホでスワイプして、品定めを続ける。テクノロジーの進化と無数の選択肢があるから、つい信じてのめりこんでしまう……」そこでマダムの目が茶目っ気たっぷりに輝く。「わたしもそのひとりね。見つかったと思ったら、ヘビ男だったけど。けっきょくはこれも一時的な流行に過ぎないわ。やがて川の流れとともに去っていく。例外などなにひとつない」

「だといいんですけど。ほんとうにスマホの浸透力はすごすぎて、これがどう収束していくのか、想像がつかないわ」

「みんながスワイプしたがるんですもの、しかたないわね。新しいものをもてはやし、使い捨てにする。それがわたしたちのモダンカルチャー。いまの若い人が、いつまでゲームに夢中でいられるかしらね。遊び感覚で手軽に恋愛するむなしさに気づいたら、きちんと人と向き合うようになるわ。時間をかけて共に体験を重ねていくことで人は親しくなれる、愛情を育んでいけると、やがて気づくでしょう」

ウェイターが請求書を持ってきた。頼んでいないのに持ってきたところを見ると、そろそろ閉店なのだろう。マダムは椅子に座ったまま姿勢を正し、カクテルグラスの中身を飲み干した。

「今夜コーヒーハウスで起きたことは、見も知らぬ人をかんたんに信じてしまう危険を知らせる効果があったのではないかしら。きっと一部の若い人——女の子も男の子も——はそれに気づいたはず。そこから始まるのよ」

マダムの楽観的な予測が当たれば、どんなにいいだろう。しかし、ひと組の不幸な例が動画として拡散しても、いったいどれだけの人が行動を切り替えるだろう。

惨殺されたリンダの姿が映像として頭にこびりついて離れない。頭を割られ、薄汚れたボイラー室の汚いフロアに横たわる光景があまりにもリアルに浮かんでくる。

そのせいか、ハドソン川のさざ波のなかに女性の遺体が浮かんでいるのが見えたような気がした。

椅子に座ったまま、わたしは背筋をのばした。

どうしよう。気のせいではない。
ほんとうになにかが浮いている。もしかしたら、人……。

12

わたしは立ち上がり、手すりから身を乗り出した。

「クレア、どうしたの？　なにか見えるの？」マダムのいぶかしげな声がする。

暗い水面に目を凝らすと、行き過ぎる艀が立てる白波に運ばれるようになにかが浮いている。それが、人の姿に見える。

「あそこに人が見えませんか？」ささやき声で聞いてみた。

マダムはじっと川面を見つめ、顔をしかめた。「はっきり見えないわ。見栄を張ってメガネを家に置いてきたのよ」

もう一度確かめた。やはりはっきりしない。

マネキン？　ディスプレイに使う実物大のマネキンかもしれない。

ちょうど頭の脇のあたりに浮きのようなものが浮かんでいて顔の部分が見えない。見ていると、別の艀が立てた白い航跡に運ばれて、桟橋に近づいてきた。それでもまだ、人かどうか自信がない。

「店のスタッフを呼ぶ？」

「いえ。もっとはっきりしてから。そばに行ってみます」

「いっしょに行こうかしら」マダムは立ち上がろうとして腰を浮かし、「あらら」という声とともにまた座ってしまった。

「大丈夫ですか？」

マダムが笑う。「どこも痛くないわ。トラブルド・ウォーターズのせいね。船酔いみたいに目がまわるわ」

「カクテルが効いたんですね。じっとしていて。すぐに戻りますから……」

マダムのためにコーヒーをポット一杯持ってきてくれるよう、ウェイターに頼み、いそいでレストランを出た。

ヒーターで暖められていたレストランから出ると、身を切られるほどの寒さにおそわれた。コートのボタンを留めながら灯台船に沿って歩く。陸地に近づくにつれて船上のバーの喧噪が遠ざかる。

岸に着いた。ピア66に平行してもうひとつ桟橋が川に突き出しているのが見えたので、その入り口をさがした。厚板を寄せ集めたような簡素な桟橋だ。水面とほぼ同じ高さなので川の様子がよく見えそうだ。

入り口はあっさり見つかった。いま出てきたバーの桟橋のちょうど北側に当たる。こんな夜更けなので桟橋は閉まっており、頭上の照明は消えている。

さいわい、行く手を阻んでいるのはチェーン一本だけなので、小柄なわたしは身をかがめて楽々くぐり抜けた。用心しながら前に進んでいく。桟橋を照らす灯りはまったくない。暗がりを歩くようなものだ。隣の大きな桟橋に停泊しているフライパン号の古い灯台からのかすかな光がなければ、文字通りの真っ暗闇。

年代物の船からの光は神々しく感じられた。心のなかで感謝しながら、前に進む。岸から離れるにつれて人間界の音は聞こえなくなる。足元の古い木の杭に川の水が打ち寄せて、大きな音を立てる。マンハッタンでつねに聞こえてくる雷鳴のような轟音も、もはやほとんど届かない。

ローブーツを履いた足でさらに歩く。あたりはますます暗くなる。河岸の建物の窓の明かりは何万光年も離れたプラズマの光のように、かすかになった。

心細くなってショルダーバッグからキーホルダーを取り出し、小さなライトをつけた。その頼りない光で闇を照らしながらデッキの先端の手すりのところまでたどり着いた。

さきほど見た人体らしきものをみつけるのに少し時間がかかった。桟橋のすぐそばに浮かび、波に揺られてデッキの厚板にぶつかっている。やはり浮きのような膨らんだものがくっついてプカプカ浮いている。

その風船のようなものをキーホルダーのライトで照らした。

暗がりのなかでは黒く見えていたけれど、じつはそうではなかった。真っ赤な地に、大きな『パタゴニア』のロゴ。浮きのように見えたものの正体がわかった。

防水加工されたバックパックだ！

かがんでデッキに両手をつき、手すりから身を乗り出した。膝に木があたり、ジーンズを通して氷のような冷たさが全身に伝わる。鉄柵の隙間から手を伸ばしてバックパックをつかもうとした。柵の隙間がとても狭いので、きつくて二の腕が痛い。

必死で手を動かしても指がかするだけ。しかもその反動で、バックパックはデッキから離れていってしまった。

自分の間抜けぶりにがっかりしていると、船上パーティー用の船が通り過ぎて新しい航跡が起きた。人体らしきものはそれに乗ってふたたび近づいてきた。ストラップを指でとらえ、しっかりと握った。両膝をついたまま重い物体を引き寄せながら、もう一方の手に持った小さなライトでそれを照らした。

人体らしきものが水のなかでゆっくりと反転した。ついに顔が上を向いた。もはや疑いの余地はない。この手でつかんでいるのは遺体が背負っているバックパックのストラップだった。

悲鳴が出そうになるのを必死でこらえ、ぐっと奥歯を嚙み締めてライトで顔を照らす。女性だ。

冷たく、もの言わぬ彼女はまだ若そうだ。二十代前半か。水に浮かんだまま金髪が顔の周囲に放射状に広がっている。肩までの長さだろう。ところどころにショッキングピンクの筋が入っている。

顔の左側に深い傷がある。顔になにかがついているので、その部分にライトを当ててみた。左の頬についていたのは、小さなハート形のタトゥー。それを見て、あっと思った。確かに見覚えがある。そのタトゥーを入れていた若い女性のことも。ビレッジブレンドに客として訪れていた女性だ。

13

息が苦しくなってバックパックから手が離れた。そのまま這って後ずさりし、反対側の手すりに背中をぶつけて止まった。

若い女性の遺体は水に葬られるようにデッキから離れ、浮かんだままゆっくりとまわり始めた。半ば開いた目から青い瞳がのぞく。じっと見られているように感じる。

耐えられず、ライトを消した。

震える指で九一一番に緊急通報した。スマホの弱い光を浴びながら、オペレーターに名前と状況を伝えた。オペレーターは電話を切らないように指示してからいったん保留にした。

わたしは携帯電話を命綱のように握りしめて立ち上がった。

ひどく無防備な状態で心細かった。そこに、音がした。

足音！　近づいてくる……どんどん迫ってくる……。

息を止めて暗闇に目を凝らした。携帯電話の光が邪魔してよく見えないけれど、誰かがこちらにやってくる。

鳥肌が立ち、悲鳴をあげそうになるのをこらえながら、必死でキーホルダーのライトをつけようとした。

「クレア！　クレア！」

小さなライトを相手に向けた。「マダム？」

「クレア！　見えないわ！　なにかあったの？」

「警察を呼びました」

「警察？」

「どうしてマダムがここに？　危ないのに」

「あなたのことが心配で……それに、気になるじゃない」

かなり酔っているのだと、思い出した。

マダムが水に浮かぶ遺体のほうを見る。

「あれは、もしや……？」

「ええ」

一瞬ぎょっとしたものの、マダムはすぐに毅然とした表情をとりもどした。

「なにかわたしたちにできることはない？」

「あの女性にはなにも。でも警察のためなら。これを――」

マダムにライトを渡し、スマホのカメラを起動させた。「写真を撮るので、これで顔を照らしていてください」

マダムが目を丸くする。「写真？　なんのために⁉」

「この人はビレッジブレンドのお客さまです。身元や名前まではわからないけれど、もしかしたらバリスタのなかに彼女の名前を知っている人がいるかもしれない」

写真を撮りながら、全身がぶるぶる震えるのを感じた。

若い女性の頬の小さな赤いハート。そのタトゥーを初めて見たのは、華やかなクリスマスシーズンのさなか、凍るように寒い冬の日の午後だった。

ビレッジブレンドの店内は華やいだムードに包まれ、駆け込みで買い物をする人々でにぎわっていた。次の店に向かう前に、暖炉で暖められたわたしたちの店で一息いれてコーヒーのカフェインでエネルギー補給をするお客さまであふれていた。

わたしはエスプレッソマシンの前に立ってエスプレッソを抽出したりドリンクをつくったりしていた。エスターは冴えないサンタの帽子をかぶってレジを担当していた。

「そのタトゥー、とってもクールね」若い女性の会計をしながらエスターが話しかけた。

「ありがとう！　腕にハート形のタトゥーを入れる人はいるけど、わたしは頬にしたのよ。自分のハートを大事にしたいから。それを堂々と示したいから。あはは！」

ブロンドの髪はサイドと後頭部をうんと短く刈り上げたピクシーカットにしていた。目はライトブルー。からりと明るく話すので、エスターとわたしもつられて笑ってしまった。

「わたしも同じようなタトゥーをしてるわ」エスターが打ち明けた。「でもそれを見せたら公然わいせつの罪で逮捕される！」

愉快そうに話すハート形のタトゥーの女性の後ろで、ティーンエイジャーのふたごの姉妹が口げんかを始めた。

「わたしは払えない。お金がなくなっちゃった」

「貯金を全部渡したのに。少しは残ってないの?」

「ほとんどない。おばあちゃんへのプレゼント、少し高すぎたわね。別のにすればよかった」

「ひどい。おばあちゃんを喜ばせたいから選んだのに。あけたらどんな顔するかな。すごく楽しみ。すてきなカードとかわいい包装紙も買わなくちゃね」

「今日はもう無理よ。あと二ドルしかない。しかたないわよ。帰ろう」

「嫌よ。冷えきってるから、あったまっていきたい。わたしの小銭はこれで全部。数えて。ホリデーラテには足りないけど、スモールサイズのドリンクひとつなら買えるでしょ。それをいっしょに飲んでから帰ろう。どれにする?」

それを聞いていたのだろう。ハート形のタトゥーの若い女性はわたしたちにウィンクしてカウンターに二十ドルを置き、小声でささやいた。

「あの年頃のことを思い出すわね。これであの子たちに好きなものをごちそうしてあげて。おつりはおばあちゃんへのカードと包装紙の足しにすればいいわ。わたしが払ったことは内緒にしておいてね」

「秘密は絶対に守りますとも」エスターがこたえた。

「あなたのすてきなハートはスペシャル・サイズね」わたしも一言添えた。

頬にハートのある彼女がにっこりと微笑み、メリークリスマスと言って店を出ていった……。


あの美しい心の持ち主がこんな変わり果てた姿に。重苦しい気持ちで写真を撮り続けた。心優しい彼女をよみがえらせるには、もう遅すぎる。それでも彼女の両親、友だち、家族にはなにか役に立てるかもしれない。彼女の身元をあきらかにして、なにが起きたのかをはっきりさせれば、きっと。

「バリスタたちに画像を送っています……」

ショッキングな画像であることを、あらかじめ断わっておいた。そして決して外部には洩らさないように、なにか心当たりがあれば知らせて欲しいと頼んだ。

「送信完了!」ほっと息をついて、返信をいまかいまかと待った。

マダムは寒そうに両手で自分の身体を抱きしめている。「もう戻らない?」

「警察の到着を待つように言われています。九一一番に通報してから何分も経つのに、なんの気配もないわ……」

マンハッタンの十二番街を食い入るように見つめた。緊急車両は見えないし、サイレンも聞こえない。たまに車が通り過ぎるが、とくにいそいでいる様子もない。

その時、くぐもったような声がした。「もしもし? 聞こえますか?」

保留を命じた九一一番のオペレーターだった。

「はい！」

「警察官が現場に到着しています。見えますか」

十二番街に動きはない。「どこでしょう？　誰の姿も――」

マダムがわたしをトントンと叩いて川のほうを指さした。真っ黒に見える水面に警光灯の点滅が反射している。どこからともなく、スマートなデザインの警察のボートがあらわれた。強力なエンジン音が轟(とどろ)き、猛スピードでこちらにやってくる。

そういうことか！

てっきり警察は車で駆けつけると思い込んでいたけれど、川もこの街の重要な道。そこを仕切っている精鋭部隊は――。

ニューヨーク市警港湾隊。

14

猛スピードでやってきた青と白のツートンカラーの船は、速度を落としながら近づいてきた。

全長十五メートルのマーティン・モロー号の上甲板には、指揮をおこなうための船橋(ブリッジ)が設けられている。キャビンの後ろの高いマストで光っていた警光灯は、エンジンが止まるとともに点滅をやめた。

船は水中の遺体にぶつからないようにデッキに接近し、厚板でできた桟橋に軽く当たった。光沢のあるウェットスーツ姿の人物がただちに甲板から川に飛び込み、水しぶきがあがった。そのまま若い女性の遺体へと泳いでいく。いっぽう、青い制服姿のすらりとした若い警察官が手すりを軽やかに飛び越えてわたしたちの前に降り立った。バッジにはバーンズという名が入っている。

「こんばんは、水兵さん!」マダムが手を振りながら呼びかける。

「アホイ!」期待にこたえてバーンズ巡査が海の挨拶で返す。

彼は船をロープで係留すると、作業用ベルトからレンチを取り出して手すりをいじり始め、一分もしないうちに手すりの一部を外し、脇に置いた。これで船から桟橋に降りられる。

「ミズ・コージーは？」

わたしが手をあげた。

バーンズ巡査は金髪の頭を傾げるようにして、キャビンのほうを示した。暗いなかに男性のシルエットが見える。「巡査部長が後ほど話をうかがいますから、ここを離れないようお願いします」

「なにがあっても離れません」わたしがこたえた。

とつぜん、川から声がした。「手を貸してくれ！」

バーンズ巡査は防水の手袋をはめ、ダイバーに加勢して遺体を暗いドックに引きあげた。ダイバーが川からあがった。バーンズ巡査は遺体から赤いバックパックを外してそばに置いた。膝をついたままでウェットスーツ姿の相棒を見上げる。

「ヘルナンデス、救命士としてどう判断する？」

ダイバーが水が滴り落ちるシュノーケルマスクをはずすと、黒い巻き毛と潤んだ茶色の目があらわれた。

「まちがいなく遺体だな」皮肉が込められた口調だ。

「この遺体は、上流で身投げして捜索中の人物だと思うか？」

「古くはないな」

ヘルナンデスは遺体をよく見ようと身を乗り出した。背の高さはわたしと同じくらい。身体にぴったりしたネオプレンのウェットスーツを着ているので全身が筋肉の塊だとわかる。

「四肢に水分浸潤が見られる」ヘルナンデスがわたしをちらっと見る。「皮膚がふやけている状態です。死後硬直はあまり進んでいないが、冷たい状態に置かれると進行の速度が遅くなるので、それだけで死亡時刻を推測することはできない」

ヘルナンデスはずんぐりした指を耳に入れて水を出す。

「干潮と船の航跡によって、身投げした人物がここまで運ばれた可能性はある。だから――」

「すみません」わたしが口を挟んだ。「身投げがあったんですか？」

「七十九丁目のボート・ベイスンで女性が川に落ちたと通報がありましてね」こたえたのはバーンズ巡査だった。「潜水士のチームがただちに捜索したが、見つからなかった。上流でひととおり捜索して、二時間前にいったん打ち切りになった。明朝、再開の予定です」

「女性が身投げした時刻は？」

「十六時です」

午後四時という表現のほうが一般人にはしっくりくる。

「川に落ちた、ということは事故の可能性も？」

バーンズが首を横に振って否定する。「目撃者は、あれは自殺だったと言っています。飛び込んだのだそうです」

すかさずマダムが発言した。「その人物の可能性があるとしたら、なぜ捜索の範囲を飛び込んだ場所に限定したのかしら？　潮の満ち引きで川の流れが変われば上流や下流に移動するでしょう。納税者として、財源の大変な無駄遣いに感じるわ」

マダムの批判にバーンズは如才なくこたえた。

「溺れて亡くなる場合、肺に水が溜まって沈みます。その後体内にガスが溜まると浮いてくるのですが、それまでには日数がかかります」

「でも、この女性は沈んでいないでしょう？」マダムは食い下がる。

「バックパックがあったからです。バックパックが空気でふくらんでいたので遺体が浮いた」

「妙ね」わたしは疑問を口にした。「自殺を図って川に飛び込むのに、なぜプカプカ浮くようなものを背負っていたのかしら。本気で死ぬつもりなら、バックパックに石とか重いものを詰めるのでは？」

ヘルナンデスとバーンズが顔を見合わせる。返事はない。

「それに、額のこの傷は？」目立つ深い切り傷をわたしは指さした。

この問いにはヘルナンデス巡査がこたえた。「死後に損傷を受けた可能性がありますね。なにしろ川のなかだ。岩とか桟橋に衝突したのかもしれない、通りかかったボートで傷つけられたとも考えられる。相当やられたようだ。見ればわかる。左の靴もない……」

確かに、右足にだけスリッポンのスニーカーを履いている。ブロンドに交じるショッキングピンクと同じ色。スキニーデニムの左右のポケットも裏返って外に出てしまっている。それがなぜか天使の翼に見えてくる。未来を閉ざされてしまった小さな翼。

遺体を見つめていたバーンズ巡査が口をひらいた。「身元の手がかりになるものをさがそう」

膝をついたまま、手袋をはめた手で短い丈のジャケットのポケットを漁ったが、なにもみつからない。

「潮の流れで全部持っていかれたか」ぽつりと彼がつぶやく。

「バックパックはどうだ」ヘルナンデス巡査だ。

手袋のせいでやりにくそうだが、バーンズ巡査はバックパックのファスナーをあけた。なかには蓋つきのプラスチック容器が三個。食品の保存用だが、空っぽだ。

マダムが首を傾げた。「まるで浮きみたいね。石は入っていない?」

バーンズ巡査はその問いを無視して、ヘルナンデス巡査にプラスチック容器を投げて渡した。

「ほかにもファスナーがある。なにか入っていそうだ」

ファスナーをあけて手を入れ、なかにあったものをバーンズ巡査が取り出した。

マダムが息を呑んだ。

港湾隊のバーンズ巡査がわたしたちに見せたのは、三十二オンス入りのステンレス製のサーモマグだった。その側面には、見慣れたロゴが——。

ビレッジブレンド。

15

バーンズ巡査がサーモマグを振る。「半分くらい入っているようだ」

「あけてみてください」わたしが言った。「なかのコーヒーのにおいを嗅がせて。色も確かめたいわ」

バーンズが戸惑った表情を浮かべた。「どういうことですか？」

ヘルナンデス巡査は頭を掻いている。「いったいなんのために？」

「わたしはビレッジブレンドのマネジャーです。このサーモマグはうちの店で購入されたものです。これを持参したお客さまには『本日のスペシャル』のお代わりを割引価格で提供するので、常連のお客さまは日に何度も店に立ち寄ります」

ヘルナンデスが肩をすくめてたずねる。「それで？」

「この女性が今日うちの店を訪れてコーヒーを購入したのであれば、その時刻をサーモマグの中身から特定できます。その情報は死亡時刻を絞るのに役立つはず」

バーンズ巡査とヘルナンデス巡査は半信半疑といった表情で顔を見合わせている。

「コーヒーには変わりないですよね。要するに淹れたてか、そうでないかの違いでしょう」

まず口をひらいたのはバーンズ巡査だ。

「いえ、そんな単純なものではないわ」

ヘルナンデスが鼻を鳴らした。

「くわしくお話ししますね」できるだけ細かく説明しようと決めた。「今日の午前七時から正午まで、ビレッジブレンドではエチオピア産のシングルオリジンを提供していました。フローラルなアロマでアプリコットとハニーの香りがする豆です。繊細なフレーバーとカフェインをより多く残すためにわたしがライトローストしました。正午に、本日のスペシャルをエステート・パナマに切り替えました、ベリーとバニラの香りが楽しめるコーヒーです。この豆はシティロースト、つまり中程度に焙煎します。午後六時、ファイヤーサイドと名づけたブレンドに切り替えました。主役はスマトラの豆ですが、大規模農園から調達するのではなく、うちの店のコーヒーハンターはインドネシアの小規模栽培者から買い付けます。彼らが自分の敷地や庭で栽培したものをセミウォッシュドで精製し、特徴的なアーシーな風味、チョコレートとスパイスの力強い香りを引き出します。この豆はウィーンローストで提供します。ミディアムダークになるまでローストしてカフェインが少ないので夕食後に楽しんでいただけます」

わたしは両手を腰に当てた。「ですから、どうぞそのサーモマグをあけてみてください」

バーンズ巡査とヘルナンデス巡査はぽかんと口をあけたままこちらを見ている。

「レディにコーヒーのにおいを確かめてもらえ！」

いきなり大声で命令が飛んだ。わたしたちがそろって振り向くと、声の主の男性がいた。船の司令官がようやくブリッジから出てきたのだ。

揺れるデッキを踏みしめるように立っている長身の人物は、贅肉（ぜいたく）がついていないすらっとした体格。こめかみのあたりに白いものが交じっているけれど、髪は真っ黒だ。そして右目を覆っているアイパッチも真っ黒。二人の巡査とは二十歳以上、年が離れているはず。

マダムはスミレ色の目を大きくみひらいて美しいモカ色の肌のその人物を見つめている。

「ヨーホーホー、ラム酒のボトル、見つけた！」マダムはクスクス笑って上機嫌だ。ラム酒を少々飲みすぎて、ついそんなことを思いついてしまったのか。なんとも間が悪い。

わたしはいたたまれない気持ちで唾をごくりと呑み込み、船首に描かれたマーティン・モロー号という船名をもう一度見て、確信した（わたしもかなりアルコールがまわっていたのかもしれない）。

「モロー巡査部長、ですね？」

バーンズ巡査の顔がゆがんだ。ヘルナンデスはうつむいて笑いをこらえている。

「この船はマーティン・モロー号です」司令官がこたえる。「ニューヨーク市警の船の名はすべて、殉職した警察官の名前にちなんでいます」

ああ、穴があったら入りたい！「では、あなたは？」

「ジョーンズ巡査部長です」

マダムがまたもやクスクス笑い出す。「ディヴィ・ジョーンズね！」

「レオニダス・ジャバリ・ジョーンズ」

バーンズとヘルナンデスはびっくりして顔を見合わせている。それだけでは足りずに「レオニダス？」と口を動かしている。

わたしは咳払いをして巡査部長に自己紹介した。捜査に協力できる立場であることをとくに強調した。巡査部長はうなずいてバーンズに指示し、バーンズは手袋をしたままサーモマグのふたをあけた。

「触れないように気をつけてください。証拠品ですから」バーンズ巡査が念を押す。

「においを嗅ぐだけです」

バーンズが片膝をついてバランスをとり、サーモマグを聖なる捧げもののように掲げた。サーモマグに顔を近づけて鼻から思い切り吸い込んだ。そのまま顔をあげ、肺からゆっくりと息を吐き出す。もう一度においを嗅いだ。フローラルな香り、繊細な香り、フルーティーな要素はいっさいない。力強いスパイスの香りと濃厚なチョコレートの香りを強く感じる。ということは、深煎りローストした食後向けのコーヒー、ファイアーサイド・ブレンドにちがいない。

「この女性は、川に飛び込んだ人物ではありません。このコーヒーは今夜午後六時からお客さまに提供したものです。うちの店のブレンドですからまちがいありません。女性が飛び込んだのは午後四時と目撃者が証言しているんですね？」

ヘルナンデス巡査がうなずく。

バーンズ巡査がサーモマグのふたを閉め、バックパックの脇に置いた。彼は遺体の目をそっと閉じてやり、ビニールで全身を覆った。

ジョーンズ巡査部長がデッキを降りてこちらにやってきた。わたしの身長は厚底の靴を履いても百六十センチ足らずなので人を見上げることには慣れている。しかしアイパッチをした巡査部長の威圧感は並ではない。かならずしも長身のせいだけではない。彼は戦艦の司令官の風格を備え、声は汽笛の強烈な音みたいに響く。

「時刻に関して思いちがいはありませんか、ミズ・コージー？」

「まちがいありません」

ジョーンズ巡査部長はわたしを威圧するのはやめることにしたらしい。今度はヘルナンデス巡査を威嚇する。「バーンズから受け取ったプラスチック容器の中身は？」

「仕事に関するものではないかと……」ヘルナンデス巡査が見せたのは、赤いUSBメモリだった。パソコンなどのUSBポートに差して使う小さなスティックだ。

「それに遺書が入っているかもしれない」わたしは赤いUSBメモリを指さした。「もしも自殺なら」

巡査部長がアイパッチをしていないほうの目でわたしを見据える。「ふつうは紙に書くものだが、なぜここに入っていると？」

「紙に書いた可能性もあります。ただ、この女性は七十九丁目から流されたのではない。そう考えると……」わたしは十二番街を、そしてマンハッタンのスカイラインを指さした。

「いまではあのあたりまでシリコンアレーに含まれているわ。フラットアイアン地区からどんどん拡大しているんです。すぐそばにはウーバー、グーグル、マイクロソフト、ソーンなどテクノロジー企業が東海岸に拠点を置いている。うちの店ではそうした企業のイベントにケータリングをしていますから、少々くわしくなっています」

「で、おっしゃりたいことは？　コーヒーレディ？」

「つまり、この女性はテクノロジー企業勤務だったのではないかと。わたしは彼女が自殺したとは思えない。でも、仮に自殺だとしたら、最後のメッセージをデジタル媒体で残したかもしれない」

「確認してみよう」ジョーンズ巡査部長がバーンズ巡査に指示した。「ブリッジからわたしのノートパソコンを」

「いいのかしら、ジョーンズさん……」マダムはまたもやクスクス笑っている。「彼、あなたのロッカーを漁るかもしれないわよ」

巡査部長はアイパッチをしていないほうの目でじろりとマダムを見る。

まずい。「酔い覚ましのコーヒーが必要ですね」わたしはマダムにささやいた。

「あのサーモマグはだめよ。あれは証拠品ですからね、忘れないで！」

バーンズ巡査はおおいそぎでマーティン・モロー号に乗り込んで、あっというまにコンピュータを抱えて戻ってきた。旧型でかなり使い込まれ、あちこち汚れている。彼はＵＳＢポートにメモリスティックを差し込み、画面を見つめた。

「読み込めないな」

「USBメモリを小刻みに動かしたらどうだろう。それでうまくいくことがある」ヘルナンデス巡査だ。

二人があれこれ試しているのを見ていると、スマホが振動して着信を知らせた。発信者をすばやくチェックした。バリスタからだろうか。この女性の身元についてなにかわかったのかもしれない。

その予想ははずれた。相手はバリスタではなく、警察官。警察に勤務する特別な人物からだった。長らく音信がとだえていたわたしの婚約者マイケル・R・F・クィン警部補だ。

わたしは深呼吸をしてから電話に出た。

「マイク、いまどこなの？」ごくさりげない口調で（言ったつもり）。

「いまか？　きみのコーヒーハウスの前だ！　びっくりさせようと思って立ち寄ってみた。逆にびっくりさせられたよ。いまどこにいるんだ？」

16

濡れた桟橋で寒さに震えて、悲鳴をあげそうになるのをこらえている。そう言えたらいいのに。でも、きっとそれではすまない。なにもかもぶちまけてしまうだろう。不安、いらだち、ショック、怒り、悲しみのすべてを。

いや、いまそんなことはしていられない。

「ちょっと問題が起きて。後で説明するわ――」

やり過ごそうとしたら、マイクにさえぎられた。「小道具の銃の発砲の件か。それならもう耳に入っている……」

当然か。マイクはソーシャルメディアで拡散する動画をたえずチェックするタイプではないけれど、地元の警察の動きはつねに把握している。

「フランコから？」直感で聞いてみた。

「十五分前に連絡があった。だから仕事を切り上げてきみに会いにきた」

「電話は彼氏から？」マダムだ。両手を口に当ててメガホンにしている。「わたしからの投げキッスを贈るわ。ダイナ・ショアみたいなポーズで！」

投げキッスをして腕をぱっと伸ばした拍子に、酔ったマダムはジョーンズ巡査部長の肩を思い切り叩いてしまった。さいわい長身の彼はむっとすることもなく、むしろおもしろがっている。

わたしはさらに声をひそめた。「マダムに呼ばれてピア66で遅い夕食をとっていたの。マダムはラムのカクテルをかなり飲んで――」

「聞こえたよ」

「開いた!」バーンズ巡査が声をあげた。「よし。ビデオファイルがいくつかある。一、二、三――全部で五本だ」

「一本再生してみよう」ヘルナンデス巡査だ。

「大丈夫かな、このアンティークのパソコンで」

「話し声がいろいろ聞こえるな」耳元でマイクの声がする。「まだレストランか?」

「いいえ、夕食はすんだわ」

「マダムを家に送っているとちゅうか?」

「そういうわけでもなくて。ちょっと身動きがとれないだけ」

「身動きがとれない?」マイクは聞き流してはくれない。「どういう状況だ?」

「じつは、事件現場にいるの」

「なんだと?」

「落ち着いて。わたしたちは単なる目撃者よ」

「でもわたしはメガネを家に置いてきたから、なにも見ていないわ！」マダムが張りのある声で言う。

マイクが沈黙を挟んで、ふたたび質問する。「マダムは酔っ払っているのか？　そこは事件現場なんだろう？」

「そこは突っ込まないで」

「動画がひとつ再生できた」バーンズ巡査の声だ。「女性が銃をふりまわしているようだ。音量をあげてみよう……」

「ここにいるみなさん！　あなたたちには決して危害は加えません！　わたしの目的は……」

わたしはその場で凍りついた。

この動画は遺書ではない。今夜、店のスタッフといっしょに見た動画と同じものだ。遺体が背負っていたバックパックから見つかったサーモマグにはビレッジブレンドのロゴ、USBメモリにはビレッジブレンドの店内で撮影された動画が保存されている。

これはいったいどういうことなのか。

亡くなった女性は店のお客さまだった。店内で起きた発砲騒ぎを撮った動画をダウンロードして保存していたのはなぜだろう。ピストルを振りまわしたキャロル・リン・ケンドールを知っていたのか。それともリチャード・クレストを？

クレストはシンダーでスワイプして手当たり次第に女性に会っていたのだから、彼と接点があったとしても不思議ではない。彼女もクレストの被害者のひとりなのだろうか？　それを証明できるものはない。なんの裏付けもないまま自分の推測だけを語っても、ここにいる港湾隊には相手にしてもらえないだろう。

証拠はあるんですか、のひとことで。

彼らは科学捜査班を呼ぼうとはしないだろう。遺体そのものが事件現場に相当するから、法医学的証拠の収集は遺体安置所でおこなえば充分と判断する。

死亡推定時刻を手がかりに自殺ではないと訴えても、おそらく説得力はない。午後四時に「飛び込んだ」女性と同一人物ではなくても、他殺であるとは断定できない。

確かにわたしはこの若い女性の名前すら知らない。この動画はまたたく間に拡散して無数の人々が視聴している。それをたまたま保存しただけではないか。そう言われたら反論できない。

それでも今夜自分が見聞きしたことを思い返すと、偶然の一致で片付けるのはまちがっていると思えてならない。ここにいる巡査たちがわたしの立場であれば、同じように考えるのではないか。

そこでふと思い出した。そういえば……。

「クレア？　聞こえているか？」

「ええ」

「どうかしたか？」

「そう、わたしはどうかしていた……」バーンズ巡査から離れて小声でささやいた。「桟橋に来られる？　あなたの助けが必要なの」

「マダムを送り届けるのか？」

「いいえ。靴をさがすために」

17

「これは事件の捜査じゃないのか？」

「楽しいか？」マイク・クインは砂色の髪を手でゴシゴシとかきむしる。「これは事件の捜査じゃないのか？」

「楽しい」

「そうよ。でも公園を一緒に歩くなんて、ひさしぶり」

「そうだな、いつ以来かな。前回は昼間だったことは憶えている……」マイクの冷たく澄み切った青い目がこちらをじっと見おろしている。

午前二時近くのハドソンリバー・パークはしんと静まり返っている。閉園時刻は午前一時となっているけれど、広大な敷地全体を閉め切っているわけではなく、かんたんに入れる。テニスコートと遊具のある遊び場にはしっかりとカギがかかっていたが、自転車と歩行者用の道路は自由に通行できる。とはいってもここは都心の一角。あたりは闇に覆われ、パトロールは手薄な一帯だ。

でも今夜は警察官の護衛つきなので安心だ。しかもニューヨークの街の最前線で活躍してきたベテラン刑事で、麻薬捜査を担当した功績を称えられて勲章を授与されている。

「照れずに、楽しいと認めたら?」ボディガードには理想的な彼のたくましい胸を、軽く肘で突いてみた。

「暗闇のなかに二人きりでいると、想像力が刺激されるのは確かだ」遠い街灯のほのかな光で、なんとかマイクの表情が見える。いつも通りの冷静な表情の奥に、温かいものが見てとれる。「あそこのベンチはわれわれの捜査活動にぴったりじゃないか?」

「そういうのは後に取っておきましょう。まずは仕事よ……」

マイクは有能な警察官だ。力を発揮しすぎるくらいだ。難解な事件を解決に導く手腕、すぐれたリーダーシップ、ワシントンDCのフェデラル・トライアングルでの勤務実績で彼の名はニューヨーク市警内で知れ渡っている。自然と、「特別な」(すなわちやっかいな)任務にも抜擢される。

いまも重い責任が彼の肩にのしかかっているのだろう。金色のネクタイにはコーヒーのシミが目立ち、スポーツコートを着て歩く姿勢は猫背気味で、ひげもかなり伸びてしまっている。

それでも深夜の暗い公園に足を踏み入れてからは、目に見えて軽やかな足取りになっている。つかのまでも警察官として基本の業務に戻り、大好きな仕事ができるチャンスをおおいに楽しんでいるのが伝わってくる。

わたしの婚約者はそういう人。わたしたちは時間をかけて距離を縮め、おたがいの内面を理解した。昨日や今日の浅いつきあいでは得られない関係だ。

初めてマイクに会ったのは、わたしのコーヒーハウスで。見るからにカフェインに飢えた表情でビレッジブレンドにあらわれた。大きな肩にしわくちゃのトレンチコートをまとい、青い目は充血し、やつれていた。もちろん仕事の過労もあったけれど、個人的な問題で疲弊していた。かつてわたしが直面したのと同じ問題を抱えていたのだ。

もちろん、会ってすぐにそんなことがわかったわけではない。初めて会った時、マイクは完全に職務に徹していた。ビレッジブレンドのバリスタが入院した件の追跡調査で訪れたのだ。わたしは彼に二点、指摘した。バリスタが巻き込まれた「事故」は偶然のできごとではない、そしてわたしが細心の注意を払って淹れる上質なコーヒーは彼が長年飲みつづけている泥水のような安いコーヒーとは別物である、と。

マイクは事件についてのわたしの考えに納得し、コーヒーにも感動してくれた。以来、たびたび店に立ち寄るようになった。

わたしたちは徐々に親しくなり、友情を深めていった。マイクは感情をあらわにしないタイプだが、そのストイックさは警察官として身についたもの。本来の彼は思いやりに満ちた人柄であることを、いつしかわたしは理解した。

元夫マテオは血の気が多くてあけっぴろげな性格だったので、それに慣れていたわたしはクールでつかみどころのないマイクの気性を呑み込むのに少々時間がかかった。まったく新しい言語を身につけて彼を読み解く必要があったのだ。

その甲斐はあった。

マテオはすぐにカッとして人とぶつかることも多いし、とても鈍い一面もある。マイクは忍耐強く、思慮深くて察しがいい。優秀な刑事とはそういうもの、といってしまえば、それまでだが。

たとえば今夜も、くわしい事情は伝えず、ただ来て欲しいと頼んだらピア66まで迎えにきてくれた。それだけで彼にはちゃんと伝わる。

わたしが港湾隊の事情聴取を受け、検視局のチームが女性の遺体を搬送するのを見届けると、酔っ払ったマダムを二人がかりで店のバンに乗せて無事に自宅まで送り届けた。

マダムは車中でも饒舌だった。港湾隊の「イケメン」のジョーンズ巡査部長のことばかり話していた。「なぜアイパッチをつけるようになったのかしらね。彼はどういう経緯で片方の目を失ったと思う？　ディナーのお相手として期待できそうね。今夜会った、あのろくでなしとはきっとおおちがい。ニュージャージーの不動産市場についてダラダラ聞かされてうんざりだったわ！」

マダムの住まいのペントハウスに到着すると、すぐに着替えさせて寝る支度を手伝った。さいわい、マダムは枕に頭をのせた瞬間にぐっすり眠ってしまった。

マダムのキッチンで眠気覚ましのためにエチオピアン・ライトローストをフレンチプレスで淹れ、紙コップに注いだ。そしてマイクとともに川岸に戻る車の中でくわしい説明をした。ビレッジブレンドの二階のラウンジでの発砲騒ぎ、それを撮影した動画がネット上で拡散してしまったこと、ハドソン川で若い女性の遺体を発見し、それがビレッジブレンドのお客さまであるとわかったことを。

18

「おかしな連想かもしれないけれど」あらかじめ断わってから自分の考えを伝えた。「あの若い女性の死と、今夜の店の騒動は無関係ではない。そう思えてならないの」

マイクは真面目な表情を崩さない。「きみの言う通りだ」

その言葉にほっとして、ふうっと息を吐き出した。が、彼の言葉には続きがあった。

「おかしな連想だ」

わたしは足を止めた。

マイクがじっとこちらを見ている。「なにも証拠がなければ、捜査官はおかしな連想として片付けるだろう」そこで彼は腕組みをした。「仮説は立ててあるんだな？」

「ええ」

「聞こう」

「今夜キャロル・リン・ケンドールはリチャード・クレストを脅す理由を説明していた。彼にたぶらかされて関係を結び、ポイ捨てされたからだと。クレストはそういうことを繰り返す常習犯なの」

「なぜわかる？」

「ナンシーとエスターは店のなかで彼がシンデレラを侮辱しているところを見ている。少なくとも二度。クレストはフランコに事情聴取されて、それを裏付ける話をしている」

「内容は？」

「『あの手のメス豚はこっちを金の詰まった袋くらいにしか見ない。だから手荒に振り払うしかない』という言い方だった」

「とんでもない王子だ」

「ええ。亡くなったあの若い女性はビレッジブレンドのお客さまだった。彼女もマッチングアプリでリチャード・クレストと出会い、ひどい目に遭ったのではないか。そう思ったのよ。キャロル・リン・ケンドールのように、彼女も仕返しをもくろんでクレストと会う手はずを整えた。しかし予想外の展開になって、けっきょくクレストは彼女の遺体を川に投げ入れた。路上強盗のしわざに見せかけようとしたのか、あるいは自殺に……」

「続けて」

「彼女の遺体はピア66近くの川で見つかった。投げ入れられたのは桟橋の北のほうでしょうね。この公園なら、二人が会う場所として都合がよさそう」

「しかし二人が会っていたと、どうやって確かめる。港湾隊は彼女の携帯電話を回収したのか？」

「身分証も携帯電話もみつからなかった。ポケットの中身は空っぽで裏返しにされていた。

おそらくクレストがすべて持ち去った――」

「落ち着け、クレア。まずは事実だ、証拠固めだ。亡くなった若い女性とリチャード・クレストとの関わりを立証するものはあるのか？」

「言わなかった？　被害者の写真を店のスタッフに送信したのよ。あなたが桟橋に到着する前にエスターから返信があった。名前は知らないけれど、ハート形のタトゥーのお客さまとして知っていると。直近の二回の来店を憶えているそうよ。まず、今夜来店してサーモマグ用の注文をした。前回は二週間ほど前。テーブル席でリチャード・クレストと話し込んでいたそうよ」

マイクが顔をしかめた。「それではなにも立証できない。それはわかるね」

「まだ話は終わっていない。被害者のバックパックからUSBメモリがみつかった。そこには今夜のビレッジブレンドの発砲事件を撮った五種類の動画が保存されていた。五種類もあったなんて、知らなかったわ。わたしが見たのは一つだけ。彼女は各種ウェブサイトやソーシャルメディアのプラットフォームから五本全部みつけてダウンロードし、一つひとつ名前をつけてファイルに保存していた。港湾隊の人から聞いたわ」

マイクは無精ひげが伸びてきた顎をごしごし掻いた。「短時間のうちにそれだけ動画を見つけてダウンロードしているのか。シリコンアレーのこの界隈で働いていた可能性もあるな」

「わたしも同じことを考えた」

「その身元不詳の若い女性はクレストに直談判するつもりで会った。ビレッジブレンドで発砲事件を起こした女性のように。きみはそう考えているんだな。二人は言い争いになり、そしてなにが起きた？　仮説を続けて——」

「クレストは彼女を殴った。思いがけなく強く当たってしまい、動転した。救急隊を呼べば助かる命だったかもしれない。しかしそうはせずに、彼女の携帯電話、財布、身分証を奪った。強盗に見せかけるために。そして意識を失った彼女を川に投げ込んだ。もしかしたら殴られた時点ですでに息絶えていたのかもしれない、検視結果であきらかになるでしょう。クレストが卑劣な人物であるのはまちがいない。まさしく危険人物。亡くなったのはわたしの店のお客さま。クレストが関与しているとしたら、かならずそれを立証してみせる」

「USBメモリはあったんだろう？　そこに動画が保存されていたんだな。なぜクレストはそれも奪わなかったんだ。彼と被害者を結びつける証拠になるんじゃないのか？」

「可能性としては、彼はあせっていた、あるいはパニック状態でうっかりしていた。同じ理由からバックパックについての判断を誤った」

「というと？」

「バックパックはかさばっていた。見るからに重そうで、彼女の身体を水中に引きずり込むだろうと誰もが思うでしょうね。けれどもなかに入っていたのは、空っぽのプラスチック容器と半分空になったビレッジブレンドのサーモマグ。おまけにバックパックは防水仕様だったから救命具のような役割を果たした。それでわたしは彼女を見つけることができた」

マイクが空を見上げた。一面を覆い尽くしていた厚い雲にようやく切れ目ができて、空が少しのぞいている。

「われわれはどこに向かっているんだ、コージー刑事？　ここでなにをさがすんだ？」

マイクはとっくにわかっている。それでも長年、新人警察官を指導してきた彼はすっかりソクラテス式問答法が染みついてしまっている。

「犯罪がおこなわれた現場をさがします」素直にこたえた。「この公園内で。川のそばを北に向かって移動しましょう。被害者の遺体は干潮で南に向かって流れてきたから」

「きみの説では、犯人は彼女の携帯電話と財布を奪った。なにが見つかると思う？」

「携帯電話と財布といっしょにポケットに入っていたもの。ＡＴＭを使った際の明細書、クレジットカードのナンバーの入った控え。彼女の手書きの文字が残っているポストイット。キーホルダーなど。彼女はハート形が好きだった。とにかく彼女がそこにいたと証明できるものであれば、なんでも」

マイクは川岸に沿って視線を移していく。「真夜中を選んだ理由がわかる。朝になれば清掃作業が始まって、そういうものはすべて処分されるだろう。ただ言っておくが、見つかったとしてもたいして証拠能力はない」

「そうね。でも忘れないで。あれさえ見つかれば――電話で言ったでしょう？」

「すまない、記憶が……」マイクが頭を掻く。「すっぽり抜け落ちてしまっている」

「近いわ」

「近いのか？」

「亡きシンデレラの片方の靴は、すっぽり抜け落ちていた」

行く手に光が見えた。マイクはそんな表情を浮かべる――実際の公園はあくまでも暗いけれど。片方の靴が見つかれば、状況は大きく変わってくるだろう。マイクも同じ意見だった。

「見つかったら、わたしから署に連絡しよう。彼らは現場を封鎖し、科学捜査班が呼ばれてさらに証拠となるものを探すだろう――血痕、髪、指紋、繊維など回収できるものはすべて。そんなふうにうまくいくとは思えないが」

「あなたがここにいてくれる。長い一日の仕事を終えた後でね。それだけでじゅうぶん、うまくいっているわ」

彼がにこっと微笑んだ。さっそく川沿いのコンクリートの通路を調べ始めた。

数メートル進むたびにマイクは重いマグライトで暗がりを照らし、わたしが念入りに調べた。ビレッジブレンドのバンのダッシュボードに常備している懐中電灯はわたしが持ち、マイクはあえて重いマグライトを使っているのだ。

持ち手が長く固くて重いマグライトは、現場の警察官にとって護身用にちょうどいい。本来の使い方ではないけれど、物騒な路地や、暗くて人気(ひとけ)のない一帯(たとえば閉園後の公園など）に入る際、これさえあれば心強い。

木の下や茂みの周囲、ベンチのあたりもくまなくさがした。こんな時間にうろうろしている無鉄砲な人間は、わたしたちだけではなかった。

自転車で通り過ぎるサイクリストたちはパトロールの警察官に違反キップを切られないよう、猛スピードで去っていく。公園のなかで野宿をするホームレスもいた。一人は老人、もう一人は若い。

秋の冷え込みは厳しいけれど、まだ街のシェルターに行こうと思うほどではないのだろう。それでも、じきに冬。川から吹きつける風はもうこんなに冷たいのだ。川に氷が張った極寒の時期、川辺の道を散歩していて、ホームレスの老人が新聞紙を毛布代わりにして凍死していたのを見つけたことがある。

その光景を頭から追いやりながら、ひげが伸び放題のホームレス二人に話しかけてみた。まずマイクが声をかけ、それからわたしが亡くなった若い女性の特徴を説明し、見かけたかどうかをたずねた。

二人は髪がボサボサの頭を横に振って否定した。

その場を立ち去る前にマイクは彼らを気遣う言葉をかけ、ポケットから小さなカードを取り出して一枚ずつ渡した。ロウアー・マンハッタンのシェルターとフードバンクの住所が載っているカードだ。彼がいつもそれを持ち歩いているのを、わたしは知っている。

ふたたび歩き出すと、マイクは無言のままマグライトをわたしに預け、携帯電話を取り出した。これからホームスタットのアプリで二人のホームレスについて報告するのだ——捕まえるためではなく、街のアウトリーチのプログラムを通じて彼らに援助の手が届くように。一時間以内にストリートアクション・チームが彼らのもとに到着していまの状況を判断し、必要となれば暫定的あるいはずっと暮らせる場所に入れるようにするだろう。

わたしとマイクは川に沿ってさらに歩き、茂みやベンチをチェックした、今夜、マダムと話したことを思い返していた。サマー・オブ・ラブのことも。当時、この公園があったならどうだっただろう。

「野宿していた彼らを見たら、いろいろ考えてしまうわ……」

「なにを？」

「夕食をとりながらマダムから話を聞いたの。グルービー殺人事件について。知っている？」

「もちろんだ。警察に入るずっと前に起きた事件だが、警察学校で巡査長から聞いた」

「被害者に関することは聞いたけれど、二人を殺した犯人はどうなったの？　捕まって有罪判決を？」

「ああ」

「どうやって捕まえたの？」

「シャーロック・ホームズみたいな謎解きがあったわけではない。そういう裏話を期待しているなら。警察官が地道に捜査を重ねただけだ」

「たとえば？　近所を戸別訪問してまわったり、住人から証言を集めたりするの？」

「ああ。それに、唯一の目撃者をとことん締め上げた」

「目撃者がいたのね？」

「〝遺体の発見者〟が犯行に関与していた、ということはままある。ベテランの警察官はつねにそのことを念頭に置いている。自分の関与を隠蔽するために〝発見者〟を装う可能性がある。グルービー殺人事件の場合、ティーンエイジャー二人が死亡していると通報したのは、その建物の清掃をまかされている人物だった。彼は地下のボイラー室に寝泊まりしていた。被害者たちが殺された現場だ」

「その人物は犯行とは無関係だったの？」

「彼はそう主張したが、刑事たちは信用しなかった。だから徹底的に尋問した。彼が勾留された後、事件と同じ日に同じ地下室で暴行されたとして女性が被害届を出した。偶然の一致とは考えられない。被害者の女性の証言から、清掃員が犯人であると特定された。暴行罪が成立し、刑事たちは容赦なく清掃員を締め上げて殺人犯の名前を吐かせた」

「彼は知っていたのね？」

「犯人の一人はその建物の住人だったんだ。もう一人は下っ端のドラッグの売人で、被害者二人にＬＳＤを売ってやると嘘をついてあの地下室へと誘い込んだ。殺人犯たちは違法薬物で興奮した状態で凶器、つまり煉瓦で被害者を殴打した」

ぞっとして身体が震える。「なんてむごい」

「犯人は二人とも獄死した」

マイクは黙り込んで茂みと通路を見まわした。靴や紙くずをさがしているのではない。グルーピー殺人事件について話すうちに、いまの無防備な状態が気になってきたのだろう。

「警察としては、あの事件を特別扱いしたわけではない。あたりまえの捜査をして解決にこぎつけた。が、それからが予想外だった」

「事件が知れ渡って街が恐怖に包まれたから？」

「それもある。しかし肝心なのは、子どもといってもいい年齢の若者たちがおおぜい公園や路地や建物の戸口にたむろして堂々とドラッグを使っている異様な事態をもはや放置できないと商店主、そして街全体が目覚め、ニューヨーク市警に対し積極的な行動を期待したことだ。サマー・オブ・ラブの子どもたちを必死にさがす親たちもいた。なにか手がかりはないかと署を訪れる母親や父親の姿を見ない日はなかったと、古参の警察官から聞いた。そして、わが子の死因についてなんらかの説明を求める親の姿も――たいていは薬物過剰摂取(オーバードーズ)だ」

「なんて痛ましい」

「あの殺人事件を契機に、世間は警察にもっと多くの役割を求めるようになった。ただ犯人をつかまえるだけではなく、犯罪の温床となる状況への対応を」

「じゃあ、マダムは正しかったのね」

「彼女はいつだって正しい」彼が微笑む。「今回の件ではどう正しかったんだ？」

「グルーピー殺人事件はビレッジ全体に大きな爪痕を残し、流れが大きく変わったと。でもそれだけではなかったのね？　ニューヨーク市警もが変わっていった」

「そうだな。ただ、警察には絶対に変わらない面も……」

それがなにを意味するのか、その数分後にこの目で見ることになった。前方の川岸に男たちが数人いるのが見えた。茂みで静かに野宿していたホームレスとは様子がちがう。

川岸の柵に雄鶏が並ぶように腰掛けて、ゲラゲラ笑ったり柄の悪い言葉で言い合ったりしている荒っぽい連中だ。そろって薄茶色のオーバーオールを身につけ、そばのウエストサイドの倉庫の名が入っている。

若者六人のうちの三人はタバコを吸っている。全員がしわくちゃの紙袋を持っているのは、そのなかに酒の缶や瓶を入れているからだ。これなら屋外の公共の場でアルコールを飲んでも、なんとか警察の目をすり抜けられるという知恵だ。

マイクは騒々しい男たちを無視して通り過ぎるつもりだったにちがいない。ところが数人がわたしに卑猥(ひわい)なヤジを飛ばした。

マイクはそれを聞き流すことができなかった。

「やあ、諸君」

「やあ、クソ野郎!」

残りの五人がゲラゲラ笑う。

マイクはまばたき一つしない。「クソ野郎か」あくまでも冷静に、男たちのほうを見る。

「バッジを持っていても、か?」

20

マイクがゴールドシールドをキラリと光らせると、笑い声がぴたりとやんだ。マイクが話を始めた。すごみのある声だ。

「おまえたちに聞きたいことがある。わたしの連れの話をよく聞くように。ふざけたりしたらどうなるか、わかっているだろう。公園は法律上は閉まっている。そのにおいは炭酸飲料ではないな。応援部隊を要請すれば五分も経たないうちに駆けつけるだろう……」マイクはそこで一瞬だけスポーツコートの前をあけた。ショルダーホルスターに納められている真新しいグロックの銃床がはっきりと見えるように。

若者たちはあせった様子で互いに顔を見合わせている。そして全員の視線がわたしに向けられた。

「きみの番だ」マイクがささやいた。

わたしは咳払いし、意識的に低い声を出した。ここはフランコ巡査部長になり切って事実を追求しよう。

亡くなった若い女性の特徴を挙げて、今夜ここで見かけたかどうかをたずねた。彼女の服装、身長、体重などを伝えた。全員が首を横に振る。

「おれたちは見てない」

「十五分前にここに来たばかりだ」

「公園が閉まってるとは思わなかった」

「開いてると思ったんだ」

「よしわかった、もういい。行け。ただちに公園から出るんだ……」

マイクがマグライトをさっと照らし、彼らの進むべき方向を示した。

二人きりになると、マイクがにやにやしてこちらを見ている。

「よほど楽しかったみたいね」

彼がおどけた表情を浮かべた。「二人きりで公園のささやかな散歩を楽しもうと言ったのはきみだ」

「被害者に関係するものを見つけるまでは楽しめないわ……」どうしてもグルービー殺人事件のことが頭に浮かんでしまう。愛する者が消息を断ち、ひたすら情報を集めようとする家族の気持ちを思うと、いても立ってもいられない。「気持ちばかりが先走ってしまう」

「わかるよ。こう見えても叩き上げの捜査官だからな。こういう時、警察官が忘れてはならない三箇条がある。なんだかわかるか？」

「それは？」

「綿密さ、忍耐、執念だ」

「わたしもそれを胸に刻むわ」

「よし。では続けよう」

　十分後、マイクが足を止めたのはゴミがあふれ返るゴミ容器の前だった。

「まさか――」

「そのまさかだ……」マイクはジャケットから手袋を取り出す。「有罪に結びつく証拠が、うっかり捨てられていた例は過去に山ほどある」

　彼の手から手袋を奪い取った。「忘れないで、これはわたしの捜査だから」

「きみにそんなことをさせるわけには――」

　彼に手袋を取られないように、遠ざけた。マイクは背が高いので、うんと遠くに。

「心配いらないわ。飲食店の仕事の半分はお客さまが残したゴミの処理よ。知らなかったでしょう？　だからここはエキスパートのわたしにまかせて。だいいち、彼女がどんな靴を履いていたのかも知らないでしょう。このゴミのなかに交じっているとしても、見つけられるのはわたしだけ」

　懐中電灯を彼の手に叩きつけ、手袋をはめてゴミ容器に飛びかかろうとした瞬間、ガタガタという大きな音がした。わたしはその場で固まった。視線をあげると、ショッピングカートが騒がしい音を立てながらこちらに向かってくる。押しているのは白髪の男性だ。ひどく痩せこけ、ボロボロのタキシードを着ている。

マイクもわたしも、驚きはしなかった。

ニューヨークは変わり者の宝庫だ。ビレッジブレンドの常連さんにもタイムズスクエアでギターを抱えるネイキッド・カウボーイ、赤いベルベットのスモーキングジャケットを着て髪をぺったりと撫でつけスネアドラムで名曲のソロ部分を演奏するドラマー、ブレイクダンスをするサンタなどがそろっている。

昔からこの街は、変わり者とはみ出し者にとって安息の地だった。これからもずっとそうであって欲しい。心からそう願っている。誰だって変わり者の面を持ち合わせている。それを隠そうとしない人がいる、というだけのこと。

いまこちらに近づいてくる紳士はガラクタを集めてまわるタイプの路上生活者だろう。ガタついたショッピングカートを七色に塗り、一張羅のタキシードを着て誇らしげにカートを押している。足元はヘビ革の赤と黒のブーツだ。スタックヒールの音とカートの車輪のキーキーという音が絶妙のリズムを刻む。

わたしたちの横まで来て彼はカートを止め、にやりとした。

「いまごろ来ても遅いよ、坊やたち。めぼしいものは全部このわたしがいただいた。掘り出し物をつかみたいなら、ぐずぐずしてちゃダメだ！」

マイクが大真面目な表情でうなずく。「そりゃそうだ。負けましたよ。靴を見つけたかったな」

「明るいピンク色のスリッポンスニーカーを」いそいでわたしがつけ加えた。

「それはなかった。しかしビーチサンダルをこの辺で見つけた」彼がマイクの足のサイズを測るように見ている。「この足には小さすぎるな。こちらのお嬢さんにはきっとぴったりだ。試してみるかい？　お安くしておくよ」

「別の機会にしようか。じつはさがしものがある。心当たりがあれば教えてくれないかな。ちょっとした情報だ……」

マイクがちらりとこちらを見て、うながす。わたしはハート形のタトゥーの若い女性の特徴をさきほどと同じように説明した。

「見てないな。ティアラをつけたイブニングドレスのレディなら見たが。背の高さは百八十センチくらいだったな。黄色いウィッグで、ロングドレスだった。十二番街でBMWに乗り込んで行っちゃったよ」彼が顎を掻く。「ちかごろ目が弱ってきたから、あれがほんとうに女だったか、ちょっと自信がないな」

「そうか。いろいろありがとう」マイクはすばやく彼に五ドル紙幣を渡した。「じゃあ、また」

「おお！　ありがとうございます！　お二人に神のご加護がありますように！　若い女の子が見つかることを祈っているよ！」つばのある帽子を軽く傾けるみたいなジェスチャーをすると、男はカートをゴロゴロ押して遠ざかっていった。

その直後に遭遇したのは、残念ながら、いまの男性とは正反対の人物だった……。

わたしたちは二十八丁目を越えてハビタット・ガーデンと呼ばれる一帯に入った。生息の地という名前とは裏腹な場所だ。花も植物もないコンクリートの小さな広場には、風変わりな彫刻が置かれている。

金属製の四角いテントを支える何本もの支柱は椅子も兼ねていて、どこかメリーゴーランドを連想させる。そこから数メートル離れたところには、ブロンズ製の巨大な板状の物体がある。不規則な間隔で座席が刻まれている光景は青銅器時代の軽食コーナーを見ているようだ。

がらんとして、人気はまったくない。わたしとマイクは手ごたえを感じていた。待ち合わせにはぴったりの場所ではないか。

誰もいない広場に足を踏み入れた瞬間、木立のあたりで男性のシルエットがすばやく動くのが見えた。そのままわたしたちの跡をつけるように、ついてくる。

マイクに身を寄せてささやいた。「強盗かもしれない」

彼は厳しい表情だ。

「わかっている」

21

「おい！」

男の低い声が飛んできた。

二人そろって振り向くと、二十代半ばくらいの若者だ。顔は不自然なほど青白く、目の焦点が合っていない。貧相な顎にはもじゃもじゃのヤギひげを伸ばし、痩せこけた肩にやたらにサイズの大きなジャケットをはおっている。

「携帯電話と財布を寄越せ。ナイフを持ってるぞ……」

「依存症か？」マイクは静かな声で話しかけ、わたしを自分の後ろに押し込む。「ヘロインか？　それともオキシ……」

マイクにとって、飽きるほど見てきた光景だ。ひどく痩せた体躯、青白い顔色、目の下には黒いクマ。この暗い光のなかでも極端に瞳孔が小さい。

「こんなことをしなくていい。きみの力になろう」マイクが重ねて言う。

路上強盗はブルブル身を震わせながら、さらに一歩近づく。「携帯電話と金を寄越せ。女もだ。さもないと二人とも刺すぞ！」

脅している割には、両手が黒いデニムのジャケットのポケットに入ったままだ。

マグライトを握るマイクの手に力が入る。「まず、きみのナイフを見たい」

「おまえの腹と女の喉をかき切る時に、よく見える！」

「それはどうかな。きみがわたしの銃とバッジを見たら、そうはならない」

路上強盗はしくじったと気づき、かっと目を見ひらいた。向きを変えて逃げ出そうとしたが、その足首にマイクが太い脚をかけた。

路上強盗はつまずき、そのままコンクリートに倒れて「うっ！」と声をあげた。そこからのマイクの動きはヤンキースの内野手のダブルプレイよりもはるかにすばやかった。マグライトをわたしにぽんと放り、もう一方の手で手錠を取り出し、茫然としている若者の手にかけた。そしてひざまづく姿勢を取らせる。

「警察に通報を――」

「ああ、急いでくれ！」

両手がふさがっていたので、自分の懐中電灯をポケットに入れ、かがんでマグライトを置いた。その時、マイクの罵声が聞こえた。

路上強盗は最後のあがきで激しく抵抗している。わたしはあわてて飛び退いた。マイクは相手をねじ伏せ、うつぶせにして地べたに押さえ込み、背中に膝を乗せて体重をかけた。

「動くな」マイクが命じる。

わたしが九一一番のオペレーターと話していると、マイクは同じ体勢のまま若者に話しかけている。命令口調ではない。ふたたびソーシャルワーカーにもどって、依存している薬物、身元、出身地、家族、こうなった経緯について問いかけている。

警察を呼んだ以上、今夜の靴の捜索は切り上げるしかない。どちらにしても、これ以上続けてもしかたないのかもしれない、危険のほうが多そうだ。

こうなったのは残念だけれど、マイクに協力してもらえたことがありがたかった。いま捕まえている若者と、さきほどのホームレスに親身になるマイクをわたしは尊敬している。路上強盗を企てた若者が依存症を克服できるようにマイクは力を尽くすだろう。彼は決して口先だけの約束はしない。

警察車両の物悲しいサイレンがかすかに聞こえた。それがやがて大きくなり、もうじき到着すると九一一番のオペレーターから励まされながら、わたしはマイクのマグライトを拾おうと移動した。揉み合った際にぶつかって転がってしまったのだ。

拾おうとかがみ、マグライトの強い光が指す方向に何気なく視線をやった。コンクリート通路の先には川に沿って手すりがあり、金色の光がまっすぐそこまで届いている。

思わず何度もまばたきをした。そして大きな声をあげた！

ライトは低いベンチの下を照らしている。柔らかな光のスポットライトを浴びていたのは、横倒しになったピンク色のスリッポンタイプのスニーカーだった。

22

「朝食にする？　それともディナー？」

時刻は午前四時三十五分。こんな聞き方も、ぎりぎり許されるだろう。

「どちらでも」マイクが味わっているコーヒーは、低カフェインのダークローストだ。「ディナー、朝食、おしゃれな軽食、なんでもきみのいいなりだ」

わたしたちはビレッジブレンドの上の二階分を占める住まいに戻っていた。もうすぐ夜が明ける。黒いキャンバスのようなキッチンの窓が明るくなり、新しい一日が始まる。しかしわたしとマイクには、それは長い一日の終わり。

マイクは約束を守ってくれた。わたしがピンクのスニーカーを見つけたので、署に直接連絡をとった。路上強盗の若者がパトカーで連行されると、わたしが発見した〝犯罪現場〟はまるでニューヨーク市警の親睦会場みたいになった。

制服警察官と科学捜査班の刑事が次々に到着し、握手をしたり背中を叩き合ったりしている。ひさしぶりにマイクと会った同僚たちは、わたしたちの婚約を祝ってくれた。

これが現場の流儀なのだ。警察官たちは近況報告や仕事のことを話して情報交換する。

現場検証も着々と進んだ。ニューヨーク市警のタワーライトが次々に設置されてあたりを照らし、非常線が張られ、法医学的証拠の収集が始まった。わたしは女性警察官から聴取された。事実以外にもリチャード・クレストについてのわたしなりの仮説、いそいで彼を取り調べて欲しいという提案も伝えた。

女性警察官は、この事件は刑事の担当となること、数日以内に担当刑事から連絡が入ることを説明した。それは予想の範囲内だ。

ようやく、暗くて寒いハドソンリバー・パークを引きあげる時が訪れた。マイクは相当疲弊しているはずだ。それでも「わたしのお手柄を祝う」ため、そして冷えきったわたしを温めるためにベセルカで炭水化物を盛大に摂ろうと提案した。ベセルカはイーストビレッジの二十四時間営業のダイナーで、ロールキャベツ、チーズブリンツ、ジャガイモのピエロギなどウクライナのソウルフードでニューヨーカーのお腹を六十年以上満たしてきた。

せっかくの申し出だったけれど、断わった。

がんばってあと数時間起きていたら、ビレッジブレンドを定刻に開店し、スタッフをやりくりして少々睡眠を取れる。それなら半分眠りながらイーストビレッジから車で十二ブロック移動するより、同じ建物の二階分を移動するほうがはるかに楽だ。

熱々のブリンツ——チーズを詰めたクレープ——は食べたい。でも食べてしまったらどうなるか。きっとマイクは自宅に誘うだろう。キングサイズのベッドで甘い時を過ごそうとささやくにちがいない。ビレッジブレンドのマネジャーとして職務を果たすことなど、二の次になってしまうだろう。

寒いウォーターフロントを離れながら、もうひとつの案を出した。いっしょにわたしの住まいに向かうプランだ。毛がふさふさしたルームメイト二匹（ジャヴァとフロシー）はごはんを待っているだろう。体内のアドレナリン濃度はまだじゅうぶん高いから、自分たちのための軽食づくりも苦にならない。

ブルーベリーを使うとっておきのレシピもある。マダムから伝授されたものだ。マダムはそれを伝説的な抽象画家ジャクソン・ポロック（なんと！）から教わったという。画家にとっては料理も愛すべきアートだったのだ。折り畳んだクレープをまっしろなキャンバスに見立てて、ブルーベリーを散らしたにちがいない。

ただ、ひとつだけ問題が。材料はそろっているかしら？　頭のなかですばやく冷蔵庫の中身をチェックした。

ポロックのレシピでは、ブリンツの中身はカッテージチーズとクリームチーズなのだけれど、両方とも切らしている。ファーマーチーズで代用できる（ベセルカではそれを使っている）だろうけれど、じゅうぶんな量がない。

いったい、なにがある？

イタリアン・コールドカット。

マイルド・プロヴォローネ。

小麦粉のトルティーヤ。

「よし。いける！」

「いけるんだな？　ほんとうにいいんだな？」マイクはたぶん、寝室に直行する気だ。

「先走らないようにね、警部補さん。パーフェクトなイタリア風サブ・ケサディーヤをつくってあげますからね」

マイクは興味をそそられたらしく、ネクタイをゆるめてキッチンのテーブルの椅子に座り、長い脚を伸ばした。

「そういうことなら、ゆっくり待たせてもらおう」

23

十分後、マイクはうっとりとした表情で目を閉じている。

寝室に移ったわけではない。わたしたちはまだキッチンにいる。コーヒー色の毛がふわふわしているジャヴァと真っ白でモフモフのフロシーはごちそうに舌鼓(したつづみ)を打っている。そしてマイクといえば、思い切ってイタリア風にアレンジしたメキシコ料理を無心で口に運んでいる。

「ああ」満足そうに咀嚼(そしゃく)して飲み込む合い間に彼がため息をもらす。「どうしてこんなものを思いついた?」

「必要は料理の発明の母、でもあるから」

「ケソ・ブランコを切らしていたんだろう?」

「まあね。マテオと結婚していた頃、彼はよく伝統的なプエルトリコ・スタイルのペルニルをつくってくれた。それはそれはおいしいローストポークだったわ。ある週末、それもすっかり食べ尽くしてしまって、外は嵐(ノーイースター)が猛威を振るっていた。ジョイはまだ二、三歳くらいだったはず。雷をとてもこわがったから、マテオが、あれはお空で巨人がパレードしているんだ、大きな太鼓を鳴らしているだけだよと言って安心させたの。ジョイは太鼓を叩く真似をして家のなかを行進したわ。『ドンドコドン！』と言いながらね。ほんとうにかわいかった」

「目に浮かぶよ」

「料理をテイクアウトするだけのお金が足りなかったし、大雨のなかマテオに買い物に行かせるわけにもいかないし。そこで思いついたのが、このレシピ」（ペルニル用のトルティーヤはどっさりあった。そして祖母がいとなむ小さなイタリア食料品店で総菜づくりを手伝った経験がうまい具合に生きた）

「ＯＤ班の連中が好きそうな料理だ。彼らにもつくれるかな」

「もちろん。いくつかコツを心得ておけばかんたんよ」

「そのコツとは？」

つい笑いたくなってしまう。警察官は仕事の話が大好きだけど、食べ物の話はもっと好きなのだ。

「まずコールドカットを温めること。フライパンで美味しい脂肪が肉から溶け出して、それが格段に味をひきたたせるの」

マイクは二つ目のケサディーヤの端を小さなボウルに浸した。ボウルの中身はオリーブオイル、ビネガー、ハーブを混ぜたもの。「うーむ……」彼がまた目を閉じる。「このサラダドレッシング・ディップも画期的だ」

「昔ながらのイタリアのお惣菜にはサラダドレッシングがかかっている。そこから思いついたの。それをケサディーヤのディップにしてしまえ、と。そうしたら、きりっとした味わいが肉の濃厚なうまみと絶妙に合ったというわけ」

マイクが指をなめる。「肉はどんなものを？」

「好みのサルーミをなんでも。プロシュット、サラミ、ソップレサータ――」

「ソップレ？」

「いまあなたが食べているものよ。乾燥させたイタリアンソーセージ」

「うむ、これはうまいな、名前はややこしいが」彼がにっこりして、さらに質問を続ける。

「使っている肉についてもっと教えてくれ」

「モルタデッラ――いわゆる、イタリアのボローニャソーセージ。脂肪の大きな塊を使っているから、よく熱したフライパンでとろりと溶けるわ……」

「なにか、誘惑されているみたいな気分だ。それが狙いか？」マイクがおどけたように片方の眉をあげる。

思わず笑ってしまった。「コールドカットが温まったらフライパンからいったん取り出して、少々のオリーブオイルを垂らし、ふたたびよく焼く。あとは肉を挟んだグリルド・チーズサンドをつくるのと同じ。ただしパンのかわりにトルティーヤを使う」

「なるほど。チーズの種類は？　モッツァレラか？」

「薄くスライスしたプロヴォローネ。熟成が進んでいない、マイルドなものを。モッツァレラみたいにとろりと溶けるけれど、もっと風味が強い……」

説明を聞きながらマイクはさらにもう一つ口に入れる。溶けたチーズが糸のようにくちびるからはみ出す。熱くておいしい糸状のチーズは、はしたない音とともに口のなかに取り込まれていく。

それがなんともエロティックで、説明そっちのけで見とれてしまった。

「どうした？　大丈夫か？」

大丈夫じゃない、と言いたかった。疲れ切っている。あなたのことを愛している。あなたとともに溶けてしまいたい。上の階の寝室に行きましょう……。

その言葉をぐっとこらえ、欲望を封じ込め、そっと腕時計を見た。責任を放り出すわけにはいかない。欲望に負けている場合ではない。

「デザートはなんだろう？」マイクは指についたものをぺろっとなめる。

なにかあったかしら。ええと、と考えてぱっと思いついた。わたしのお手製のイタリアン・クリームケーキの最後の二切れがある。

イタリアンとついているけれど、このケーキはアメリカ生まれで、南部に住むイタリア人ベーカーが考案したとも言われる。だからこのレシピは祖母に教わったレシピではない。タッカーの故郷ルイジアナのグラニー・チェストナットを参考にしている。

口あたりを滑らかにするためにいくつか工夫を加え、天板で焼けるようにアレンジした。仕上げにはフロスティングをたっぷり。

マイクは黙々と食べ、最後のひとくちは目を閉じたまま頬ばり、フォークについた甘くてクリーミーなフロスティングをきれいになめた。

「結婚してくれ」

「とっくにイエスとこたえているわ」

食器を片付けるためにわたしが立ち上がると、彼がやさしく手首をつかんで引き寄せた。

「日程はいつ決まるのかな？」

24

すぐに決められる、とも思う。

式と披露宴をおこなう場所を見つけて、予定の入っていない週末を押さえる。多忙なのは承知の上で、重要な予定と重ならない日を見つける。それから費用も検討する。全額支払ったら借金地獄に陥った、などということは避けたい。

「決めようと努力している。それは信じて」

「職場でも皆に聞かれるよ。わたしにできることはないのか？」

「料理とドリンクのサービスに関しては、プロのわたしにまかせて。マダムという強い味方もいるし。いまから大張り切りで、マッチングアプリで結婚式当日のエスコート役をさがしているわ……」

それなのに、肝心の日程が決まらないのはなぜか。

じゅうぶんな広さがあり、予算内に収まり、生活圏内。その条件に当てはまる場所をずっとさがしている。ニューヨークは人口密度が高いだけあって、人気の場所はずっと先まで予約で埋まっている。ほぼ一年先まで空きがない、ということも。

マイクは少し考えてから提案した。「ハドソン川沿いはどうかな」

「いいわね。ウォーターフロントに新しいイベントスペースとレストランが次々にできているし……」

「いいじゃないか。夕刻に結婚式をあげて、披露宴の時に川に日が沈む。きれいだろう？」

「ええ。とてもロマンティックで感動的で……お金がかかりそう」

「うむ……」マイクがコーヒーのおかわりを注ごうと、立ち上がった。コーヒーメーカーの脇に飾ったバラに気づいたらしい。ガラス製のラテ用マグにつぼみのバラを挿しておいたのだ。「贈り物かな？　店のお客さんか？」

「マテオよ」

「往生際が悪いな」

「ちがうわ。わたしへのプレゼントではないの。シンダーで出会った相手に贈るつもりだったのよ。それをカウンターに忘れていったから」水を得てつぼみは元気を取り戻し、わずかに花びらが開き始めている。

「ささやかな救命処置よ……」

「きみが見つけるのを見越して、わざと置いていったのか」

「本気で言っているの？」

マイクは大真面目だ。「彼は獲物を狙うオオカミ同然だ。いつも隙を狙っている。いまだにきみに未練たらたらだ」

「それはちがう。マテオは手当たり次第、恋に落ちる人よ。相手が微笑みかけてくれたら、もうそれだけで。まさかこんな小さなバラのつぼみ一つを、あなたが気にするなんて」

マイクがどさりと座り込む。「気にしたのは、アレグロのことじゃない……。ほんとうは……」彼が首を横に振る。「きみはバラがふさわしい女性だ、クレア。何ダースものバラを贈られる資格がある。それなのに、そんなきみを最近は放りっぱなしだ」

「いいのよ。仕事が忙しいのはよくわかっているから。わたしはあなたの仕事を誇りに思っている。そこは、前の奥様とちがうから、憶えておいて……」

わたしと同じくマイク・クィンも、若さにまかせて最初の結婚をした。急ぎすぎた。そして時とともに夫婦はばらばらになっていった。彼は何度もやり直そうとした。しかし妻の気持ちは戻らなかった。

マイクの妻レイラ・カーヴァーは、若い頃にマンハッタンに移ってきた。美しい女性だった。大都市でどんな未来がひらけるのか、胸を躍らせていた。モデルと名乗っていたけれど、裕福な両親がなにからなにまで面倒を見ていたので働く必要はなく、パーティーやショッピングざんまいの日々を送り、男性の注目を浴びるのも好きだった。しかし、彼女に言いよる男たちのなかには危険人物もまじっていた。レイラに暴力をふるい、脅すような人物も。

彼女を救ったのは、当時、制服警察官として現場に立っていたマイクだった。すっかり怯えきったレイラは助けてくれたハンサムな警察官に感謝し、頼り切った。彼女の大きな愛らしい瞳に見つめられてマイクは夢心地だった。お嬢様育ちの美しいレイラから白馬の騎士のように慕われているのだから、無理もない。彼は指輪を買い求め、彼女は彼にイエスとこたえた。

それが一時の気の迷いだったと、やがてレイラは気づく。街の地味な一角で、「ごついばかりで退屈な」夫と泣いてばかりいる赤ん坊二人との暮らしにはなんの刺激も感じられなかった。警察を辞めて欲しいとマイクに頼んだが、仕事に命をかけている彼が同意するはずもない。妻が夫の仕事を毛嫌いするようになったのは、その頃からだ。

ニューヨークの警察官はつねに神経をすり減らし、消耗を強いられる。ストレスまみれの夫を、妻はいっさいいたわろうとしなかった。命がけで打ち込んでいる仕事について夫は家庭で口にしなくなった。

レイラはパーティーやショッピングを楽しんでいた暮らしが懐かしくなった。ぜいたくな休暇、トレンディなバー、男性から注目を浴びる日々が。そのあげく、夫を欺くようになった。しかし彼女の行動はすべて夫には筒抜けだった。マイクはすでに刑事になっていたのだ。レイラがいつどこでなにをしているのか、すべてつかんでいた。

マイクはつねに妻にひけめを感じていた。彼女にはもっと恵まれた境遇がふさわしいのだろうという思いがあった。妻に裏切られても、彼には受け入れることしかできなかった（それがどれほどつらいものか、わたしには痛いほどわかる）。

二人の子どものことを思うとマイクは離婚など考えられなかった。が、そうも言っていられなくなった。レイラはますます自暴自棄になり、行動に歯止めがきかなくなったのだ。その犠牲となるのは子どもたち。レイラもマイクも、心身の限界が近づいていた。やむなく、夫婦は決断をくだした。

マイクの離婚後、わたしと彼との友情はゆっくりと親密なものへと変わっていった。よく憶えているのは、警察の業務についてたずねると彼が反射的に身構えたことだ。でも本心からたずねているのだと気づいて表情がゆるんだ。すねたり癇癪を起こしたりする相手からとうとう解放されたのだ。わたしは彼の話ならなんでも聞きたかった。

彼を理解したいから。

彼を支えるパートナーになりたいから。日々、マイクがどんなことに直面しているのか、その一つひとつを共有したい。正義を守るために、人々が安心して暮らせるように、よりよい暮らしができるように、彼が身を粉にして働いていることがよくわかるから。

しかし、共有したいという気持ちが度を過ぎるとたいへん……。

時々、自分でブレーキをかけなくてはならなくなる。そのたびに彼を驚かせたり、おもしろがらせたり（たぶん）する。たとえば今夜の「公園の散歩」も。レイラはきっと、何千回生まれ変わっても思いつかないだろう。

いま、マイクはキッチンの椅子に腰掛けて、とろけそうな顔でわたしを見つめている。

「結婚式が待ちきれない」

「おいそぎなら市庁舎に行けば、あっという間よ」

「だめだ」断固とした口調だ。「アレグロとはそれですませたのかもしれないが。われわれはちゃんと手順を踏む。友人と家族を集めて皆に祝ってもらおう」

「プラス、ニューヨーク市警の職員の半数ね」

「もちろん！　わが子二人もだ」

「市庁舎でも子どもたちに立ち会ってもらうことは可能よ」

マイクが首を横に振る。「ジェレミーは新郎の介添人をすると決めている。タキシードで正装するんだと張り切っている。モリーはフラワーガールだ。二人との約束を忘れてはいないだろうね」

「憶えていますとも。大役を果たすのを楽しみにしてくれているのね。うれしい」

「そうだな。盛大な〝ケーリー〟にしよう。生きるよろこびと愛を祝うアイルランドのダンスパーティーだ。いまの世の中には、そういう幸せなイベントが足りない。そう思わないか？」

「思うわ。盛大なものにしましょう」わたしはマイクのくちびるを指でなぞり、そっと口づけした。

彼がわたしをぐっと抱き寄せ、情熱的なキスを——。

ジー。彼のスマホのバイブ音だ。

しかたなくわたしたちは離れた。

「仕事？」先回りしてたずねた。

彼はメールを読んでうなずく。「フランコから、公園でつかまった路上強盗の続報だ。さつき頼んでおいた」

「公園での約束を守るのね」

「これが初犯なら、過去に凶悪犯罪を起こしていなければ、力になれる。さて、どうなるか」

マイクが返信を打つあいだ、わたしは腕時計で時間をチェックした。

「下におりるわ。ベーカリーの配達の時間だから」

「いっしょに上の寝室に行かないのか？」うつむいて操作しながら言う。

「すぐに行くわ。かならず……」

25

ようやく寝室に向かったのは、それから二時間後。

店は元夫のマテオが交代してシフトに入ってくれた。やさしさが身に沁みた。彼は上機嫌だ。女性とすてきな一夜を過ごした後は、ひときわ機嫌がいい。シンダーで出会ったミレニアル世代のマリリンは彼に無敵のパワーを授けてくれたらしい。

婚約者のマイクは、さいわいにも午後三時までオフだ。ベッドに入る前に、彼は遅刻しないようにアラームをセットした。これで二人そろって少しは休息できる。

わたしはシャワーを浴び、一刻も早く眠りたくて寝室のラグの上を室内履きをひきずるようにして進む。マイクがカーテンを閉じていてくれたので、朝日は射し込まない。その心遣いがうれしかった。暖炉に火も熾（おこ）してくれていたが、薪はすでに燃えさしとなっている。暗い室内にじわじわと冷気が侵入してきていた。

クロゼットの脇の椅子にマイクのスポーツコートがかかっている。革製のショルダーホルスターは銃ごとストラップで巻いて、ナイトスタンドに置いてある。その脇には財布とカトリックメダル——聖ミカエルは警察官の守護聖人だ。

マイクはこの銀のお守りをずっと昔から身につけていた。初めは制帽のなかに押し込み、最近では胸ポケットに。心臓のすぐ隣の位置だ。

彼の姿を見ると、無性にせつなくなる。開店準備のために下りていこうとしたわたしを見送った時の、彼の悲痛なまなざしが目に焼きついていた。

彼の大きくた温かい身体にぴったりくっつくのが待ちきれない。四柱式のベッドの上には、すでにルームメイト二匹の姿がある。彼に寄り添うようにまるくなっている。わたしはカバーの下にもぐりこみ、ジャヴァとフロシーを枕と逆方向にそっと押しやった。ふわふわの二匹は不満げだけど、気にしない。

あなたたちはそっちよ。彼はわたしのもの！

マイクはベッドに入る前にシャワーを浴びていた。剝き出しの肌はせっけんの清潔な香りとアフターシェーブ・ローションの柑橘系のかすかな香りを漂わせている。それを深く吸い込んで、目を閉じた。この人は夜じゅうずっといっしょにいてくれた。証拠さがしに協力してくれた。公園で見つけた証拠品が役に立ちますように、と祈った。リチャード・クレストをこれ以上野放しにしておくわけにはいかない。ゲーム感覚で次々に女性を弄び傷つけ、命まで奪ったとしたら、一刻も早く捕まえなくては。

「すべて、あなたのおかげよ」眠っているマイクにそっと話しかけた。

彼の寝顔には悲しげな表情がまだこびりついている。このまま一日を終わらせてしまうのは、しのびない。でも、わたしになにができる？

26

「パン！　パン！　パン！」

わたしは両目を閉じている。暗闇のなか、幼い少女の笑い声が聞こえた。ジョイの声にそっくり！　自分の腕のなかに、小さいジョイのきゃしゃな身体を感じる……。

ここはどこ？

目をあけた。太陽の光がまぶしい。心地よい空気。見上げると、タッカホー大理石のアーチがそびえている。設計者はスタンフォード・ホワイト。

ここはワシントンスクエア・パーク！

バンドの演奏の音。周囲には若者やきれいな女の子がおおぜいいる。彼女たちは裸足で花柄のサマードレス姿だ。髪には花。若者は高価なスーツと磨き上げた黒い靴で着飾っている。彼らはダンスをしている。とても奇妙なダンスだ。

男女のペアが丁寧なお辞儀をしてから、激しく身体を揺らして踊る。が、ぴたりと動きを止め、パートナーチェンジ。

こうして次々にパートナーが替わっていく。次から次へと、果てしなく……。せわしなくてバタバタして、ちっとも優雅ではない。

「ママ、わたしも踊りたい！」

「それは――」

「お願い！」

わが子はもちろんかわいい。楽しい思いをさせてやりたい。幼いジョイを膝からおろしてやると、わたしの前でくるくる回ってダンスを始めた。栗色の髪が揺れ、黄色いワンピースは風をはらんでふわりとする。

娘はくるくるまわり続ける。しだいに背が高くなり、幼児ではなくなっていく。わたしが見ている前で六歳、八歳、十二歳に。さらに数回まわると、手足ばかりが長いティーンエイジャーの体形になり、ついに均整の取れた若い女性に。そのままわりながら、少しずつ離れていく……。

「待って！　どこに行くの？」

引き留めようとしたが、ジョイは群衆に呑み込まれていく。人ごみをかきわけていくと、ようやく公園のずっと向こうにいるのが見えた。男性がジョイに近づいていく。ヤギひげを伸ばし、黒いデニムのジャケットを着た男。その顔に見覚えがあった。ビレッジブレンドにいた人物だ。

リチャード・クレスト！

「だめよ！」わたしは叫んだ。「その人はだめ！　その人から離れなさい！」

しかしわたしの言葉を人々の喧噪がかき消す。

誰かに肩を強く叩かれた。振り向くと、マダムだった。マダムはあきらめたように首を横に振る。「手遅れよ、クレア。リンダはもういない。あなたには彼女を救ってやれない」

「いいえ、助ける!」

若いカップルの後を追いかけて、公園から通りに飛び出した。こぎれいなショップやレトロなカフェが並ぶ通りを進んでいく。歴史を刻んだタウンハウス、ローマ建築の優雅さを備えたフェデラル様式の有名な建物の前を通り過ぎる。ヘンリー・ジェイムズによって描かれたグリニッチビレッジだ。リンダの家族はそのグリニッチビレッジしか知らなかった。

しかしもうひとつのグリニッチビレッジが存在している。暗い地下室とボイラー室、煉瓦と血まみれの指紋がついたグリニッチビレッジ。

このグリニッチビレッジの街路は薄汚い。セメントはひび割れペンキははがれ、舗道の割れ目から雑草が伸びている。マンハッタン島の端まで来てしまった。が、景色が変だ。

これはイーストリバーではない!

なぜウエストサイドにいるのだろう。ここはハドソンリバー・パーク……。

若い女性が泣いている。いそいで声がするほうに向かう。見つけた! 娘のジョイはハビタット・ガーデンの巨大なテーブル状の彫刻のところにいた。泣きじゃくっている。服はさきほどの黄色いワンピースではなく、ピンクの花柄のスカートと清楚な白いシルクのブラウスだ。

「パン！　パン！　パン！」ジョイは空に向かってピストルを撃つ真似をする。激しく取り乱し、半狂乱で叫ぶ。いきなり川に向かって駆け出し、身を投げた！

わたしは悲鳴をあげ、追いかける。誰かに足をすくわれて転び、コンクリートに倒れ込んだ。顔をあげると、リチャード・クレストがいる。高級ブランドのスキニースーツ姿で。こちらを見てゲラゲラ笑っている。

立ち上がろうとしたわたしの片手を彼がつかみ、手すりへと引きずっていく。抵抗して彼を殴り、蹴った。しかし彼の力にはかなわない。ゴミの袋のように持ち上げられて川に放り込まれた。そのまま落ちて水しぶきとともに水中へ。

波が荒い。必死に泳いだ。娘を救わなければ。すぐそばに艀が何隻もいるのに、わたしの存在を黙殺している。押し黙った巨人のようだ。手足をばたつかせて懸命に浮かび上がろうとしているのに、逆にどんどん沈んでいく。水面が遠ざかり、闇に呑み込まれ……。

27

「クレア、目をあけろ！」

「え⁉」

「大きな声をあげて、のたうちまわっていたぞ」

心臓はまだ早鐘のように打っている。「泳いでも泳いでも進まなくて、どんどん沈んでいった」

「そうか……」マイクが目をこする。「経験があるよ、そういう夢は。ストレスがたまっているると、どうにかしようと脳ががんばるんだな」

「ええ」

彼がわたしの頬に触れる。青い目が心配そうにこちらを見ている。「大丈夫か？」

「あなたが一緒だから大丈夫。いま何時？」

マイクは首を伸ばして時刻を確認し、にっこりしてわたしにくっついた。「朝食にしよう」

彼はあきらかに飢えている。食べ物以外のものに。甘いキスから始まり、彼はわたしの顎から肩へとくちびるを這わせていく。情熱が一気に高まっていった。

しばらくして、ようやく二人でキッチンに下りていった。

とっておきのタンザニアのピーベリーを使ってポット一杯のコーヒーを淹れた。フルボディでフルーツの甘い風味、きりっとした柑橘系の後味を楽しめる極上のコーヒーは、たとえていうとデザートのよう。

ただ、本物のデザートがなにもない。料理用の食材もろくにない。このところ店が忙しくて勤務に入る時間が長かったので、自宅のキッチンの棚はほぼすっからかんだ。

マイクに打ち明けた。

「それなら」と、彼は今度こそベセルカで食べようと提案した。でもわたしとしては、自宅からなるべく離れたくない。

ビレッジブレンドの様子が気になっていた。早朝の開店直後は順調で、初めてのお客さまもいたくらいだ。港湾隊のジョーンズ巡査部長だ。「昨夜聞いたコーヒーの説明がじつに美味そうで、ぜひとも味わってみたくなった」そうだ。

無料のサンプルを味見してもらった。ジョーンズ巡査部長は詰め替えタイプの特大サイズのサーモマグを抱えて、店を後にした。

常連のお客さまもおおぜい顔を見せた。拡散した動画についてはまったく話題にならなかった。そのうちマテオが出勤してきたので、わたしは仮眠を取りに上がってきた。もしかしたら、発砲事件のことなどもう誰も憶えていないかもしれない。そんな期待もどこかにあった。ビレッジブレンドはなんの痛手も受けずにすむかもしれない。

　それを確かめたかった。

「シャワーを浴びて着替えてね。なにかつくるわ」

「戸棚はすっからかんだと言わなかったか？」

「ほぼ、すっからかん。でも、まかせて……」

　かき集めてみたら、赤ピーマン、朝食用のミニサイズのソーセージ少々、卵四個、マイルドチェダーチーズの厚切りがそろった。これだけあれば、ソーセージとピーマン入りの彩り美しい大きなオムレツがつくれる。

　オムレツが完成し、フライパンをテーブルに運んだ。チーズたっぷりでふわふわで、ボリューム満点オムレツを半分ずつ皿に盛り、お手製のアーミッシュ・シナモンアップルブレッドの最後の一切れを添えた（トーストしてアイリッシュバターをたっぷり塗って）。

　午後にずれこんだ朝食をとっていると、彼の電話が振動して着信を伝えた。今回もフランコだった。が、メールではなく電話をかけてきた。

　わたしはテーブルを片付けながら聞き耳を立てた。もちろん、マイクの言っていることだけ聞いてもなにもわからない。ただ、通話の最後に彼が微笑んだのでびっくりしてしまった。

「朗報なの？」

「あの路上強盗を憶えているか？」

「ええ、もちろん」

「アダム・トーマスという名前だと判明したが、依存症を患っている」

「昨夜のあなたの見立て通りね」

「フランコが確定してくれた。三時間かけて取り調べたらしい。トーマスに犯罪歴はなく、無一文だ。しかし、限りなく貴重なものを彼は持っていた」

「情報？」

「カギとなる決定的な情報だ。われわれはそれを求めてここ何週間ずっとかけずりまわっていた。ひょうたんから駒、というやつかな。いや、驚いた」

「よかったわね」

「きみのおかげだ。すべて、きみがあの公園に連れていってくれたからだ。彼の言うことが本当なら、まさにスティクスのロゼッタストーンだ」

28

スティクス。

七〇年代に「カム・セイル・アウェイ」を発表したレトロなロックバンドの名。ギリシャ神話の冥界の川もスティクス。けれどもマイクが指しているのは、危険な違法ドラッグのスティクスだ。化学者は、それを長ったらしい正式名称で呼ぶ。警察は合成オピオイドと表現する。ヘロインのように、高く浮揚する感覚を与える物質だ。

スティクスはごく最近登場したばかりなので、マイクがいつも使っている情報提供者は役に立たない。街角で売買されたりインターネットのサイトを通じて流通している。どういう経路でクラブやバーに出回っているのか、つきとめられずにいた。「男から買った。その男は女の子から買った」という程度の情報しか得られない。あっという間に人気が出て広まり、過剰摂取のケースもすさまじい速さで増えているというのに、現状に手をこまねいているしかなかった。

「放っておいたら冥界にまっしぐらだ」フランコはそう表現する。

ＯＤ班は解毒剤として用意しているナロキソンのキットを、冥界の川を渡って戻ってきた英雄にちなんで「ヘラクレス」と呼んでいるそうだ。

スティクスがとりわけ危険視されるのは、その見た目だ。昔ながらの粉末のキャンディ、ピクシースティックスとそっくりのカラフルな粉末に加工して、ストローに詰めた形で出回っている。学校内で見つかったという報告はまだないが、時間の問題だろうとマイクは案じている。だからこそ一刻を争うと、捜査にかかりきりになっているのだ。一時的にワンポリスプラザに拠点を移し、ニューヨーク市警のデータベースに当たっている。麻薬、ギャングを取り締まる刑事、六分署の刑事たちからあがってくる報告から流通経路と使用の状況をつかむためだ。スティクスはまずニューヨークに持ち込まれ、そこから広まっているらしい。マイクは毒物に関する報告書の読み込み、麻薬取締局(DEA)との情報交換、北東部全域の担当者との電話会議をこなす。

その間、張り込みやおとり捜査を含めたOD班の日常業務の指揮を執っているのがフランコ巡査部長だ。おかげでマイクは幅広い地域をカバーする大掛かりな捜査に取り組むことができる。小さなピースを集めて全体像につなげ、戦略を立てて解決するために。

「フランコはよくやってくれた。むろん、わたしもじかに話を聞く必要はあるが、どうやら決定的な情報が手に入ったようだ」

「期待できるわね。フランコは昇進してさっそく成果を出したのね」

「大事な右腕だ。ばりばり働いてくれている」

「彼は優秀だもの。マテオがなんと言っても、わたしはジョイとフランコがおつきあいするのは大賛成よ。彼と結婚したら、きっと幸せになるわね」

「たられば、か」マイクが言う。

「どういう意味?」

「べつに」

怪しい。「べつに、ということはないでしょう? なにか知っているの? 教えて」

「いや、ただ……」肩をすくめるところが、なおさら怪しい。「フランコはマテオに気に入られていない。気に入られていないというのは、ずいぶんやわらかな表現だが。その一点だけでも、若い二人の未来はバラ色とは言えない。それでなくても遠距離恋愛は難しい」

「わたしたちは乗り越えたわ」

「彼らはまだ若い」

「待った!」ストップをかけるように片手をあげた。エスターが乗り移った気分だ。「わたしの夢をぶちこわさないで。娘をフランコみたいな好青年と結婚させたいと思うのが、母親の願いなの。勝手かもしれないけれど、できれば早いうちにゴールインして欲しい。恋人がいない、だからマッチングアプリを使っている、なんて聞かされたら気が気じゃないわ。しかもあんな夢を見てしまったし。夢のこと、あなたに話した?」

「川で泳いでいる部分だけ」

「その前に、ハドソンリバー・パークにいたの。そこでジョイが空に向かってピストルを撃つ真似をしたのよ。うちの店で発砲事件を起こした若い女性と同じようなブラウスとスカートを着て」

「バカげているよ」

「わたしだってそう思う！　夢のなかで必死に追いかけたわ。リチャード・クレストの手からジョイを取り戻そうと。クレストはあの子をイーストビレッジの地下室に連れ込もうとしたり、ハドソン川に投げ入れたり。恐ろしくてたまらなかった」

マイクが顎を手でごしごしとこする。「うむ」

「なに？」

「うん……被害者とジョイを重ね合わせたり、同一視するのは自分を苦しめるだけだ」

「自分でもどうしようもないのよ。子どもを持つ身として。あなただって、ジェレミーとモリーのことを考えない？　わが子のためにも街からドラッグを一掃したいと思うんじゃない？　いくら守護天使が守ってくださるといってもね」

「わが子を守ることにかけては、ジョイの母親は大天使聖ミカエルよりもはるかに獰猛だ」

「できることなら守ってやりたい。わが子だけではなく、皆をね。いまの世界はエデンの園とはほど遠いとマダムは表現したわ。たとえるとしたら、あのコンクリートのハビタット・ガーデン。人が交流するためと称して、奇怪なものが次々に創り出されている。そして、その陰には必ず悪者がひそんでいる」

「あの路上強盗か？」

「ボイラー室の殺人犯者、リチャード・クレストも」

「しかし、不安に支配されてはいけない」マイクはポケットのなかから守護聖人のメダルを取り出して掲げた。「祈りの言葉を、憶えている？」

「祈りの言葉？」

マイクがにっこりした。「守護の天使よ、主の慈しみにより、あなたに委ねられたわたしを……」

わたしはためらいながら続けた。

「『照らし、守り、治め、導いてください』思い出したわ」

「きみはたったひとりではない。心の闇が深くても」

「邪悪な魂を目の当たりにしたら？　あなたはどうする？」

マイクは聖ミカエルをポケットにすっとしまった。「時には戦いも必要だ。救いの手を差し伸べる前に」

マイクはさらにポット一杯ぶんのコーヒーを飲んでしまうと、わたしにキスをして玄関のドアへと向かった。その時、彼の電話がふたたび着信を伝えた。

とたんに、彼が踵(きびす)を返してこちらにやってくる。

「なにかあったの？」

「エマヌエル・フランコだ。きみのことで」

「わたし？」

「これを……」

コーヒーレディに電話の電源を入れるように伝えてください。

「なにかしら？」

「わからない。走らなければ遅刻だ」マイクが腕時計をトントンと叩きながら言う。「彼の言う通りにしてみたらどうだ」

スマホの電源を入れた瞬間、凄まじいいきおいでバイブ音が鳴った。発信者は——ジョイ！　娘からの連絡だった。

「ジョイ？　元気？」

「聞きたいのはこっちよ、ママ。マニーは絶対に無事だから落ち着けと言うけれど、あの動画を見たら、そんなの無理。銃を持った女性といっしょに映っていた。だからじっとしていられなくて！」

「わたしは無事よ、ピンピンしているわ。だから安心して。ネットで見たの？」

「いいえ、ケーブルニュースで！　全局で流しているわ、すべてのネットワークで！」

すぐには声が出なかった。

動画なんて、きっともう忘れられている。そう期待していた。しかし、そうはならなかった。ビレッジブレンドは銃弾を食らっていたということだ。ただ予想よりも弾のスピードが遅かっただけ。わたしのだいじなコーヒーハウスが直撃されている。

29

二日後、わたしはビレッジブレンドのカウンターのなかでシフトについていた。通りに面して並んでいるフレンチドアから射し込む金色の光の筋が、汚れひとつない厚板の床を眩く照らしている。暖炉の炎はパチパチと音を立てて、秋の午後の寒さを忘れさせてくれる。エスプレッソマシンからは淹れたてのアンブロシアの香りがふんわりと広がっていく。

それを楽しんでくださるお客さまがほとんどいない。残念ながら。めまぐるしいマンハッタンの平日の午後二時、店内にいるお客さまはたった二人。

窓辺でノートパソコンを叩いているのはブルネットの髪の二十代の女性で、プリーツスカートとパステルカラーのTシャツという装いだ。傍らにはキャリーケース。ピンク色のくちびるをきゅっと嚙んで集中している。大学院生が旅先で久々にメールチェックしている、といった印象だ。

暖炉のそばのテーブルに着いているのは、大柄な男性だ。赤い顎ひげが巻き毛のようにカールしている。カプチーノをちびちびと味わいながら正面のドアのほうを睨みつけている。じりじりしながら誰かを待っているのだろう。

わたしも同じような気持ちだ。いまかいまかと、待ち焦がれている。来店するお客さまを、と言いたいところだけど、それだけではない。

川で遺体で見つかった若い女性の事件を担当する刑事はもう決まっているはず。捜査をおこなう彼らに、ぜひとも伝えておきたいことが山ほどある。おもにリチャード・クレストについて。しかし、いまだになしのつぶて。

マイクから言われた通り、時間がかかるのかもしれない。警察はすでにわたしの供述調書をとっている。彼らのいまの関心事は、監察医による死因の特定だ。解剖報告書、そして科学捜査班が収集した法医学的証拠に勝る事実をわたしが提供できるわけではない。

ハート形のタトゥーをいれた若い女性の名前や勤務先について、店のバリスタは誰もなにも知らなかった。唯一の情報はエスターからで、彼女がリチャード・クレストといっしょにいるところを見たことがあるそうだ。アシスタント・マネジャーのタッカー・バートンはただいま休暇中だ。けれども一斉メールで送ったので、ハート形のタトゥーのある女性についてなにか知っていれば、きっと連絡してくるはず。

正面のドアに取りつけた鈴の音がしたので、もしやと期待して顔をあげた。郵便の配達だった。一時間にお客さまはわずか二人。つまり店のスタッフの方が多い（いま届いたばかりの請求書の数も）。これでは健全なビジネスモデルとはいえない。

例の動画が拡散して、まずケーブルニュースが取り上げた。ローカルニュースでも流れ、新聞各紙が派手な見出しとともに報じた。やはりそうなってしまったか。

エスプレッソよりも熱いショット
ビレッジのカフェで発砲騒ぎ
コーヒーハウスで引き金を引いたのは「アプリ」か

大部分は、警察の発表をもとに通信社が配信した記事を転載したものだった。記事のなかでとりわけ注目されているのは、新顔のマッチングアプリ、シンダーだ。発砲事件の加害者と被害者を引き合わせ、ビレッジブレンドはユーザーにとって人気のデートスポットというのだからしかたない。「ショット」が空砲だったという情報も載っているけれど、記事の最後に付け足しのように書いてあるだけ。

それに追い打ちをかけたのが、ナンシーがフィットネス・ジムのクリッター・クロールのクラスからかけてきた電話だ。例の動画は「驚異的ないきおいで拡散」し、いまや百万ビューを突破しているという。

ナンシーは「お金をかけずに抜群の宣伝効果」と無邪気にとらえている。

でもわたしは楽観的にはなれない。

記事を読んだ人は興味をそそられるだろうか。むしろ警戒心を強めるはず。マッチングアプリのユーザーは相手と安全な空間でデートをしたいと思うだろう。銃を振りまわす人物が出没する場所は、できれば避けたい。その結果、店を訪れるお客さまの数は激減している。

昨夜までの売上は悲惨を通り越して壊滅的。がんばって夜まで店を開けていた（銃を携帯した若い女性客もなく）が、売れたペストリーよりもフードバンクに寄付する分のほうが多かった。

売上の集計をするまでもなく、どっさり売れ残ったペストリーを見れば、自分たちがいよいよ追い込まれているのがわかる。

今日はさらにひどかった。朝とランチタイムはふるわず、売上がまったく伸びなかったので、ベーカリーへの明日の注文を半分に減らし、乳製品の注文は三分の一にした。これがあと一週間も続いたら、スタッフのレイオフに踏み切るしかなくなる。

さいわい、ビレッジブレンドのコーヒーのブランド価値にはまったく響いていない。これからもきっと大丈夫だろう。一流レストランとホテルへのコーヒー豆の納入は、あいかわらず好調だ。

ジョイの報告では、ワシントンDC店も順調な売上だという。グリニッチビレッジのランドマークであるこの店だけが、悪評の影響を受けて低迷している。これがずっと続くとも思えないが、はたしていつまで店の体力がもつかと心配だった。客足がなかなか戻らないとなれば、一世紀の歴史あるこの店を畳むしかなくなる。

マダムにとっては耐えがたいだろう。マダムをそんな目に遭わせることを思うと、胸が痛む。心を鬼にして手立てを講じるなんて、自分にできるだろうか。それでもビジネスを守らなくては。たとえ本店を失うことになっても。

エスターは早々に嵐の到来を察していた。がらんとした店に出ていてもしかたないと判断し、地下の焙煎室にこもって片っ端から雑用を片付けている。

それはダンテも同じで、日頃ニューヨーク大学の女子大生に人気の彼は、今日は手持ち無沙汰で、ナプキンにセンスあふれる落書きを十数個描くと、食品庫に入って磁器のカップの点検作業に取りかかった。

ふだん混み合う午後から夜にかけて勤務しているパートタイムのスタッフは皆、帰ってもらった。

タッカーとは連絡が取れない。この事態について腹を割って話せるスタッフは、彼だけなのに。

タッカーは文字通りわたしの右腕だ。アメリカで彼以上に有能なバリスタは見つからないだろう。人望があって優秀で、信頼が置ける。グリニッチビレッジのこのコーヒーハウスは彼に支えられている。ショーマンならではのウィット、南部出身の独特の魅力はビレッジブレンドになくてはならないもの。店内の赤煉瓦の壁と同じく、この店の宝物だ。

そのタッカーはここ一週間、正式な休暇をとって俳優業に専念している。彼のもうひとつの本業だ。ふだんは演劇関係の仕事とビレッジブレンドの勤務を両立できるようにスケジュールを組んでいるが、今回は異例だ。

劇場版映画でセリフのある役を獲得して、現在、クイーンズのアストリアスタジオで撮影に入っている。役の都合上、毎日十六時間も現場に拘束されてしまう。

撮影に入って以来、なんの音沙汰もなかった。そのタッカーが、正面のドアの鈴を盛大に鳴らして入ってくるではないか。その姿を見たとたん、元気が湧いてカウンターから飛び出して彼に飛びついた。ひょろりとした彼をぎゅっと抱きしめると、その身体がこわばるのを感じた。

「あなたのことを考えていたのよ！　撮影が早く終わったの？　元気だった？」

しかしいつものタッカーとちがう。目の下にくっきりとクマが浮かんでいる。いつもの朗らかで少年のように屈託のない表情ではなく、険しい顔つきだ。

「タッカー、どうしたの？　そんな顔して……」

わたしの視線を避けるように彼は茶色のもじゃもじゃの髪を節くれ立った指で梳かす。

「撮影はまだ終わっていませんが、大部分のキャストとスタッフは数日間休みになったんです。とにかく警察の捜査の影響で撮影スケジュールは大混乱で」

「警察の捜査？」

「それを説明するために来ました。そして謝るために」

「なんのこと？　さっぱりわからないわ」

タッカーが細い肩をがっくりと落とし、ひょろっとした身体がしぼんでひとまわり小さくなったみたいに感じる。「キャロル・リンのことで」

「キャロル・リン・ケンドールのこと？」

彼がうなずく。「二階のラウンジで起きた件です。あの騒動は、わたしのせいなんだ」

30

「彼女がピストルを振り回した件ね」

タッカーが茶色の目を大きく見開いた。「ピストル！　やはり彼女はピストルを！」

タッカーの悲痛な声が聞こえたらしく、窓辺のブルネットの若い女性がパソコンのキーを叩くのをやめ、視線をあげてこちらをうかがっている。

ここではまずい！

誰もいないカウンターへとタッカーをひっぱっていってスツールに座らせた。エスプレッソを抽出し、大理石のカウンターに滑らせるようにデミタスを彼の前に置いた。わたしはカウンターに両肘をつき、静かに話しかけた。

「どういうことなのか、聞かせて」

タッカー・バートンがわたしと目を合わせようとしない。こんなこと初めてだ。

「なんとかしてキャロル・リンの力になりたかった。そういうことです。まさかあんな行動に出るとは。よりによってこのビレッジブレンドで。なんてことだ」

「よくわからないわ。あなたはキャロル・リンと知り合いだったのね。それはわかるけれど

「知り合いなんてものじゃない！」

タッカーが悲痛な声をあげ、デミタスを持つ手が震えている。「彼女は友だちだ。やさしくて、すばらしい人ですよ。そのぶんだけ傷つきやすくて、孤独で。そして薬ばかり飲んでいた――」

「薬？」

タッカーが片手をあげて話を続けた。「すべて主治医の精神科医に処方されたものです。いろいろ精神的な問題を抱えていて。ひとことで言うと、この街で生き抜くしたたかさを彼女は持ち合わせていなかった。第二のクレアだった――」

「わたし？」

「だから誰かが守ってやらなくては。この街の流儀ってやつをわきまえた人間が。クレアの時みたいに」

「わたし!?」

「右も左もわからないままマンハッタンにやってきた。クレアも彼女も。できるだけの助言や忠告を、わたしは惜しまなかった」

「いまのことに集中しましょう。ミズ・ケンドールとはどこで知り合ったの？」

「彼女はパンチの衣装の仕立てをしていたんですよ。キャバレーショーで使うドレスの手入れは手間がかかるんです。とくにスパンコールは大変で。彼女はとても腕がよかった。だからスーパヒーローのチャリティショーをした時のコスチュームを、すべて彼女にまかせたん

――」

です。スパンデックスの修理もすいすいやってしまう。そうこうするうちに、ある衣装デザイナーの目に留まった。そのデザイナーはいまわたしが出演している映画の衣装を担当していて、彼女はアシスタントとして雇われた。役者が途中降板して後任を募集していると教えてくれたのは彼女です。わたしが抜擢されたのは、キャロル・リンのおかげなんですよ！」

「映画の題名は？」

「『スワイプ・トゥ・ミート』。ニューヨークのシェフがマッチングアプリを利用して美しい女性たちと出会い、ゆがんだ愛情を抱いて次々に殺してしまう。そして彼女たちの心臓を混ぜたミートパイを焼く、というあらすじです。『スウィーニー・トッド』と『そんな彼なら捨てちゃえば？』をひとつにしたみたいな作品です。わたしが演じるのは人のいいドアマンで、殺人犯がゴミの袋を捨てるのをいつも手伝い、どうしてこんなにゴミが多いのかと不思議がる。やがて真相を知り、壮絶な死を迎える。それはもう、かつてない壮大で臨場感あふれるすごいシーンですよ！　紙の上ではね。その撮影を前にして、撮影は中断してしまった」

思わず身震いした。「あなたが殺されるシーンなんて、耐えられない。いくら映画のなかの役でも」

タッカーがわたしの手をやさしく叩く。「あなたはいい人だ、クレア。今回のプロデューサーはさいわいにもウィリアム・キャッスル並みの宣伝の亡者ではなかった。拡散したキャロル・リンの動画を宣伝に利用しようなんて人物ではない。それどころか、彼はキャロル・

リンの役に立ちたいと考えている。あの銃のことで、自分を責めているんですよ」

「銃？」

「彼女が空砲を装塡していた銃」

「ということは、キャロル・リンは撮影現場から銃を持ち出したのね」

タッカーが声をひそめた。「銃の整備士は銃をきちんと保管しないまま、早めにあがってしまった。それは決定的なミスです。キャロル・リンはそれを〝拝借〟した。その後のことは、言うまでもない」タッカーがふたたび肩を落とした。「ほんとうに申し訳ない、クレア」

「あなたが責任を感じる必要はないわ。あなたのせいではない」

「いや、ちがう。キャロル・リンにシンダーを使うように勧めたのはわたしなんです。彼女は内気で引っ込み思案で、交際経験もろくになかった。孤独だと、わたしに打ち明けた。彼女はロマンティックなディナーやワシントンスクエア・パークの散歩にあこがれていた。それでパンチとわたしに、誰かいい人はいないだろうか、同じくらいの年齢の男性は知らないかとたずねたんです。しかし知り合いと言えるようなストレートの若い男性はひとりしかいなくて、すでに恋人がいた。だからシンダーを勧めてみた。これなら絶対に安全だろうと思って。このアプリのユーザーはきちんと審査を受けるというし、プロフィールを偽ることもできない。ファーストコンタクトの決定権は女性側にあるから、変態じみたメッセージに悩まされることもない。マッチングの相手と会う時にはこのビレッジブレンドで、ともアドバイスした。きっとうまくいく、大丈夫だと彼女に太鼓判を押したのは、このわたしだ！」

タッカーがデミタスカップをつかんで一息にエスプレッソを飲み干した。そしてようやく、わたしと目を合わせた。「もうわかったでしょう? あの夜、ここで起きたことはすべてわたしのせいなんだ」

「ちがうわ、タッカー。あなたは彼女の力になろうとした。ほんとうに悪いのはリチャード・クレストよ。彼についてキャロル・リンからなにか聞いている?」

「聞いているもなにも、わたしになにもかもぶちまけましたよ。やつにボロボロにされた後に」

「最初によく調べなかったのかしら?」

「調べましたよ。彼のSNSにはなんの問題もなかった。プロフィールの内容と食い違うところはなさそうだった。シンダーの『シンダー・チャット』というフォーラムではクレストに高評価がついていた。『彼はほんものの紳士』とか『とてもステキな人』とか……。クレストからひどい目に遭わされたと聞いて、キャロル・リンにフォーラムに書き込むように勧めた。シンデレラたちに彼の真実を伝えたほうがいい。次の被害者を出さないためにも、と。もちろんシンダーの管理者に彼のハラスメント行為を報告するようにと言った!」

「彼女は実行したの?」

「投稿する前にキャロルはコメントを見せてくれた。明瞭かつ詳細に事実が綴られていた。しかし、そのコメントはアップされなかった。掲示されなかった。まず、自動返信で『承認待ち』と伝えられた。そして却下された。なんの理由も伝えられないまま。ハラスメントの訴えも管理者は無視した。クレストは野放し状態で、その後もスワイプし放題だった」

猛烈な怒りがこみあげてきた。なんという怠慢だろう。なにか言おうとした時、タッカーに先を越された。わたしの頭上から、彼は爆弾を投下した。

「覚悟を決めた。自分の言動で友を傷つけ、このすばらしいコーヒーハウスに傷をつけてしまった。マダムに申し訳ない。そしてなにより、クレアをこんなに悲しませた。だから辞めます。今日できっぱりと。二週間の予告期間はいりません。最後の給料もいりません。受け取る資格など、ないので」

「なにを言い出すの。だめよ。あなたはこの店にいてもらわなくては」

「いいえ。この店内を見ればわかる！　こんなことになったのは、すべてわたしのせいだ」

タッカーは首を横に振り、スツールから立ち上がった。「クレアはやさしいから、絶対にわたしをクビにできない。雇い続けて給料を払い続けるでしょう。その間に、このコーヒーハウスは死んでしまう。そんな真似は絶対にさせない」

タッカーは目に涙を浮かべ、正面のドアに向かって駆け出した。わたしはいそいでカウンターから出て追いかけたが、すでに彼の姿はドアの向こうに消えていた。

「さようなら、クレア！」と言い残して。

冗談じゃない。ミッドタウンのヘルズキッチンでもどこでも、とにかく追いかけてもじゃもじゃの髪をつかんで引き留める。絶対に！

そう心に決めてドアを開けたわたしの前に、人の壁がたちはだかった。パステルカラーの

Tシャツ、スキニージーンズ姿の女性が押し寄せてくる。開いたドアから一気に店のなかになだれ込み、わたしはすっかり巻き込まれてしまった！

31

正面のドアにつけた鈴の音が止まらない。次々に女性が飛び込んでくる。

店内にいた赤ひげの客はただごとではないと感じたのか。まさに脱兎のごとく飛び出していった。必死の形相だった。

もうひとりの先客、二十代のブルネットの女性が立ち上がった。プリーツスカートにパステルカラーのTシャツ姿だ。出ていこうとはしない。キャリーケースをあけた。なかにはたくさんの機器が詰まっているようだ。彼女がすばやく、おおぜいの女性たちに加わった。

見ればブルネットの女性のTシャツと、たったいまなだれ込んできた女性たちのTシャツは同じ柄だ。文字はなく、ハートがいくつか燃えている絵——シンダー・アプリのアイコン！

「これは、なにごと？」

「うごかないで！」プリーツスカートのブルネットの女性の声が飛ぶ。そして見るからに高性能のデジタルカメラをわたしの顔に向けた。

その場を離れようとしても、女たちの集団に阻まれて動けない。ブーティーやバレエシューズを履いた十二人の若い女性たちに囲まれてしまった。メスのトラたちに包囲された弱い獲物のような気分だ。

「押さないで!」わたしの大声を聞きつけたダンテが食品庫から飛び出してきた。

「大丈夫ですか、ボス? いったいどうしたんですか?」

「わたしにもさっぱり」

ダンテがシャツの袖をまくりあげ、タトゥーのあるたくましい腕があらわれた。カウンターから身を乗り出して若い女性たちを観察している。ダンテはファインアートの画家でもある。その彼を、女性たちはしげしげと眺めている。メスのライオンが舌なめずりして新鮮な生肉を見ているような光景だ。

わたしも彼女たちをじっくりと観察した。大部分は三十歳未満のようだ。肌の色も体形も髪の色もさまざまな(カールした黒髪もいれば、ライトブロンドに蛍光色のピンクのハイライトが入ったものまで)彼女たちだが、全員そろってピクシーカットのショートヘア。カメラを構えている彼女も。

「これはどういうこと?」わたしはこたえを求めた。

十三人目のメスのトラからこたえが返ってきた、いちばん年かさの女性だ。妖精を思わせる雰囲気で、ピクシーカットのブロンドをきれいに撫でつけているのでピカピカに磨いたプラスチックのように見える。彼女はつかつかと歩み出てわたしの傍らを通り過ぎ、デジタルカメラの前に立って華やかな笑顔をぱっと浮かべた。

「ハーイ！　シドニー・ウェバー＝ローズです。シンダーを創業し、最高経営責任者（CEO）を務めています！」

チアガールのようなキビキビとした動きにぴったりの活発な話し方だ。

「いまわたしはティンカーベルとともに、ニューヨーク市の伝説的なコーヒーハウス、ビレッジブレンドを訪れています。『ストーリーの核心』を――」

「撮影はやめて！」彼女に言った。

シドニーのメガワット級の笑顔が、スタジアムのライトが消えるように瞬時に消えた。妖精のような顔がみるみるうちに曇り、サクランボ色のくちびるの口がぷっとふくらんだ。彼女が左手の小指を上に突き上げた。

一瞬、これは新しいサインなのかと思った。中指を立てる下品なサインのニュースタイルかと。しかし、よく見ると、つやつやした真っ赤な爪のまんなかに小さなマイクロドットがついている。小指が上がった瞬間、カメラが止まった。

「スタンバイしていて、ＡＪ」シドニーの指示に、撮影係を務めているブルネットのピクシーカットの女性が従順な表情でうなずく。シドニーがこちらを向いた。

「これは撮影ではないわ、ミズ・コージー。シンダー・アプリのユーザー向けのタイム・ディレイのストリーミング。あ、もっとこっちに。窓辺の光のほうがよさそう……」

なれなれしくわたしの手首をつかんで、ぐっと顔を近づけた。じっと見おろすヘーゼルブロンズ色の目は、わたしの娘が愛用しているシェフ・ナイフみたいに鋭い。

「くれぐれも、配信を妨害するようなことは控えるように」

この調子で、これまで強引にやってきたにちがいない。つねにすべての権限を一手に握っていなければ気がすまないのだ。撮影係にもいちいち指示を出している。ブルドーザーみたいなシドニー＝ローズだが、わたしには通用しない。こちらは筋金入りだ。そうやすやすと支配権は譲らない。とくに、このビレッジブレンドに関しては。

わたしが彼女の手を振り払うと、ヘーゼルブロンズの目に驚きの色が浮かぶ。

「ここはわたしのコーヒーハウスですから、配信に関してはわたしが決定するわ」

おそらく、娘のジョイよりも年下のはずだが、威厳を傷つけられた親みたいにカッとなっている。金髪を撫でつけた頭を振るようにして、店内を示す。「こんなガラ空きの状態では、いつまであなたのコーヒーハウスと言えるかしら」

自信満々の表情だ。その目をわたしは見つめ返した。

「よけいなお世話よ。ビレッジブレンドは二度の世界大戦、大恐慌、グレート・リセッションも乗り越えてきたわ。このくらいの嵐など、かならず切り抜けてみせる」

シドニー・ウェバー＝ローズにふたたび自信満々の笑顔がもどった。

「せっかくのおいしい嵐を、利用しない手はないわ」

一ダースのティンカーベルが、おおげさな表情でうなずく。どうやら、これは彼女のお得意のセリフのようだ。

「あなたがここに来た目的は？」

「目的は、あなたのビジネスとわたしのビジネスを救うため」

32

わたしは腕組みをして、シドニーを見据えた。けれどシドニーにひるむ様子はない。それどころか、一段と低い、ドスのきいた声でこたえた。

「あの騒動のおかげで、シンダーのブランドもビレッジブレンドのブランドも大きな損害を被った。そうでしょう？　だからうまい戦略を立てたのよ。お互いのブランドを救うための戦略」

嘘を言っているようには感じられない。が、正気とは思えない。

「この店を救済するために？」

「そしてわたしの事業を。そのためには手を組む必要がある」

「説明を聞きましょう」

「現在、ビレッジブレンドとシンダーは猛烈にバズっている――」

「そうね、悪い意味で」

「確かに」シドニーが視線をそらす。「しかし見方を変えれば、これほどの規模でメディアに露出するなんて、どれだけ大金を積んでも不可能。それをハックするのよ。つまり、自分たちで主導してストーリーを紡ぎ、伝えるべきことを伝える」

「姑息、という文字が浮かぶわ」

「いまさら、なにを」彼女が払いのけるように片手をひらひらさせる。「宣伝に誠実さを求めるなんて」

「わたしはそうは思わない」

「ご意見は尊重しましょう。でも、拡散したあの動画と報道が真実をすべて伝えているわけではない。そのことには同意できるのでは？」

「ええ」

「それなら世の中に真相を伝えましょうよ。当事者の立場から。そのためのインタビューです。誠実にこたえてくれればいいんです。わたしがリードしますから、それに従ってください。お互いのブランドを守るために。かならず成功します。約束するわ。この船の舵取りをまかせてもらえたら、かならず方向転換できる」シドニーがまっすぐこちらを見つめる。

猛然と頭をはたらかせる。ここにいるシリコンアレーのサイバーセイレーンたちと組むべきか、それともさっさとダンテに追い出してもらうか。

気持ちとしては、もちろん追い出したい。が、果たしてそれは正しい選択なのか。目の前の生意気な女性のこともストリーミング配信の構想も、信用する気にはなれない。それにティンカーベルというスタッフはなんだか不気味だ。シドニーが相当な野心家だということはわかる。自ら立ち上げ経営する事業を守るためなら、ソーシャルネットワークを活用してあらゆる策をめぐらすだろう。そしてわたしの協力があってもなくても、それを実行するだろう。

もしも彼女の船に乗ったら、針路について口出しすることくらいできるのではないか。

マダムに聞いたことがある。試練を乗り越える際には、とんでもない相手と組むのもありなのだ、と。きっといまはそういう事態なのだ。だから……。

迷いはあったけれど、思い切って心のなかで右にスワイプした。ビレッジブレンドのために、シンダーとのマッチングに賭けてみよう。無惨な結果に終われば、エスターが開催する次のポエトリースラムに参加して盛大に恨みつらみをぶちまければいい。でもそうはなりませんようにと祈った。

ダンテに声をかけた。お客さまたちにコーヒーを用意してちょうだい。

それがわたしの同意のしるしと受け止めたシドニーは、とたんに笑顔に切り替わった。そして魔法使いのように小指を掲げ、撮影再開を指示した。

「週に一度のフォーラム、『ストーリーの核心』の時間です。シンダーを通じて自分の人生の手綱を握ったシンデレラと王子の物語を、ぜひ皆さんと共有したいと思います。さて、本日のストーリーはいつもとは少々ちがいます。ハラハラする展開です。でも、それだけじゃない。今回の主役は、あるフェアリー・ゴッドマザー。ストーリーの結末は、まちがいなくハッピーエンドです」

シドニーの青白い手がわたしの肩に置かれた。「いま、猛烈ないきおいで拡散している動画、ご覧になりましたか。この伝説的なコーヒーハウスと、このすばらしい女性が登場する動画を……」

ティンカーベルたちがうなずきながらそっと拍手を送り、シドニーがカメラに向かって話を続ける。果たしてどれだけの聴衆がいるのだろう。

シドニーがこちらを向いた。「では聞かせてください。あの晩ここでなにが起きたのかを」

わたしはカメラに向かって、淡々と事実を述べた。しかしシドニーはそれでは満足していない。「ストーリーにはまだ続きがありますね」

カメラがわたしをアップにした。どうしよう。ヘッドライトに目が眩んで立ちすくむシカの気持ちがよくわかる。

「二階のラウンジから皆を避難させたんですね」シドニーが誘導する。「残ったのは銃で武装した人物と、被害者と、あなただけ。それで？　ストーリーの核心を聞かせて」

「ええと、とにかくお客さまを危険な状況から救い出すことを最優先にして、その後はとくに、なにも」

「いや、ちがう！」ダンテが加わった。「すばらしく勇敢だった。この女性は！」

「ダンテ、やめて――」

「すばらしく立派だった！」

シドニーの顔が輝いている。魔法の小指をクルクル回し、撮影係のＡＪはデジタルカメラを構えたまま身体の向きを変え、ダンテの姿をとらえた。全員の視線とカメラのレンズが、バリスタを兼業するファインアートの画家に注がれている。

「とにかくみごとだった。取り乱している女性を説得して銃を取り上げた。だから警察が到着した時には、もう収まっていた。誰も傷つくことなく」

「警察の到着はひじょうに速かったとか」シドニーだ。

「うん」ダンテはタトゥーのある腕を組む。「六分署はそんなに離れていないからね。常連客には警察官がおおぜいいる」

シドニーはうなずく。「やっぱり！　シンダーでマッチングした相手と会うには、このコーヒーハウスほど安全な場所はないわね！　ではビレッジブレンドについて話をしましょう。シンダーがニューヨークに進出してから、待ち合わせ場所として最高レベルの評価を得てきたのが、この街のランドマーク、ビレッジブレンドです。その理由をひとつ、ご紹介しましょう……」

シドニーはタイトなジーンズのポケットからメモを引っ張り出した。

「パークスロープのブレンダは、うまくいかなかったデートについて掲示板に投稿をしてくれました。マッチングの相手とうまくいかなかった、そんな経験は皆さんもありますね」

「ブレンダの場合、まさにこのビレッジブレンドで険悪な事態になってしまった。公衆の面前でね。さいわい、あるバリスタが機転を利かせて、最悪の事態になる前にブレンダを救ったのです。こちらの店のバリスタは有能なバーテンダー並みのすぐれた洞察力を備えているそうです。ブレンダの体験がそれをなにより物語っています。ミズ・コージーのもとで働くバリスタは、ブレンダの動揺を察して二階に案内し、コーヒーを無料でふるまい、彼女の気持ちに寄り添い、いたわったのです」

シドニーはメモをしまい込んでカメラのレンズをまっすぐに見つめた。

「ここにはフェアリー・ゴッドマザーがいます。クレア・コージー、そしてクレアのもとで働く有能なスタッフたち」シドニーは話しながら自分の胸に手を当てる。「そもそもこの店が名声を獲得したのは――」ティンカーベルたちは皆、ダンテが配ったコーヒーを掲げて、おいしそうな歓声をあげた。「ハウスブレンドが最高においしいからです」

シドニーがダンテの傍らに立つ。「最高のコーヒー、独創的なラテ、ペストリー、カフェインを提供するのに加え、この男性のように目の保養になるバリスタ」ここで彼女はウィンクし、撮影係のAJは小さく口笛を吹いた。「そしてなににも増して、自分の身を危険にさらしてでもお客さまの安全を確保するマネジャーがいるからです。そう、ここにはフェアリー・ゴッドマザーがいるのです。シンダーは宣言します。ビレッジブレンドはニューヨークの街でナンバーワンのデートスポットです!」

シドニー、そしてティンカーベルたちから拍手喝采が起きた。ダンテも加わり、いい笑顔を見せている。

「トライステート・エリアのすべてのシンデレラと王子たちに呼びかけます。今週末のハッピー・デートは、ぜひここビレッジブレンドで。シンダー公認です！　今回の『ストーリーの核心』いかがでしたか……」

彼女が小指を掲げてくるりとまわし、その合図で撮影係がカメラをおろしてキャリーケースに駆け寄った。まだ開いたままのキャリーケースからのぞいていたのは、ストリーミング配信用のポータブルのデジタル機器だった。ダンテはその機器にみとれている。機器だけではなく、撮影をしたAJにも。

ダンテとAJがおしゃべりを始めた（ナンパしているようにも見える）。シドニーはふうっと大きく息をついた。ストリーミング用の撮影を終えてほっとしているのだろう。わたしも同じ気持ちだった。その時、せっかくのムードをぶち壊す声が――。

「ハッピー・デート？」

全員がいっせいに振り向くと、カウンターのなかにいたエスター・ベストが漆黒の髪を揺らしながらこちらにやってきた。シドニーがティンカーベルたちを引き連れてやってきた時、エスターは地下室にいた。撮影のどこから見ていたのだろう。終了するまでひとことも口を挟まなかったのは立派だ。しかし撮影が終わった今となっては――。

「恐怖のデートはどうなの？　マッチングの悲劇は？」挑戦的だ。

シドニーがトラのような目をいぶかしげに細めた。「この人は？」

「エスター」わたしがこたえた。「たった今、あなたが称賛したバリスタのひとりよ」

「よろしく」エスターがわたしの隣に並んだ。「おたくのろくでもないアプリで低評価をつけられて〝左にスワイプ〟された人々の味方」

「この方には外してもらったほうがいいのでは？」

「とんでもない」わたしは即答した。

34

『『ストーリーの核心』を紹介しようというわけね。ただし、ネガティブなものはお呼びでない」エスターが挑戦的に迫る。

「そんなことないわ」シドニーがこたえる。

「ではなぜ、シンダーのフォーラムからネガティブなコメントを削除するの？　ユーザーの迷惑行為の訴えは？」

「でたらめを言わないで！」

「そうかしら」

思わず口を挟むと、シドニーがこちらを向いた。「なにかご存じなのかしら、クレア？　確か、魅力的な警部補と婚約なさったそうね」

「なぜわたしのプライベートにくわしいの？」

「つねにリサーチを欠かさないから。あなたの娘さんがシェフとしてパリで修業後、ワシントンDCのビレッジブレンドで働いていることも知っている。ここの共同経営者があなたの元夫であることもね。その人物はコーヒーのブローカーで、ブルックリンのレッドフックに所有している倉庫には極上の豆がいっぱい。自ら現地に足を運んで調達していることも。あなたにはれっきとしたフィアンセがいるのに、シンダー・アプリを利用するのはなぜ？」

「わたしは使っていないわ。信頼できる人物からの情報で、キャロル・リン・ケンドールがリチャード・クレストの迷惑行為を報告したという事実を知ったの。卑劣なふるまいを通報したのに、シンダーの管理者はなんの措置も取らないまま、彼は依然としてアプリを使い放題。キャロルはほかの女性ユーザーに注意を呼びかけようとした。でもシンダー・チャットのモデレータはそのコメントを削除したのよ。要するに、ネガティブな内容のコメントを掲載しなかった」

「あなたに情報を提供した人物は〝信頼できない〟ようね。わたしがこのアプリをつくった動機は、女性をハラスメントの被害から守るためよ。その逆はあり得ない。ティンカーベルにそんなことはさせない。やりたくてもできない仕組みよ。レビューに対するバックアップ体制が整っているし、プログラムはしっかり保護されている」彼女がぱちんと指を弾いた。

「そうよね、ＡＪ？」

「え、はい？」ＡＪはあわててダンテのそばから離れてこちらにやってきたが、まだダンテのことが気になっている様子だ。

「紹介しましょう。ＡＪは開発チームの臨時のリーダーよ」

「臨時？　本来のリーダーは？」わたしは聞き返した。

「辞めました」こたえたのはＡＪ。

「ヘイリー・エリザベス・ハートフォードは惜しい人材だったわ。だから残念。つい最近までシンダーのすべてのプログラミングを彼女が統括していた。でも退職して、新しいアプリの開発の最前線に移ったのよ。彼女の健闘を祈るばかりよね、AJ？」

「もうなんのわだかまりもありません。それこそがわたしたちが望むハッピーエンドです」

感情のこもらない、妙に機械的な口調だ。

「とんでもない言いがかりをつけられるのは迷惑よ。AJ、あなたからきちんと釈明しなさい」

「釈明、なにをですか？」

シドニーは相手の鈍さにいらだった様子で、子どもに言ってきかせるような口調になる。

「この二人のレディは、シンダーがハラスメントの訴えを無視してフォーラムからネガティブなコメントを削除しているなどというデタラメを吹き込まれているの」

「ひどい！」AJが素っ頓狂な声を出した。「わたしたちはシンデレラと王子たちに、どんなささいなことでもハラスメント行為は報告するように推奨しています。すべてのユーザーが安全かつハッピーにアプリを利用できるように」

シドニーが腕組みをした。「おわかりかしら、エスター。わたしたちが望むのはハッピーエンド。人が傷つくことではない」

「信用できない」

「それはあなたの側の機能不全。わたしたちにはどうにもできない」

シドニーはエスターを追い払おうとするが、エスターは引き下がるどころか相手のパーソナルスペースなどお構いなしに、ぐいぐい接近する。ほぼ同時にティンカーベルの集団からひとり飛び出して、エスターとCEOの間に割って入り、無理矢理エスターを後ろに下がらせた。

「なにするの!」エスターとわたしの声がそろった。

「下がって、コーディー」シドニーが命じた。

コーディーと呼ばれた人物は小麦色に日焼けし、茶色がかったブロンドをピクシーカットにしている。アスリートのようながっしりした体格で、顎に力を入れてエスターを睨みつけている。アイビーリーグのラクロスの試合で、体当たりで攻撃するオフェンスにいそうなタイプだ。

彼女はしつけのいいティンカーベル(というよりもジャーマンシェパード)らしく女主人の指示に従った。それでもエスターを威嚇するように睨みをきかせるのは忘れなかった。シドニーの右側に陣取った彼女のポケットはふくらみ、片手はすぐにそこに入る位置にある。制服警察官がよくこういう姿勢を取る。即座に銃を引き抜くために。

「武器を持っているの?」驚いてわたしがたずねた。

「コーディーはわたしの警護チームのリーダーよ」シドニーがこたえる。「スタンガンを携帯する免許を取得している。それ以外の装備も。今後、毎週土曜日の夜にはチーム・ティンカーベルに彼女が同行します。だからなんの心配もいらないわ」

土曜日の夜に？　エスターと顔を見合わせ、同時に声が出た。「なぜ土曜日の夜？」

シドニーがティンカーベルたちに指を鳴らした。

「すべて予定通り？」

スマホを掲げてこたえたのは、カールした黒髪をピクシーカットにしたアフリカ系の美しいティンカーベルだった。「動員はかけました。撮影の都合上、不自然にならないように個別に来店し、その後店内でカップルになる手はずです」

「ご苦労さま、ターニャ」

動員？　エスターとわたしはふたたび顔を合わせた。「動員？　なんのこと⁉」

「サクラを仕込んだのよ」シドニーだ。「ビレッジブレンドの土曜の夜はおしゃれな若い人で満員になるわ。二百人くらいレンタルしておいた。午後六時くらいから閉店までね」

「そんなもの、いらないわ。ほんもののお客さまだけで結構」わたしは言った。

「ほんもののお客さまとして支払いをするから大丈夫。あらかじめ渡された経費をたっぷり使うことになっているわ。魅力的な若者ばかりよ。シンダー・アプリの優良ユーザーですからね。ごらんの通り、うちは一定水準を保っているから」

わたしは周囲のメスのトラたちを見まわした。「そうね、おそろしいほど」

「彼らはきっちりと結果を出すわ。ソーシャルメディアにこの店のドリンク、ペストリーの写真をアップする。シンダーでマッチングした魅力的なカップルの写真も。フォロワー数が多いインフルエンサーばかりよ。かならずほんもののお客をひきつけるはず。《ポスト》紙の記事のお膳立てとしては完璧ね。土曜日の夜には記者とカメラマンが来ます」

「《ニューヨークポスト》紙が？」

「《ワシントンポスト》よ。このストーリーが全米に報じられる」

「でも――」

「外にもテーブルを用意しましょう。店から客があふれている光景が記事になったら、すごいことになるわ」

「店内の席が埋まるかどうかも――」

「かならず埋まる。だから外にもテーブルが必要になる」

ダンテがティンカーベルの間から前に出てきた。「ボス、屋外用のカフェテーブルとヒーターを地下室から運んだらどうでしょう」

「そうね」ダンテにこたえてからエスターにも指示をした。「パートタイムのスタッフに連絡をとってちょうだい。明日の夜の勤務に入れるかどうかを確認しておいて」

「全力でお役に立ちますとも！」エスターの目に、狂気をはらんだ詩人の光が宿っている（全力でなにをやるのか、確かめるのはやめておこう）。

さいわい、シンダーのCEOはなにも気づいていない。

「これで準備は整ったわね！」シドニーが宣言した。「楽しみにしていてね、クレア。かならず実現するから。あなたのハッピーエンドを――そしてわたしの」

ちょうどその時、店の正面のドアの鈴が鳴って女性が二人入ってきた。おなじみの二人。

ニューヨーク市警の刑事だ。その顔つきはハッピーとはほど遠いものだった。

35

ロリ・ソールズ刑事とスー・エレン・バス刑事が険しい表情で店に入ってきた。同僚から「アマゾネス」と呼ばれる二人が、パステルカラーのTシャツの群れを切り裂くように進んでくる。熱帯魚の群れにつっこんできたシュモクザメのようだ。

ひとりはブロンド、もうひとりはブルネット。そろって三十代半ばで背が高い二人は、長年連れ添った夫婦に似ている。言葉にしなくてもたがいの考えがわかる（たがいにイラッとすることも）。いつもおそろいの格好をしている。今日は折り目がぴしっと入ったスラックスと軍艦みたいな灰色のブレザーという出で立ち。ベルトにつけているゴールドシールドがアクセントになっている。

熱帯魚の群れのなかで摩天楼のような二人が足をやめると、話し声がぴたりと止んだ。

「ごきげんよう、ソールズ刑事、バス刑事」シンダーのCEOの声が響いた。

刑事二人がうなずいてこたえた。「ミズ・ローズ」

思いがけない光景だった。三人は挨拶する間柄なの？　シドニーの次の発言で、なんとなくつかめた。

「正式に要請されたシンダーのアカウント情報は送りました。ほかになにか、わたしどもでお役に立てることが？」

スー・エレン・バス刑事は焦げ茶色の髪をポニーテールにして、額がつっぱるほどきつく縛っている。頭をひと振りして、うるさそうに髪を払った。「キャロル・リン・ケンドールの件ではありません。別件でクレア・コージーに話を聞きに」

わたしは前に進み出た。「川で見つかった女性の件かしら？　わたしが発見した、あの若い女性？」

ロリ・ソールズ刑事がこくりとうなずく。軽く結んだブロンドのポニーテールが揺れる。

「警察の事情聴取の参考人リストに、あなたの名前も載っている」

「じゃあ、わたしたちは撤収しましょう」シドニーが指を鳴らし、取り巻きに合図する。

スー・エレンがシドニーを引き留めた。「まあ、そんなに急がずに。せっかくだから、あなたからも話を聞きましょう。リストにはあなたの名前もあるわ」

「なんの話でしょう？　川で発見された女性のことで、なぜわたしが参考人リストに？　ひょっとして――」シドニーの眉間のしわが深くなった。「その人はシンダーのユーザー？」

スー・エレンは親指をクイと曲げて、暖炉の近くのテーブル席を示した。

「あそこの席にしましょう。あなたとわたしたちだけで話をしたいので」

「いま、どうしても？」

ロリが小さくうなずく。「ええ、どうしても」

シドニーは二人の刑事に続いて厚板を張ったフロアを横切っていく。数歩遅れて忠実な番犬のようにコーディーがついていき、アマゾネスがシドニーから聴取する間、つかずはなれずの位置で待機している。

わたしの位置からは、話し声は聞こえない。ただ、腰掛けるように何度もうながされたシドニーが、「いいえ、立っています」と言い張る声だけが聞こえた。

シドニーはしきりに手元のスマートウォッチを見て腕を組む。二人の刑事の話が続く。シドニーの表情に変化が起きた。いらいらした表情が硬直し、やがて強い衝撃へと。

崩れ落ちるようにカフェ・チェアに腰をおろし、苦悩に満ちた表情でコーディーを見る。コーディーが腰をかがめてシドニーに顔を近づけ、二人でひそひそ話している。ソールズ刑事とバス刑事がシドニーとコーディーの向かい側に腰掛けると、コーディーはシドニーの後ろに立った。

刑事二人の聴取は続いた。シンダーのCEOは激昂した様子になり、つややかなブロンドのピクシーカットの頭を激しく振る。しまいに立ち上がり、スマートウォッチを叩いた。ソールズとバスは顔を見合わせ、シドニーを解放することにしたらしい。

ティンカーベルたちもじっと様子を見ている。ようやくシドニーがこちらに戻ってきた。さきほどのいさましさはすっかり影を潜めている。かすれた声でわたしに話しかけた。

「チェルシーのオフィスで会議の時間が迫っているもので。土曜日の夜の作戦の準備はお願いできますね？」

「ええ、まかせて」

「お願いね。携帯電話は？」

「なぜ？」

シドニーが自分の電話を軽く振り、トントンと叩く。「連絡先を交換しましょう。これはわたしのプライベートな連絡先。なにかあれば、いつでもどうぞ。ただし誰ともシェアしないで」

「ええ」

「それから、外のテーブル席も忘れないで」声に力が戻ってきている。「絶対に必要になるから。絶対にね！」

最後にシドニーは背筋をしゃんと伸ばし魔法の小指をひと振りすると、パステル軍団とともに寒い秋の午後の街へと出ていった。

店にはAJだけが残っている。「荷物のパッキング」に手間取っているようだ。ダンテとのおしゃべりに熱が入っているからだろう。

スー・エレン・バス刑事は通りに面したフレンチドアからじっと外の様子を見ている。シンデレラが馬車に、ではなく、ティンカーベルたちがウーバーで手配した車に続々と乗り込む光景を。

「なんだかとてもエネルギッシュ。シンダー、やってみようかな」相棒のロリに話しかけた。ロリは、思い切り息を吐き出す。「悪いことは言わないから、警察官だけにターゲットを絞りなさい」

「あなたは警察官と結婚しているから、そう言うけど」

「一般市民の十人のうち九人までが、あなたに振り回されることになる」

「その根拠は？」

「わかっているくせに。恋愛するたびにイタリア・オペラ並みのドロドロ、だからよ」

「何度も説明したでしょ。ニックはアボカドの皮を剥いている時に、自分で自分を刺したのよ」

「股間を？」

「股間のそばを。致命傷にはならなかった」

わたしは二人の会話に割って入った。「わたしの事情聴取のために来たのでは？」

アマゾネスたちがくるりとこちらを向いた時には、警察官の表情に戻っていた。

36

スー・エレン刑事はさっそく本題に入った。「川で発見された若い女性はビレッジブレンドの客である。三日前の夜、ジョーンズ巡査部長と彼の部下にそう証言したのね？」

「ええ」

「彼女について知っていることを、すべて話して」ロリ刑事は強い口調だ。

「取り立てて話すようなことは、なにも。話したのは一度だけ。名前も知らないし、正確な年齢も――」

「被害者の年齢は二十六歳」スー・エレンはメモを読み上げた。「独身。ホレイショ通りに独り住まい。名前はヘイリー・エリザベス――」

「ハートフォード！」わたしはつぶやいた。ああ、そういうことね。ようやく合点がいった。

「シンダーの開発チームのリーダーを務めていた。そうでしょう？　しかし彼女は最近退職した。なんらかのトラブルがあったらしい」

スー・エレンが顔をしかめた。「死亡した被害者についてなにも知らない、たった今そう聞いたけど」

「シドニー・ローズが開発チームの前リーダーについて、ひとことふたこと口にしたのよ。それと今回の事件がつながったの」

ロリがメモをめくっていく。「記録では、ミズ・ハートフォード殺しの〝有力な容疑者〟として、あなたはある人物の名前を挙げている。ミズ・ローズとの会話で、そのことは出たのかしら？」

「彼が迷惑行為をしたという通報をシンダー側が無視したという件は出たわ。ヘイリー・ハートフォードの死となんらかの関係があるかもしれない」

スー・エレンとロリは顔を見交わす。すっきりしない表情だ。

「他殺であるとは考えていないの？」

「いえ、あれはまちがいなく殺しよ」スー・エレンだ。「ミズ・ハートフォードの死因は溺死ではない。彼女の肺には川の水はほんのわずかしか入っていなかった」

「正式な死因は鈍器損傷」ロリがつけ加えた。「側頭部を一回殴られている。ハドソン川に入る前に死亡した可能性が高い。検視官によれば、右利きの加害者が小さな物体で殴っている。彼女の靴のそばで血痕が発見されている。DNA鑑定の結果はまだだけれど、血液型は被害者と一致している。凶器はまだ発見されていない。監視カメラの録画はいまのところ、なし。運輸省が設置したカメラは遠すぎる」

「その付近の民間のカメラからの収穫はなし」スー・エレンだ。「公園の木の葉が邪魔して現場が見えない。鑑識班が収集した画像で、犯罪歴のある人物を特定できるものは、いまのところない」

「関係者にはひと通り事情聴取しているのね？」

「隣人、友人、家族、という意味なら。恋愛関係、プライベートな人間関係からさぐるのは、ごく標準的な手順よ」ロリがこたえる。

「なにか情報は？」

二人がためらうのを見て、とっさにつけ加えた。

「細かい情報があれば、それが刺激となってヘイリーについてなにか思い出せるかもしれないわ。ビレッジブレンドを訪れた際の彼女のことを……」

スー・エレン刑事とロリ刑事はしばらく考えた後、意見が一致したらしい。二人が顔を見合わせ、ロリがメモを確認した。

「ミズ・ハートフォードの両親は亡くなっている。五年前にロングアイランドの自動車事故で死亡。きょうだいは妹がひとりだけ、ニューヨーク州立大学ストーニー校で医学を学んでいる。彼女と話をした。以前の交際相手にも話を聞いた。彼はコーネル大学の大学院生。二人とも、心底ショックを受けているように見えた。そして確実なアリバイがある。現在の雇い主であるミスター・フェレルはミズ・ハートフォードが殺された夜は深夜まで仕事場にいた。証人はおおぜいいる。彼女と敵対する人物、あるいは恨みを抱いている人物に心当たりはないそうよ。まとめて言うと、ヘイリー・ハートフォードは気だてのいい若い女性で、人にやさしく、知的で、思慮深く、働き者だった。以前の雇い主にも話を聞いた。これはあなたも見ていたわね。彼女からはとくに目新しい情報はなかった。これまでに聞いた人たちの話と大差なかった。決まりきったやりとりを記録に残すだけに留まっている」

「そして、いよいよわたしの番ね」

またもや二人の刑事は顔を見合わせた。スー・エレンが腕組みをして口をひらいた。「はい。ではとことん話してみて」

それから五分間かけて、わたしが先日の夜に知ったことを一つひとつ挙げていった。二週間前にヘイリーとリチャード・クレストが話をしているところをエスターが目撃し、ヘイリーはピリピリした様子だったことも。そして、クレストが女性を不当に扱うことについても。

「ヘイリーはクレストにひどい目に遭わされた被害者だったのではないか、という気がするのよ。拡散した例の動画を見て、彼女はクレストに気づいた。キャロル・リン・ケンドールと同じように彼と対峙しようと決心し、ハビタット・ガーデンで会うことにした。クレストのほうから、あそこを指定したのかもしれない。口論のさなかの突発的な事故だった可能性はある。彼は路上強盗あるいは通り魔の犯行に見せかけようとして財布、スマホ、身元を確認するためのものをすべて奪ったのではないかしら」

話し終えると、二人はしばらく沈黙していた。ようやくロリが口をひらいた。

「あなたが誠実に協力しようとしていることはよく伝わってくる。ただ――」

「あなたの論理には巨大な穴があいている」スー・エレンが割り込んだ。「サウスブロンクスの地下鉄のドブネズミの穴くらい大きいものが」

「クレストはまちがいなく関与しているはず。事情聴取すべきよ」

「やってみたわ」ロリだ。「あなたの供述をもとにして、わたしたちは試してみた」

「試してみた、とは？」

「この店で事件が発生し、それを受けてわたしたちはリチャード・クレストの身元に関する情報を収集した。彼のアパートと仕事場に行ってみたら――」

「行ってみたら!?」

スー・エレンは首を横に振る。「存在していないのよ。リチャード・クレストという人物は、存在していない」

37

いまや少々のことでは驚かなくなっている。ニューヨークの飲食業界で長く生きていれば、そんなものだ。それにティーンエイジャーの娘を育てれば、嫌でも肝が据わる。それでも、スー・エレンの発言には度肝を抜かれた。

「このコーヒーハウスの発砲事件の被害者、拡散した動画のスターとなった人物が、それがもとでわたしの店がつぶれそうになっているというのに、その張本人が存在しない？」

二人からはなんの説明も返ってこなかった。ヘイリー・ハートフォードの事件簿にわたしからつけ加える新しい事実がなければ、これ以上わたしが「巨大な穴のあいた論理」を主張しても相手にしない。スー・エレンはとても婉曲（えんきょく）な言いまわしでそれを伝えた。

気がついたら二人の刑事は店の正面のドアへと向かっている。このまま帰すわけにはいかない。聞きたいことが山ほどある。考えるのよ、クレア、よく考えて！　アマゾネスを引き留めて、質問攻めにする方法はなにかない？　どんな餌なら彼女たちは食いついてくれる？

「戻る前に、淹れたての熱いコーヒーはいかが？　ルワンダ産のシングルオリジンの豆よ。クリーミーなボディとキャラメルを思わせる後味で、うちのメープルピーカン・スティッキーバンズと絶妙の相性……」

スー・エレン刑事の長い脚が半分踏み出したところで、ぴたりと止まった。ゆっくりと彼女がふりむく。冷ややかで厳しいまなざしが、食いしん坊が歓喜する輝きへと変わっていく。

やった！　相棒のロリ刑事はまだ決心がつかない様子。だから、さらに小さくひと押しした。

「店のおごりです」

数分後、二人の刑事は人気（ひとけ）のない二階のラウンジの真ん中のテーブル席に、どっかりと腰を据えていた。エスターが約束のものを運んでくると、しばし仕事を忘れて舌鼓を打っている。

わたしは深呼吸をひとつして、仕事に取りかかった。コーヒーを飲みながらのさりげない会話という形で、彼女たちへの事情聴取を始めた。

「それにしても不思議。あの夜、フランコ巡査部長がリチャード・クレストの身分証明書を確認するところをこの目で見たのに。まさかあの運転免許証が本物ではなかったなんて。巡査部長も本物だと思ったのね」

「本物であるように見えた――」ロリは口のなかのものを飲み込んで、続けた。「フランコによれば、あの男が所持していた名刺には名前とウォール街の本物の投資会社のロゴが入っていたそうよ」

「偽造品」スー・エレンは口いっぱいに頰張ったまま、きっぱりと言う。「ジャクソン・ハイツの食料品店の裏で手に入るラミネート加工した代物にくらべたら、はるかに上出来だけど、れっきとした偽造品」

「リチャード・クレストという名義でシンダーに登録しているのだから、ヘイリー・ハートフォードとマッチングしたかどうか確認できるはず」

「先走らないで、クレア」ロリは指についた甘いメープルソースを舐めながら言う。「ミズ・ハートフォードの携帯電話は発見されていないけれど、わたしたちは手をこまねいていたわけではない。コンテンツにアクセスして内容を確認することはできる」

「彼女のバックアップ・データを調べたのね？」

スー・エレンがうなずく。「シンダーの利用状況と、やりとりしたメッセージの履歴をね。令状を取って、この事件を担当するサイバーフォレンジックのアナリストを確保して」

「それで？」

「ヘイリー・ハートフォードはリチャード・クレストとデートしていない。デートそのものをしていない。二カ月前に恋人と破綻して以来、一度も誰とも。携帯電話にシンダーのアプリはあるけれど、それを利用してデートした形跡はない。どうやら機能をテストするために入れていたようね」

「殺される前に誰かと連絡をとったはず。通話記録、メールの送受信記録からなにかわからない？」

「彼女はワーカホリックだった」スー・エレンだ。「自宅にこもって新しいアプリの開発に専念していた。亡くなるまでの四十八時間で、人づきあいと呼べるやりとりをした形跡はなし。クリストファー通りのベジタリアンの店にデリバリーの注文を二回している」

「開発中の新しいアプリについて、数回やりとりはある。フィットネスのスタートアップ事業の仕事よ」

「シンダー以外のマッチングアプリを使っていたのかも。それでクレストと――」

ロリが片手をあげてわたしを制した。「その線はないわね。せっかくの推理だけど、脈なし」

38

二人の刑事がそわそわし始めた。わたしの方は、もやもやしたものが溜まっていく。わたしの推理は却下されてしまったけれど、あっさりあきらめていいのだろうか。動かぬ証拠はない。しかし「リチャード・クレスト」（と名乗る人物）はどう見ても胡散臭い。干潮の海に浮かぶ泡と同じ、サメの気配を感じる。それにヘイリー・ハートフォードが殺された件について、二人の刑事にはまだまだ聞きたいことがある。

しかしペストリーは平らげられ、コーヒーカップは空っぽになり、スー・エレンは席を立とうとしている。もはやこれまでかと絶望しかけた時、エスターがやってきた。淹れたてのルワンダのコーヒーとスティッキーバンズ（今度は温めて）を二個トレーにのせて、たくみにバランスを取りながら運んできたのだ。すばやくわたしにウィンクして、エスターは小さなトレーをおろした。温めたバンズからは甘いイーストの豊かな香りが立ち上り、今朝ローストしたばかりのコーヒーは芳醇で魅惑的なナッティーなアロマを放っている。

心にメモをしておいた。名バリスタのエスターにボーナスを！

刑事はそろっておかわりに手を伸ばした。アマゾネスたちの二度目の捕獲に成功！　さっそく質問を再開した。

「もう一度、確認させて」まだ信じられないという風を装う。「要するにリチャード・クレストについてはっきりしているのは、外見の特徴だけ？」

「それすら、曖昧よ」スー・エレンが打ち明けた。

「どういうこと？　彼がマッチングアプリで開示しているプロフィールを見ればわかるのでは？」

「彼は巧妙なのよ」ロリだ。「ソーシャルメディア上の写真の大半はおおぜいで撮ったもの。彼の身体は半分くらい隠れている。いつもサングラスと帽子を身につけているか、顔立ちが見えにくいポーズをとっている。それに、ぜいたくなライフスタイルを演出するのが上手。豪華な船の上、高価なオープンカー、リゾートでの写真ばかり」

「ビーチライフをエンジョイする若者、というイメージで女性に売り込みたいのね」スー・エレンも加わる。「お目当てはナイスバディの女性なのよ。彼がマッチングアプリで会った女性は例外なくビキニ・ショットを載せている」

「彼のプロフィール写真は？　いくらなんでも顔立ちくらいはわかるでしょう！」

しかし刑事はそろって首を横に振る。

「ビーチで『裸の胸をあらわにしてアピール』するという、ありがちな写真よ。しかもかなり離れたところから撮っている」スー・エレンが言う。

「ニットキャップをかぶってサングラスをかけて。あの格好なら銀行強盗もできる」ロリがつけ加える。

スー・エレンが鼻を鳴らした。「逮捕したことがあったわね。そういうヤツを!」

「そうそう! あいつはシャツを着ていたけどね」

「それに、胸毛もすごかった!」

銀行という言葉で、あることを思い出した。リチャード・クレストが一万ドルを引き出したことを示す明細書だ。ちょうどこのラウンジで拾った。

発砲騒ぎが起きた夜、あれを拾ってエプロンのポケットにしまった。マダムからの電話ですっかりあわててしまい、エプロンを掛けてそれっきり忘れていた。

いまさら食品庫に行っても遅い。使用済みのエプロン、タオル、布巾は、まとめてマテオの倉庫で洗濯するために昨夜、運び出した。

すぐに倉庫の日勤スタッフ二人にメールを出してみたけれど、おそらくあの明細書は出てこないだろう。

アマゾネスはあいかわらず、以前担当した事件のことであれこれしゃべって笑っている。じっと考えているうちに、もうひとつ思いついた。リチャード・クレストは動画で必死に顔を隠していたけれど、わたしはこの目ではっきり見ている。

「身元はなんとかつきとめられると思う」唐突に切り出した。「バリスタのダンテは画家としても活躍しているわ。わたしは学生時代に美術を学んでいたから、多少の心得はある。二人で取り組めば、リチャード・クレストの正確なスケッチを描けると思う。顔立ちもなにもかも、くわしく。それを使って警察が指名手配するというのはどうかしら」

ロリとスー・エレンは気まずそうな表情で顔を見合わせている。ロリが公式見解を述べた。

「クレア、指名手配にはそういうスケッチは使えないのよ。警察の専任の画家が描いたものでなくては。そもそも許可以前の問題。リチャード・クレストはヘイリー・ハートフォード殺害の容疑者ではない」

スー・エレンが同意する。「捜査対象者にはなり得ないでしょう。彼はここで頭に銃口を向けられた。つまり犯罪被害者の身。どう転んでも容疑者ではない」

ロリがうなずく。「現実を直視して。証拠がない以上、クレストは単なる――」

「卑劣な男」スー・エレンが吐き捨てるように言う。

「――冷酷で俺様気質で、軽度の暴行事件の捜査対象者。ただし容疑者ではなく被害者」

それを逆手に取れないか。「キャロル・リン・ケンドールに不利な証言をする人物として、地区検察局は彼を必要とするかもしれない」

「裁判まで行くとなればね」スー・エレンだ。「でも、なんのメリットもないわ。ケンドールの弁護士はすでに司法取引に応じている」

「なるほど」わたしは深く腰掛けた。「ではヘイリー殺しの本命は?」

「彼女は悪条件が重なって犠牲となった、わたしたちはそう考えている」ロリが言う。「単なる強盗だったはずが――」

「あるいは性的暴行。公園のあのあたりでは、どちらも多発している」スー・エレンはわたしをしかと見据えた。「あなただってクイン警部補といっしょに強盗を捕まえたのだから、あそこがどんなに危険な場所か、わかるわね」

「ええ。確かに説得力はある。じゃあ、ヘイリーはなにをしにあそこに行ったのかしら。それにバックパックに入っていた、USBメモリ。拡散した動画を何本もダウンロードしていた。そこにはリチャード・クレストが映っていた」

二人の刑事がまたもや顔を見合わせる。つきあっていられないという表情だ。

「ミズ・ハートフォードのUSBメモリは、この際、おいておきましょう。彼女はあきらかに暴行を受けて死に至った。わたしたちが解明すべき点はそこであり、わたしたちの上司もそう考えている。わかってもらえた？」

「つまり強盗致死の線？」

二人がうなずく。

「捜査方法は？」

スー・エレンが肩をすくめる。「標準的な捜査をおこなう。今後一週間おとり捜査をおこない、あの界隈を活動拠点とする強盗を餌でおびきよせる」

「ミズ・ハートフォードを殺害した犯人が見つからなくても、街から犯罪者を若干でも排除できる。公園からもね」ロリが言う。

「ぎゅうぎゅう締め上げれば手がかりを、あるいは自白だって引き出せるかも……」スー・エレンが目を輝かせる。

警察には絶対に変わらない面がある。マイクの言葉を思い出して、しみじみと嚙み締めた。

「リチャード・クレストという人物について、ほかになんでもいいから教えて。彼がゲーム感覚で女性にハラスメントをおこなう動機についてはどう？」

「それは明らかよ」スー・エレンだ。「女性をひどい目に遭わせて快感を得る。だから何度も繰り返す」

「そうとわかっているなら、わたしが阻止しようとするのに、なぜ加勢してくれないの？」

「なぜなら、わたしたちのボスが求めているのは公園の浄化とヘイリー・ハートフォード殺害犯を捕まえることだから。それがわたしたちにとっての優先課題」ロリがこたえる。

スー・エレンがうなずいた。「クレストはひどい男だし、彼の行動は卑劣。でもいまのところ、犯罪ではない」

「警察に虚偽の供述をすることは犯罪よ。偽造した運転免許証を使用することも」

「あなたの言い分は正しい」スー・エレンがようやく同意した。「彼がこの店に顔を見せたら連絡して。彼をしょっぴく。本名を特定してデータベースにあたってみる。取り調べをおこなって偽の身分証明書と虚偽の陳述をおこなった罪で告発する。その方法以外は……」

「なんのお咎（とが）めもなし？　野放し状態？」

「残念だけど、わたしも相棒に賛成。わたしたちには優先課題がある」スー・エレンはカップの中身を飲み干して立ち上がった。「目下の任務は、心ではなく頭に攻撃を加える人物を見つけることよ」

39

二人の刑事はらせん階段へと向かった。わたしは条件反射のように立ち上がり片付けに取りかかろうとした。が、すぐに腰をおろした。

いまのいままで「情報」として受け止めていた事実が、ひとりになった今、重くのしかかってきて耐えがたかった。

ヘイリー・ハートフォードの最期はあまりにも酷(ひど)いものだった。何者かに強打され、命取りとなる脳損傷を負わされた。それだけではなかったと、遺体を発見したわたしは知っている。彼女の命が尽きようとしている時、残忍な犯人は横たわる彼女の衣服のポケットを空にしてハドソン川に彼女を投げ込んだ。ふくらんだバックパックをそのまま背負わせていたのは、永久に彼女が発見されないことを期待していたから。そうなれば遺された者たちはこたえを求めて永遠に苦しむことになっただろう。

犯人を人間とは呼びたくない。モンスターだ。

刑事たちもそれをよく承知している。じっとしていられない二人の様子からそれが伝わってきた。冷血な殺人犯をかならず逮捕するという覚悟だ。そのためにも一刻も早く川沿いでおとり作戦に取りかかろうとしている。

しかし、彼女たちがターゲットとする場所、相手はまちがっている。

顔を上げると、エスター・ベストがラウンジの向こう端に立ってこちらを見ている、汚れてもいないテーブルを延々と拭き続けている。

「ボス！」

「わたしが言ってもしかたないと思いますけど、ボスが正しい」

思わずのけぞってしまった。「盗み聞きしていたの？」

「いえいえ。ただ――」

「まあいいわ。いろんな視点から検討しましょう。あなたの考えを聞かせて」エスターを手招きした。

エスターが肩をすくめた。「彼女たちの熱意はわかるけれど、捜査方針は的外れだと思う」

「どうしてそれを言ってくれなかったの？」

「だってわたしが考えていることは、ボスがすべて言ったから」わたしの隣にやってきたエスターが声を落とした。「ボスが川から送ってきたヘイリーの写真が、あまりにもショックで――」

「悪いことをしたわ。動揺させてしまったわね。なんとか身元がわからないかと思って」

「そこまで！　ボスが写真を送ってきた理由はわかっています。わたしだって、きっと同じことをしたと思う。ショックを受けたのは、知り合いだったから。お客さまとしてだけど……」

テーブルの片付けは後にして、エスターを座らせた。ルーベンスの絵の女性のような豊満なヒップが椅子に触れると同時に、わたしはさっそく質問を始めた。

「彼女について憶えていることを教えて」

「警察の参考になるようなものは、なにもないんです。本名も知らないし。頬のハート形のタトゥーが彼女のトレードマークだった。話すのも、たいていはタトゥーのこと。もちろんコーヒーのことも。彼女はビレッジブレンドのコーヒーの大ファンだった。それに決して愚かな女性ではなさそう」

「というと？」

「ソールズ刑事とバス刑事の話を聞いてそう思ったんです。ヘイリーは殺された日、自分のアパートにこもって新しいアプリ開発の仕事をしていた。人づきあいをしないワーカホリックの女性。それなら、なぜ仕事を中断して同じような動画を五本もダウンロードしたのか。事件が起きてから一時間も経たないうちに。それをご丁寧にUSBメモリに保存してハドソンリバー・パークに持っていった。たったひとりで、夜に」

「不可解としか言いようがない」

「気になることはもうひとつ、クレストと称する卑劣な男の偽の免許証。なりすまし、つまりネット上でプロフィールをごまかすこと、それ自体はめずらしくない。クレストの場合、リゾートで撮られた写真をフォトショップで加工して自分の姿を加えた可能性もある。しかしなぜ手間ひまかけて偽のＩＤをつくるのか。そんなことをするのは、どういう人物なのか」

「たとえば、犯罪者」

エスターがうなずく。「だからこそ、クレストに関してわたしはボスが正しいと思う。他人の不幸を食い物にする人間特有のにおいを、彼はプンプンまきちらしている。絶対に前科があるはず」

「ソールズ刑事とバス刑事も同じ考えよ。でもヘイリー殺しの犯人とはとらえていない。身分証明書の偽造も、たいして重視していない。あくまでも強盗の線で、公園でのおとり作戦に全力を注いで結果を出そうとしている」

「それなら、こちらは勝手にやらせてもらいましょう。ビレッジブレンド・オリジナルのおとり捜査を」

「いいわね」わたしはぐっと身を乗り出した。「具体的には？」

「ダンテにクレストの似顔絵を描かせる。さっきボスが提案したみたいに。それをスキャンしてスタッフ全員に送信しましょう」

「指名手配ね！」

「そう！　クレストがビレッジブレンドに一歩足を踏み入れたら、即、御用です。アマゾネスに連絡し、卑劣ななりすまし野郎は身分証明書偽造の罪で二人の女性警察官に逮捕される」

頭のなかでそのプランをさらってみた。「いけると思う。クレストはいまもマッチングアプリを使っているかしら。それを確かめられれば」

「いえいえ、いまもスワイプしていますとも！」エスターが両手をひらひらさせる。「この男は教科書通りの依存症だから、まちがいない」

「確証があるのね」

「行動科学です。ある教授がケーススタディとして取り上げたんです。フックスターって聞いたことあります？」

「街娼のこと？　夜になるとあらわれる娼婦たち？」

「いいえ、それはフッカー。フックスターというのは、スワイプして交際相手を選ぶマッチングアプリの草分けです。春休みでフロリダにいた若者たちが遊び感覚で思いついた……」

反射的に耳をふさぎたくなったけれど、気持ちを奮い立たせた。この街で生きる者にとって、マッチングアプリはもはや避けようがない。ビレッジブレンドもおおいに影響を受けている。最初はいい意味で、そして今は悪い意味で。くわしい知識を身につけておくに越したことはない。

「聞かせて」

エスターはフックスターというアプリについて事細かく説明してくれた。〝最高にホットな女性〟と出会えると謳って大学生に売り込んで成功したのだが、詐欺罪で告発されてしまった。ユーザーが代理人を立ててアプリのオーナーを相手取って集団訴訟を起こし、数百万ドルの賠償を求め、アプリはサービス終了に追い込まれた。

「フックスターのソフトウェアは、実在の女性のプロフィールを最下位に置いていた。トップ、つまりユーザーが最初にスワイプするところには、ビキニ姿の女の子の偽のプロフィールだらけだったんです」

驚きを通り越してあきれてしまう。「そんなプロフィールのために、いったいどこから写真を?」

「若い女性が提供したんです。しかもおおぜい。全員、同額の謝礼と引き換えに法的免責の書面に署名していた。そういうビキニ写真がまっさきに出てくるようにプログラムされ、ユーザーの若者がそのうちの一人と〝チャット〟を希望すると、フックスターに雇われたオペレーターにつながった」

「それでどうやって儲けを出してリッチになれたの? マッチングアプリは無料で利用できるんでしょう?」

「あるところまでは無料です。フックスターの場合、無料だと女の子へのメッセージが三通まで出せた。それ以上はペイウォール、つまり有料になる。ユーザーはよろこんで支払いに応じるんです。自分に夢中だと言ってくれるセクシーな女の子とやりとりを続けるために」

「昔、電話の有料情報サービスを使ったテレホンセックスがあったけど、どこか似ているわね」

「その通り。でもフックスターはあくまでも合法のマッチングアプリを装っていた。それでもうまくいっていたんです。創業者たちは関連の商品を展開し、スポンサーにネイティブ広告を販売した。彼らは億万長者になったんです」

「でもねエスター、ユーザーがフェイクの女の子と直接会いたいと希望したら？」

「そこがまた絶妙で。たいていのユーザーはそれを希望しなかった」

「わけがわからない。スワイプして相手を選ぶマッチングアプリでしょう。そこが肝心じゃないの？」

「ふつうはそう考えますよね。でも多くのユーザーはスワイプするだけで満足なんです。いつか買いたいと思うクールな製品のカタログに目を通すようなものです。見ることで憧れがかき立てられる。チャットもできるし。これで立派な条件付けになるんです。アファメーションですね」

「なんのアファメーション？」

「あなたは魅力的だ、モテる、好かれているという肯定的な暗示にかかる。マッチングアプリの女性ユーザーには、男性から注目されるのが好きだから毎日使うという人がいます。ちやほやされたり口説かれたりして自尊心がおおいに満たされるから。いちゃいちゃしたりセックスしたりするのと同等の快感を得られると言う男性も。アプリのチャットでの交流、相手との情熱的なつながりの〝感覚〟で満たされてしまう」

「まるでドラッグの話を聞いているみたい」

「まちがいなくドラッグのような効き目があるんです。ハイな気持ちになれて、何度も繰り返したくなる。そして依存症となる。フックスターというアプリはそれを狙った。そして亡き大統領の顔がついた紙をごっそり手に入れた。カモにされたのは恋人ごっこの相手を欲しがるユーザーたち」

「どうしても女性に会いたいと言い張るユーザーが出てきたら？」

「実際のデートも数多く計画されました。が、一度も実現していない。女の子たちは毎度、なにか理由をつけて最後の最後にキャンセルしている。いっぽうで、若者たちは携帯電話で撮ったわいせつな写真を送り放題」

まあ。「甘い恋愛気分が味わえる『オースティンランド』とは大違いね」

「映画にたとえるなら、壮絶な『モビー・ディック』の世界ですね」

「あるいはモバイル・ディック……」頭のなかでエスターの話を整理した。「だからあなたはシンダーのスタッフにとげとげしかったの？　法律に違反していると考えているから？」

「いいえ。シンダーとフックスターは別物です。シドニーのアプリは合法的なマッチングをしている。しかし新雪のように清らかというわけではない。彼女たちはアルゴリズムでユーザーを格付けしているんです。自分たちの主観をもとに、より〝好ましい〟ユーザーを推して、容姿にハンディのあるユーザーを不当に扱っている。最低だわ。陰でデジタルによるダーウィニズムが進行しているなんて」

「だから信頼できないのね？」

「もちろん」エスターがメガネの黒い縁をぐっと上げる。「ボスもそうですよね。まさか、このビレッジブレンドのストーリーをあいつらに好き勝手にさせたりしないですよね」

そういえばエスターはさっきシドニーに向かって、土曜日の夜には「全力で役に立つ」などと皮肉っぽく言っていた。

「それで、あなたのストーリーは？　先払いでシンダーからギャラをもらっているサクラを相手に、なにを仕掛けるつもり？」

「仕掛ける？」

「ティーンエイジャーの娘を育てたこのわたしの目はごまかせないわ。とぼけても無駄よ。明日のことで、なにか企んでいるんでしょう？」

「企んでいる？」

わたしは腕組みをして、ボスとして睨みをきかせた。

「わかった、わかりました」エスターが降参とばかりに両手をあげた。「そんな必殺射撃人（デッド・アイ・ディック）みたいな目で見ないで……」

なぜかカート・ヴォネガットの作品を引き合いに出しながら、ビレッジブレンド専属の行動派詩人は、秘めていた行動計画を打ち明けた。エスター・プランの中身と、それを実行する理由について。

すばらしいプランだった。心から納得できるものだった。

「応援するわ。あなたの言い分は正しい。シドニーは〝ストーリーの主導権〟を握ろうとしているようだけど、ビレッジブレンドはまちがいなくわたしたちの店よ」

「ありがとう、ボス！　まちがいなく成功させてみせます！」

席を立ちながら、もう少しで笑いそうになった。しかし笑えなかった。頭のなかにキャロル・リン・ケンドールの逮捕、ヘイリーの冷たい亡骸、タッカーの辞職のことが浮かんできて、クスリとも笑えなかった。

まだ片付けていないテーブルをエスターが手で示した。「賄賂に使ったスティッキーバンズの後片付けはわたしにまかせて、ボスはどうぞ下に行ってください。新しいお客さまがいるかもしれません。ダンテは使いものにならないから」

「ＡＪはまだいるの？」

「彼女とダンテは恋に落ちた模様。なんと、スワイプひとつせずに。しびれるわ」

わたしは階段へと向かいながら考えをめぐらせていた。シンダーで、ヘイリーはどんな仕事をしていたのだろう。なんとも得体の知れないパズルには、不明のピースがまだたくさんある。ＡＪはそのいくつかを、あるべき場所にはめ込んでくれるだろうか。

40

一階のメインフロアに下りると、店内はがらんとしている。ダンテは、いつお客さまがやってきてもいいようにカウンターのなかに入っている。いかにも誠実な彼らしい。

AJはカウンターを挟んでダンテと向き合う位置のスツールに座って長い脚を組み、上の脚をいきおいよく上下に揺らしている。それにつれてプリーツスカートの裾も揺れている。

互いにうっとりした顔で見つめ合う二人は、わたしがやってきたのに気づいて、すぐに真顔に戻った。

「ボス、上を片付けましょうか？」ダンテはキビキビとした口調だ。

「もう、すませたわ」そしてわたしはAJのほうを向いた。「ダンテはあなたの荷造りを手伝ってくれた？」

「ええ、なにからなにまで。彼はジェントルマンですね！」彼女の頬がバラ色に染まる。

「それに……ウーバーの車が来るまでこうして付き添ってくれて」

「ねえ、AJ」できるだけさりげない調子で切り出した。「確かヘイリー・ハートフォードは同僚だったのよね。あなたの上司だったの？」

ＡＪが顔をしかめた。「少しの間だけ」

「シドニーがいた時に、わだかまりがどうのこうのと言っていたでしょう？　ヘイリーとはなにかトラブルでも？」

ＡＪは気まずそうに姿勢を変えた。「それはお話しできません」

「ヘイリーの新しい仕事について、なにか知らない？」

「フィットネス関連のスタートアップ企業のアプリ開発を」

わたしはうなずいた。「彼女の新しいボスはミスター・フェレル。刑事さんたちから聞いたわ。ただ、合点がいかないのよね……」戸惑っているように頭を掻きむしってみせた。

「シンダーは業績が好調なのに、そのフルタイムの安定した職を捨てて、なぜまたゼロからスタートした会社に転職したのかしら？」

「お金よ！」ほぼ即答だった。ＡＪの脚はさきほどよりも速く上下に揺れている。「三週間前、トリスタン・フェレルはヘイリーに倍の給料を提示して、いきなり引き抜いたの。契約金は一万ドル。支払いはキャッシュで」

「現金で？　なぜ？」

「帳簿外だから。課税されずにすむ。ヘイリーは医学部に通う妹の援助をしているから、いつも収入を増やすことを考えていたわ」

「トリスタン・フェレル？」ダンテがつぶやいた。「そうか！　トリスタン・フェレルはナンシーのもうひとりのボスだ」

「ナンシー？　バリスタのナンシー？」

「彼女、イクエーターというフィットネス・ジムの会員なんですよ。その会費を捻出するために、そこで働いているんです」

「あら、ドバイからの交換留学生が払ってくれたものとばかり」

「彼は一カ月有効のパスの分だけ奢ってくれたんですよ。とっくに次のターゲットに鞍替えしている。ナンシーは結構うまくやっていますよ。才覚を発揮して副収入を得ている」

「トリスタン・フェレルがヘイリーをシンダーから引き抜いたみたいに、ここからナンシーを引き抜かないといいのだけど」ふたたびＡＪのほうを向いた。「もしかしたら……ヘイリーは以前から副業をしていて、それを本業にしたのかしら。それでぎくしゃくして退職？」

ＡＪはますます落ち着かない様子でしきりに脚を上下に揺らす。いきおいあまってスツールから落ちてしまいそうだ。「それとは別の……問題があったから」

残念ながら、聞き出せたのはそれだけ。彼女のスマホの通知音が鳴り、会話が終わった。

「あっ！　もう行かなくちゃ。車が来る」

口が堅いティンカーベルが機材一式を詰めたキャリーケースを車に積み込むのを、ダンテが手伝いにいった。一人残ったわたしは、ＡＪが口にした「別の問題」の内容が気になっていた。これはかならず突き止めよう。頭のなかにメモした。明日の夜、チーム・ティンカーベルはビレッジブレンドに集結する。シンダーの社内抗争について、うっかりしゃべってくれる口の軽いティンカーベルがいるかもしれない。

そこにエスターがやってきてカウンターに入った。わたしたちはそろってダンテが戻ってくるのを待ち受けた。

わたしの後ろにエスターが立ち、爛々(らんらん)と目を輝かせてダンテを見つめる。彼はなにかを感じ取ったらしい。「なんだか嫌な予感がする」

「アクションプランを発表します」エスターが告げた。

「なにかやれ、ということかな?」

わたしがうなずく。「うちのスタッフのなかで、あなたは最高のアーティストだから」

ダンテがまんざらでもない様子で微笑む。

「おだてられても調子に乗らないように。レオナルド・ダ・ヴィンチとは訳がちがうのだから」エスターだ。

「あたりまえだ。そもそもダ・ヴィンチにはいっさい興味がない」

「同じダ・ヴィンチでも『コード』の方はどう?」わたしは本題に入った。「じつはね、記憶のなかにある人物の顔を思い出してスケッチしてほしいの。暗号を解読するみたいにね。エスターとわたしも手伝うわ」

そこでバリスタ版の指名手配について説明した。ダンテはすんなりと呑み込んで、〝どのバージョン〟のリチャード・クレストを描けばいいかとたずねた。

エスターが目をまるくする。「どのバージョンって?」

「ひとつは、あの晩、銃をつきつけられて懸命に顔を隠そうとしていた彼。そしてもうひとつは、昨夜の彼だ」

「昨夜？」エスターとわたしはそろって大きな声を出した。

「ブリーカー通りに新しくできたガストロパブで見かけた。スマホで女性の写真をスワイプしているところを。その十五分後、ニューヨーク大学の大学生と飲んでいた。正確に言うと、はしゃぐ彼女を膝に乗せて……」

わたしとエスターは顔を見合わせた。エスターの言った通り、クレストはいまもスワイプしている。わたしはダンテにたずねた。

「見た目がちがっていたの？」

「髪がね。黒っぽくなっていました。あの晩は髪を後ろになでつけていたけれど、シャギーにしてクシャクシャッと立ち上げていた。服もスキニースーツではなくてジーンズとパーカーだった。それに黒々とした顎ひげを生やしていた。セレブが好きな無精ひげ風ですよ」

「両方のバージョンを描いて。いますぐに」

二階のラウンジでさっそくダンテがスケッチ（ビレッジブレンドのお尋ね者のポスター）に取りかかり、エスターはカウンターを引き受け、わたしは地下室でコーヒーの焙煎を始めた。

年代物の焙煎機プロバットの熱で煮えてしまいそうな頭で、状況を整理した。

リチャード・クレストの身元をつきとめるための作業は、ダンテが着々と進めている。店にクレストがやってきたらソールズ刑事とバス刑事が捕まえてくれる。

しかし、クレストがもう一度来るという保証はない。

なんとかしてビレッジブレンドに彼をおびきよせることはできないか。食べ物で釣れるなら、自信はある。でもスティッキーバンズで釣れる相手ではなさそうだ。

どうしたら彼をおびきよせることができる？

ふと思いついて、スマホを取り出した。相手がナマズなら、ナマズにふさわしい餌を用意しよう。その方面にくわしい人物の力を借りよう。となれば、元夫だ。

どうしたら獲物をおびきよせることができるのか、それは女性を口説き落としてナンパする達人に相談するのが一番だ。

「もしもし、マテオ？　そちらに行ってもいい？」

「ここに？　いつでも大歓迎だ」

41

「シンダーにアカウントをつくりたいから、手伝って。大至急でお願い。プロフィールは、できるだけ多くの男性を惹きつけるものにしたいの」

反応がない。元夫はぽかんと口をあけて、ただただこちらを見ている。次の瞬間、笑い崩れた。「ようやく正気に戻ったか！　ついにあのデカに見切りをつけたか！」

いまは午後九時。ここはブルックリンの倉庫のなかに新しくマテオ・アレグロがつくった自室だ。わたしはカウチに腰掛けている。マテオに借りた服を着て。

着古したフラノのシャツ（あちこちのボタンがなくなっている）と、ナイロンの短パン（異様に小さいサイズ）で、なんとか身体を覆っている。

こんなことになるなんて、数時間前にマテオに電話した時には思いもよらなかった。店をエスターにまかせ、タッカーに送った五本のボイスメールへの返信がないことを確かめてからウーバー・カーを手配してレッドフックに向かった。そして、危うく死ぬかと思うような事態に遭遇してしまった……。

ウーバーの車で倉庫の前に到着したのは、午後七時。すでにあたりは暗くなっていた。マテオがコーヒーを保存している倉庫はニューヨーク湾に面して建っている。どっしりとした建物を高さ二・五メートルの金網のフェンスが囲んでいる。

海から霧が流れてくる。車から降り立つと、寒くて湿気の多い空気が薄いジャケットを通して伝わってきた。このあたりに一つしかない街灯の下で、思わず震えた。ショートブーツの踵をコツコツと鳴らしながら歩道を進んでいくと、船の霧笛の寂しげな音が響いた。人の気配がまったくない寒々とした景色がひろがっている。

マテオの倉庫の隣は自動車修理工場の跡地だ。かつてマフィアが盗んだ車の部品を売るチョップ・ショップとして使われていたが、すでに壊されてしまっている。ここには新しくビレッジブレンドの焙煎施設が建つ予定だ。

ウーバー・カーはさっさと行ってしまった。倉庫のゲートのロックを解除するにはキーパッドにコードを打ち込まなくてはならない。数字を打っているとちゅうで、なにかが光るのが見えた。思わず通りの方を見た。

このあたりも、もともと産業地帯だったところに人が住み着くようになった。大都市ならではの現象だ。マテオの倉庫の周辺にもテラスハウスはあるけれど閑散として、ドアは鉄製のゲートに守られ窓には刑務所みたいに鉄格子が嵌まっている。

倉庫と同じ区画に車が一台停まっているのが見えた。ちょうど焙煎施設の建設用地の脇にワインレッドのSUVが停まっている。

マテオの倉庫では日勤のスタッフを二人雇っている。コーヒーやさまざまな物資を運んだり、店の洗濯などの雑用を手伝ったりしてくれる。でもあの車は彼らのものではないはず。そういえば、マテオは毎週金曜日に建築家と打ち合わせをしているから、もしかしたら建築家の車かもしれない。

ということは、彼らは建設用地にいるのだろうか。

合板でできた高いフェンスへと近づいてみた。このあたりは、いかにも打ち捨てられた場所らしく水はけも悪い。とちゅう、歩道が破損して泥水の大きな水たまりになっていたので、しかたなく車道に出た。

その時、SUVのエンジンがかかり、暗がりに大きな音が響いた。強力なヘッドライトの光が点灯し、まぶしくてなにも見えない。

そのまま棒立ちになっていると、SUVが急発進して湿った舗道をジグザグに走行してこちらに向かってきた！

このままでは轢(ひ)かれる。脇に避けようとして泥水で足を滑らせ、派手に尻餅をついて水しぶきがあがった。水たまりの端をSUVが通過していく。すれすれのところでタイヤに接触しなかったが、凍るように冷たく汚い水が滝のように降り注いだ！

いくら叫んでもSUVはそのまま走り去り、次の角で横滑りしながら曲がって見えなくなった。

五分後、わたしは倉庫のドアからよろよろとなかに入った。

「クレア、どうした!?」

元夫の反応は驚きから心配、しばらくしてから爆笑だった。泥水でびしょ濡れでも身体はピンピンしているとわかってから爆笑したわけだが、わたしはカンカンに腹を立てていた。

「なにがあった?」

「建築家に聞いてちょうだい!」

「どういうことだ? 彼は何時間も前に帰った」

「車に轢かれそうになったわ。間一髪で助かったけど転んでしまって、車はそのまま行ってしまった。それでこのありさまよ!」

マテオが一歩後ずさりした。「なるほど、ひどいな。においもきつい」

恐怖がいまごろになって襲ってきた。おまけにコーヒーの保存のために倉庫の温度は低く設定されているので、ガタガタ震えて止まらなくなった。元夫は自分のジャケットでわたしをくるみ、木製の階段をのぼって居住スペースへと連れていった。新しくつくった男の隠れ家だ。

「ずぶ濡れの服を脱いで熱いシャワーを浴びるといい。新品のヘッドスパのシャワーヘッドでなにもかも流してしまえ」

「あの男は何者!? あなたと打ち合わせをしていた建築家でなければ、あそこでなにをしていたの? 暗がりに潜んでいたのよ」

「まちがいなく男か? 建物の間から見る湾の眺めはいいからな。とくに夜はきれいだ。たまにカップルが車を停めていることがある。お楽しみのところを、きみが邪魔して驚いたのかもしれない」

「なぜそう単純なの。今夜は〝きれいな夜景〟なんて見えないわ。湾は霧ですっぽり覆われている！　強盗があなたの倉庫を襲おうとして下調べをしていたのかも。そうは思わない？金庫があると思われているかもしれない！」

「いいから落ち着け、クレア。どっちが単純だ。あのデカにすっかり洗脳されて、なにかやらかす人物は片っ端から重大犯罪の容疑者扱いか」

「それはちがう。ここはニューヨークよ。事故現場からそのまま車で逃走する人物は怪しいに決まっている」

「わかった」マテオはわたしを浴室に押し込んだ。「ゆっくり泥を洗い流せ。外の様子を見てくる」

浴室といっても、格安のモーテルみたいに床から天井までファイバーグラスで仕切られたほんとうに小さなスペースで、必要最低限のものしかない。

いかにもマテオらしい。彼は人生の半分を安宿や名ばかりの掘っ建て小屋、あるいはテントで過ごしてきた。空調も、お湯が出る設備も整っていない場所ばかり。最小限のもので暮らし、間に合うものでやりくりする術を身につけているのだ。

コーヒー豆を求めて異国の地を訪れる際には何日でも、時には何週間でもシャワーを浴びなくてもひげを剃らなくても平気だ。が、ひとたびニューヨークに戻るとマテオは快適で贅沢なものに目がない。たとえばこの浴室も。デザインは確かにそっけない。けれども熱いスチームがたっぷり出るし、シャワーヘッドは三つ以上ありスパ並みに八種類の水流が設定できる。もちろんそのすべてを試してみた。

せっけん、シャンプー、香水も最高級品がそろっている。わたしはバラの花びらをかたどった小さなせっけん（パリのフラゴナールのもの）を使って、スチームたっぷりのシャワーで心身ともにきれいさっぱりリフレッシュした。おまけにいい香り。

マテオがタオルラックに着古したフラノのシャツを掛けておいたので、狭い浴室で袖を通した。その十分前、わたしがシャワーヘッドをあれこれ試してみている最中に彼がシャツを持ってきて、遠回しに「背中を流そうか」とたずねた。

即、お断わりした。

マテオは素直に引き下がった。

シャツ以外なにも持ってこなかったのは、たぶんわざとではなく、うっかりしていたのだろう。

42

下半身を覆うものをさがそうと、こっそりマテオの寝室に入ってみると、彼はキングサイズのベッドに座ってノートパソコンをひらいていた。

パソコンの画面で防犯カメラの映像を再生している。わたしを轢きそうになった車が粗い画像で映し出される。マテオが一旦停止し、わたしは画面に目を凝らした。男性がSUVのドアを開けようとしている。若そうで、顎ひげを生やしている。

「この時の光を見たのね。車内灯が点いた瞬間」

マテオが顔をあげ、わたしは腰に巻き付けたタオルをぐっと押さえた。

彼の顔に笑みが浮かんだ。いや、正確には笑みを嚙み殺している。「ぼくのパンツを使うか？」

「お願い」

「その前に、これを。きみを轢きそうになったSUVは、倉庫の脇に一時間ほど停まっていた。運転していた人物は車を降りて車の向こう側に姿を消した。ぼくの考えでは、生理的欲求だな。そこにきみが近づいてきたから、あわてて車を出した」

「怪しいふるまいだとは思わない?」

マテオが肩をすくめた。「焙煎施設の用地はしっかりと施錠してある。倉庫の防犯カメラには嫌でも気づく。きっとこいつは、この界隈が物珍しくてうろうろしていたんじゃないか。建設用地をさがしているのかもしれない……」

マテオが話す間もわたしは画面を食い入るように見つめた。この人物には見覚えがある。粒子が粗くて白黒の画像なので顎ひげの色は判別できないけれど、おそらく黒みがかった赤。SUVと同じ色。

「この顎ひげの人物はビレッジブレンドで見たわ」

マテオが画面に顔を寄せる。「ほんとうだ。見かけた気がする」

「その人物がなんの用で、ブルックリンのこの倉庫の前に一時間も車を停めていたのかしら」

「偶然じゃないか?」

「彼はわたしに驚いた。タイヤを横滑りさせるほど焦ってここから去ろうとした。危うくわたしをはねそうになった。轢いたかどうか、スピードを落として確かめようともしなかった。ただものめずらしくてうろうろしていた人物には思えないわ」

「ああ、そうだな……」マテオは映像の再生を再開した。「ナンバープレートが読み取れないな。倉庫のカメラには、きみの麗しいお尻が尻餅をつくところが、ばっちり映っている。見るか?」

「なんとかしてやりたいが、地元の警察にこの映像を見せるくらいか。こいつを見かけたら、絶対に逃がしはしないが」

「いいえ、結構」

とにかく、思いつく推理を口にしてみた。「私立探偵、という可能性は?」

「なにを調べている?」

「あなたを」

「ぼくを!?」

「そう。スワイプして相手を選ぶマッチングアプリでは、かならずしも皆が正直なわけではない。三日前にあなたはそう認めた」

「ぼくはもう既婚者じゃない!」

「わかっている。でも、あなたのお相手はそうだったかも」

「既婚女性とはベッドを共にしない。厄介事に首を突っ込みたくはない。それから聞かれる前にこたえるが、わかるよ。独身と偽る女性はちゃんとわかる」

「ほんとに? 人の心が読めるのね」

「このくらいにしておこう」マテオがノートパソコンを閉じた。そしてナイロン製の小さなジム用短パンをくれた。「これがぼくにできる精一杯だ」

「忘れずにいてくれたのね」

マテオがこちらを見て、わたしの上から下まで視線を移動させる。「必要ないと思った。

そのシャツの丈ならきみの大事な部分が隠れるし、脚をきれいに見せる。ぼくが着るよりも格段に似合う」

なにを言い出すのやら。どう見たらこの着古したフラノのシャツが色っぽく見えるのだろう。

「穿（は）くわ」

「キッチンにいるから、着替えたら来てくれ。腹ごしらえしてから新しいコーヒーの試飲をしよう」

「新しいコーヒー？」

「そのために来たんだろう？　ぼくがラメラウ山で調達した東ティモールのチェリーを味わうために」

「ええ。でも他にちょっと力を借りたくて。とてもだいじな件……」（殺人の容疑者に罠をしかけようともくろんでいる、という部分は伏せておいた）

「キッチンで聞こう。そろそろディナーができる」マテオは肩越しにそう言い残して行ってしまった。

43

彼はわたしのプライバシーを尊重して出ていったわけだが、そもそもたいしてプライバシーが保てる空間ではない。マテオの生活空間は、細長いロフトを仕切っただけだ。床は木で天井までは四・五メートルもある。

三方の壁はあるが、四つ目の壁があるべきところには柵があり、そこからは一階下のコーヒー豆の貯蔵庫が見える。貯蔵庫のなかは厳重に温度管理されて周囲から遮断されている。キッチンもやはりロフトを仕切っただけ。流し、冷蔵庫、ホットプレート、小型の電化製品が数台、集積材を張った収納カート、二人が座るにはギリギリのサイズのテーブルがあるだけだ。

クリーミーでスパイシー、そしてスモーキーな香りが漂ってくる。マテオは腕によりをかけておいしいものをつくっているらしい。

キッチンに入っていくと、腕まくりをしてピンク色のソースを混ぜていた。彼がイメージチェンジしているのに、いまようやく気づいた。黒っぽい髪をシャギーなカットにしていたが、それを短く刈って、顎ひげもギリギリまで刈り込んでうっすらとした影のようになっている。

「トルティーヤを温めて」マテオが言う。

彼の料理には、旅で身につけた知恵が詰まっている。常識を超越した発想ばかりだ。ドリップ式のコーヒーメーカーはポーチドエッグ、ラーメン、インスタントのオートミールを調理、ブロッコリを茹でるのに使う（もちろん、いっぺんにはできない）。ワッフルの焼き型でサクッとした歯ごたえのハッシュブラウンをつくる。洋服用のアイロンとアルミホイルでグリルドチーズ・サンドイッチをつくる。コーヒー用のバーナーでベーグルをトースト。バケツで湯をわかして真空調理法で小さなステーキもつくる。これにはジッパーつきの耐熱用プラスチックバッグを活用する。フレンチプレスを使ってラテ用に熱々のミルクを泡立てる、なんてこともマテオはやってのける。

マテオが好む温め方（ふつうのキッチンでのやり方）を思い出して、小さな丸いフラワートルティーヤ四枚を半分にカットし、アルミ箔でつつんでポップアップ式のトースターに差し込んだ。なかまでよく蒸し上がるようにタイマーでしっかりと時間を調整しておく。アルミ箔で密封しておけば食卓に運んでも冷めないので、熱々のトルティーヤを食べられる。

「献立は？」

「バーベキューチキン、クリーミーなチポトレソース添え」

「夜食の域を超えているわね」簡素なキッチンを見て、マテオにたずねた。「ここでチキンのバーベキューができる？　オーブンはないし、駐車場にグリルもなかったみたい」

「屋上にテントを張って炭火のグリルを二台置いた。ワインクーラー、折り畳み椅子、毛布も。一見の価値はあるぞ、湾の夜景はすごい」

マテオの引き締まったウエストと引き締まったお尻をチェックして、また質問を。

「毎晩こんなごちそうを食べているわけでもなさそうね」

「今夜は二人用のディナーを用意していたんだ。今夜八時にマリリンとデートの約束をしていたんだが、残業だそうだ。きみはツイている！」

「シンダーでマッチングした彼女？ ミレニアル世代のマリリン・モンローかしら」

「ほう」マテオがちょっと考える様子だ。「なるほど、あのプラチナブロンドはモンローにインスパイアされているのか。名前もマリリンだ。マリリン・ハーン」

「彼女とは二回目のデート？」

「三回目のはずだった」

「あら。シンダーの世界では長いおつきあいね」

マテオが笑う。「彼女とはそんなんじゃない」

「じゃあ、どんな？」

「いやに知りたがるな。スワイプしてマッチングなんて、興味ないはずだろう。発言にトゲがあったからな」

「ちがうわ。不信感よ。フックスターというアプリ、聞いたことある？」

「からかっているのか？」マテオがふふんと鼻を鳴らす。

「いいえ。エスターから教わったのよ、そのアプリについて」

「利用規約を読んで、すぐにやめた」

「ほんとうに読んだの？」

「ああ。細かい活字でびっしり書いてあった。相互交流のエンターテインメントで、フックスターの従業員が対価を得てアプリ上の会話に参加するから承知しておけ、そんな内容だった」

「つまりフェイクであるとユーザーに警告していたの？」

「そうだ」

「よく憶えていたわね」

「先週、《ウォール・ストリート・ジャーナル》を読んで思い出した」

「どんな記事だった？」

「フックスターの民事訴訟の結果だ。ようやく裁判が終結した」

「彼らは勝訴したの？　それとも敗訴？」

「両方だ。陪審はフックスターが利用者を誤解させるビジネス手法を用いたとして、ユーザー側を支持した」

「フックスターのオーナーたちは負けたのね？」

「完全に、というわけではない。ユーザーが利用規約を読まなかったのは怠慢だったと陪審は指摘した。だから懲罰的損害賠償金の支払いは免れた。しかしフックスターは、プレミアム会員費として毎月徴収した分を全額払い戻さなくてはならない」

「もうお終いってことね」

「ああ。ただ、彼らにはフックスターのアプリ関連の収入があるから、数百万ドルかそこらは手元に残るんじゃないか」

「マッチングアプリの依存症患者をばらまいたご褒美ね」

「やっぱりトゲがあるなあ」

わたしは大きく息を吸い込み、一気に吐き出した。「なにをいまさらと思うだろうけど、スワイプしてマッチングするアプリに興味があるの。やむを得ない事情があって……」

「なるほど」マテオが肩をすくめた。「その前にディナーにしよう。腹ぺこだ。食後のコーヒーを飲みながら、じっくり聞かせてもらうよ。あんなに毛嫌いしていたものにいまさら興味をもつ理由を。それに、だいじな件について力を借りたいという話も……」

「別々の話ではないの」

「どういうことかな」

「お腹いっぱいになったら、きっとうまく消化できると思う。だから、食べましょう」

44

熱々のトルティーヤにクリーミーなピンク色のソースをまぶして、ジューシーなチキンの最後のひとかけらをつかまえた。

いろとりどりの味が舌の上でタンゴを舞う。炭火で焼いた肉も、赤レンガ色のチポトレのスモーキーな味もたまらない。程よい辛さが利いたリッチなクリームソースは絶妙なバランスだ。

このレシピについてマテオが話してくれたことがある。チキンを焼くだけではおもしろくないので、パンチの利いた味にしようと考案したのだそうだ。コンロがないと、こんなにおもしろい次元にいけるのだ。

お皿がすっかり空になり、わたしは椅子を少し後ろにひいた。「ああ、おいしかった。お腹いっぱいで、もうなにも入らない」

「それはよかった。デザートにはよく冷やしたシャンパンしかないんだ」

「遠慮しておくわ」

十分後、フレンチプレスの準備が整った。マテオとわたしはロフトに戻り、マテオの居間として仕切られたスペースに入った。まさしく男の隠れ家だ。レザーのカウチ、安楽椅子、大画面のテレビ、高性能のサウンドシステムがそろっている。ここも壁は三面だけで、一面は柵だ。

淹れたてのコーヒーのアロマがたちのぼり、倉庫を見おろせる柵を越えて広がっていく。ああ、ここはマテオにぴったりだ。彼は世界を股にかけるコーヒーハンターだ。壁に閉じ込められる状況（住空間でも異性関係でも）を苦手とする彼には、こんなゆるい造りがいちばん心地いいのだろう。

「このサンプルはかなり深煎りしてある」彼がわたしのマグに注ぐ。「でもいろいろ試してみればいい。一袋預けるから、都合のいい時にきちんと〝カッピング〟を頼む。今夜はとりあえず飲んで味わってみてくれ……」

乾杯するようにたがいのマグをカチリと合わせ、目を閉じてひとくち味わってみた。これはいける。マテオの最新の掘り出し物はきっとひっぱりだこになる。とくにホテルとレストランに。

東ティモールのコーヒーは、大地のような香り、ハーブの香り、その先にはうっとりとするココアの香りが重なり、口当たりはなめらかそのもの。「ダークローストでもこんなに刺激的なのね。後口はあなたのチポトレのチキンみたいにクリーミー」

マテオがにっこりする。コーヒーハンターとしての自信と料理の成果に大満足のようだ。

「次はステーキをごちそうするよ。ブランデーとマッシュルームのグレイビーソース添えだ」

とたんにお腹が空いてきたような気がする。ここで一気に食欲を爆発させたら、おそろしいことになる。わたしはカウチの上にまるくなり、しっかりと自分に言い聞かせた。一度に一食を楽しむのが鉄則よ。

マテオに借りた短パンがあまりにも短すぎるので、脚を覆うものはないかとさがして、ルアナをみつけた。コロンビアのアンデス地方の人々が着るウール製のポンチョだ。アンデス地方といえばすぐれたコーヒーの産地。そしてコカの葉の栽培でも知られる。犯罪組織がつくるコカインの原料だ（どうぞこの倉庫でそちらが見つかりませんように。マテオの過去を思うと、どうしてもそんなふうに考えてしまう）。

壁一面にマテオが異国から持ち帰った宝物が飾ってある。見覚えがあるものも多い。ラッカー塗装したコーヒー豆を何千粒も使ったアート作品は、マテオと親しいハワイのコーヒー栽培一族、ワイプナ一族からの贈り物だ。コナのコーヒー豆に真珠のように輝く貝殻が交じっている。ガラスのケースに入って掛かっているのはエチオピアの伝統的なガビ。手織りの服の縁を飾る青と緑の刺繍がみごとだ（青は平和と発展を象徴し、緑は肥沃な大地をあらわしている）。これはアフリカの栽培者の協同組合から贈られたもの。彼らの灌漑システムを整備するための資金調達にひと肌脱いだマテオは、おおいに感謝された。

見慣れないものを見つけた。「ワニのタペストリーは前からあった？　みごとね」

「あのタイスは、最近、東南アジアに行ったときのものだ。すごいデザインだろう？　古い伝説を描いたものらしい。昔々、少年がワニに善いおこないをしたところ、ワニは少年に感謝して島に姿を変えた。少年と未来の子孫たちが暮らせるようにと。その島こそ、東ティモールだ」

そこで彼が首を横に振る。「しかしぼくが出くわしたワニは、そんなにフレンドリーではなかった。小さい子がヤツの昼飯になりそうになっていたんで、救った」

「まあ、その子は無事だったの？」

「ああもちろん。ディリでシュノーケルをしていた時だ。ワニがその男の子ではなく、ぼくを狙うように仕向けた。ぼくはきゃあきゃあ悲鳴をあげて木にのぼったよ。片足を食われるところだった。その子は無事だった。そんなわけで、そのかっこいい壁掛けを手に入れたというわけだ」

マテオは二つのマグにお代わりを注いでにっこりすると、満足そうにリクライニングチェアの背もたれに身体をあずけた。「さっきのチキン料理も新しく調達したコーヒー豆も気に入ってもらえたようだ。さて、話してもらおうか。ぼくの力を必要とする〝だいじな件〟について」

わたしは新米のダイバーみたいに、ことさら大きく息を吸い込んでから、切り出した。

「シンダーのアカウントをつくりたいから、手伝って。大至急でお願い。プロフィールは、できるだけ多くの男性を惹きつけるものにしたいの」

マテオのバカ笑いが倉庫内に響く（笑う前に凍りついた表情を浮かべた）。

「ようやく正気に戻ったか！　ついにあのデカに見切りをつけたか！」

誤解だ。「マイクとは絶賛婚約中です。ついでに熱烈恋愛中」

元夫は顎ひげのあたりをポリポリ掻く。「ドラッグストアで買うコロンのにおいを漂わせる刑事に、いまなお夢中でアツアツの仲なら、なぜシンダーのプロフィールが必要なんだ?」

くわしく説明した。店のお客さまが殺害されたこと、シドニーとティンカーベルの襲来、タッカーが辞めると言い出したこと、そのすべてをもたらしたと思われる人物についても。リチャード・クレストという偽名を名乗る要注意人物と、彼のせいでビレッジブレンドの売上が大打撃を受けている事実も。

そしていよいよ、プランを披露した。シンダーに挑発的なプロフィールを載せて、問題の人物をおびき寄せる作戦だ。リチャード・クレストという人物がどんなアイデンティティを使ってもひっかかるように、できるだけ多くの男性を惹きつけるプロフィールにする必要がある。

「誰が見ても要注意人物よ。これ以上のさばらせておくわけにはいかない」

マテオの反応は、想定内だった。

「きみはどうかしている。そのプランも。とんでもないよ。だいいち危険だ」

「そんなことない。彼をビレッジブレンドにおびき寄せれば、ソールズ刑事とバス刑事が捕まえる。その間、引き留めておくだけよ。店内には人目があるし、わたしが危険にさらされることはない」

マテオが首を横に振る。「タッカーだってそう考えていた。それで彼と親しいキャロル・

リンはどうなった？」

マテオが守護者のモードに入っている。娘のジョイが生まれてマテオはガーディアンに変身したのだ。一時的なものではなかった。ワニと対決して子どもを助けたのも、ガーディアンのマテオだ。しかし筋金入りのガーディアンは、時として厄介だ。ジョイとエマヌエル・フランコとの交際を認めようとしないのだ。自分を逮捕し勾留した相手をマテオは目の敵にしている。

これは戦術を変えたほうがよさそうだ。

「わかった。しかたない」

「あきらめるか？」

「助けてもらおうと思ったけど、あなたに自信がないのなら――」

「なんだと？」

「シンダーで最強のプロフィールをつくるとなれば、ノウハウが必要だもの。あなたには無理よ。だからもう忘れて」

マテオが笑い飛ばす。「変なこと言うなよ」

「もっと若い人に相談すればよかった。感覚が新しい人。ダンテはどうかしら」

「ダンテだと!? あいつがなにを知っている。こっちはいろいろノウハウがあるんだ！」

「あなたのプロフィールには役立つかもしれないけれど、わたしのはやっぱり無理よね」

「きみは全然わかってない」

「そう？　なぜ？」

「ぼくはウェブメディアのポップクレイビング・ドットコムにセックスの分野のエキスパートと認定されている。デビューしたてのセクスパートなんだよ、きみの目の前にいるのは」

「なんですって？」

「フリーランスのライターとしてポップクレイビング・ドットコムの仕事をすることになった。彼らが運営する二つのサイトで執筆するんだ。世界中のマッチングアプリのユーザーに読まれているサイトだ」

なんと（理解するのに、たっぷり一分かかった）。

「前にも言ったが、マリリンは交際相手というわけではない。確かにデートはするが、熱いセックスが目的というわけではない。うむ、唯一の目的ではない……」

「セクスパートとしてのデビューとなにか関係あるの？」

「彼女はポップクレイビングの編集者だ。初回のデートで彼女はピンと来たらしい。二回目のデートは実質的なオーディションだった。記事のアイデアを出したら気に入ってくれた。質問コーナーへの回答のサンプルを出したら、気が利いていると評価された。そして今夜、彼女の紹介で編集長に会うことになっている。ウィリアムズバーグでの真夜中のイベントで――」

「あら、もうデビューが決まっているのではなかったの？」

「決まっている。彼女はすでに採用を決めている」

「そんな時間、あるの？」

「あるさ。あちこちの空港でうんざりするほど待ち時間がある。ウェブの原稿を書くのはちょうどいい気晴らしになる。なにより、手軽に稼げる」

「わかった。ではセクスパートの腕前を見せてもらいましょう。わたしの最強のプロフィールをお願い」

マテオが腕を組む。「筋金入りのサディスト、ミソジニスト、それに殺人犯かもしれない男を惹きつけるためにってことだな。分別のある人間のやることじゃないな」

「これもオーディションだと思えばいいんじゃない？　ポップクレイビングの特集記事が書けるかもしれない」

「よし、やろう。ただし条件がある。きみのおとり捜査にぼくを加えろ。その男と会う時には同じ空間にかならず立ち会う。できれば、やけどするくらい熱いコーヒーの入ったポットを持って、そいつの膝に狙いを定める」

「じゃあ、決まりね。すぐに取りかかりましょう、あなたの新しいボスが真夜中のパーティーにあなたを連れていく前に」

45

マテオは指の関節を鳴らした。「まずはシンダーの完璧なプロフィールを見てもらおう。もちろん、ぼくのプロフィールだ」

カウチに腰掛けているわたしの隣にマテオが座り、スマホを取り出した。

「アプリをタップすると――」

「広告?」思わず顔をしかめてしまった。

「オファーだ。シンダーのプレミアム会員になると宝箱が使える」

「なに?」

マテオの説明によれば、シンダーに登録するだけなら会費はかからない。プレミアム会員になると「シンダー・ドル」を自分の「宝箱」に入れて特典を利用できる。食事、服、イベント、バー、クラブで。

シンダーはユーザーの「許可」を得てソーシャルネットワークのアカウントにアクセスし、効果的なターゲティング広告をおこなう。

「やっていることはワンストップ・ショッピングね。CEOのシドニーはそちらのビジネスでも大儲けしているのね。とにかく、わたしのプロフィールをつくってちょうだい」

携帯電話を出すように言われてロックを解除してマテオに渡すと、さっそくシンダーのアプリをダウンロードした。

「偽名で通せるかしら？」

「偽名だな？」

「無料会員なら大丈夫だ。プレミアム会員はクレジットカードの使用が求められる。多くの男を惹きつけるならプレミアム会員だろうな。小売店でも目立つ場所に並べてもらうには高くつくからな」

それを聞いて、少し考えた。「リチャード・クレストはプレミアム会員だったと思う？」

「活発に活動していたようだから当然だろう」

心臓の鼓動が速くなる。「それならシンダーの運営側は彼の本名を知っている。ちゃんとした身元も！　請求書の送付先の住所も！」

しかしマテオはひとことでわたしの希望を打ち砕いた。プリペイド・クレジットカード。

「素性を伏せてネットで払う方法はいくらでもある。プリペイド・クレジットカード以外にもな」

「かんたんに手に入る？」

「そこらへんのドラッグストアや雑貨店でいくらでも購入できる」

「ということは、ネット上で別人格になるのは難しくないわね」

「やる気さえあればな。男が女性になりすましてシンダーのアカウントをつくっているという噂もネットには流れている。そうすればデートした相手が自分にどんな評価をつけているのか読める」

「女性のままでいるわ。偽名は使う。昔からラファエラという名前があこがれだった」

マテオは、なにを言い出すかという表情だ。「誰も発音できないぞ、そんなの。もっとかんたんで、しかも平凡ではないのがいい。エキゾチックで安っぽくない名前がいいな」

「わたしの本名がラファエラだったら？」

「これを見てごらん」マテオが自分のスマホを取り出してシンダーのアプリを立ち上げ、女性の画像を出した。さりげなく写っているように見えるけれど、あきらかにカメラを意識したポーズだ。

「彼女のほんとうの名前はベルナデットだ。いろいろ懲りてプロフィールの名前を縮めたんだが、ちょっと想像力が足りなかった」

「どういうこと？」

「〝バーニー〟なんて男みたいな名前にストレートの男はときめかない。いざという時に気持ちが萎えるからな」

しかたない。「わかった。言う通りにする」

最終的にカーラ・Cという名前に落ち着いた。苗字の表示は必須ではないので、Cにした。ソーシャルメディアのプラットフォームとして、カーラ・Cのプロフィールをビレッジブレンドのアカウントにつなげてもらうことにした。今夜のうちに店のバリスタのリストに「カーラ」の名前を加えておけばいい。

「よし。次はどんなことに興味があるのか、なにが好きなのかを記入する。楽しいことが好きか？　公園で長い散歩を楽しむ、なんてどうだ？」

「法医学的証拠をさがすためなら」

「なんか言ったか？」

「いいえ。好きなこと……そうねえ。わたしはコーヒーが好き。アートも。それから料理も。音楽の生演奏を聴くことも。劇場、川沿いの散歩、夕焼け、水泳、バラ、ネコ、ニューヨークの歴史。新しいレストランに行ってみるのも好き――」

「いいね。どれもいいよ」

「それから食べることも好き……好き嫌いはほとんどない。パスタ、ペストリー、キャンディ――」

マテオがうーむと唸る。「〝キャンディ〟が好きというのはやめておこう。ドラッグの隠語だ」

「ドラッグ？　スティクスとか？　だから見た目もキャンディそっくりなの？」

「スティクス？」マテオが顔をしかめた。「聞いたことがないな。どういうドラッグなんだ？」

新しいパーティー・ドラッグについて知っている限りのことを伝えた。すべてマイク・クインと彼が率いるOD班の受け売りだ。粉末状で、昔懐かしいピクシースティックスみたいにカラフルで、ストローのように細長い包装で出回っていると……。

「気をつけてね。あなたがまた手を出したら、と思うと心配で」

「クレア、ぼくは二度と薬物には手を出さない。薬物を使う連中には近づかない。とりわけ女性には」

「でも、お酒は飲む」

「適正飲酒を守る。屋外では絶対に飲まない。アルコールに関してはきちんとコントロールできているから大丈夫だ。薬物とは縁を切った。きみを裏切ったりしない」

「口で言うのはかんたん」

「実行がともなっている。木がじゅうぶんに生長したら、曲げて杖にすることはできない」

「どういう意味？」

「ケニアの格言だ。成熟とともに力と賢さが備わるという意味だな、基本的に」

「つまり、あなたは成熟した。そう言いたいのね？」

「きみが婚約しているデカみたいな堅物とはいかないが、愚かなガキは卒業した……」

わたしはよほど心配そうな顔をしているのだろう。マテオがじっとこちらを見つめる。

「夫とはどういうものか、父親とはどういうものか、なにもわかっちゃいなかった。この歳になって、失ったものの大きさを痛感している。だが失わずにすんだものもある。自分の人生を危険にさらしたりしないよ。ビジネスも守る。きみとジョイとおふくろを決して傷つけたりしない。もう二度と」

　マテオの言葉を信じる。「その格言は誰から教わったの？」

「ぼくが知るなかで、もっとも賢い人物からだ。ケニアのトラック運転手だ」

「ほかにも教えてくれた？」

「ああ、ロバが蹴るのはありがとうの印」

「意味がわからない」

「わかるさ。きみはいま要注意人物を捕まえようとしている。それは確実に善いおこないだ。しかし目的を果たすまでには踏んだり蹴ったりの思いをする」

「耐えてみせますとも。たとえ尻餅をついてだいじなヒップを痛めてもね」

「そうだ、貴重なヒップだ」

「あら、プロフィールにそれも入れたらどう？」

「文章にするか、写真にするか」マテオが顎ひげをこすって思案する。「両方か」

「待って、ただの冗談よ！　いいから続きを……」

　マテオは残念そうな顔をして見せてから、ふたたびシンダーのアプリに集中した。〝パーフェクトなプロフィール〟づくりの参考として画面に登場する女性のプロフィールを見て次々に左にスワイプする。時折、手を止めてコメントを加える。

　なるほどと思わせる言葉が続く。真理とはちがうけれど、案外、核心を突いている。

「しかめっつらだ。これは要注意だな。プロフィール用の写真で笑っていない女は、なにがなんでも笑わない」

「額に入れた卒業証書の前でポーズをとっている。こういう女性は男の劣等感を煽る。どうせおれはロケット科学者じゃないと」

「この女性は〝ハーネスレース〟が好きなんだな。ＳＭの世界には入れないな」

「子どもが好きみたい〝遊び相手ではなく、本命を狙っています〟という暗号ね」

「おや、ティファニーはウェイトレスのはずなのに、プラダの高価なランジェリー姿の写真ばかりだ。まるで娼婦だ」

　さらにマテオが続ける。

「踊るのが大好き、か。笑顔がいいな」じっと画面を見ている。

「ダンス？」

「ああ、ちょっと待ってくれ。右にスワイプしておこう」

46

「これでほぼ完成だ」マテオが告げたのは、十五分後だった。「あとはクレジットカード情報を入力して写真をいくつか入れればいい。それで正式登録だ」

わたしは本名と自分名義のクレジットカードのナンバーを入力した。プロフィールの内容と一致しなくてもアプリは気にしないらしい。画面にキラキラした光があらわれ、華々しいファンファーレが鳴った。シンデレラ誕生のお祝いだ。

「これできみは正式にカーラ・Cだ」

「まずはシンダーのなかでね。ほかにもクレストが使いそうなマッチングアプリを教えて。今夜中にカーラ・Cのプロフィールで登録してみる」

「わかった、リストを送るよ。ところで写真はどうする?」

「そうね、ずっと前にハワイであなたに撮ってもらった写真はどうかしら……」昔、コナにコーヒー豆の調達に行くマテオについていったことがある。ロマンティックな休暇を兼ねた出張だった。「あの時の写真、まだある?」

「セクシーなビキニ姿のか」彼がうなずく。「あるぞ。しかし、わざわざあれを選ぶとはな。

さんざん恥ずかしがっていただろう？」

「そうなんだけど。リチャード・クレストがビキニに目がないの。写真をデータ化していなければ、さがして下のオフィスでスキャンするわ」

マテオがノートパソコンを持ってきた。コーヒーテーブルに置き、カウチにわたしと並んで腰掛けていくつかキーを叩いた。あっという間に写真が出てきたので、びっくりした。たくさんあるフォルダのなかから、迷うことなく選びだしたのだ。

画面でスライドショーが始まった。露出度の高いストリングビキニ姿のわたしの写真が十数枚続く。マウイのビーチで二十年以上前に撮ったものだ。一枚、また一枚と、映し出される写真を二人とも無言のまま見つめた。ほろ苦さをまとった幽霊があらわれては消える、そんな光景だった。

「一枚目の夕焼けをよく憶えている」胸がきゅんと痛む。「誰もいないビーチに二人きりだった。冷たいシャンパンと、ジューシーなパイナップル・ポークを味わったわね」

「ディナーの後のこともちゃんと憶えている。忘れがたいよ」

「そうね……。よくこんな紐みたいなビキニを着たと思うわ。いくらあなたに勧められたとはいえ。いつもはワンピースの水着だったのに」

「ぼくに出会うまではね」

「悪い人に出会ってしまった」

「でも、楽しかっただろう？」

「なにもかも、というわけではないわ」

「この写真のきみはとても幸せそうだ」

「若かったわね。信じられないくらい」

「それに、いい女だ」

「もはや別人ね、いろいろな意味で。若さは二度と取り戻せない」

「まあな……」彼が微笑んだ。「でも、相変わらずいい女だ」

マテオの手がわたしの太腿に触れ、移動する。それをそっとどかした。

「褒め言葉として受け止めるわ。うれしい。でもね、いまはたった一人の男性にとっての〝いい女〟でいたい」

マテオが後ろにもたれる。「じゃあ、なぜさっさと結婚しない。なぜだ?」

「できるだけ早くにと、彼は努力している。わたしも会場をさがしているわ」

「裁判所でやればかんたんじゃないか。新郎は警察官だ。出廷する被告や刑務官に囲まれて、かえって落ち着くんじゃないのか」

「マイク・クィンはニューヨーク市警でとても慕われているのよ。六分署の職員は全員わたしたちの結婚式に出席するつもりでいるわ。彼はアイルランド系だから大家族で結束が固い。ダウンタウンでも仕事をしているからワンポリスプラザの職員の半分は招待状を心待ちにしている」

「じゃあ、うんと豪勢な場所を選んで、そこでやればいい」

「値段を聞いたら目の玉が飛び出るわよ。おそろしい価格だから」

マテオがぱちんと指を鳴らした。「いいことを思いついた。六月のワンポリスプラザはどうだ。ゲート脇の詰め所に花を飾り、防弾ガラスに白いシルクのカーテンをかければいい」

「おもしろいわね」

「真面目な提案だ。きみの具体的な希望は?」

「真面目な質問?」

「そうだ、冗談抜きで聞いている。誓うよ」

「マイクとわたしが考えているのは、ハドソン川が見渡せる場所で、結婚式と披露宴は午後。そうすれば川面に日が沈む光景を見られるから。でもそれを実現しようとすると、費用が高くついてしまう。もっと現実的に考えてみなくてはね」

「そうか。そこのところがきみの強みだ。これは褒め言葉だからな。きっと、いい方法をみつけるだろう……」

マテオの視線がスライドショーに戻る。全身写真があらわれた。

「おお」彼が画像を静止させた。「これはいい」

「完璧ね!　シンダーのプロフィールはこれで決まり」晴々とした声が出た。

マテオも賛成だ。「これでダメなら、そいつをタッカーに紹介したほうがいい」

わたしは画面に顔を近づけてしげしげと眺めた。「こんなに若い頃の写真を見るのはひさしぶり。こうして見るとジョイはわたしによく似ている」

「なんだと？ そんなことは……」マテオがぐっと身を乗り出して目を凝らし、降参するように両手をあげた。「きみの言う通りだ。しかしここでジョイを持ち出すなんて反則だ。すっかり現実に引き戻された！」

「ジョイといえば、新しいコーヒー豆のことを知らせておかなくちゃ。ローストがうまくいったら次の土曜日のDC店への配送で……」

ワシントンにいるジョイにわたしがメールを打つ間、マテオは写真をわたしに送信してくれた。それからキッチンに行ってあの絶品の東ティモールのコーヒーをふたたびフレンチプレスで淹れた。湯気のたつマグ二つを手にして彼がもどってきたのと同じタイミングで、ジョイからメールが届いた。けれども、それはシングルオリジンのコーヒーの件ではなかった。


今夜中に電話で話せる？


「なにかあったみたい」わたしはつぶやいた。

「そうか⁉ なにがあったんだ？」マテオがガーディアンのモードに切り替わる。

スマホの画面を見せた。

「今夜中に話したいのか。ほかには？」

「なにも。これでじゅうぶんよ。なにかあったのね」

「たったそれだけで？ 娘が話したいと言ってきた。いい話かもしれない」

「いいえ。わかるわよ。母親の直感で」

「あとでかならず連絡をくれ。なにか力になれるかもしれない。いいね？」

「ええ」

「まさか、あのいまいましい警察官のことじゃないだろうな。あいつが原因なら、あのスキンヘッドをもいでボッチャの試合に放り込んでやる」

「またそんなことを。いいかげんにエマヌエル・フランコと和解したらどうなの。彼はいい人よ。愛情深くて誠実で。ジョイ以外の女性には目もくれないわ」

マテオが不満げに鼻を鳴らした。「ヤツは聖人か？　ありえないな。ジョイの相手にはもっといい男がふさわしい」

「フランコよりいい人なんて、いないわよ。あなただってわかっているくせに」スマホの画面ではハートが燃えている。それをタップし、マテオの顔の前でスマホを振った。「フランコと引き離したら、ジョイはマッチングアプリで最低最悪の相手に出会ってしまうわよ。それをよく考えてちょうだい！」

マテオがぼそぼそとなにかを言おうとした時、ブザーの音が響いた。

「マリリンだ。迎えにいってくる」

彼が下りて行ってしまうと、わたしはプロフィールにビキニの写真をアップした。最低最悪の相手といえば、リチャード・クレストだ。彼と直接コンタクトを取る方法はないだろうか。見れば、シンダーの女性ユーザーは相手の名前で検索できるらしい。リチャード・クレストの名を打ち込んでみた。

待つまでもなく、クレストのプロフィールが画面いっぱいにあらわれたが、中央部分にデカデカと「休止中」という赤い表示、さらに小さな字で「サービス利用規約違反について審査中」と書いてある。

彼のプロフィールの写真は、アマゾネスたちの説明通りだった。ハート形のボタンが目についた。この「王子」についてのユーザーのコメントを表示するボタンだ。ぜひとも読みたい。が、そのボタンも機能停止状態だ。

画面に目を凝らして、おおぜいが写っているなかからリチャード・クレストをさがした。彼がビーチでくつろいでいる写真をみつけたので拡大した。

「悪いことは言わないから、そのクソ男にかかわるのはよしたほうがいい……」

低いハスキーな声だったけれど、女性の声。いつのまにか、マリリン・ハーンが立っていた。

「あなたはクレア？　マテオの元の奥様？」感じのいい話し方だ。

「いまはビジネス・パートナーよ」わたしは立ち上がって彼女と握手した。

「マテオから、くわしく聞いています」プラチナブロンドの髪は前回見た時と同じレトロなスタイルで、きれいになでつけてウェーブがかかっている。今日はキャットグラスはかけていない。大きな目はプルシアンブルーのシャドーでいっそう強調され、くちびるはふっくらしてつやつやと輝いている。その口を気難しげにすぼめて、マリリンはわたしのスマホを指さした。「忠告しておきます。この人物には近づいちゃダメ」

「彼を知っているの？」

「リチャード・クレスト」吐き捨てるような口調だ。「ええ、知っているわ。彼は――」フェラガモのストラップレスのドレスを着こなした若いキャリアウーマンの口から、無骨な船乗り顔負けの罵詈雑言が飛び出してきた。

もっと聞き出したい（卑猥な罵りの言葉以外に）と思って、さりげなく誘導した。

「マテオからも忠告されたわ。過激なメッセージを送りつけたり、わいせつな写真を送りつけたりする男性もいると」

「こいつはそういうことはしないわ。もっとずっと汚い。リチャード・クレストは完璧なジェントルマンを演じるのよ。じっくりと話を聞いてくれる素晴らしい男性になりきるの。すてきな場所に連れていって、裕福そうな印象を与える。一回目のデートで外泊を切り出すなんて、とうていできない人物を装う。きみを大切に思うから、と強調する。けれども夜が更けて一回目のデートが終わる頃には、女性は警戒心をすっかり取っ払ってポストフェミニストのやさしい彼の腕のなかでとろけている……」

彼女がプラチナブロンドの髪をひと振りする。「すべては夢見心地。彼が下着に手をのばすまでは。そこから先は一転して悪夢。ベッドをともにして朝を迎えたら、もはや彼のフェンディのペニーローファーで踏みつけられるだけ」

「クレストが女性に銃口を突きつけられたことは、知っている？」

マリリンの左右の眉がぐっとあがった。「撃ったの？」

「ピストルには空砲が装填されていた」

「まあ、残念」

わたしは声をひそめた。「あなたも彼の被害者？　ひどい目に遭ったの？」

彼女の美しい顔が翳る。「ええ」かすれた声だった。「とてもひどい目に」

彼女が次の言葉を口にする前に、マテオが角を曲がって姿をあらわした。手にはよく冷えたシャンパンとグラス三脚を持っている。「挨拶はすんだようだな。よかったよかった」

最悪のタイミング。マリリンはたちまち気持ちを切り替えて、晴れやかな笑顔でマテオを見る。さりげなく続きを聞き出そうとしてみたけれど、彼女は乗ってこない。シンデレラが王子の前でクレストの話を避けるのは当然か。

「すばらしい夜に乾杯！」マリリンの声が弾む。

わたしはシャンパンを断わった。少しおしゃべりして、早々に引きあげることにした。車を手配し、マテオのロンドンフォグのトレンチコートを借りて退散した。シンダーでマッチングした二人を後に残して。

47

マンハッタンに戻る車内で、いよいよわたしもニューヨークにうごめくスマホゾンビの端くれに加わった。ドア・ツー・ドアで一瞬たりともスマホの画面から目を離さなかった。まず娘のジョイからのメールに返信し、いつでも電話してと伝えた。

次にタッカーからの返信はないかとチェックした。辞職の撤回をうながすメールを山ほど出したのに、なしのつぶて。もしや、わが最愛のアシスタント・マネジャーはわたしを〝ブロック〟しているの？

ため息をつきながら、マテオからの新しいメッセージに目を通した。

マリリンに話してみたよ。きみがクレストを見つけて正体を暴こうとしていることを。全面的に支持してくれるそうだ。やつが使いそうなマッチングアプリを三つ推薦してくれた。

それをすべてダウンロードし、「カーラ」のプロフィールを設定した。シンダーのアプリに戻ると、鐘と口笛でにぎやかに迎えられた。

車がビレッジブレンドの前に停まった時には、キラキラしたマッチングの世界にデビューを果たした安堵感で満たされていた。しかしドアの前に立つわたしを待ち受けていたのは、荒涼とした現実だった。

ドアを押すと鈴がにぎやかに鳴ってがらんとした店内に響いた。お客さまの姿はポツポツと数えるほど。通りに面して並ぶフレンチドアの脇の席にニューヨーク大学の学生が三人。暖炉の前には年配のカップル。ふだんの金曜日の夜には、お客さまでいっぱいなのに。

でも、プランはある。エスターもなにか企んでいるから、正確にはプランが二つ。明日、それを実行しても状況が変わらなければ、さらになにかを試せばいい。いずれ沈んでいくとしても、精一杯じたばたしよう。

カウンターにはエスターが入り、退屈しのぎに詩集を読んでいる。カウンターの前のスツールには誰も掛けていない。わたしが腰掛けるとエスターが本を置いた。

「お帰りなさい、ボス！　そのトレンチコート、掛けてきますよ」

「これは脱げないの。下になにも着ていないから。やむを得ずマテオに借りて——」エスターの目がメガネの奥で大きくなる。やはり誤解されたか。「ちがう！　そうじゃなくて……」

若いカベルネと同じ色のＳＵＶに轢かれそうになったいきさつを話すと、エスターからも報告があった。

「バリスタによる指名手配作戦が始動しました！　ダンテのスケッチはスタッフ全員の携帯に送信ずみです。原画は食品庫に貼ってあります。ダンテのサイン入りです。調子にのってなにを勘違いしているのやら」

「ダンテは本物よ。彼の才能はまちがいない。今回のスケッチはいつの日か、大変な値がつくかも」

エスターはまたもや目をみはり、「ダンテの犯罪容疑者似顔絵台帳」と命名した。ダンテには次の似顔絵を描いてもらおうか。わたしを轢きそうになった赤い顎ひげの男の顔を。いや、それはやめておこう。

あの赤ひげの男がほんとうに私立探偵で、マテオと既婚女性が密会している現場を押さえるために来ていたとしたら？　それが公になれば、とんでもないことになる。いまのわたしには手に負えない。マテオにまかせるしかないだろう。

「次はどうします？」エスターだ。

「犯人さがしよ。容疑者らしき人物を右にスワイプして、明日の晩、〝カーラ〟に会いにここに来るように誘う」

「明日？　でも明日の晩は店で一大イベントが」

「そうよ。人がおおぜいやってくる。クレストはそこに紛れ込めるから、かえって好都合だと感じるでしょうね。じつは店のスタッフ全員が自分を見張っているなんて、夢にも思わないはず」

「さすが」エスターが小さく拍手する。「おもしろくなりそう。容疑者をスワイプするの、手伝います」

「当てにしていたわ」

「気合いを入れて取りかかりましょう！　エスプレッソにしますか？」

「これからオスのクジャクの群れをかき分けていくのよ。もっと刺激の強いものがいいわ。ショット・イン・ザ・ダークをお願い」

エスターがハイオク並みにパワーのあるコーヒーをたっぷり淹れて、そこにエスプレッソを注ぐのに集中する間、わたしはマリリンが推薦したアプリをひらいてせわしなくスワイプした。

まさに犯罪容疑者顔写真台帳！

期待を込めてプロフィールを次々に見ていく。筋肉自慢、バックパッカー、犬にメロメロ、裸でサックスを吹く男はいるが、クレストらしき人物はいない。

ふと、手を止めた。まろやかなアルトの笑い声が聞こえた。成熟した大人の女性の声だ。マダム？

腰掛けたまま振り向き、暖炉のほうを向いて座っている年配のカップルをよく見てみた。女性はスミレ色のベレー帽にジャケットというでたちだ。店に入った時はあわてていたので気がつかなかったけれど、少し斜めにしておしゃれにかぶっているベレー帽の下には、銀髪を内巻にした見慣れたスタイル。

あの女性がマダムだとして、いっしょにいる男性は誰？　すらりとした体格でセカ色の肌の紳士がマダムを笑わせている。

おそらく、シルバーフォックスというマッチングアプリで出会った新しい相手だろう。でも、男性の漆黒の髪とこめかみに交じるグレーの色合いがなかなか魅力的だと見ているうちに、あっと思った。マダムの連れの六十代の人物は――

「ジョーンズ巡査部長!?」

気がついたら声が出ていた。年配カップルがこちらを振り向いた。やはりマダムだった。そしてニューヨーク市警港湾隊のレオニダス・ジャバリ・ジョーンズ巡査部長。いかにも仲睦まじい雰囲気だ。

「クレア！」マダムも驚いたようにわたしの名を呼ぶ。「いたのね、全然気づかなかったわ。あらまあ、なんて格好をしているの？」

48

マテオのロンドンフォグのトレンチコートは大きすぎるが、これ一枚しか着ていないので脱ぐわけにもいかない。ベルトをきつく締めてなんとか取り繕い、年配カップルのテーブルへと歩いていった。ジョーンズ巡査部長はさっそうとした身のこなしで立ち上がった。

「こんばんは、ミズ・コージー」

今夜は制服姿ではない。背筋をまっすぐ伸ばし、船の甲板にいる時のように、厚板を張った床を両脚でぐっと踏みしめている。ツイードジャケットにおおわれた両肩は四角く盛り上がり、やはり片方の目には黒いアイパッチをつけている。しかし仕事中の鋭い表情とは裏腹に、とてもにこやかだ。

「先日、おいしいコーヒーを味わってみようかと立ち寄って、こちらの魅力的なオーナーと話していたら、ここは初めてではないと思い出してね。ずいぶん昔——」

「リーとわたしは旧友だったというわけ」マダムのスミレ色の瞳が暖炉の炎を受けてきらきら輝いている。

わたしは二人のテーブルに加わった。エスターがショット・イン・ザ・ダークを運んできてくれた。マダムは「リーとの特別な再会」を祝してエスターに特別なドリンクを注文した。少ししてエスターがフレンチプレスを運んできた。入っているのは、わたしたちが扱うコーヒーのなかでもっとも人気が高く値段も飛び切りの、とっておきのビリオネア・ブレンドだ。粗挽きにした豆と浄水器を通した水を沸かした熱湯をフレンチプレスに入れて抽出を待つ間、マダムにうながされたジョーンズ巡査部長が二人の最初の出会いについてわたしとエスターに語った。

「わたしの思い出話が若い女性の関心を引くとは思えないが――」

「とんでもない！　貴重な歴史よ。きっとよろこばれるわ」マダムは肘でそっと彼を小突くようにしてうながした。

「そこまで言うのなら」ジョーンズはアイパッチをしていないほうの目でウィンクをした。「あれは何十年も前の、昔々のこと。当時のわたしは悪ガキで、ビレッジで仲間たちと悪さをしては暴れまわっていた。そんなある日、神みたいに崇拝していたジミ・ヘンドリックスがまさにこのコーヒーハウスに入っていくのを目にした。わたしは店に飛び込んで、彼に駆け寄ろうとした」

「それをわたしが止めたの。ジミは店によく来ていたわ。時には二階で演奏も。ステージ上の彼は聴衆を魅了する天才的なミュージシャンだった。でもステージから降りると、繊細でシャイな人だった。ファンとの交流があまりうまくいかないことも珍しくなかった。だからわたしは彼のプライバシーを尊重したのよ」

マダムがジョーンズ巡査部長の腕をとんとんと叩いた。「それでも、ハンサムな若者をがっかりさせるのはかわいそうでね。だからジミにコーヒーとペストリーを運んだ時に、こんなに若いファンがいるんですよ、とそっと紹介したのよ」

「まさに歴史的瞬間！」エスターが叫び、フレンチプレスをぎゅっと押し下げてビリオネア・ブレンドをカップに注いだ。「それで、史上最高のロックのギタリストはどんな言葉を？」

「わたしが自分の愚かさをさらけだす発言をした後、彼がなんと言ったのか聞きたいんだね」ジョーンズだ。

「ずいぶんオーバーな」わたしが言う。

「わたしはジミに、あなたみたいにギターが弾きたいと言った。すると彼はこう言った。『坊や、おれを真似ておれみたいに弾いて、おれの失敗までそっくりにコピーする人間はおぜいいたよ』それよりも自分の人生を生きろ、自分の失敗をしろ、そうしなければ自分の歌は決して見つからない、彼はそう言ってわたしを諭した。なにを言われているのか、わからなかった。若すぎて彼の言葉の価値を理解できなかったんだ」

ジョーンズが少し間を置いて続けた。「ジミがオーバードーズで命を落としたのは、それからまもなくだった。やがて成長したわたしは職にも就かず将来の見通しもなかった。手当たり次第ドラッグをやって、ある日オーバードーズした。入院中にラジオから『見張り塔からずっと』が流れてきた。それを聴いているうちに、ジミがわたしに伝えようとしたことがようやく理解できた。人生を変えなければ、彼の最大の失敗を真似することになると……」

ジョーンズ巡査部長には慕っていたおじさんがいた。元海軍の軍人で、見舞いに訪れて軍への入隊を勧めてくれた。

「音楽の世界とドラッグには近づくなと忠告された。さもなければまた逆戻りだと。死んだりしたら、決してゆるさないとも言った。それはわたしの母親、つまりおじの唯一の妹を殺すことになるからだと。おじの言う通りだった。わたしは一文無しで、精神的にもどん底だった。だから思い切って新しい世界に飛び込んだ」

「勝手がちがう世界になじむのは、大変だったのでは？」わたしが聞いた。

「ああ、最初はね。だが……わたしは海軍の仲間が好きだった。船での移動も、夜の海も。日々、自分がなにをすべきなのか、なにを期待されているのかがわかるのもよかった。音楽の演奏も続けた。船内でちいさなバンドを組んだんだ。そして自分でも意外だったのは、船上ではドラッグと一切無縁のままでいられた」

「その海軍に、なぜかいまは所属していない」エスターだ。

彼があははと笑う。「海軍のお祭り（フリートウイーク）のせいだとしておこう。ここニューヨークですばらしい女性と出会い、家庭を持った。家族ができると、離れたくなくなって除隊した。妻の亡き父の世話でニューヨーク市警に入り、港湾隊に配属されて今に至る。これがわたしの歌だ。ようやくここまで来た。退職の日はそう遠くない。人生の一部が終わるのは、やはり寂しいね……」

ジョーンズ巡査部長の話が一段落してマダムとともにビリオネア・ブレンドを味わう間、わたしはエスターと顔を見合わせた。この店とジミ・ヘンドリックスとの関わりを知って、エスターは興奮がおさまらない。

わたしはヘンドリックスの大ファンというわけではないけれど、熱心なファンの存在は知ってある。そこであることを思いついた。上階の屋根裏部屋には古い写真と記念の品が大切に保管されている。マダムが何十年にもわたって蓄えてきたものだ。そこをさがしてみよう。うまくいけば、ビレッジブレンドを救えるかもしれない。

ヘンドリックスとの出会いも感動的だったけれど、不屈の精神で薬物依存をみごとに断ち切ったという部分にわたしは心を強く動かされた。

そのジョーンズ巡査部長は、わたしが「ビリオネア」と名づけたブレンドについて熱く語っている。このドリンクの立役者であるコーヒーハンターのことを思わずにいられない。元夫もジョーンズと同じように薬物への依存を断ち切った。けれども巡査部長のように人生を変えたわけではない。

マテオはいまもパーティーで騒ぐのが大好きだ。それがきっかけで身を滅ぼしたというのに。だからわたしは心配でたまらない。マテオが言葉でどう安心させようとしても、もしも悪い人——あるいは悪い女性——と出会って、なにかの拍子にとんでもない失敗をしてしまったら、と思うと。

考えれば考えるほど気が塞(ふさ)ぐ。いきなり、厳かなファンファーレが小さく鳴った。シンダー・アプリのアラーム音だ。女性ユーザーのカボチャに王子様候補のデータがたくさんたまっている時に、この音が鳴る。

ジョーンズ巡査部長がその音を聞きつけて、笑った。「エリザベス女王が乗船かな?」

わたしはポケットからスマホを取り出した。最愛の婚約者がいる身でありながらスマホにマッチングアプリのアイコンが四つも並んでいる理由についてジョーンズ巡査部長に話さなくては。

49

ジョーンズ巡査部長の部下たちがハドソン川から引き上げた若い女性、ヘイリー・ハートフォードを殺した真犯人をみつけるために「捜査」をしている。そう話すと、巡査部長は興味をそそられたらしく、身を乗り出してきた。

「なにか新しい情報はありますか？」こちらから聞いてみた。

「わたしからも聴取するのか。たいしたものだ。しかしいま聞くまで、あの若い女性の名前すら知らなかった」

これには驚いた。「ソールズ刑事とバス刑事から一度も事情を聞かれていないんですか？」

ジョーンズがその通りだとうなずく。「港湾隊はしじゅう川から人を引き上げている。息をしているものも、息絶えてしまったものも。彼らがそこに至る経緯について調べるのは、われわれの業務ではない。報告書を作成した後は刑事たちが担当する」

「でもハドソン川を知り尽くしているのは、あなたたちですよね」

「自分のことよりもね。三十年ちかくあの水域で仕事をしている」

「役に立つ防犯カメラのデータは見つからなかったと刑事さんたちから聞いています。ひょっとしてニューヨーク市の管轄外のカメラにデータはないかしら。ニュージャージー側でヘイリーの殺害の場面をカメラがとらえていた可能性は？」

「ハドソン川の川幅は一・六キロメートル以上ある。標準的な防犯カメラでとらえられるのはせいぜい百五十メートル先までだ。たとえ川岸のカメラがまさに犯行現場に向いていたとしても、その瞬間に視界を遮る船などがまったく航行していなかったとしても、映像はぼやけているはずだ」

ふくらんでいた期待がしぼむ。

「しかし」話はそこで終わらなかった。「数年前のタッパンジー橋の事故以来、すべての民間船舶に監視カメラを搭載するよう保険会社が強く求めてきた。若い女性を引き上げたあの晩、航行する艀の多くにも、当然ながらカメラが搭載されていた」

「ほんとうですか？」思わず前に身を乗り出した。「そのカメラのデータを提供してもらえますか？」

「令状が必要だな。民間船舶に搭載されているカメラとなると。しかもデータは膨大な量となる。しかし非公式な形で問い合わせることは、できる。あの晩、川を航行した船に心当たりがあるから、船長にコンタクトをとって状況を説明すれば、進んで協力を申し出てくれる可能性はある。いい方法を考えてみよう……」

「実現したら、とてもありがたいわ。でも、すぐというわけにはいかないでしょうね」

「少なくとも一週間。あるいはもう少し」

「それなら、バリスタ版指名手配は続行しましょう」すかさずエスターが提案した。

「バリスタ、なんですって?」マダムが聞き返した。

「捜査の一環です……」エスターが食品庫を指さし、あそこにダンテが描いたスケッチが貼ってあるのだと説明した。

マダムの目がひとまわり大きくなった。「すでに始まっているのね。わたしも捜査に入れて!」

こうしてマッチングアプリのユーザーとなった事情を打ち明けた後、晴れてわたしはシンダー・アプリのカボチャの中身を確認した。そして息を呑んだ。デジタル式の小さなカウンターの数字を見ると、トライステートのエリアでカーラを気に入って右にスワイプして保存した男性は三百八十人を上回っていた。

「こんなにたくさん。やはり、あのビキニの写真が効いているのね。さすがマテオだわ」

「新しい会員に的を絞りましょう」エスターが言う。「アプリに登録してまもないかどうかでフィルターにかけていきましょう。やつがすでに複数のIDを登録していたなら別だけど、そうでなければ一週間以内に新しいプロフィールを使い始めたはず」

言われた通りフィルターにかけてみると、六十人くらいに減った。そこでスワイプに取りかかり、偽のIDと怪しい写真をさがした。

ここではジョーンズ巡査部長のアドバイスがおおいに役立った。

「それは加工した写真だ」彼が画面を指さす。「このサイズの船に女の子をこんなにたくさん乗せたら転覆する」

「なるほど！」明らかに怪しい。すぐにメッセージを送ってみた。

「なんだこれは」ジョーンズが笑う。「#ベガスキングとあるが、後ろに写っているのはフロリダのビーチのヤシの木だ。砂漠のヤシの木は一本もない」

「きっと春休みに撮ったのね……」この男性にもメッセージを送った。十分も経たないうちにガラスの靴を一ダース送っていた。怪しい人物、怪しいプロフィールにもれなくコンタクトしてみた。

こんな夜更けでも、いやこんな夜更けだからか、すぐに返事が届いた。選りすぐりの怪しい相手からの返事は、「アダルト」な傾向が強い（「成熟」とは別種のもの）。

一通目を表示させると、マダムが声をあげた。「あら。あまりロマンティックなお誘いではないわね」

「解剖学的にも無理だな」ジョーンズ巡査部長がつけ加える。

次のメッセージ。「自分の寝室の写真を見てくれ、ですって」わたしは素直に画像を出した。

「まるで金物屋」エスターが鼻を鳴らした。「鎖が何本も垂れ下がっているのは理解できるけど、ジョン・ディアの芝刈り機はなんのためかしら」

次の容疑者候補へのマダムの第一声は、「かなりハンサムだけど、これはあきらかにかつらね」だった。

「『真の自己を開示』したい」わたしはメッセージを読んだ。「そのために写真を送ったから見て欲しい、と」

なにげなく画面をタップして、わたしは青ざめた。

まっさきにマダムが反応した。「髪が一本もない、ということ?」

「自分のあそこの写真を送ってくるなんて、なに考えているんだか!」エスターが叫ぶ。

マダムはもう笑っていない。本気で怒っている。

「このごろの若い男性は、いったいなにを考えているのかしら」

「若い、とも言えないですね」わたしはプロフィールの年齢欄を指さした。「かつら愛用者で真の自己を開示したがっているこの男性は、じきに四十歳」

「女性が見たがっていると彼は思い込んでいるのね」マダムの説だ。

「非公式な調査をします」エスターがきっぱりと言った。「ここにいる三人の女性のうち、あれを見たいと思う人は手を挙げて。はい、ゼロでした!」

「でも、説明がつかないわ」マダムは大真面目で問いかける。

テーブルについている女性三人の視線は、テーブルを囲む唯一の異性に集まる。

「勘弁してくれ!」ジョーンズ巡査部長はあわてて両手をバタバタさせる。「わたしは妻に先立たれ、独身の娘が二人いる。いとしいわが子が、こんな形で人権を脅かされることがあってはならないと考えている」

「はたして、そこまでのレベルの問題なのかしら」わたしはぽつりと言った。

「じゃあ、どう思うの？」マダムがたずねた。

「ただの無知。女性がなにをよろこぶのかを知らないだけ」あくまでもわたしの想像だ。

「ボス、正確にはリアルな女性、ってことですね」エスターだ。

「リアル以外にいるの？　プラスチックでできた人形？」

「セックスドールはまだ高いですからね、近いうちにお手頃価格になるとは思いますが、それまでは女性を模したピクセルの集合体が選択肢となるでしょうね。行動科学の見地から言うと」

「ビデオゲーム？」

「インターネット・ポルノです。彼らの脳みそはすでにポルノ漬け状態です。リアルな女性にどう対応したらいいのか、もはやわからないという男性は増えるばかり」

「絶望的ね」マダムが背もたれに身体を預けた。

「待ってください」エスターが続ける。「これはあくまでも、高度な文化のなかで生まれた奇妙な小集団に限った話です。わたしのだいじなボリスはリアルな女性をちゃんと理解していますとも！」

「それはダンテも同じね。女性を大切にする魅力的な若者よ。決して鈍感ではない」わたしはエスターをちらっと見た。「彼には言わないでね」

エスターがケラケラ笑っている。

「わかっているわ」マダムがわたしの肩をやさしく叩いた。

「では皆さん」わたしはパンパンと手を打って立ち上がった。「今夜はこれでおひらきにしましょう」

50

「もうベッドのなか?」

耳にマイク・クィンの温かい声が届く。午前零時をまわった頃に電話がかかってきた。ジャヴァとフロシーにご飯を食べさせ、かまってやり、やさしくブラシをかけ、家事をいくつかすませ、シンダーの王子たちとやりとりし(こちらも変人のオンパレードだ)、タッカーにボイスメールを送ったところだった。

ジョイにも電話したかった。でも彼女のペースを尊重したい。

ワシントンDCのビレッジブレンドは二階でジャズのライブ演奏を楽しめる。金曜日の夜はネコの手も借りたいほどの忙しさだ。ジョイはたいてい午後十一時には厨房を閉め、午前零時までには閉店する。時間ができるのは、その後だ。

「ジョイからの電話を待っているの。なにか話があるらしくて」

「それまでの間、おしゃべりして構わないか?」

「もちろん。なにかあったの?」

「もうベッドのなか?」先ほどと同じ質問。さっきよりも低く少しかすれた声で、楽しんでいるような気配だ。

「寝室にいるわ。寝間着に着替えている」

「見せて」

「いま、どこ？」

「ワンポリスプラザの会議室」

「一人で？」

「麻薬撲滅統合作戦タスクフォースのシニアオフィサーが一ダース同席している。しかし彼らの集中力は切れている。わたしが陣取っているのは窓際の隅だ」

「仕事中のあなたとテレホンセックスは無理よ」

「新しい規則ができたのか」

「補足条項です。ほかの人が一人もいない場合のみ、ゆるされます。たとえば長期にわたる張り込みをしているが、まったくなんの動きもない、同僚の警察官は食事休憩で外している。そんな場合ね。以上！」

マイクがあははと笑う。「きみに会いたい。それだけを言いたかった。今夜、行ってもいいかな？ ベッドにそっと忍び込む」

「すてき」今度はわたしの声が低くなってかすれ気味だ。「きっとよ。待っている」

「よし、あとちょっとの辛抱だ……」

マイクとの通話を終えて、わたしはアンティークの四柱式のベッドに入った。夜がふけるくっつけた。

ーをかけようとしていると、二匹のルームメイトがやってきてふわふわの身体をぴったりと

っていない。けれど、つかのまでもマイクと話して身体の芯が熱くなっていた。ベッドカバ

とともに気温がさがり、寝室はしんしんと冷えていく。疲れ果てて暖炉の火を熾す気力も残

　ゴロゴロと喉を鳴らすジャヴァとフロシーの頭を掻いてやった。「いいわよ、いても。でもあの人が来たらスペースをあけてね……」

　ふたたびわたしのスマホからおごそかなファンファーレが鳴ったのでシンダーの着信音を消音設定にした。ジョイからいつかかってきてもいいように、電源はオフにしない。

　ジョーンズ巡査部長は独身の娘たちの身を案じていた。「切り捨てるか、切り捨てられるか」のマッチングアプリが幅を利かせ、いつ被害者になってもおかしくない。そんな不穏な状況を泳ぎ抜くのは並大抵のことではない。

　ジョイがすばらしい男性と出会い、愛情豊かな関係を育んでいることが、いまのわたしには救いだ。枕に頭をのせたとたん、あくびが出た。ナイトスタンドに置いた携帯電話を見つめ、特別の着信音「オールウェイズ・ビー・マイ・ベイビー」が鳴るのを待った。

　電話はかかってこなかった。

メールの着信を伝える音がしたので画面に目を凝らすと、娘のジョイからだった。

クタクタに疲れて電話で話す気力がないの
話は明日

いったいどういうことなのか。上半身から力が抜けて、ベッドに崩れ落ちた。なんの話だろう。なにが起きているというの？

先回りして心配するなと、元夫のマテオなら言うだろう。二通の短いメールで考えすぎだと。しかし、わたしには娘のことが手に取るようにわかる。

母親にとってわが子はいつまでも赤ん坊のように思えてしまう。でもジョイはすっかり成長し、強くしなやかな心を持つ女性になった。つらく悲しい思いもたくさん味わった。誤った判断をして、その代償を払う経験もした。料理学校を退学になった時には、さぞ悔しかっただろう。しかしジョイはつぶれなかった。どん底を味わった彼女はパリの厨房での過酷な修業に飛び込んだ。懸命に学び、みごとに才能を開花させ、ミシュランの星獲得に彼女の料理のアイデアはおおいに貢献した。

一つひとつの経験がジョイの自信となった。いまではわたしやマダムとビジネスの話をする時も臆することなく自分の考えを述べる。ワシントンDCの店でマネジャーと料理人の役割を完璧にこなし、人間関係のトラブルもないはず。だからこそ、気になる。きっと今回の「話」は仕事のことではない。

しかし、どんなことが起きているにしても、ここは待つしかない。ジョイがティーンエイジャーだった頃を思い出して、ひたすら我慢しよう。学校や友人関係でトラブルに巻き込まれた時、ジョイは不機嫌に黙り込むばかりでなかなか打ち明けようとしなかった。腰を据えてじっくり向き合うしかなかった。

ジョイのこと、閑古鳥が鳴いている店のこと、一方的に辞めてしまったアシスタント・マネジャーのことを考えているうちに目が冴えてしまい、寝返りを打って壁のほうを向いた。壁に掛かる美しい絵が目に入った。マダムの膨大なコレクションのごく一部だ。今夜はそれを見ても心は少しもなぐさめられない。部屋が暗すぎるのもいけないのだろう。目を凝らすと、窓の外で木の枝が揺れているのがようやく見分けられる。窓枠のなかで気味の悪い影が動くさまは、モンスターがすぐそこまで迫って二本のねじれた腕を振り回しているよう……。

モンスター。

その一言で、寒さとは別物のひどい寒気に襲われた。ヘイリーの命を奪ったモンスター。虫の息で横たわる彼女のポケットを空にして、彼女の身体をゴミのように投げ捨てたモンスター。

頬にハート形のタトゥーをいれた彼女には二度と会えない。店のカウンターでニコニコしている彼女の姿をもう一度見ることは叶わない。思い出そうとすると、スマホに保存してある恐ろしい光景があらわれる。遺体となった彼女の髪が水面に広がり、血の気のない頬に真っ赤なタトゥーがはっきり見えた。

涙が込み上げてくる。大きく息を吸って吐き出す。マイクが来るのだから、と思って耐えた。会いたくてたまらない。

悪夢を見たくないから眠りたくなかった。それでも長い一日の後、心配事に押しつぶされるようにまぶたが重くなり、ある瞬間、黒い波の下へと滑り落ちた。

51

これは、夢？

室内が少し暖かくなったように感じる。暖炉からパチパチというやわらかな音。深みのある声が耳をくすぐる。

「ああ、きみの肌はいいにおいだ……」

目をあけた。美しい絵が掛かった壁が金色の光を浴びている。力強い両手がわたしの身体をやさしくなでている。なぜか肩がむきだしで、そこにやわらかなくちびるの感触。わたしはうめくような声をもらして寝返りを打った。寝間着の上着のボタンが外れている。そんなことはどうでもいい。

「来てくれたのね……」彼の頬にふれると、硬いひげが伸び始めている。「夢じゃない」

「本物だ。いつもとちがう香りがする」

「せっけんよ。小さなバラのはなびらを象ったパリ生まれのきれいなせっけん」

「おかしいな……」マイクが片方の肘をついて身を起こす。「バスルームにはそんなものは見当たらなかったが」

やはりこの人は根っからの刑事。薄暗がりのなかでもマイクの青い瞳は鋭く、こたえを求めてじっとこちらを見ている。無理もない。何度も妻に裏切られる生活を長年続けていれば、ほんのささいな兆候や手がかりも見逃さなくなる。豪華なホテルのバスルームで彼女がいつもと香りのちがうせっけんを使えば、すぐに気づくだろう。

でも、わたしには後ろめたいことはなにもない。裏切りとは無縁だから包み隠さず話す。

「マテオの倉庫でシャワーを浴びたの。もちろん、やむを得ない事情で」

「もちろん、信じるよ」

赤いSUVに危うく轢かれそうになり、水たまりの冷たい泥水を浴びて凍えそうになったいきさつを話した。「わたしの姿を見てマテオがシャワーを浴びるように勧め、ロフトで身体を温めさせてくれた」

「体調は？」

「ピンピンしているわ。でもショックだった」

「ロフトか。よくつくれたな」

意外なひとことだった。「ロフトに関心があるの？　意外ね」

「建築基準法に違反している可能性がある」

「きちんと資格のある建築家が手がけていると思うわ。焙煎施設の設計を依頼している人。マテオは〝束縛を嫌う〟タイプだから、ああいうスペースがぴったり。部屋といっても、どれも壁は三方しかなくて、宝物のコーヒー豆を見ながら眠りにつける。屋上にはテントと炭火のグリルが二台あるから、未開の地が恋しくなっても大丈夫」

「消防法違反の可能性もある」

え？　「お願いだから、いまのは忘れて。店がこんな状態では、摘発されたらお終い」

「そんなに心配しなくていい。アレグロの足を引っ張るつもりはない……」マイクがうしろにもたれ、頭の後ろで両手を組んだ。「しかし釘は刺しておかなくてはな。いらぬ波風を立てないように」

「仲良くやっていくわけにはいかないの？　家族として結束するのは無理なの？」

「もちろん、歓迎だ。きみとわたしの間にアレグロが入る隙はないと、彼がわきまえていれば」

「それは大丈夫」マイクにむかって身を乗り出した。「彼がそれを忘れるようなことがあれば、すみやかに蹴りを入れて思い出させる。精神的な蹴りをね」

マイクが微笑んだ。「アレグロはひとつだけ、いいところがある。せっけんの趣味がいい」

「そうね。でもあの時は香りなんてどうでもよかった……」

つまらないいざこざも、どうでもいい。元夫のことで揉めるなんて、人生の無駄遣いだ。

「やっと会えたのだから、もっと楽しいことを……」わたしが寝間着のボタンに手を伸ばすのを見て、マイクが満面の笑みを浮かべた。

52

「その袋の中身は？」

マイクがまたわたしの首に鼻を押しつけた。今回は彼がせっけんの香りを漂わせている。シャワーをすませ、ひげを剃ったばかりだ。わたしはキッチンのカウンターの前で、店から持ってきた袋をあけようとしている。中身は二人のための朝食。彼が片腕でわたしを抱きしめた。

「熱々のブレックファスト・ブレンド、バニラレモンのグレーズをかけたブルーベリー・クリームチーズスコーン」

「確かに、飢えている」耳元で彼がうめくような声をもらす。「しかし――」

「これで満たしましょう」彼も賛成だ。

いまのところは、すべてうまくいっている。店を開けると近所の常連客が途切れずにやってきた。ダンテとパートタイマーのスタッフが出勤してきたので店をまかせ、わたしは今夜の一大イベントに備えて奥で在庫のチェックをした。

携帯電話も確認した。ジョイからの着信はない。考えすぎもよくないと自分に言い聞かせ、とりあえず忘れることにした（完全に忘れることなど、できるはずもないけれど）。

「おお……」マイクが舌鼓を打つ音で我に返って、いまは二人きりのささやかな朝食を楽しむことにした。

温かいスコーンは軟らかくてサクサクした触感。バニラ・グレーズに加えた少量のレモンの皮の風味がグレーズとブルーベリーそれぞれの甘さとすばらしく調和している。

指についたグレーズをなめながら、しみじみとマイクを眺めた。スーツとネクタイ姿ではなく部屋着でくつろいでいる。狭いキッチンからはみだしてしまいそうな長い脚はニューヨーク市警のスウェットパンツに覆われている。着古したグレーのTシャツには湿った髪から水滴が散って小さな水玉模様になっている。薄いTシャツの生地はがっしりとした広い肩のラインをなぞり、半袖は発達した上腕二頭筋をかろうじて覆っている。セクシーな眺めだ。

「ゆっくり寝坊をさせてもらった。ありがとう」

「寝不足の顔をしていたから」

「昨日は長い一日だった。事情が事情だからしかたないが……」

そこでカップの中身を飲み干すマイクに、昨日のこと、今日のイベントについて切り出そうとした。バリスタ版の指名手配についても話しておきたい。ところが、彼の話には意外な続きがあった。

「ロンドンに行く」

「イギリスの？」

彼がうなずく。「一週間の予定だ」

「そんなに？　衛兵の交替を見物したりフィッシュ・アンド・チップスを食べたりしたくて、ではないわよね」

「フィッシュ・アンド・チップスは好物だが……」

マイクの説明では、ＮＣＡのカンファレンスで合同作戦のシニアオフィサーが発表する予定だった。ところがそのシニアオフィサーの妻の陣痛が予定よりも早く始まったそうだ。

「シニアオフィサーが出席するという前提で、昨日はほぼ一日がかりでブリーフィングをおこなった。けっきょく、それをそのままわたしが発表しろと命じられた」

「ちょっと待って。ＮＣＡはなんの略？」

「国家犯罪対策庁だ。イギリスの法執行機関で、もっぱら組織犯罪を取り締まる。もちろん麻薬取引も。スティクスについての情報は、われわれよりずっと豊富だ。イギリスでは以前から流通していた。こちらとしては、国内に入ってきた経路がまったくつかめずにいる。それで情報共有の場を設けようというわけだ。麻薬取締局(DEA)からも職員が出席する」

「出発は？」

「あまり余裕はない……」彼が腕時計を確認する。「午後三時までに荷造りしてＪＦＫ空港に行かなくてはならない。カンファレンスは月曜の早朝からだ。早めにホテルに入って準備にとりかかる」

「時間ができたら電話してね。約束よ」

彼の青い目に笑みが浮かぶ。「夜、ホテルの大きなベッドにたったひとりになったら、かならず電話する」

「時差は五時間よ、忘れないで」

「ああ、そうだった……」なにかを考え込むように顎をさすっている。「今週は午後遅い時間帯に休憩を取らないか。セクシーなバブルバス、きみの寝室での着替え。どう？」

「携帯電話のカメラをわたしに向けたまま？」わたしは片方の眉をあげてみせる。

「その通り」

「どうしようかしら……」

53

残された時間は、せいぜいコーヒーを一杯飲むくらいしかない。思い切って東ティモールの豆を使うことにした。昨夜、マテオから受け取ったばかりの豆を。

「ねえ、教えて」隣の部屋でバッグをさがしながらマイクに話しかけた。「その発表では公園で捕まえたわたしたちの路上強盗のことにも触れるの？」

マイクが笑ったのは、〝わたしたちの路上強盗〟という部分だ。「もちろん。彼から得た情報はおおいに役に立った。スティクスのディーラーがニューヨーク近辺で商売をするのに使っていたネット上の暗号が判明した……」

シンダーのプロフィールをつくっている時、マテオは〝キャンディ〟が好きという表現はするなと言っていた。マイクによれば、スティクスを示すハッシュタグがあるという。#レインボウ、#レインボウパーティー、#ライク２Ｂチリなどが暗号になっているそうだ。

「いまわれわれは金の動きを追っている。そういう暗号を使ってディーラーに接触し、事実を積み上げて販売組織の大物を起訴に持ち込もうとしている。製造と国際的取引にとどめを刺すまでには、まだ相当かかるだろう」

「お金の流れを追う戦略が有効なのね」

「このケースでは吉と出た。支払いはまったく同じパターンで処理されていた。そしてビッグチーズはがっぽり儲けている……」

「ビッグチーズ？　それは正式な呼称？」

マイクがあははと笑う。「やっぱりきみはおいしいものに目がないな」

しかし元夫から昨夜受け取った袋をあけたとたん、チーズなど目ではなくなった。袋のなかには、密封された東ティモールの豆が入っていた。が、それだけではない。マテオはうっかりそのことを言い忘れたらしい。小さな封筒に「クレアへ」と書いてあり、手書きでメモした黄色いポストイットが貼ってある。


店の洗濯物のなかから日勤のスタッフが見つけた。きみがさがしているものかな？　DK

DKは「知らない」を意味している。マテオは封筒の中身を知らないという意味だろう。いそいで開封した。思わず歓声をあげた！

「クレア、どうした。なんだそれは？」

「ATMで現金を引き出した時の明細書！」それをヒラヒラと振って見せた。「エプロンのポケットにいれっぱなしにして、もう見つからないものとあきらめていたの」

「きみのか？」

わたしは首を横に振った。

「誰のものだ？」

「それをあなたに突き止めてもらいたいの……」

東ティモールの絶品のコーヒーを飲みながら、マイクにくわしく説明した。ソールズ刑事とバス刑事とのやりとり、リチャード・クレストの偽のID、ビレッジブレンドのバリスタ版の指名手配について（ただしカーラという人物になりすましてクレストをおびきよせる部分は省いた。どんな理由があっても、恋人がマッチングアプリに登録してスワイプに励んでいると知れば、おもしろくないだろう）。

マイクは銀行の明細書について調べる時間を取れないので、代替案を出した。

「ソールズとバスはきみの仮説を買っていないんだったな。それなら彼女たちを通さず、月曜日にフランコにまかせる。もともとクレストの調書をとったのは彼だからな。令状を請求するのも彼がいいだろう」

「待って。フランコに話すのは月曜日になるということ？」

「今週末は休暇だ。昨日の朝のブリーフィングで話したのが最後だが、ワシントンにジョイに会いに行くと言っていた」

それを聞いて力が抜け、口が半開きになった。ジョイのもとに恋人がやってくる。わたしが知る限り、ジョイにとって最愛の人であるはず。そんな時に、母親となにを「話す」必要があるのだろう。

マイクはコーヒーを飲み終えると、立ち上がった。「月曜日の朝一番にロンドンからフランコにこの口座番号を知らせる……」それを聞いてわたしが顔をこわばらせたのを、マイクは誤解したらしい。

「筋を通して進める必要がある。順番を素っ飛ばすわけにはいかないんだ。それから、その銀行口座の名義がわかったとしても、その男の本名とは限らない。その気になれば偽名でもなんとか銀行口座を開設できる。男の身元を特定するには何段階ものステップを踏んで時間をかけることになるだろう」

マイクがふたたび腕時計で時間を確認する。わたしは別れのキスをした。フランコに関して、そして預金引き出しの明細書について、もっと話しておきたかったけれど、いまはふさわしいタイミングではない。

警察官を愛して知ったのは、公務がなによりも優先されるということ。引き留めることはできない。そしてここにいる警察官はすでにドアへと向かっている。

「すまない。走らなくては間に合わない。後ろ髪を引かれる思いだ」

「同じ思いよ。くれぐれも気をつけて。電話を待っているわ！」

54

「お金の流れを追う戦略が有効……」

そう考えながら、スタッフ用の階段をおりた。店の食品庫に入るとダンテが描いたスケッチが目の前に貼ってある。

リチャード・クレストに似せて描かれた二通りの顔が、こちらをじっと見ている。わたしも彼を見つめた。リチャードの「好青年」の演技にだまされて若い女性が次々に犠牲者になる。その理由がなんとなくわかる。彫りが深く、古き良き時代の美男子という表現にぴったりの凛々しい顔立ちだ。顎は力強く張り、鼻の形は完璧。

あまりにも完璧すぎない？　もしや、整形？

わたしは腕組みをして絵に問いかけた。どうしてあなたは女性に傍若無人なふるまいをするの？　スリルを味わうため？　自分のほうが優位だと実感したいから？　おそろしく自尊心が高いにちがいない。お金にも不自由していないのだろう。現金で一万ドルをポンと引き出せる人は、そう多くはない。

現金で一万ドル……。

切りのいい金額。最近、どこかで聞いた数字。つい最近。

昨日だ。ＡＪの口から聞いた。「トリスタン・フェレルはヘイリーに倍の給料を提示した。契約金は一万ドル。支払いはキャッシュで」

三週間前のことだと彼女は言った。

ヘイリーが殺された日にリチャード・クレストが口座から引き出した明細書の金額は、まさにその数字。

偶然？　それとも……。

ソールズ刑事とバス刑事は、ヘイリーの新しい上司「ミスター・フェレル」から話を聞いたと言っていた。彼女が殺された日の夜のアリバイも確認していた。でも彼女たちはリチャード・クレストの顔を知らない。

フェレルとクレストは、ひょっとして同一人物？

わたしはまた階段をあがっていった。ノートパソコンを起動してイクエーターのウェブサイトをひらいた。いきなり動画が流れた。筋骨隆々でよく日焼けした人々が巨大な地球を激しく打ち合っている。天空を支えるアトラスで結成されたバレーボール・チームのようだ。

とつぜん、若い女性がテニスラケットを持ってあらわれ、ボールを打つように言葉を打ってくる――。

イクエーター

ラグジュアリー
フィットネスと革新的なワークアウトの世界！
スクロールしていくと、クラスの紹介が出てきた。どれも「革新的」な名前がついている。洗練された写真には、鍛え上げられた肉体で熱心に運動に取り組む人々の姿が写っている。

サイクロン・サイクリング
エクストリーム・キックボクシング
グローバル・バレーボール
カーディオ・バドミントン
ピンポン・フロー
非対戦型ドッジボール
フェレル・フィットネスによるクリッター・クロール®

ジムのトレードマーク的なワークアウトまで見て、スタッフ紹介のページをさがした。リストには「トリスタン・フェレル」が載っている。が、彼の写真はなんの手がかりにもならない。鍛え上げられたたくましい身体は四つん這いの体勢。ジャングルキャットのように森のなかを徘徊しているという設定だ。頭部を傾け、アニマル柄のボディスーツに合わせて顔にも迷彩柄のペイントをしている。
その写真の下に略歴が載っている。

トリスタン・フェレル
クリッター・クロール®ワークアウト考案者

イクエーターが誇るフィットネス・インストラクター。革新的なボディウェイト・トレーニングと優雅な動きには定評があり、イクエーターのために多数のプログラムも開発しています。人気集中のワークアウト、クリッター・クロール®もそのひとつ。これは人間が動物としての自然な身体の動きを取り戻そうというものです。フェレル・フィットネスの代表、トリスタンは著名人やアスリートのパーソナルトレーナーとして絶大な信頼を得ています。クリッター・クロール®ワークアウトとクリッター・モティベーショナル・フロー、ウェルビーイング・プログラム®を彼が考案したきっかけは、ブラジルの熱帯雨林への旅でした。そこで得た気づきから……

そこまで読んで中断した。ブラジルの熱帯雨林についてくわしく知りたいならマテオ・アレグロに聞けばいい。
フェレルの顔写真がないのがいらだたしくて、検索エンジンで「トリスタン・フェレル」

と打ち込み、その検索結果に驚いた。ほとんど収穫がなかったのだ。見つかったわずかな写真は、イクエーターのスタッフ紹介の写真と同じように顔より全身が強調されている。ワークアウトのクラスで先住民のお面のようなものをつけて動物のポーズを取っている写真もある。

なにかを隠しているのね、トリスタン！

その時、携帯電話のライトがついてドナ・サマーの「情熱物語」が大音量で流れた。うれしくて手を叩きたくなった。タッカーのお気に入りの歌。そして彼からの着信を伝える歌。

唐突に辞職を宣言したアシスタント・マネジャーから、とうとう折り返しの電話がかかってきた！

55

「クレア！」

「タッカー？」

その後に聞こえてきたのは、早口のスペイン語。タッカーらしくない。あまりにも早口で、わたしの初歩的なスペイン語能力では理解できない。

「ひょっとして、パンチ？」

「ちょっと待って、クレア。息が切れてしまって……」

タッカーの恋人のパンチは才能あふれるダンサーで武道の達人だ。そしてニューヨーク市で人気を誇るドラァグクイーン。こんなに興奮した様子のパンチはめずらしい。胸騒ぎがする。

「タッカーになにかあったの？」

「そうです。彼はロコ・エン・ラ・カベッサ！」

「頭がおかしくなった？　どうして？」

「ルイジアナに戻って従兄弟のコーヒーショップで働くと言い出した」

「まさか！」

「彼を止めて、クレア。わたしは南部ではやっていけない。オクラにアレルギーがあるし、グリッツ（トウモロコシの粉でつくるおかゆ）には耐えられない！」

「落ち着いて。とにかくプランを立てましょう」

「ええ、お願いだから彼を説得して。わたしがいくら言っても、らちがあかない。タッカーにニューヨークに留まるように言ってきかせてやって」

「こちらから何度も電話しているのに、折り返してくれないのよ。きっとわたしをブロックしている！」

「もう一度試してみて。わたしのためにも。ルイジアナに移ったら彼のショービジネスのキャリアは終わってしまう。わたしも。だって、スカーレット・オハラはやりたくないし。キャロル・バーネットのドタバタのコメディがあるから南部美人はできないし。ドリー・パートンを演じるにはわたしのすらりとした体形では無理だし！」

「わたしにできることは？　彼と一対一で話そうとして逃げられて、それっきりよ」

「だから電話したんです。今日の午後、タッカーとジムに行く予定なんです。トレンディで会費がバカ高いところ。『スワイプ・トゥ・ミート』のプロデューサーがキャストの分の費用を出してくれるんです。士気を高めるためにね、警察の捜査が入って誰も彼もが動揺していますから」

「あなたも『スワイプ・トゥ・ミート』に出るの？」

「タッカーがエキストラとして引っぱってくれたんです。せりふはないけど、いい感じで映る場面がいくつかあるんですよ。殺人狂のシェフのために野菜を用意するシーン。そう、それで今日行くジムにはジュースバーがあるんです。クラスが終わったらタッカーを連れて行きますから、そこで待っていてください。タッカーを説得して正気に戻してください」

「わかったわ。どこのジム？」

「イクエーター。チェルシー・パークのそばの豪華なジムです」

あらまあ。「わたしはメンバーではないわ。そんな会費、払えないもの」

「わたしも単なるゲストの身なので、入れてあげることはできないんですが、ビレッジブレンドのバリスタならできるんじゃないかな。ほら、洗い立てみたいにさっぱりした顔の、農場から来たみたいな小柄な女の子、ジュディ・ガーランドが演じたドロシーみたいな三つ編みの」

「ナンシー・ケリー？」

「その彼女がここでパートタイムで働いていると、タッカーから聞いてます。彼女ならこっそり入れてくれますよ。いかつい警備員の目を盗んで。お願いだから来て。あなたのためにも、わたしのためにも。あ、まずい！　タッカーがシャワーをすませた。いそいで行かなくちゃ！　正午からのクリッター・クロールのワークアウトのクラスに出るんです。チェルシー・パーク近くのイクエーターのジュースバーで一時に！」

わたしは腕時計で時刻を確認した。

店は忙しくはない。今夜のイベントの準備は着々と進んでいる。一時間もしないうちにエスターが出勤してくるだろう。

もともと、行きつけのＹＭＣＡでたっぷり泳ぐつもりでいた。朝食に食べたスコーンのカロリーを消費しようと思って。でもタッカーをビレッジブレンドに引き戻せるかどうかの瀬戸際だとしたら、イクエーターに行ってスムージーを飲むべきではないか。それにイクエーターはジムなのだし。

ナンシーの手引きで、そのワークアウトのクラスに潜り込むことができれば……。トリスタン・フェレルをこの目で確かめることができる。彼は「クリッター・クロールの考案者」だ。大金を積んでヘイリーをシンダーから引き抜いたとＡＪは言っていた。その理由を知りたい。そして、リチャード・クレストという名を名乗っている人物なのかどうかも。

56

　高級なフィットネス・ジムには無事に入れた。ただし、裏口から。大型のゴミ容器が並ぶ細い裏通りにまわると、薄汚れた裏口があった。

「イクエーターにようこそ。豪華なフィットネスの世界へ！」ナンシーの明るく弾む声には、皮肉のかけらもない。

「こんなことして、あなたに迷惑がかからない？」

「大丈夫です。ドアの上の防犯カメラはわたしがここで働き出した時には壊れていました。誰も報告しません。インストラクターたちがこっそりタバコを吸いに、ここから出るんです」

「喫煙者のフィットネス・インストラクターがいるの？」

「電子タバコの人もいますけど」ナンシーが肩をすくめる。「責めてもしかたないし」

　ナンシーの小麦色の三つ編みの後について長く暗い廊下を進んでいく。彼女を見失う心配はない。身体にぴったりしたレギンスはオレンジ色の蛍光塗料を使ったトラみたいな縞模様。上半身はXバックのスポーツブラだ。

「トリスタンのスポッター（サポートスタッフ）は皆、暗いところでも光るアニマルプリントを着るんです。暗闇でもすぐに見つけてもらえるように！」

「暗闇？」

「すぐにわかりますよ」

スタッフ用のエレベーターに乗り込み、タオルを満載した巨大な容器とともに最上階に向かった。ナンシーはわたしを励ますようにニコニコしている。

「心配いりませんよ。絶対、大丈夫」

「無断で入り込んで、あなたの上司は気を悪くするんじゃない？」

ナンシーが否定するように片手をひらひらさせる。「気づきませんて。クリッター・クロールはダントツの人気ですからね。トリスタンの土曜日の入門クラスは最大百名を受け入れるんです。それだけの大人数だから、まぎれこむのはかんたん」

「ワークアウトのクラスに一度に百人？　パーソナルトレーニングとは言えないわね」

「自然淘汰ですよ。適者生存」

「つまり、生き残るための競争があるの？」

「いえいえ、いまのは忘れてください。ボスは定期的に泳いでいますからね、鍛えているってことです。だから大丈夫！」

エレベーターを降りてそのまま進み、ドアの前に立った。

「ジャケットを預かりましょう。ボスはここから入ってください。中で会いましょう」

「ナンシー、ひとつだけ教えて。クラスの後でトリスタン・フェレルと話がしたいの。それは可能？」

「彼のクリッター・モティベーショナル・フローとウェルビーイング・プログラムに関心があるんですね？」

「そうよ！」

（とっさに嘘をついてしまった。決して悪気はない。ほんとうの目的を知ったらナンシーはきっと動揺する。亡きヘイリー・ハートフォードとの関係をフェレルに確かめるため、もっと言えば、彼がリチャード・クレスト本人かどうかを突き止めるために、ここに来た）

箱を開けてみれば、嘘をつく必要はなかった。

「トリスタンはよろこんでボスに会うと思いますよ。できればマダムにも会いたがると思うわ」

「そうなの？」

「いろんな業界で成功している人たちと出会うことがミッションだと、つねづね言ってますから。彼はエンジェル・パーティーも開催しています。今日話したら、きっと招待されますよ」

「エンジェル・パーティー？」

「投資家さがしのために。スポッターはそういう面もまかされているんです。トリスタンの新しいアプリに投資してくれそうな裕福な人をさがせと。クリッター式生活のためのカレンダーというアプリです」

「すごく楽しみ」

ナンシーがこちらにぐっと身を寄せた。「トリスタンはいつもクラスの後にユークリッドに立ち寄ります。目的はネットワーキング」

「近所に意識高い系のバーがあるのね」

「いいえ！　トリスタンはアルコールは一滴も口にしません！　ロビーのジュースバーです」

ちょうどよかった。まさにその場所でタッカーを待ち伏せするとパンチと約束していた。

「クラスが終わったらバーで一息ついてください。ボスを紹介しますから。ボスにボスを」ナンシーは肩を揺らしてクスクス笑っている。「それではジャケットをお預かりします。たいへん、ダッシュしないと遅れてしまう」

ジャケットの下には黒いレギンスとおそろいのスポーツブラ、ゆったりサイズのTシャツを身につけている。Tシャツには『カフェインでキメる』の文字。わざと大きめのTシャツにしたのは、やわらかなお肉がついた体形をごまかすため。

ナンシーはあっという間に行ってしまい、わたしは「完璧なフィットネス、調和のとれた真の健康に満ちた世界」へと足を踏み入れた。天井の中央からクロームめっきの巨大な地球が下がり、その赤道部分が電光掲示板になっている。

行きつけのマクバーニーYMCAのウェイトルームと比べる気はないし、あそこの素っ気なさも悪くないと思うけれど、ここは別次元だ。たとえて言うとベルーガキャビアと冷凍フィッシュフライほどのちがい。

円形のアトリウムは、あっと息を呑むような壮大な空間だ。もちろん、コロシアムほどの大きさはないし、サン・ピエトロ大聖堂ほどの高さもないけれど、それでもただごとではない。高くそびえるガラスの壁から望む三百六十度パノラマの圧倒的なスケール。ガラスの壁に沿って最新式のエクササイズマシンがストーンヘンジのように配置されている。フロアは衝撃を吸収するためのクッションが利いているので、堅木張りの体育館につきものの反響音がまったくない。聞こえてくるのはヒーリング系の音楽だ。どこかにスピーカーが隠れているのだろう。巨大な地球の下には円形のステージ。それを囲んでエクササイズマットがきれいに並んでいる。十人あまりの若い男女が入ってきた。ナンシーもいる。そろって蛍光色のアニマル柄のプリントだ。

「こちらにどうぞ」ナンシーがわたしに声をかけた。「最前列の映画関係者のそばにスペースを確保しました」

その「映画関係者」はまだ到着していない。自分用のマットでストレッチをしながら、集まっている人々をさりげなく観察した。

知っている顔を見つけた。シンダーのセキュリティ部門の責任者、コーディーだ。筋骨隆々の身体はアマゾネスみたいで迫力がある。グリーン系の迷彩柄のレギンスとそろいのスポーツブラだ。

していない。

CEOシドニーの忠実な番犬は、今日はリードを解かれているようだ。ボスの姿はどこにもない。マッチョ系のティンカーベルはわたしに気づいているのかいないのか、知らん顔をしている。

穏やかな音楽がしだいに小さくなり、完全に聞こえなくなった。ガラスの壁に自動制御のブラインドが下り、すべての光が遮断されて見えるのはステージだけとなった。神秘的な緑色のやわらかな光がステージに降り注ぐ。どこからか、動物がたてる音が聞こえてきた。さえずり、吠える声、低い唸り、甲高い叫び。にぎやかなジャングルにいるみたい。音量がしだいに大きくなり、迫力が増し、割れんばかりの音になった。

ふいにあたりが静まり返り、真っ暗になった。そのなかで蛍光色をまとったスポッターの姿だけが亡霊のように浮かんでいる。

中央のステージに弱々しい金色のスポットライトが射し、しだいに明るくなった。あらわれたのは、ほぼ裸の男性だ。引き締まった身体で腹筋はみごとなシックスパック。筋骨隆々とした両腕を左右にまっすぐに伸ばし、両脚をひらいてしっかりとふんばっている。裸足だ。アニマル柄のスパンデックスのトランクス以外なにも身につけていない。伸縮性のある生地なので、最前列のわたしからは見たくないものの輪郭まではっきり見えてしまう。

「ジャングルにようこそ！　わたしの名前はトリスタン・フェレル……」

仮面も迷彩柄のペインティングもない。いまはっきりと見えるフェレルの顔は、リチャード・クレストとは似ても似つかない。クレストの骨格は四角張っていた。フェレルは卵形でとても洗練された顔立ちだ。顎の先がとがり、鼻は小さめで、頰はすっきりして、頰骨は高い。優美な顔立ちといってもいい。

「わたしはあなたたちの友です」フィットネスのグルはクラスの人々に呼びかける。「だからトリスタンと呼んで欲しい。クリッターネームはもっと原始的な響きですが。聞きたいかな？」

全員が力強くうなずく。

「では、わたしのクリッター・ネームを」

いきなり悲鳴のような甲高い声があがった。ブラインドが揺れ、参加者はおののくほど。アイルランドの妖精バンシーに取り憑かれたのか。フェレルはご機嫌だ。

「どうです。わたしは叫ぶことが好きだ。叫びはいい。みなさんにもとてもいい効果がある。わたしのフィットネスのクラスでは呻(うめ)いたり唸ったりする声は少ない。そのかわり叫びはたっぷりありますから……」

たっぷり、ねえ……。

57

トリスタン・フェレルの前置きが終わりに近づいたころ、ようやく映画関係者が入ってきた。そこまでわたしたちはトリスタン・フェレルが「ビジネスというジャングル」で大失敗して本物のジャングルへと向かい、そこで「調和と真の自己と幸福」を取り戻した話を聞かれていた。

『スワイプ・トゥ・ミート』のキャストがわたしの脇を次々に通り過ぎてそれぞれのマットに落ち着いた。パンチがわたしを見つけて熱烈なウィンクを送ってきた。そしてモップのようにもしゃもしゃの髪とひょろっとした体格のタッカーをこちらに少し押し出す。当のタッカーは周囲には無関心で、禿げ上がってずんぐりした体形の男性と小声で熱心に話している。ずんぐり体形の男性は昔懐かしいテニスシューズとふくらはぎの中央までの丈の白いソックスを穿いている。たぶん、プロデューサーだろう。

二人の会話が終わり、タッカーがこちらを向こうとしたとたん、ふたたび照明が暗くなってステージだけが眩く輝いた。

「さあ、いっしょにあの夜にさかのぼってみよう。わたしが真の自己と再会した、あの時に。

わたしは調和、幸福、宇宙のあらゆるものやあらゆる人とひとつになっていた。たった一人、裸で、ジャングルに満ちている生命を感じていた。小さな昆虫、大型のネコ科の動物、大蛇、毛虫、コウモリ。針だらけのハリネズミ。やがて頭をガツンと殴られたように、悟りを得た――」

フェレルはそこで自分の頭を強く叩いた。「大きさ、形、飛ぶ、泳ぐ、這う、四つ足で進む。生き物にとってそんなちがいなど問題ではない。あるべき自分の姿について彼らはなにも思い煩っていない！」

そうですか。

「これが健康というものなのか。それに気づいた瞬間、クリッター・クロールが誕生した」

正直なところ、「大蛇」と「毛虫」のあたりでついていけなくなりそうだったけれど、わたし以外は皆、聴き入っている。感激して声を洩らしている人もいる。わたしはタッカーの注意を引こうとしてみた。

「シュッ！　シュー！」目立たないように合図を送った。タッカーは気づかない。ところが思いがけない人物の注意を引いてしまった。

「ヘビが這う音だな」フェレルが満足そうにうなずく。「このクラスの経験者が交じっているようだ！」

いよいよ始まった。最初は大蛇、ボアのポーズ。

「両手を後ろに引いて胸を前に突き出す。ヘビに腕はない。無用な両手はとっとと捨てて……」

とつぜん悲鳴があがった。そしてビリッとなにかがちぎれる音。どこからかスポーツブラが飛んできてプロデューサーの後頭部を直撃した。ブラの持ち主の女性は大きな胸を両手で押さえて、一目散に出ていった。

彼女は運がよかったのかもしれない。残された者たちは薄暗い緑色のライトのなかで大蛇の動きを続けた。腹這いでひたすらずるずると進んだ。動物の声が流れるなか、偽のジャングルで人々が激しくうごめいている。わたしは身体をくねらせながら、タッカーに近づいていった。彼はメソッド演技の要領でヘビになりきっている。そこに体当たりすると、彼ははっと我に返った。

「クレア・コージー！　いったいどうしてエクササイズマットの上でのたうちまわっているんです？」

「ある意味、普遍的な問いかけね」

「ずるずる進め！　ずるずるだ！　固い背骨をくねらせて進め！」フェレルが檄を飛ばす。

遠吠えのような苦しそうな声がする。たぶん、椎間板ヘルニア。アニマル柄のスポッター二人が駆けつけて、苦しむ男性を豪華なストレッチャーに乗せて運び出した。

「そういうことか。だから契約書に免責条項があったのか」タッカーは戸惑いを隠せない。

さらに数人が、存在しないはずの両手をあげてギブアップし、出口に向かった。わたしもその後に続きたかった。しかしまだミッションが残っている。

「お願いよ、タッカー。ビレッジブレンドに戻って。あなたが頼りなの。いまだからこそ、あなたが必要なのよ」必死の懇願は、吸音性の高いフロアに吸い込まれてしまう。

タッカーは頭をひと振りして髪を払い、プロデューサーのほうを窺う。ずんぐりした体形のプロデューサーは人一倍熱心に大蛇になりきっている。

「クレア、ここには仕事で来ている。話は後で聞きます。それでいいかな?」

「必ず話をすると約束してくれるなら」

「します」

「クラスが終わりしだいね。下のジュースバーで」

「はい、かならず」身体をくねらせながらタッカーがこたえた。

「待っているから」

ずるずると自分のマットにもどると、パンチの半泣きの声が聞こえた。「つらくて、みじめで、楽しくない! 母さんのワークアウトが恋しい」

「どんなワークアウト? ジャンピングジャック?」

「リチャード・シモンズの『オールディーズで汗をかこう』が母さんのお気に入りのワークアウトだった。ああ、懐かしい! 皆で歌った。ゆるゆるの短パンとTシャツで。こんなキツキツのスパンデックスなんて穿いてなかった。ああいうワークアウトはどこに行っちゃったんだ!?」

「オールディーズにはくわしくないが」タッカーが懸命に身体をくねらせながら加わった。

「『ドナ・サマーで汗をかこう』というワークアウトなら……『ヴィレッジ・ピープル』と……『ビージーズ』と……『KC&ザ・サンシャイン・バンド』もいいな……きみがやってくれるなら、一番乗りで参加する」

「すごいぞ、タッカー。たったいまきみは『セブンティーズで汗をかこう』を考案した！」身をよじっていたタッカーが、はたと動きを止めた。「ひらめいたぞ、パンチ。そのプロデュースをやろう！」

パンチはガクガクと首を縦に振り、片手をあげてタッカーとハイタッチした。

「そこ！　手は使わない！　手は忘れて！」フェレルの鋭い声が飛ぶ。「ボアなんだから。この後はサルの木登り！」

そこで男性の悲しげな悲鳴があがって、ジャングルのグルの言葉がかき消された。身をくねらせているうちに短パンが脱げてしまったようだ。

58

四十五分後、クリッター・クロールの苦行が終わった。わたしはフィットネス・クラブ内のジュースバーに行き、カウンター前のスツールに腰掛けた。ミニマリストデザインでカウンターはクロームメッキ。このおしゃれなジュースバーに、なぜ幾何学の父の名がついているのか不思議だった。実際に来てみて、なるほどと思った。ユークリッド空間とはまったく関係ない。価格に天文学的な数字が並んでいた。バナナ・スムージー一杯が十八ドル！（小売業者と卸売業者が、農産物の輸入にかかる費用と人件費を商品に上乗せするのは決してまちがってはいない。それはよくわかっている。質の高いコーヒー豆には、摘み取り、加工、船積み、焙煎の費用を含めた値段がつく。しかしごく最近の記憶では、有機栽培のバナナですら一ポンド当たり一ドルはしなかったはず。このジュースバーの「世界有数のバナナのスムージー」にプランテーション・ラムでも入っていない限り、これは地球規模のぼったくりだ）。

約束通り、タッカーはパンチとともにあらわれた。彼らの夜の予定は急遽、白紙となった。プロデューサーの靭帯（じんたい）損傷により、キャストたちとの夕食会が延期になったのだ。パンチは思い出して身震いしている。「あのサルの動きは無茶だわ。ダンサーとしてトレーニングを積んだわたしでも無理だった」

「イエロー・カンガルーが致命的だったな」タッカーだ。キンキンに冷えたドリンク、洋梨スパークリングを飲みながら、ようやくタッカーと話すことができた。ちなみに十二ドルのこのドリンクはフルーティーでハチミツの甘みが利いていて、エクササイズの疲労を吹き飛ばすにはぴったりだ。

長年ビレッジブレンドのアシスタント・マネジャーを務めてきたタッカーに、どうか移住を考え直してくれ、ビレッジブレンドの仕事に復帰してくれと頼み込んだ。二十分かけて説得しても、彼は首を縦に振ろうとしない。「業績不振の店に自分の給料で負担をかけたくない」と言って。ただしルイジアナへの帰郷は考え直すことにしたようだ。

「ここに残るべき理由がみつかった。パンチとわたしで新しいフィットネス・プログラムのコンセプトを思いついたんだ。マクバーニーYMCAならスポンサーになってくれるかもしれない。これから二人でガンガン売り込もうって決めたんだ」

「エクササイズとエンターテインメントをつなげてエクサ・テインメント。エンター・サイズより響きがいいから」

タッカーへの説得はひとまずあきらめて、話題を切り替えた。ヘイリー・ハートフォードが殺された後にメッセージを送ってもなしのつぶてだった件に。

「すみません。携帯のチェックすらできなくて。メイクに何時間もかかって午前四時に撮影開始だった。そしてキャロル・リンが逮捕されたと知って、気がついたら警察がやってきてキャストとスタッフ全員が事情聴取されたんです。彼女のことや小道具の銃のことを。騒然とした雰囲気に包まれていた」

わたしはスマホを取り出して画像を出した。「この女性に心当たりは？」

むごたらしい画像にタッカーは目を凝らし、視線をそらしてこたえた。

「顔に見覚えはあるが、名前はわからない。ハート形のタトゥーは確かに憶えている。キャロル・リンがリチャード・クレストに銃口を向けたあの日、コーヒーハウスに来ていたな。事件が起こる前に」

「まちがいない？」

「ハート形のタトゥーの女の子とクレストが同じテーブルに着いていた。窓辺の三番テーブルに」

とうとう二人目の目撃者があらわれた！　思わずいきおいづく。

「デートしている二人のこと、ほかになにか憶えている？」さらに質問した。

「あれはデートじゃなかったな。仕事の打ち合わせといった感じだった。彼女が自分のノートパソコンでクレストになにかを見せていて、彼が彼女に封筒を渡した。その後、二人は別々に店を出た」

「大きな封筒だった？　それとも小さなサイズ？」

「普通サイズ。ちょっとかさばっていた」

新たな展開だ。ヘイリーはクレストの仕事もしていたの？　それとも、その封筒の中身はお金以外のもの？

質問を続けようと、スマホを手に取った。

「おお、またそのおぞましい写真？」聞き覚えのある大きな声。

タッカー、パンチ、わたしはスツールに腰掛けたまま振り向いた。目の前にトリスタン・フェレル、そのかたわらにナンシーが立っていた。

59

ほっとした。フィットネスのグルは、さっきよりたくさん着込んでいる。

「話のお邪魔をしたかしら？」ナンシーがたずねた。

「いいえ、ちっとも」わたしは右手を差し出した。「クレア・コージーと申します。いろいろうかがっています」

フェレルがわたしの手首をぎゅっと握った。ブラザー同士の流儀だ。

「お目にかかれて光栄ですよ、クレア。ナンシーからはよくあなたのことを聞いています。とてもピュアな方だそうで」

「まあ、なんだか……照れてしまうわ」

間近で見るとトリスタン・フェレルはたくましくて強靭そうで迫力がある。余分な脂肪の分子は一粒もついていない。身長は背の低いわたしよりも少し高いくらいなのに、発散するパワーが並ではない、ナポレオンはきっとこんな感じだったのでは。

「いっしょにジュースはいかが？　この洋梨スパークリングはとてもおいしいわ」

トリスタンは顔をしかめてみせた。「糖分はいっさい摂らないことにしていましてね。どんな種類であっても。体内組織をデトックスして最適化し、浄化していますから、たとえハチミツでも害となる」

彼の視線がわたしの腰回りに向けられた。「糖分摂取について、再検討してはどうだろう」

「はあ」わたしは曖昧に相づちを打ってからスマホの画面を見せた。「この写真を見たことがあるんですすね？」

「もちろん。写っているのはヘイリー・ハートフォード。刑事が見せに来ましたよ、それと同じ写真ではないが。刑事は二人とも凛々しかった。彼女たちには水生動物の霊がついていた。彼女たちを知っていますか？」

「ソールズ刑事とバス刑事ね？　ええ、知り合いです」

「ヘイリーをあんなむごい目に遭わせるなんて。犯人の野郎に天罰が下るといい」

「犯人が男性だと、なぜわかるんですか？」

フェレルが肩をすくめる。「公園で路上強盗にあったと警察から聞きましたからね」

「これを……」ダンテが描いたスケッチを画面に呼び出した。「この男性に心当たりは？　路上強盗ではなく、リチャード・クレストと名乗る人物です」

フェレルはろくに画面を見ずにこたえた。「リチャード・クレストという知り合いはいない――」

「よく見て。ほかの名前を名乗っているかもしれないわ。事情聴取の対象者なんです」

フェレルはもう一度見て、ふうっと息を吐いた。「わたしが受け持つクラスの参加者は膨大な人数にのぼる。ひょっとしたら、そのうちの一人かもしれない。わたしに言えるのはそこまでです。ところで、あなたは？　フリーランスの私立探偵かなにかかな？」

「一市民として放っておけなくて」

「ほう。しかし、いざという時に私人逮捕する自信は？」彼がわたしの全身を眺め、無理だなという表情で片方の眉をあげる。

「筋肉よりも脳みそが武器になる場合もあるわ」わたしは余裕の笑みでスマホを掲げてみせた。「身体を張って容疑者と格闘するより、九一一番に緊急通報。そうすれば訓練を積んだ警察官たちが捕まえてくれる。そのほうが有効なのでは？」

「もっと楽しい話題がいい。儲かる話をしましょう。ナンシーから聞きましたよ。あなたはビレッジブレンドというブランドのオーナーだとか。コーヒーハウスを経営されているんですね」

「オーナーというわけではなくて、株式の一部を持っているだけ。将来は所有権の一部を継承する予定です。それまでは、わたしの雇用主であるマダム・デュボワがブランドと店舗のオーナーであり経営者で——」

「大変な価値の不動産だ。ミセス・デュボワはかなりご高齢のようだが」彼がこちらにぐっと身を寄せる。こっそり秘密を打ち明けるように。「つらいですな。ぽっくり逝くまで待たされるのは。同情しますよ、心から。わたしも同じような立場にいる。逝ってしまえば金鉱を独り占めできる。そう思えたら苦にならなくなる」

あきれて言葉が出ない。フェレルはわたしの沈黙を同意と受け止めたらしい。

「エンジェル・パーティーにご招待しますよ。わたしの新しいアプリ、〈クリッター式生活のためのカレンダー〉への出資者を募集中です。これは大ヒットまちがいない。初期の出資者は必ずすばらしいリターンを……」

彼は熱心に連絡先を交換したがったので、応じた。

「あなたの雇用主もご招待しましょう。きっとパーティーを楽しんでいただけるでしょう。会場はアップタウンのボート・ベイスンの近くです。そばにわたしのリーバ号を係留してある」

彼はこちらの反応を待っているので、わたしは無理矢理にこわばった微笑みを浮かべた。そしてヘイリーの話題に戻そうと、彼女を採用した経緯についてたずねてみた。

「ソーホーで上級クラスがあるので——」壁に並ぶ時計が世界中の時刻を表示している。フェレルはそれを指さした。「どの時間帯でも遅刻だ。ハッハッハ！ お話しできてよかった。ではまたパーティーで！」

フィットネスのグルはぴょんぴょん跳ぶように去って行った。手元のスマホが振動して着信を伝えた。エスターからだ。用件はだいたい見当がついたので、タッカーにも聞こえるように音量をあげた。

「カフェイン号の人手が足りません。ミスター・ボスに、必要な物資を倉庫から持ってきてくれるようにリマインドのメールをしておきました。屋外用のテーブルとヒーターを出すのにわたしとダンテでは手がたりません」

「いそいで帰るから」

通話を終え、タッカーと向き合った。

「業績不振の店とは思えないでしょ？」今夜予定している一大イベントについて手早く説明した。「だから戻ってきて。お願い。今夜から復帰して。あなたが戻ってこなかったら、みんな悲しむわ。誰よりもわたしがつらくてたまらない」

とうとうタッカーが考え直し、わたしたちは熱いハグをかわした。彼とパンチがコートを取りに行ったので、ナンシーをさがしてあたりを見まわした。

ナンシーはいない。が、カウンターの端にいる女性がじっとこちらを見ているのに気づいた。肉食獣が獲物を狙うような鋭い目。

コーディーだ。シドニーの警護チームのリーダー。バナナ・スムージーを飲んだらしく、口の上にひげみたいについている。

いつからここに？

「ジャケットをどうぞ」ナンシーが持ってきてくれた。「わたしも一緒に出ます。イクエーターの仕事は終わったので。それにエスターからメールでスタッフ全員に招集がかかったんです！」

ナンシーといっしょに出ようとしたところで、電話がかかってきた、待ちに待った電話だ。

「ジョイ？」

「ママ？　いまどこ？」

「どこって、決まっているでしょ。ニューヨークよ」

「わたしも。店にも上にも姿が見えないから店のスタッフに聞いたら、ママがジムに行ったと」

「それはいいから、あなたこそ、そこでなにを？」

「言ったでしょう。話があるって」

嫌な予感。この二時間で二度目。

「そこにいてね。すぐに戻るから……」

60

店に着いたら、すでにジョイはスタッフに交じって働いていた。屋外用のテーブルを出してヒーターの設営をしている。娘をハグし、上階の住まいに着替えに行った。

シャワーを終え、なにか軽くお腹に入れようとキッチンに入って、はっとした。ジョイの苦悩は相当なものだという証拠をつきつけられた。

ジョイはサンドイッチを用意していた。わざわざ新鮮な食材を購入してわたしとランチを食べるつもりでつくっていたのだ。ただのサンドイッチではない。ル・ジャンボン・ブール。バゲットを半分にスライスしてたっぷりバターを塗り、薄くスライスしたハムを挟んだシンプルでオーソドックスなフレンチ・サンドイッチだ。

ジョイがモンマルトルで料理人としての修業をしていた時、最初の数カ月はとくにつらくて、このサンドイッチを食べて生き延びた。パリでもっともポピュラーな食べ物だったから、という理由もあったけれど、なにより、ジョイが幼かった時にわたしがよくつくっていたから、それが恋しかったのだ。わたしにとっても、子ども時代に祖母につくってもらった思い出の味だ。

祖母はジャンボン・ハムではなくサラミを使い、フランス風のバゲットではなく堅焼きのイタリア・パンにバターを塗った。どちらもパリッとした食感、塩気、ねっとりとした滑らかな味わいのシンプルなサンドイッチ。

わたしはあっという間に食べてしまった。

ジョイは階下の店はすべて順調だとわたしに報告し、黙々と食べ始めた。黙っているのも気詰まりで、店に活気を取り戻すためのシドニーの（そしてエスターの）プランをくわしく説明した。

「それで……」説明を終えて、ようやく切り出した。「話があって来たんでしょう？」

ジョイが咳払いした。「なんて話したらいいのか……」

わたしはキッチンの時計にちらっと目をやった。「ジョイ、あなたはもうティーンエイジャーではない。いまさら母親が根掘り葉掘り聞き出さなくてもいいわね」

「ごめんなさい」ジョイの顔がゆがんだ。そして、喉に詰まったものを、腐った果物のかけらでも吐き捨てるように言い放った。

「マニーはわたしを裏切っている！」

思いがけない言葉だった。

苦悩する娘の姿は見るに堪えない。まっさきに、これはジョイの過剰反応ではないかと考えた。あのエマヌエル・フランコが、裏切るなんて。

「彼が別の女性といっしょにいるところを見たの？」

「いいえ」

「誰かからの情報？」

「いいえ」

「じゃあ、いったいなぜ」

「週末にＤＣに来ることになっていたの。ちゃんと計画も立てていた。それなのに土壇場で彼はそれをキャンセルした。仕事だと言って。でも、嘘に決まっている……」

どきっとした。確か、マイクがフランコのスケジュールのことを言っていた。今週末、休暇を取る予定だと。ではジョイの言う通り、嘘をついているのだろうか。マイクから聞いていることをジョイに伝え、こう付け加えた。

「軽い気持ちでついた嘘じゃないかしら。疲れがたまってちょっと休みたかっただけじゃない？　でもあなたに言い出しにくくて――」

「もっとある」

「もっと？」

「彼との通話の最後に、音が聞こえたの。キラリン、キラリンという浮ついたアラーム音。この意味、わかる？」

残念ながら、わかる。

「たぶん、マニーはわたしに内緒で携帯電話をもう一台持っている。それにシンダーというマッチングアプリをインストールしている。わたしを裏切るために！」

「落ち着きなさい、ジョイ。まだそうと決まったわけではないでしょう。そのアラーム音だって、マニーの電話から鳴ったとは限らない。そばにいた同僚の携帯電話かもしれない」

「彼は自宅から電話をかけてきた――おそらく」

「結論を急がないで」

「ええ。だからニューヨークに来たの。彼を驚かせようと思って。顔を見て安心したくて。彼はアパートにはいなかった。自分のカギで開けて確かめたわ。電話してみたけれど彼は出ないし、折り返しの電話もなかった」

「確かに妙な感じね。彼の身になにが起きているのかしら。それをはっきりさせれば、誤解はきっと解ける。笑い話で終わるわ」

「ほかにもあるの。わたしはマニーという人をよくわかっているつもりよ。あの人はスーツとネクタイよりも防弾チョッキを心地よく感じる人。それなのに先週末に会いに来た時、すごく高価なスーツを着ていた。わたしを驚かしたかったと言ったけれど、ルイ・ヴィトンの男性用のキャリーケースを引いて、なかには男性用の高級化粧品がどっさり入っていた。いつもはダッフル生地のスポーツバッグなのに」

「『男性用の高級化粧品』とは、どんなもの？」

「パパが再婚していた頃、奥さんがクライアントから手に入れたコロンとか、エモリエント剤、ローションとか。マニーがそんなものを使っているのはいっぺんも見たことないのに」

「昇進したことだし、身だしなみを気にするようになったんじゃない？」

「彼は剃り上げた頭にクレーム・ドゥ・ラ・メールをワセリンみたいにたっぷりつけていたのよ。この目で見た。八オンス入りの瓶が千ドルもするのよ。どこからそんなお金が出てくるの？　さっぱりわからない」

そうね、わからない。わたしは椅子の背にもたれた。もしこれがフランコでなければ、汚職と結びつけるところだろう。でも、フランコにかぎってそんなことは……。

「なにか理由があるはず」なおもわたしは言い張った。

「ええ。手がかりがひとつある。彼が使ったバスルームを片付けたら、ゴミ入れにクシャクシャになったメモが捨ててあった」

「メモ？」

「大文字の伸び伸びとした手書きの字で『マニーへ』と書いてあった。そして『ジョーン』という署名」

「ジョーン？　誰？」わたしは背もたれから身を起こしてぴんと背筋を伸ばした。

「わからないわ！　今週末に彼に聞くつもりだった、でも彼は仕事だといいわけして予定をキャンセルした。すぐにばれる嘘をついて。わたしひとりではどうにもならない。だからママに力を貸してもらいたいの。彼のことを調べて」

「わたしが⁉」

61

「ママはプロ顔負けの探偵よ」ジョイが歯切れよく言い放つ。「マニーは警察官だから、プロを雇ってもすぐにばれてしまうわ。だからママに突き止めてもらおうと思って。相手は裕福な女性に決まっている。高価なものをプレゼントして彼の気持ちをつなぎとめようとしている。どこまで交際が進展しているのか、確かめたいの」

たぶん年上の女性ね。そう思ったけれど、口には出さなかった。それではジョイに追い打ちをかけるだけだ。

「そう焦らずに。先走っておおごとにするのはよくないわ……」

そこでふと思い出した。ジョイがフランコと結婚したらきっと幸せになると、わたしがマイクに言ったときの、彼の表情を。彼はすぐに賛同してくれなかった。そして先行きを危ぶむようなことを言い出した。「……フランコはマテオに気に入られていない。気に入られていないというのは、ずいぶんやわらかな表現だが。その一点だけでも、若い二人の未来はバラ色とは言えない。それでなくても遠距離恋愛は難しい……」

あの時は、聞き流してしまった。マイクは本気だったのかもしれない。フランコの裏切りを薄々感じていたの？　それとも動かぬ証拠を握っていた――ひょっとしたらジョーンという人物を知っているのかもしれない。

「ごめんなさい、ママ……」

ジョイの声で、思わずふうっと大きく息を吐き出した。息を止めていたらしい。

「謝ることないわ。あなたが動揺するのも無理はない。こうして直接話が聞けて、よかったと思っている。つらい気持ちもよくわかる」

「ちがうの。わたしはなにもわかっていなかった。ママが昔、どれほどつらい状況に耐えていたのか。そのことで心が深く傷ついたことも。魂を突き刺されるような痛みだったのね。ママがパパを深く愛したようにわたしはマニーを愛し、裏切られてようやくわかった」

娘の緑色の目が涙で濡れている。そしてダムが決壊するように涙があふれた……。

「パリの厨房は序列が厳しいけれど、泣いたりしない。泣いても同僚にどやされるだけ！」

そう言っていたジョイが、いま泣いている。泣きじゃくって真っ赤になった頬を涙がポロポロ落ちていく。卵形の顔がゆがむほどに苦しんでいる。

わたしは座ったまま椅子ごと移動してジョイに近づき、抱きしめた。心にためていたものを、なにもかも吐き出してしまいなさいとうながした。ここのところずっと、ジョイは心配事を自分ひとりの胸に抱えて蓋をしてきたはず。

少しおさまってすすり泣きになった頃、娘の栗色の髪を撫でながら、思い出話を始めた。

「憶えているかしら、ずっと昔のひどい嵐の時のこと。あなたは雷をこわがった」

「憶えていない……」

「あなたのパパは世界の神話を織り交ぜて、雷はお空で巨人が太鼓を叩いているのだよと、あなたに語ってきかせた」

「思い出した」ジョイが鼻水を拭う。

「ドーン、ドーン、ドドーン……あなたとパパは太鼓を叩く真似をして家のなかをぐるぐる行進したのよ」

「そうね。また雷が鳴らないかなって思っていた。うんと強く太鼓を叩いて大きな音を出したかった」

「こわい思いをすると、自分を守るために自分なりにつじつまを合わせて恐怖を克服しようとする。人ってそんなふうにできているのね」

「ほんとうは空に巨人はいない――」

「ええ。そしてフランコは悪い人ではない。彼を愛しているのなら、直接会って話を聞いて、事実と向き合いなさい。恐怖でつぶれてしまわないためにね。心配をつのらせて自滅するのはかんたんよ。フランコを失ったら二度と人を愛せない、なんて思い込むのも。でもこれはただの雷。大きな音があなたを怖がらせているだけ。マダムを見習いましょう。人生で幾度もつらい目に遭ってきたマダムの口癖を知っている？　『あらゆることを切り抜けましょう、そして――』」

「『――優雅にやってのけましょう』」そこでジョイが大きく息を吐いた。「でもそれは……

かんたんではない」

「そうね。わたしが探偵みたいに調べてまわっても、決していい方向には進まない。ますます心配になって不安になるばかり。だからね、今夜はここに泊まりなさい。背負っている心配事をいったんおろしなさい。明日になったら、気持ちをしゃんとしてフランコとじかに会って真実を確かめてらっしゃい。わたしはここで待っている。なにがあっても、ちゃんとあなたを待っているから」

ジョイは大きく深呼吸した。そしてようやく首を縦に振った。「わかったわ、ママ。泊まります」

「DCの店のスタッフはちゃんと足りているのね？」

「ええ、段取りはつけてある。今夜はこっちの店を手伝うわ。人手があるほうがいいでしょう」

ジョイは手をゲンコツにして甲の部分で頰の涙を拭いている。それを見たら、思い出がどっと押し寄せて来た。小学生の頃、ひざを擦りむいて泣いている姿を。中学生の頃は不安定な気持ちを持て余していた。ティーンエイジャーになると、人間関係で傷つき失恋の痛手で泣くジョイをなぐさめた。あの頃はキッチンでよくいっしょに過ごした。母と娘でいろんなことを話し合った。

ジョイが子どものままだったなら、いくらでも一緒に問題を解決してあげられたのに。いいや、それは幻想だ。そんなにかんたんに解決のつく問題など、なにひとつなかった。いつだって子どもはつらさ、苦しさ、こわさ、絶望と闘っている。親がしてやれることなど、たかが知れているのだ。

「『ジョイとママのクッキー』をつくろうかしら。それくらいの時間はあるわ」気がついたら、そんな提案をしていた。

ジョイが笑った。「材料を憶えている？」

「ソラで言える……」

溶かしバター大さじ二杯、バニラエクストラクト小さじ一杯、塩ひとつまみ、卵白一個、グラニュー糖大さじ二杯、ライトブラウンシュガー大さじ二杯、小麦粉四分の一カップ、重層小さじ八分の一杯、ミニチョコレートチップ大さじ二杯半……

いっしょに材料を混ぜて生地をつくり、大好きなクッキーを焼いた。バターたっぷりでこんがりキツネ色の丸くて大きくておいしいクッキー。サクサクした食感でボリュームがあり、ほどよくチョコレートが混じっている。熱々のできたてをぱくついてしみじみと満足し、冷たいミルクをグラスで飲むと、すっかり無心になっていた。そして素直に愛する気持ちを取り戻していた。

62

「見て、クレア、わたしはちゃんと約束を守ったわ！」

数時間後、混み合うビレッジブレンドでシドニー・ウェバー＝ローズが勝ち誇ったように言った。パステルピンクのセーターにタータンチェックのスカート姿の彼女はカウンターの前のスツールに腰掛け、部下たちが軍隊並みに規律正しく行動する様子をシンダーのCEOとして監督している。妖精のような顔には満足げな表情が浮かび、マニキュアをした手にスマホを握っている。ビレッジブレンドはおしゃれであか抜けた人々でいっぱいだ。動員されて来店した人々だ。それぞれ、ソーシャルメディアのフォロワーたちに向けて、「タグづけ」したハッピーなコメントを精力的にアップしている。シンダーはその様子にも注意を怠らない。

確かに店は繁盛している。ジョイとバリスタたちはきびきびと働き、ドリンクとペストリーをせっせと運ぶ。おかげで一階も二階のラウンジも、内も外も、散らかることなく秩序が保たれている。

屋外にテーブルを置くというシドニーのアイデアは当たった。屋内のテーブル席も外の席も満員だ。お客さまはゆったりとくつろぎ、サウンドシステムから流れるクールなジャズの音色と、一階と二階の暖炉で赤々と燃える炎を楽しんでいる。

「わたしの戦略は成功した」シドニーはトラを思わせるヘーゼルブロンズの目でウィンクした。ピンク色の爪の指先でスマホの画面をスワイプすると、ビレッジブレンド関連でアップされている写真と動画が表示された。笑顔で写っている自撮り写真、コーヒーとペストリー、そしてパチパチとはぜる音を立てる暖炉のGIF動画も。

「客の変化に気づいている？」艶やかなブロンドのピクシーカットの頭を傾げて、新しく入店してきた大人数のお客さまを示した。「彼らはどう見ても、わたしが仕込んだインフルエンサーたちではない。でもこうして来店している。本物の客が来たのよ！」

年齢も体形もさまざまで、決してファッショナブルではない人々が、ドリンクを注文して迷わず二階に向かう。それを見てピンときた。ある意味でシドニーは正しい、けれどもまちがっている。彼らは「本物」のお客さまだけれど、シドニーの戦略につられて来店したわけではない。ソーシャルメディアによる口コミ戦略とはまったく無縁な人々だ。

彼らがここを訪れた理由は、エスターだった。

シドニーから、《ワシントンポスト》紙のフォトジャーナリストが来ると聞いていたので、ずっとさがしていた。エスターの活動について説明しておきたかったのだ。彼女が都市部でおこなっているアウトリーチ活動について、そしてポエトリースラムの幅広い活動について。けれども誰も彼もが写真を撮っているので、本物のフォトジャーナリストを見つけるのをあきてしまった。

今日のほんとうの狙いはフォトジャーナリストではない。しかし、真の獲物もまだ確保できていない。

そんななか、気になる動きがあった。

店の正面のドアからコーディーがあわてた様子で入ってきた。アスリート並みにたくましい彼女は、ラグビーのフォワードがゴールめざして突進していくように混雑したフロアをぐいぐい進んでくる。シンダーの警護チームのリーダーの姿を見るのはイクエーターで遭遇して以来だ。つまり、シドニーとともに早々に到着していたティンカーベル軍団には彼女の姿はなかった。ティンカーベルたちはパステルカラーのシャツで店のあちこちに散っている。

コーディー一人がいまごろやってきた。ようやくボスのシンダーのところにやってきて、茶色がかったブロンドのピクシーカットを後ろに払い、夢中でシドニーに耳打ちしている。

上機嫌だったCEOの顔つきが一変した。かっと目を見開いて、苦りきった表情だ。わたしの視線に気づいてシドニーがあわてて表情を取り繕い、話しかけてきた。

「クレア、プライベートな話ができるスペースはないかしら?」

「それなら食品庫を使って。あそこなら静かよ。案内するわ」

シドニーとコーディーがカウンターのなかに入ろうと人ごみをかき分けて進んでいくと、ちょうどAJと鉢合わせした。AJはシンダーでめでたくマッチングしたカップルへのビデオインタビューのさいちゅうだった。シドニーはAJの肩を軽く叩いて、ついてくるように合図した。

あいにく店の食品庫には先客がいた。パートタイマーのひとり、ヴィッキ・グロックナーが必死で紙コップをさがしていた。

わたしはシドニーのほうを振り向いた。「店の裏は狭い路地になっているわ。そちらのほうがプライバシーが保てると思う」

わたしは裏口を押し開けた。シドニーは冷たい舗装道路に足をおろしたのとほぼ同時にスマホで電話をかけた。なにか聞けるかと期待したけれど、シドニー、コーディー、ＡＪは裏口から離れていってしまう。

三人は路地のまんなかあたりで足を止めて話を始めた。うまいぐあいに、そこはコーヒー豆のローストに使う焙煎機の煙突の真横だ。しめた、煙突が盗聴器がわりになる！

ヴィッキにはマテオが倉庫から運んできた箱を片っ端から開けるように指示して、階段をおりて地下の焙煎室に飛び込んだ。壁の換気口のふたをはずし、耳を当てた。

63

アルミ製の煙突に三人の女性の声が気味悪く反響するけれど、言葉の一つひとつを聞き分けることができた。シドニーの通話は聞き逃したものの、だいたいの内容がわかってきた。

「アプリが何者かに改ざんされていることは、ちゃんと報告しています。外部からの不正侵入ではないということも」ＡＪの声だ。

「ヘイリーの仕業だというあなたの指摘は当たっていた」シドニーがこたえる。「彼女はバックドアを作成していた。巧妙に深く埋め込んでいたので、デジタル・フォレンジックの調査担当者が発見するのに一週間かかった。業界のベストの人材を雇っているのに、誰がそれを利用したのか、その目的についても報告がない状態よ」

「ヘイリーを問いつめようにも、彼女は亡くなっているし」

「いいわけしないで、ＡＪ。解決策を見つけなさい」

「いいわけなんかじゃないわ！　だいいち、ユーザーからのクレームや被害報告が削除されているのを発見したのはわたしです。見つけていなければ、いまだに誰も気づかなかったはず。それに、妨害工作を仕掛けた人物をつきとめる手がかりを得るために、わたしは協力しています。調査担当者のためにデータの痕跡を調べたり」

「黒幕には心当たりがある」シドニーの苦々しい声。

「誰？」

「以前に関わりがあった人物。それはいいから、とにかく自分の仕事に専念してちょうだい。そのバックドアを閉じること。永久にね」

コーディーの声が聞こえた。「バックドアはこの際、たいした問題ではない。それよりも、口座に貯まっているお金よ。どうにも説明がつかない。十七万ドルを超えて、まだ増えている。一部のユーザーから嫌な話を聞いた。被害報告の削除よりも深刻な問題よ。何者かが故意に仕組んでいるにちがいない」

「もういい！」シドニーの声だ。「いまこの路地で解決できることではない。パーティーに戻るわよ。ちゃんと気合いを入れて」

わたしはエプロンから煉瓦のかけらを払い落とし、ダッシュで階段を駆け上がった。

食品庫にはヴィッキの姿はなかった。あいかわらずダンテが描いたスケッチが貼ってある。その似顔絵を、シドニーが棒立ちになって見つめていた。

それは「気合い」の入った顔ではなかった。怒りの形相だ。スマホを握る手に力が入り、いまにも液晶画面が粉々に砕け散りそう。

コーディーはとまどいながらも、注目している。ＡＪはまるで無頓着だ。三人ともわたしに気づいていない。我慢しきれなくなって、声をかけた。

「彼に心当たりが？」

シドニーのトラの目は似顔絵に留まったままだ。「なぜこんなものがあるのかしら？」

「この人物は拡散した動画でキャロル・リン・ケンドールとともに映っていたの。わたしたちがいま巻き込まれている騒ぎは、そもそもこの男が発端なのよ。警察に偽名を使ったことが判明してお尋ね者の身。あなたたちのアプリで会った女性にハラスメント行為をしていたわ。そしてヘイリー・ハートフォードの死に関与しているとわたしは考えている」

コーディーが鋭いまなざしになる。「それはどうして？」

「うちのバリスタが、この男とヘイリーが話し合っているのを見ている。ヘイリーはノートパソコンでなにかを見せ、男は彼女に封筒を渡したそうよ」

シドニーの顔色が変わり、コーディーと顔を見合わせた。

「どうしたの？　なにかあるのね？　この男はヘイリーを雇ってシンダーの妨害工作を？」

そこにいきなりマテオが飛び込んで来た。ジョイもいっしょだ。「クレア！　クレア！ああ、ここにいたか。話がある。いますぐにだ！」

マテオが入るのと入れ替えに、シドニーはコーディーとＡＪを引き連れて出ていってしまった。わたしの問いかけにはこたえようとしなかった。あとで必ずシドニーを問いつめよう。そう心に決め、さかんにわめき散らしている元夫のほうを向いた。

「いったいどうしたの？　なんの〝話〟があるの？」わたしはオーバーに両手を突き出してたずねた。

「パパの様子が変なのよ」ジョイだ。「なぜこんな騒ぐのかしら。たいしたことじゃないのに」

マテオは激しく首を横に振る。「たいしたことだ。ジョイ。おまえが思うよりも、ずうっとたいしたことなんだ。ママに話してみろ。いまなにが起きたのかを、話してみなさい」

ジョイは当惑した表情でわたしと向き合った。「男の人がわたしのことを誰かと勘違いしたの。それだけ。わたしを〝カーラ〟とまちがえたの」

64

マテオの言う通りだ。たいしたことだ！

わたしはジョイの両腕をがばっとつかんだ。「声をかけたのはどんな男性？　くわしく教えて！」

「年配の男性でメガネをかけて、あきらかにかつらだった。わたしがその人を知っているみたいな態度だった。でも、やさしそうな人よ」

ほっとして、ジョイの腕を離した。

すると今度はマテオがわたしの両腕をつかんだ。「聞いただろう⁉　得体の知れないやつがカーラをさがしている。あの男一人だけということは絶対にないはずだ。きみがマッチングアプリのゴロツキどもを一ダースも呼び集めるから、だいじな娘がつきまとわれる羽目になった」

「ママ！　パパ！　いったいなんの話？」

わたしは頭を抱えた。「ああ、ほんとうにあなたの言う通り。昔のあの写真はジョイによく似ている。でもほんとうなら、ジョイはここにいなかった！」

「いるじゃないか、こうして。だからいまジョイがターゲットになっている。ジョイに言い寄ったのはきっと〝真の自己を開示〟したがっている男だ。まちがいない」

「どうしてわかるの!?」

「おふくろから電話があった。露骨には言わなかったが、ぼくが同じことをしているんじゃないかと心配したようだ。だから空港のX線検査の担当者以外には、そんな自己開示はしていないと安心させた」

ジョイがストップをかけるように両手をぱっとあげた。「ねえパパ、ママの昔の写真とわたしがどう関係しているの？ それにパパの自己開示ってなに!? ママでもパパでもいいから、ちゃんと説明して！」

「よし、よく聞け」マテオが天井を指さす。「ただちに上にあがって玄関のドアを閉めたらカギをかけて一歩も出てはいけない」

ジョイがあははと笑った。「子どもの〝お仕置き〟じゃあるまいし。わたしはもうおとなよ！」

でもマテオの考えは正しい。「ねえ、ジョイ、あなたの身の安全のために、上に行きなさい。店のほうはじゅうぶんに手が足りているから」

ジョイが目を丸くしてわたしとマテオを見つめる。「いつから二人は足並みがそろうようになったの？ 悪いけど、仕事に戻るわ」

ジョイの前にマテオが立ちふさがった。「その前にママからしっかりと説明を聞いておけ。

ママのせいでどれほど危険が迫っているのかを知ったら、考えが変わるんじゃないかな」

ジョイを巻き込みたくなかった。しかしそんなことは言ってられない。バリスタ版の指名手配についてざっと説明した。やはりというか、ジョイはまったく動じる様子がない。

「わたしもやる！　嘘をついて相手を騙してもてあそんだ挙げ句、傷つけるような卑劣な人物を逮捕するためなら、いくらでも協力するわ！」

さすがマダムの孫娘。クサいにおいをまき散らす魚をじぶんの手で仕留めるいきおいだ。それを聞いたマテオはまず大きく息を吸い込み、たっぷり五分かけて懇々とジョイを説得した。が、失敗した。

「わかった」しまいに、マテオが折れた。「上には行かなくていい。だが」今度はわたしに向かって大声で宣言した。「娘が肉食獣狩りに行くというなら、ひとりでは行かせない！」

「それはどういう意味？」ジョイがたずねた。

「それはつまり、一晩中、パパは一瞬たりとも離れない。そういうことだ、ちょうど……ちょうどだな、カバにくっついている小鳥みたいにな！」

ジョイがあんぐりと口を開けた。「カバ？　本気で言っているの？　確かに、前に会った時より少し太ったけれど、だからって、カバ!?」

ヒールのかかとでくるりと回ってジョイは食品庫から出ていこうとする。ずんずん歩くその後ろから、マテオがあわてて追いかける。

「待ってくれ、誤解だ！　単なるたとえだ。アフリカではカバは小鳥に愛されている。おたがいにウィンウィンの関係なんだ。小鳥はカバの背中のダニと寄生虫を取るし――」

「ンガッ！」

65

元夫が娘を追いかけていくのを見ながら、少しほっとしていた。まだ心配ではあるけれど、マテオ・アレグロがだいじな愛娘（カバであってもなくても）を守ると誓ったからには、この地球上のどんなオスの肉食獣もジョイのそばには近づけない。

マテオがハゲワシのごとくつきまとえばリチャード・クレストのような男をおびきよせるどころか、遠ざけることになる。しかしジョイの身の安全が最優先だ。それに店のスタッフ全員が似顔絵の男に目を光らせている。マイクから捜査の苦労話をたくさん聞いているおかげで、複数のアプローチが有効だと意識していた。

たとえば、シドニー・ウェバー＝ローズの線。

彼女はダンテが描いたスケッチを見て、あきらかに動揺していた。なぜ？

リチャード・クレストを名乗った人物はヘイリー・ハートフォードに仕事を依頼して報酬を払ったように思えてならない。そして、さきほど盗み聞きした路地の会話から、ヘイリーがシンダーのプログラムに「バックドア」を設定していたと判明した。

もしもクレストがヘイリーに報酬を支払ってバックドアをつくらせ、彼がひそかにアプリを操作していたとしたら？　被害報告と批判的なコメントを遠隔操作で消去したのだろうか？　もしもそうであるなら、妨害工作を仕掛けた理由は？　なにを得ようとしたの？　コーディーは、お金のことをなにか言っていた。シンダーの口座に説明のつかない入金があると。それも六桁の大金。妙な話だ。恐喝なら会社は金を奪われる。金庫に金を増やしてくれる恐喝犯はいない。

店に出てシドニーの姿をさがしていると（問いつめるために）、店内に流れるクールなジャズの音量が絞られた。とつぜん、スピーカーからエスターの声が――。

「皆さま今晩は。ビレッジブレンドにようこそ！　まもなく店内二階のラウンジにてポエトリースラムを開始します。今夜はオープンマイクです。奮ってご参加ください。毒とウィットをラップに込めて披露しましょう。ここだけの暴露話も大歓迎。ビレッジの詩人たちにぜひご注目ください！」

興味津々の人々が店内のらせん階段に集まってきた。ざわめきが大きくなる。フロアの向こう側にいるシドニーの視線とわたしの視線がぶつかった。「なにが始まるの？」

わたしは二階を指さし、自分の目で確かめるよう伝えた。

彼女はただちにスマホになにかを打ち込んだ。パステル色のシャツのティンカーベルたちに彼女のメッセージが届いたらしく、彼女たちはボスとともに、混み合うらせん階段に向かった。

わたしは急いで食品庫に入り、そこからがらんとした従業員用の階段をのぼり、満員の二階のラウンジに入った。エスターがこちらに手を振って合図する。わたしも親指をぱっとあげて合図を返した。

ステージに立ったエスターが仮設ステージにあがった。グラマーなボディのバリスタは黒メガネの縁を少し押し上げ、スタンドからマイクを外した。今夜のMCとして第一声を発した。

「お集まりのシンデレラと王子、プリンスとプリンセス、それから舞踏会に招かれる機会などまずない貧民、日雇労働者、小作人の皆さん、どうぞこのひとときをお楽しみください！ そして、よかったらぜひ、あなたの声もこのポエトリースラムの第一ラウンドでお聞かせください……」

シドニーがティンカーベルたちを引き連れてラウンジにあがってきた。ラウンジはかなり広いけれど満員で、カフェテーブルはすべてふさがっている。彼女たちは後方の立ち見のスペースに陣取った。

「さて、今夜のスペシャル・テーマは……ドラムがわりにテーブルを叩いてもらえるかしら？」エスターがマイクを客席に差し出すと、聴衆は各々のテーブルを軽く打ち始めた。

「マッチングの悲劇と恐怖のデート！」

どっと笑いが起きた。いっぽうティンカーベルたちは眉をひそめ、すばらしく気合いが入っていたシドニーの顔はみるみるうちに険しくなった。

もう少しだけ様子を見てちょうだい。ラウンジの反対側からわたしはシドニーにメールした。どうか、性急な判断をしないで……。

「恋愛にめぐまれないあなた、ここはあなたの場所です」エスターが高らかに言う。「そう、ここはプラネット・アース！」

一堂がどっと笑う。

「大きすぎる？　広すぎる？　それならもっと範囲を狭めて、この部屋に、このラウンジにしちゃいましょう。決まり！」

それを合図にダンテがステージに登場し、紐を引くと背後の壁に彼が制作した横断幕が広がった。

ビレッジブレンドの負け犬ラウンジにようこそ

会場全体が笑いと拍手に包まれ、ダンテはクイズ番組の司会者のような物腰で、横断幕を指し示す。女性客がヒューヒューと口笛を吹いて囃し立てた。

エスターが大真面目な表情で目を剝いた。「すごい人気じゃないの、ダンテ」

ダンテはそれを受けてミスター・ユニバースのポーズをとりタトゥーの入った腕を曲げると、さらに女性客から（そして男性客からも）口笛が飛んだ。

「負け犬のみなさん、ここはあなたのステージです。ライブ演奏、カラオケ、そして、ささやかなポエトリースラムで発散できる場所。詩人でなくても、どうぞご心配なく。あなたの苦悩を文章にして、皆と共有すればいいんです。ただし笑顔でね。すべてデジタル・ワールドに向けてストリーミング配信していますから！」エスターはステージの下の最前列にいるナンシーを指さす。ナンシーはカメラをのぞいたまま聴衆に手を振った。「自由詩はどうぞ短めに、制限時間は三分といたします。では……始めましょう！」

満員のラウンジにはさらにお客さまが詰めかけ、手に手に携帯電話のカメラを掲げている。ステージのそばには、アマチュア詩人たちが一列に並んだ。女性も男性もいる。二十代に交じって三十代もいる。いつも顔を見ているお客さまばかり。銀行の窓口係、救急隊員、会計士、オフィスマネジャー、ウェイトレス、プログラマー、ナニー、グラフィックデザイナー。これから順番に、マッチングの悲劇をラップで表現する詩人たちだ。いよいよ一人目の若い女性がマイクの前に立った……。


『身内じゃないし』

マッチングの相手はおじさんだった。おじさんでも、カッコよかった。

バーで会って、ずっとにこにこ。

そしてこう言った。「きみは彼女によく似ている」

「誰に？」

「きみの従姉に。二〇〇二年にぼくは彼女と結婚した」

その後離婚して、それっきり。

小さい頃だったから記憶はない。でも心底ぞっとした！

「きみはぼくが欲しいんだね」おじさんがウィンクした。

半額割引のドリンクを頭からぶっかけてやった。


『クラスメイト』

当時わたしは十六歳だった（あれは六年前）。

ある女の子が友だち申請してきて、チャットを始めた。

キュートでおもしろくてクールな子だった。

彼女が通っているハイスクールは、すぐ近所。

でも彼女のことは誰も知らない。

なぜかフェイスタイムのビデオ電話はしたがらない。

どうして会いたいって言わないんだろう。
彼女の電話番号がわかったから、調べてみた。
電話帳を逆引きして、大ショック。
彼女はスキャム・ボットでもダークウェブ上の生き物でもなかった。
なかよくなった「女の子」の正体は、
わたしの歴史の先生だった！

『離婚しちゃったよ』
フォーエバーラブウィズユー・ドット・コムで
マッチングした相手は元妻だった、
五年前に離婚しちゃったよ。

『アホか』
彼女はテキーラを何杯もあおって泣き出したんだ。
元の恋人のことを語ったよ、
「素晴らしい男！」との別れのいきさつを語ったさ。

涙がじゃんじゃん噴き出すから、これは溺れるぞってマジで思った。

酔っ払った彼女を置き去りにしたらきっと自己嫌悪になる。

だから男に未練たらたらの話を何時間も聞いたよ。

最後はウーバーで呼んだバンに押し込んだ。

翌日、彼女からお礼のメールが届いた。

「あなたの深い思いやりに感謝」するってさ。

二度目のデートがしたいだと？

バカも休み休み言ってくれ！


『恐怖のデート』

人生で最高のデート！（と、わたしは思った）。

話はすっごく盛り上がって、たくさん笑って、
それから彼の棲家（すみか）に行った。

愛し合った後、眠ってしまった。

わたしは用を足したくなった。

うろうろしていたら、トイレではない部屋に入ってしまった——そこでなにを見たと思う？

銃と銃弾と高性能プラスチック爆薬がわんさか。

床には防弾ベストがいくつも！
家に飛んで帰って警察に通報した。
そしてペパーミント・シュナップスを飲んで酔っ払った。
三カ月後、彼の兄からメールが届いた。
「弟がいろいろあってムショに入っている。
きみに会いたがっている。面会の手続きは……」
即刻電話番号を変えて彼をブロックした！

『ピザられた』
「ピザをごちそうして」マッチングした彼女が誘ってきた。
デートは早いほうがいいらしいし、彼女はタイプだった。
だからピザをおごった。食べながらおしゃべりした。
すごくがんばったんだけどな。
まさか断わられるとはな。
彼女は電話番号を教えてくれなかった。
「それはやめとく。
ただピザが食べたかっただけ。いつかどこかで会おうね！」

『なりすまし』

「美しいものに順位はつけられないな。
きみの名前、そしてきみの笑顔」
彼はとてもロマンティックだった。
品がよくて趣味がよかった。
あれは三年前、わたしは十八歳だった。
彼とマッチングして、彼の話にうっとりした。
彼は二十代だと言い、ほんとうにそう見えた――。
彼がソーシャルメディアに載せている写真は。
メッセージを交換して数週間、そして愛の告白。
彼に会いたかった、わたしたちは似合いのカップルだもの。
キスをして長いドライブをしよう。彼から誘われた。
そしたらね、五十五歳だったのよ、彼。

『空っぽ』

スワイプしてタイプしてウキウキわくわく。
マッチングアプリで選ばれたら、
選りすぐりの果実になった気分。
でもわたしの写真はすべて加工ずみ、
メールはすべてお気に入りのすてきなブログからのコピペ。
ということは、彼は誰を選んでいるの？
わたしは誰をひっかけているの？
ロボットショーにようこそ。
毎日、千人とかわすメッセージ。
笑顔がステキ、ウィットがいい、と言ってくれる人。
でもね、それはなにからなにまで――

詩人がそこでマイクを聴衆のほうに向けると、詩人に代わって誰かが叫んだ。

たくみな指さばきでひたすら打ち込む。
ステキなパーティーのまっさいちゅう（誰も来ないけれど）。
男性はよりどりみどり。
でもいつのまにか彼らは――

「区別がつかなくなる！」聴衆からいっせいに声がかかる。

ネット恋愛は、誰もが恋に落ちたふり。
スクリーンは鏡、わたしが見たいのは――

「自分の姿」聴衆の大きな声。

今日もまたスワイプと自撮りと「いいね！」の世界。
リアルをなくした愛の世界。
スマホを握って、さあエントリー！

詩人はそこで無言のままスマホを掲げた。それは聖杯を掲げるような姿だった。手をおろし、静かな声で続けた……。

両手にいっぱいなのに、
腕のなかは空っぽ。

聴衆は勇敢にマイクの前に立った詩人たち一人ひとりに温かい拍手を送っていたけれど、この詩人はとりわけ、アプリのユーザーの琴線に触れたようだ。会場から割れんばかりの大きな拍手が起きた。わざわざ立ち上がって拍手喝采している女性もいる。

シドニーは気がすんだらしい。

次の詩が始まると、指をぱちんと鳴らして取り巻きのティンカーベルに合図し、階段へと歩き出した。

わたしは奥の従業員用の階段に向かった。

あのクリッター・クロールのせいで筋肉痛が残っているけれど。がんばって一段飛ばしでおりた。裏口から飛び出して路地を走って角を曲がり――シドニー・ウェバー＝ローズが店の正面のドアから出るところに間に合った。

67

「台無しにしてくれたわね、クレア。完全な失敗よ」

「いいえ。観客はショーを楽しんでいる。あなたは気づいたかしら、ステージをおりた詩人たちを皆が取り囲んで、自分もひどい目に遭ったと口々に話していた」

「ひどい目!? なにを言い出すの? わたしのアプリはハッピーエンドを提供しているのよ! そういうストーリーを体験してもらう。それこそがメッセージよ!」

「わかっている。あなたたちはその路線で売り込もうとしているのね。でもね、もっと広い視点でとらえられないかしら。時間はとらせないから、聞いて——」

「帰ります」

わたしはシドニーの前にたちふさがった。「お願い、一分だけ!」

彼女は腕組みをしてわたしを見つめた。突き刺すようにきついまなざしだ。わたしは深呼吸をしてから切り出した。

「信じてもらえないかもしれないけれど、わたしたちがめざしていることは同じよ。エスターも」

シドニーは冷ややかな笑みを浮かべる。それでもかまわずに続けた。

「今夜、わたしたちは店の二階で『負け犬ラウンジ』を正式にオープンしたわ。ビレッジブレンドとあなたたちのアプリを利用するお客さまのためにね。スワイプしてマッチングした相手と一階でデートして、それがうまくいかなければ、二階に移動し心を癒やすことができる。そこは他者とつながりを求める人々の場。ハッピーエンドのチャンスがある。アプリのユーザーにあなたが掲げる目標と同じよ。エスターと企画を練ってあるわ。ライブ演奏、カラオケ、ポエトリースラムのオープンマイクのような催しで交流のきっかけをつくる」

「詩の発表？　いまみたいな、聞くに堪えないものを、まだやるつもり？」

「聞くに堪えないものではなかったわ。正直にありのままを語って、とても人間的だと思った。そしてすばらしく勇敢だった。そうは思わない？　ラウンジをそういう場にしようというエスターの発想はウブントゥに通じる。人と人がつながるコミュニティよ。デジタルとリアルの二つの世界が最高の形で融和する場が実現すれば、アプリに依存して壊れそうになっている人たちが自尊心を取り戻せるかもしれない。スワイプの底なし沼から抜け出せるかもしれない。待って、行かないで！」

しかし、すでに彼女は背を向けて歩き出していた。ティンカーベルたちが追う。

店から出てくる一団のなかにブルネットのピクシーカットが見えた。ＡＪだ。反射的に彼女の腕をつかんだ。「待って、ＡＪ、聞きたいことがあるの。とても重要なこと」

彼女が不安そうな面持ちでうなずく。わたしは声をひそめた。「店の奥の食品庫に貼った似顔絵を見て、シドニーは激しく反応していたわ。リチャード・クレストと名乗る人物に心当たりがあるのね？」

ＡＪがびくっとした。「昔、なにか関わりがあったみたい。それ以外は知らない」小さな声だった。

ヘイリーのことも聞き出したかったけれど、ＡＪがいきなり駆け出した。逃がしたくなかった――追いかけるなんて、ただごとではないけれど。しかし足を踏み出す前に、何者かがわたしの前に立ちはだかった。痩せた若者だ。顔にはそばかす。野球帽を前後逆にかぶり、おもちゃのような金色の鎖をじゃらじゃらつけて、ヒップホップ系のジュエリー店がそのまま移動してきたみたいだ。

「やあ！　デートしに来たんだ。カーラって名前のエロい子がおれに会いたいっていうから。どこにいるかな。いまかいまかとおれを待ってるはずなんだ」

「カーラ？」若者をしげしげと見た。そばかすだらけのティーンエイジャーは、どう見てもクレストではない。「悪いけどカーラは、ええと……未成年で、なかで父親に説教されているわ。わたしなら、そんなところに近づかないわね。彼はカンカンに怒っているし、確か銃も持っている」

「おっかねぇ！」若造は目にも留まらぬ速さで逃げ出した。「あばよ！」という言葉を残して。

68

ギャングスター気取りの若者を見送り、わたしは歩道のテーブル席に座り込んでこめかみを揉んだ。

いまのところは成果なし。シンダーがしかけたパーティーは、彼女に言わせれば、失敗。バリスタ版指名手配は収穫なし。夜はまだこれから、と言いたいけれど、すでに十一時をまわっている。リチャード・クレストの姿は影も形もない。

でもエスターのポエトリースラムは大好評だった。皆が楽しんでいた。ティンカーベルを除けば。

シドニーに持ちかけた負け犬ラウンジのアイデアは、不発に終わった。せっかくの夢がしぼんで、がっくりきていた（クリッター・クロールの筋肉痛のせいかもしれないけれど）。

閉店まであと二時間。いまさら新しい展開があるとは思えない。あきらめとともにカフェ・チェアの背にもたれた瞬間、赤いSUVが通りの反対側に停まるのが見えた。若いカベルネと同じ赤い色には見覚えがある。わたしを轢きそうになった車だと確信したのは、フロントグリルとホイール部分に泥はねの跡がこびりついていたから。

あわてて店に入ってマテオをさがした。赤ひげがあらわれたら、ただではおかないと彼は言いきった。その赤ひげの車が停まっている。

ジョイはみつかったが、どうしたわけかマテオの姿はない。

「パパは？」

「出て行ったわ。ガールフレンドが頭痛がするからって、家まで送っていった。マリリン、だったかしら」

「あなたを一人にするなんて、信じられない」

ジョイが肩をすくめる。「パパもついにわかったみたいよ。わたしはもう一人前で、保護者なんていらないってことをね」

テーブルの片付けを続けるジョイの後ろに、ダンテがぴたりと張りついている。

「心配いりませんよ、ボス」彼がささやいた。「目を離すなと命じられています。カバに止まった小鳥、だったかな？」

思わず笑いを嚙み殺した。そうよ、それでこそマテオ。「クレストはあらわれていない？」

「ええ。わたしが見張りを始めてからは誰もジョイに言い寄ってきていません。バリスタ版指名手配は空振りか。あの野郎はわれわれの捜査網をすり抜けたんだな、きっと……」

ダンテのその言葉が頭にこびりついて消えなかった。その後もクレストと赤ひげの姿に目を光らせていたけれど、どちらもあらわれなかった。

閉店間際、ふたたび忙しくなった。最後の一杯のコーヒーを求めるお客さまがカウンターに押し寄せ、消耗品はほぼ底を尽き、ペストリーはすっかり売り切れた。そしてようやく店を閉めた。

ジョイにはすぐに上の住居に行かせた。夜明けから働き詰めだった彼女は素直にしたがった。ダンテとナンシーも帰らせた。片付けはタッカーとわたしとでやるつもりだったが、エスターも手伝うと志願した。ポエトリースラムの興奮さめやらず、すぐには帰宅する気になれないと言って。

タッカーがラウンジを掃除し、エスターが厨房エリアを片付けて食器洗浄機に食器類を入れる間、わたしはホウキとちりとりとキャスターつきのゴミ容器を持って外に出た。

夜の空気は冷たい。屋外用ヒーターの電源を切っているので、ことさら寒く感じる。ハドソン通りの交通量は少なく歩行者もまばらだ。

掃き掃除をしながら見ると、赤ひげのSUVはもういなかった（ほっとした）。一番離れたテーブルに人影が見える。男性がひとり、酔いつぶれているようだ。

驚きはしなかった。春の終わりや夏にはよく目にする光景だ。大学生や、郊外からマンハッタンのパーティーに遊びに来て飲みすぎた人たちが、帰宅前に酔い覚ましのコーヒーを飲みに立ち寄る。トラブルになることはめったにない。それでも、少しためらった。目をさましておとなしく立ち去ってくれるといいのだけれど。

十分たっても、まだテーブルに突っ伏している。掃き掃除をしながら近づいてみた。足元にコーヒーカップが転がり、中身は歩道にこぼれている。

「大丈夫ですか？」掃きながら声をかけた。
男性の肩を軽く揺すってみようとして、はっと手を止めた。二つの事実に打ちのめされた。
こぼれていたのはコーヒーではなく、血だった。そしてテーブルに突っ伏している男性は、
リチャード・クレストだった。

69

ビレッジブレンドはふたたび犯罪現場となった。

店の正面のドアの前にはパトカーが四台、科学捜査班のバンが二台、交通管制局のトラック一台、ニューヨーク消防局の救急車一台と検視局のSUV一台が横付けしている。反射ベストを身につけた警察官たちが、ハドソン通りの交通整理をして車を迂回させている。

店がある区画全体の歩道に警察の黄色いテープで非常線が張られている。遺体が見つかったテーブル周辺を投光器の強力な光で照らし、集中的に作業がおこなわれている。

エスター、タッカー、わたしは店のなかのテーブルで「刑事が到着して聴取する」まで待つように言われた。新米の警察官がわたしたちの見張り役として配置されている。すでに一時間近くが過ぎた。エスターとわたしは重苦しい気持ちのまま耐えていた。ひょっとして、自分のせいでこんなことになってしまったのではないか。そう思うと罪悪感が湧いてくる。

わたしがこの男性を死に追いやったの？

エスターも同じことを考えていた。けれどもタッカーにあっさり否定された。はっきり口には出さないけれど、自業自得だと思っているようだ。

どちらにしても、刑事からはまちがいなく質問されるだろう。ビキニ姿の「カーラ」からのメッセージを受けて彼がここを訪れ、命を落とした件について。今夜その質問が出なくても、彼の携帯電話の通信内容を解読すれば、いずれわかること。

どうなってしまうのだろう。不安な気持ちでいると、正面のドアからソールズ刑事とバス刑事が入ってきた。アマゾネスはむっつりとした表情だ。磨き上げた厚板のフロアを、こちらに向かってやってくる。険しい表情のわりにスー・エレンの雰囲気が少しやわらかく感じるのは、髪をおろし、花柄のスカートとしなやかな風合いのセーター姿だからだ。耳元にはイヤリングが揺れている。

二人とともにやってきたのは、白髪まじりでお腹が突き出た巡査部長と交通隊の黄色いベストを着た警察官だ。彼は現場用の頑丈なノートパソコンを持っている。

巡査部長は店のカウンターのなかに入り、ざっと見まわしてから食品庫に入った。交通隊の警察官は大理石のカウンターにノートパソコンを置いて画面をひらき、わたしたちから見えないように向きを変えてタイプを始めた。ソールズ刑事とバス刑事はしばらくそれを見ながら、時折小声で彼に指示している。

いきなり、食品庫から巡査部長の大きな声が聞こえた。「おうい、こっちに来てくれ！」

パソコンの作業が中断した。

ソールズ刑事とバス刑事は大股で食品庫に入っていき、そのまましばらく出てこない。数分後、出てきた二人がまっすぐわたしたちのテーブルにやってきた。しきりにうなずきながら、まずロリ・ソールズ刑事が口をひらいた。

「ナイスキャッチ。この男はやはりヤバかった。あなたの言った通りね」

「いまさらたいした情報は引き出せないだろうけどね。誰かがさっさと始末してしまった後では」スー・エレンは軽い口調だ。

「彼の本名はわかったの？」わたしはたずねた。

「ハリー・クリンクルの名義で複数のＩＤを取得している。でもそれも偽名かもしれない」スー・エレンがこたえた。

わたしはスマホを取り出し、彼の銀行口座からの引き出し明細書の写真を見せた。すぐに自分のところに転送してくれと二人が言った。ロリが腰に両手をあてる。

「あなたは運がよかった。たまたま、事情をよく知っているわたしたちがハドソンリバー・パークでおとり捜査をしていたからね。なにも知らない夜勤の警察官が駆けつけて食品庫のお尋ね者の似顔絵二枚を見たら、きっと早とちりする」

スー・エレンがこちらを見てクスッと笑った。「けっきょく、お尋ね者は見つかった。銃撃犯への報奨金は？」

「こんな結果は望んでいなかった。でもこれがわたしの罪だとしたら、どうかわたし一人を逮捕して。スタッフは無関係よ」

ロリが片手をあげて、わたしを黙らせた。

「落ち着きなさい。容疑者の画像はある。交通監視カメラが殺人の現場をとらえていた。その画像をあなたとスタッフに見てもらいたい。楽しい動画ではないけれど、実行犯の女性の身元が判明するかもしれない」

「女性!?」タッカーが声をあげた。

「そうよ。繰り返すけれど、楽しい動画ではない。だから無理強いは――」

「見る!」タッカー、エスター、わたしの声がそろった。

ロリがカウンターを指さす。「ではさっそく」

70

わたしたちはパソコンを取り囲み、交通隊の警察官が再生を始めた。

画面の表示は午後十二時三十三分。閉店の二十七分前だ。こんな時間でもそばのＬＥＤの街灯とビレッジブレンドの屋外の照明で画像は鮮明だ。色もちゃんと見分けられる。高い位置からとらえた映像だ。

十二時三十四分、リチャード・クレストと名乗った男性が映像に入ってきた。歩道に置かれた一番端のテーブルに着く。店の正面のドアからもっとも離れている席だ。テーブルはビレッジブレンドの赤煉瓦の壁に沿って配置している。反対側は歩行者が通れるスペースがあいている。クレストはスマホを親指で操作し、周囲には無頓着だ。脇を歩行者が数人通り過ぎる。そばのテーブルには誰もいない。

六分後、ほっそりした女性が画面に映り込んだ、手には青い紙コップを持ち、大きなトートバッグを肩にかけている。ゆったりしたサイズのスウェットパンツを穿き、だぼっとしたジャケットを着てフードをかぶっている。首にはスカーフを巻き、手袋をはめ、うつむきかげんだ。顔は見えないけれど、フードからハニーブロンドの髪がのぞいている。

男はスマホに全神経を集中している。椅子に座ったまま上半身を乗り出してスマホに打ち込んでいる。女がジャケットのポケットからなにかを取り出した。女はすばやい動作で青い紙コップをクレストのテーブルに置いた。彼がそれに気づいた時には、すでに女は彼の背後にまわっていた。大きなトートバッグで通りからの視線をさえぎるようにして凶器を構え、リチャード・クレストの背中を至近距離から撃った。男の身体がのけぞり、弾が貫通して胸から血が噴き出す。彼は前に崩れ落ち、死の瀬戸際で痙攣(けいれん)した手が青い紙コップに当たり、カップがテーブルから落ちた。

十二時四十一分。すでにクレストは息絶え、殺人犯は彼のスマホを手にして静かに立ち去った。

交通隊の警察官にもう一度再生させ、今度は刑事二人が説明を加える。

「被害者が撃たれたのは一度。心臓を撃ち抜かれている。銃創から判断して、使用されたのは三十八口径の拳銃。画像ではとらえることができないけれど、銃にはサイレンサーが取り付けられていたらしい。なぜなら近隣に配置されたショットスポッター(銃声を感知する装置)は銃声をとらえていない。少なくとも六分署に警報を送っていない」スー・エレン刑事に続いてロリ刑事が説明する。

「紙のコーヒーカップは科学捜査班が回収した。犯人は手袋を装着していたけれど、一つでも二つでも指紋が残っている可能性はある」

コーヒーカップという言葉で、あることを思い出した。「巻き戻してみて。被害者が亡くなるところをもう一度見せて」

「まあ、意外に冷血なのね」スー・エレンがからかう口調だ。

「そこで画像を止めて！」殺人犯が青い紙コップを置いた瞬間だった。画面を凝視し、わたしは首を横に振った。

「あり得ない。このカップ――」

ロリがいぶかしげな目つきでこちらを見る。「ビレッジブレンドのカップね。デザインでわかるわ」

「そこなのよ」わたしはカウンターのなかに入り、白い紙コップをつかんだ。今夜はほぼすべて、このカップを使っている。「これはうちのケータリング用のカップよ。ビレッジブレンド以外の場所でのイベントでは、この白いカップを使う。ふだんは店では使っていないの。今夜は、ビレッジブレンドのロゴの入った青い紙コップが切れてしまった。だからやむを得ずこのカップを――」

「切り替えたのはいつ？」スー・エレンがたずねた。

「八時頃。バリスタのヴィッキが食品庫で補充用の箱を開けたのが、ちょうどその頃。たぶんマテオがまちがえて白いカップを倉庫から運んだのだろうと思う」

「つまり両方のカップを今夜は使ったのね？」ロリが確かめる。

「ええ、でもおかしいと思わない？　殺人犯は中身がすっかり冷たくなったカップを持って四時間以上もパーティー会場にいたことになる。それとも、前回訪れた時の使い捨ての紙コップを取っておいたの？　ふつうではない」

「街角のカフェテーブルで誰かを撃って殺すことも、ふつうではない」スー・エレンがすかさず言う。「それでも、あなたの意見には一理ある」

「そうね。続けましょう」ロリだ。

再生を再開した。通りに設置されたさまざまな監視カメラが、殺人犯がゆっくりとハドソン通りを歩いていく様子をとらえている。徒歩で右折してバロウ通りに入り、バロウ通りとベッドフォード通りが交わる角の建物で足が止まった。戦前に建てられた赤煉瓦のアパートメントだ。

「カギあるいはブザーを鳴らして内側からの操作で、なかに入った。正面のエントランスに手を加えられた形跡はない。現地にいる科学捜査班のチームから報告が入っている」スー・エレンが説明する。

「この女に心当たりはない？」ロリがたずねる。「この建物は集合住宅だから住人はおおぜいいる。この女は訪問者、一時的な滞在者という可能性もある。この建物に行ったことはある？　このアパートメントになんらかの関わりがある人物に心当たりは？」

エスターとわたしは首を横に振った。

タッカーは緊張した面持ちで画像を見つめ、無言のままだ。

なんの情報もなくて申し訳ない。二人の刑事に謝った。

「いいのよ。これだけの情報がそろっていれば二十四時間以内に逮捕は可能だと思う。どちらにしても、たいしてかからないでしょう。証拠もしっかりあるし、時間の問題ね」ロリが言い、交通隊の警察官はパソコンを閉じた。

「それに、あなたにお礼を言わなくてはね。おかげで公園でのおとり捜査から解放された」スー・エレンは花柄のスカートをひらひらさせる。「こんなドラァグクイーンみたいな格好は大嫌い」

アマゾネスたちは挨拶をして引きあげていった。

二人とも鼻息が荒かった。殺人犯を拘束して殺人事件を解決する展望がひらけたのだから、当然か。しかし、果たしてそううまくいくものだろうか。タッカーとエスターを帰宅させて店の正面のドアのカギをかけながらもやもやするものを感じていた。それに加えて、気がかりなこともあった。利己的かもしれないけれど、今回の凶悪犯罪で店がどうなってしまうのか心配でたまらない。重い気分で上階の寝室に向かった。

わずか数発の空砲で売上は激減した。今度は本物の銃弾が貫通した。ビレッジブレンドは生き延びることができるだろうか？

71

「ママ？」

娘の声だ。ベッドのなかでわたしはもぞもぞと動いた。

「起きて。わたし、帰るから……」

あくびをして目をあけると、四柱式のベッドの端にジョイが腰掛けてサーモマグでコーヒーを飲んでいる。着替えをすませ、髪はきゅっとポニーテールにしている。目は充血し、鼻もトナカイみたいに赤い。

「どうしたの？」わたしはがばっと身を起こした。ジャヴァとフロシーがあわてている。秋の寒い夜に少しでも暖を取ろうとして、わたしにぴったりくっついていたのだ。「また泣いたの？」

「今朝の便でDCに帰る……」ジョイはフロシーの真っ白な首のふわふわの毛をいじりながらこたえる。「午後にはベル・シェフと交代できるから。愛だの恋だのくだらないことでメソメソして過ごすより、働こうと思って」

「くだらないなんて……」わたしは目をこすり、ジャヴァのおねだりにもこたえてやわらかな茶色の耳をなでてやった。「昨日一緒に決めたはずよ。マニーときちんと話をするためにここに泊まったのよね。DCの店のスタッフも足りていると——」

「気が変わったの。帰りたい」

「なぜ？　なぜそんなことを言い出すの。きちんと解決したほうがいい。あなたはマニーを愛している。彼もまちがいなくあなたを愛しているはず」

「あんな動画を見たら、そんな自信はなくなった」

「動画？　なんのこと？」

「見ていないの？　パパはママにも送っているはず。ここに……」

ナイトスタンドに置いたわたしの携帯電話をジョイが取って渡した。電源を入れてメールのアプリを立ち上げた。マイクからメッセージが届いている。それはそのままにして、マテオからのメッセージをひらいた。

まずメールを読んだ。


マリリンを家に送った後、くたびれたのでタクシーをひろってブルックリンに向かった。とちゅう、これを撮った。きみたち二人に見てもらいたい……。


五分間の動画を再生してみた。

ソーホーを走行する車内からマテオが撮影したものだ。ウィリアムズバーグ橋方向に向かっている。この界隈は鋳鉄製の建築物が集中している世界有数のエリアだ。当然ながら不動産価格もトップレベルだ。

ゴージャスなナイトライフを楽しめるエリアでもあり、なかでもソーホーラウンジはいまマンハッタンでもっとも新しくホットなスポット。豪華なフィットネス・ジム、イクエーターとデジタルアートのギャラリーに挟まれている。クラフトカクテルが有名で、食事のメニューはロイヤルオセトラのキャビアからトリュフのフリッターまで高級なものばかり。

カメラがパンして、ダウンタウンのおしゃれな風景をとらえる。富裕者御用達のソーホーラウンジの前を、スタイリッシュな人々がそぞろ歩きしている。マーティン・スコセッシが乗り移ったかのようなカメラワークの理由が、やっとわかった。

ジョイの最愛の男性、エマヌエル・フランコだ。仕立てのいい高級なスーツで決めて、美しいブルネットの女性と楽しげに歩いている。女性が着ているのは肩から背中にかけてストラップになったブラックドレス。身体の完璧なラインを強調するデザインだ。フランコは太い腕を彼女の腰にまわしている。

ラウンジのガラスのダブルドアから出てきた二人は混み合う歩道をのんびり歩いて角で足を止めた。そこでフランコは女性がコートを着るのを手伝ってやる。

マテオのタクシーは渋滞に巻き込まれているらしい。タクシーがゆっくりと動き出す。しかしカメラは若い巡査部長と連れの女性を執拗に映している。

「ここで左折してくれ」マテオが運転手にてきぱきと指示する。

「レッドフックに向かうのでは——」

「迂回する。曲がったらゆっくり行ってくれ」

なおもマテオは歩いているカップルを撮り続ける。二人は腕を組み、高級な居住用の建物に入っていく。愛想のいいドアマンが、顔見知りの様子で親しげに挨拶をかわす。

動画にはマテオの声が入っている。フランコのことを様々な呼び方で罵る声が続き、むっつりした声で運転手に指示を出した。「もうたくさんだ。行こう……」そこで動画が終わった。

「ママ、信じられない……」ジョイの声は弱々しく、下くちびるは震えている。「彼がこんなひどいことを……わたし……」

娘の気持ちが痛いほどわかる。それでも……。

「ジョイ、やはりフランコと話をするべきよ。直接会って話さなくちゃ。彼はあなたに説明する義務がある」

ジョイは首を横に振る。「そんなの、みじめすぎる」

「彼にコンタクトをとってみた？」

「もちろん。メッセージをいくつも残して、折り返し電話をくれと頼んだ。メールが二回届いた。『仕事が忙しい。あと少しだ。愛している』ですって。あきれてしまう」

「彼は心底あなたを愛しているはず」

「じゃあ、どうすればいいの？　このジョーンという女性の時価数百万ドルのソーホーのアパートメントで彼をつかまえるの？　それとも彼の住まいに行くの？　彼女がニューヨーク市警のTシャツを着てドアをあけたら？　そんなの嫌よ。できない……」

逃げ出したくなるジョイの気持ちもわかる。あまりにも衝撃的だ。動画は決定的な証拠としか思えない。わたしも胸がつぶれそうだ。

それでも、なんとか娘を引き留めようとした。ここにいるように説得したけれど、ジョイの決意は固かった。こういうところは父親譲りで、テコでも動かない。

ぎゅっとハグをして、わたしの愛しいジョイはあわただしく出て行った。

72

張りつめた空気の日曜日の早朝に、フィッシュ・アンド・チップスはあまりしっくりこない。むなしい気持ちで長々とシャワーを浴びて、必死に気持ちを立て直そうとダブルエスプレッソを飲んでからスマホに届いたマイク・クィンのメッセージをひらいたら、フィッシュ・アンド・チップスの画像が出た。

ロンドンはニューヨークよりも五時間進んでいる。マイクは昼食の写真を送ってきたのだ。そして朗らかな声のボイスメール。食べ物よりも声のほうに、本能を刺激された。

「これから五日間、役所言葉しか聞けなくなるから、その前にきみの甘い声を聞いておきたかった。残念だが『メッセージをどうぞ』でがまんするしかないな。これからスコットランドヤードでニューヨーク市警のリエゾン・オフィサーとともに交流会に出席の予定だ。後でまた電話する」

間があく。

「そうだ、われわれの結婚式だが、今朝、完璧な条件をそなえた場所に行った。ウェストミンスター寺院だ。あそこならわたしの身内がまるごと入る。検討してみてくれ」

ふたたび、間があく。

「結婚式のこともだいじだが、ここのパブのおいしいランチをきみと食べるところを想像するよ。きみのお手製のピーナツバター・クッキーも恋しい。日曜日にビレッジブレンドで食べるのをいつも楽しみにしている。ここにはないんだ」しょんぼりした声だ。「さて、もう行かなくては。早く会いたい」

それはわたしも同じ。とても会いたい。写真はフィッシュ・アンド・チップスだけで、マイクの自撮りはなかった。

そろそろ店のことが気になってきた。昨夜の犯罪現場となった影響についても。

フランコ巡査部長のプライベートな行動についてロンドンのマイクに相談するつもりはない。とにかくフランコ本人の口から聞きたい。あの動画がすべてを物語っている、という思いはあるけれど。フランコには話があるからビレッジブレンドに寄ってほしいと素っ気ないメッセージを送っておいた。

ジョイが直接フランコを問いつめるのは、やはり酷だ。わたしがやらなくては。マテオが撮った動画を見せて釈明を求めよう。わたしにもジョイにも、それを求める権利があるはず。

嘘をついたり騙したりするなんて、まともな人間のやることではない。ジョイと別れるならきちんとした手順を踏み、娘にみじめな思いをさせないでほしい。それをフランコに要求するつもりだ。

それだけでもじゅうぶんに気が重いというのに、午前中の店の光景はやりきれないものだった。日曜日なのにおそろしく静まり返っていて、近所の常連客が新聞を読む姿がちらほら、それ以外はニューヨーク大学の学生がコーヒーを求めて立ち寄るくらい。

タッカーとわたしは新聞を片っ端からチェックして、昨夜の銃撃事件が一紙の遅版以外には載っていないとわかってほっとした。その一紙も警察記録のような短くそっけない記述で、写真もなければビレッジブレンドの名も登場していない。被害者の名前は「最近親者への通知が完了していないために公表を差し控える」とある。

空砲だったキャロル・リン・ケンドールの事件のほうが、本物の殺人事件よりも大きく取り上げられるとは皮肉なものだ。携帯電話で撮った動画をソーシャルメディアにアップされたり、ハッシュタグ付きの投稿をされたりしなければ、殺人事件だからといって騒がれることはないのか。とりあえずほっとした。

リチャード・クレストはもういない。これで底を打ったということ？

午前十一時を迎える頃には、運が向いてきたという手応えを感じていた。お客さまの数が目立って増えて、活気が出てきた。十一時半頃になると、シドニーに動員されたインフルエンサーたちがネットにアップしたペストリーやコーヒードリンクの注文がかなり入るようになった。

それから一時間もたつと、ちょっとしたラッシュ並みの混雑となった。多くのお客さまがドリンクなどを手にしてらせん階段で二階のラウンジに上がった。午後一時、大混雑といってもいいほどだ。さすがに手が足りなくなり、エスターに早めに来てくれるように頼んだ。

ダンテにもメールを出すと、さっそく出勤してきて屋外にテーブルとヒーターを設置してくれた。午後の空気は冷たいけれど、店のなかだけでは間に合わなかった。

わたしはエスプレッソマシンの前でドリンクをつくりながら、シドニーの作戦が当たったのだと思い始めていた。ビレッジブレンドの人気が復活した真の理由をわたしが知ったのは、もっと後のこと。シドニー・ウェバー＝ローズのプランとはほぼ無関係だった。すべてはエスター・ベストのおかげだったのだ。

けれども、このときはまだそうとは知らない。

そして三時頃、休憩に入っていたタッカーとわたしは仕事に戻るために階段をおりていた。とつぜんタッカーがほっそりした長い両腕をぱっとひろげ、叫んだ。

「キャロル・リン・ケンドール！」

73

タッカーが両腕を広げて友を抱えた。わたしは二人に近づいた。

今日のキャロル・リンはカジュアルなデニム、ブルーのしなやかなセーター、ブルーのキルティングジャケットという姿だ。わたしを見て恥ずかしそうに笑みを浮かべ、細い手を差し出した。

「ミズ・コージー、ですね？」

空いているテーブルに案内し、タッカーがペストリーなどを取りに行った。

目の前に座っている落ち着いた若い女性をしみじみと眺めた。なにかに取り憑かれたみたいに銃をふりまわして騒ぎを起こし、わたしたちのビジネスと暮らしに大打撃を与えた人物の面影はほとんどない。怯えきった様子で強制的に連行された、あの女性はもういない。それを確かめてほっとした。

ノーメイクでさっぱりとした顔のキャロル・リンはハニーブロンドの髪を後ろできちんと結び、焦点の合った力強い目でこちらをまっすぐ見ている。もの問いたげなわたしのまなざしを、しっかりと受け止めている。

「お詫びを申し上げるためにうかがいました、ミズ・コージー。ご迷惑をおかけしたこと、心から申し訳なく思います」はきはきとした口調だ。

「謝罪の必要は――」

「いいえ。このお店を巻き込む権利は、わたしにはありませんでした。まちがっていました」

「わたしはむしろ、ほっとしているのよ。あなたが――」

「正気だとわかったから？」

「いいえ。元気そうになって。それに釈放されて」

「法律的な手続きはスムーズでした。映画のプロデューサーが有能な弁護士を雇ってくれました。そして小道具の銃を無断で持ち出した件でわたしを告発することを拒否したんです。司法取引の結果、収監なしで執行猶予のみ、そして社会奉仕をすることに」

「それはよかった。心機一転、スタートが切れるわね」

「毎週、医師の診察を受けることも条件です。過去に情緒面で少し問題があって薬を服用していたんですけど、数カ月前からほぼやめていました。自分としてはもう治ったと思っていたから。でも違ったみたいです。司法取引の内容には精神科医の監督のもとで薬を服用すること、そしてセラピストを受診することも含まれています」

キャロル・リンには必要な援助が差し伸べられている。それがうれしくて、彼女にそう伝えた。「あんな人に出会ってしまって、ほんとうに大変だったわね。タッカーから聞いているわ。リチャード・クレストからひどい目に遭ったと。他にも女性の被害者がいると聞いたわ」

「やさしいお言葉、ありがとうございます、でもゆるしました、彼のことは」

「立派よ。あなたの立場でそこまで寛大になるって、なかなかできないことよ」

「確かに彼はまちがったことをした。でも、わたしもまちがっていた。もう悪夢は終わりました。彼とわたしはこれからは別々の道を歩む。それがうれしくて……」

それで気づいた。キャロル・リンはまだ知らないのだ、クレストが殺されたことを。確かに知りようがない。

「こんなに多くの人たちに支えてもらって、つくづく幸福だと思います。愛を感じます。結果的に、わたしは救われました。人生をやり直すことができる。ものごとの見方も変わりました。感情的にならずに、冷静に判断できます。それに強くなった気がします。昔の自分を取り戻したみたい。ずいぶんひさしぶりに……」

強くなったというのは、きっとほんとうなのだろう。けれどもクレストが撃たれて死亡したと知ったら、大変なショックを受けるにちがいない。どう伝えようかと迷っていると、タッカーがやってきた。ふわふわの泡をのせたカプチーノと、キャロル・リンが大好きなスイーツをトレーにのせて——子どもの頃の甘い思い出がよみがえるから好きだと、彼女は打ち明けた。

大判サイズのカフェスタイル・ピーナツバター・クッキーだ。外側は焼き色がしっかりついてサクッとした食感。内側はしっとりしてしっかりとした歯ごたえがある。マイクがロンドンで恋しがっているクッキーだ（ベーカーは、わたしの「秘密の材料」を使ったレシピで日曜日ごとに大量に配送してくれる）。

「あなたと会えてうれしい」キャロル・リンがタッカーに言った。

「ほんとうはコーヒーが飲みたかったんだろう？」

「当たり。それからこのクッキーも！」彼女が笑う。「じつはほかにも理由があるの。お二人にお祝いを伝えたくて！」

タッカーとわたしはわけがわからず、顔を見合わせた。

キャロル・リンは驚いている。「まさか、まだ知らないの？」

「知らないって、なにを？」

「このお店はいま大ブームになっているんです。昨夜、お詫びしたくて来てみたんです。でもあまりにも人が多すぎて、あなたを見つけられなくて早々に引きあげました。そうしたら今朝、報道で見たんです。負け犬ラウンジは、いま全米に知れ渡っています！」

74

「全米に!?」タッカーとわたしの声がそろった。

「《ザ・タブレット》に大々的に記事が出たんです。昨夜の写真もたくさん、それから動画も。ここの二階のラウンジがマッチングアプリで失敗した人々が復活する場となったいきさつについて、くわしく書いてあります。ビレッジブレンドはソーシャルメディアでトレンドのトピックですよ。負け犬ラウンジはチャターのハッシュタグになっています！」

タッカーがスマホを取り出して《ザ・タブレット》をひらいてみると、シドニーが企画したパーティーに取材に来ていたのは、どうやら《ワシントンポスト》紙の記者だけではなかったらしい。シンダーのCEOにとって大失敗に終わったあの晩のイベントを、《ザ・タブレット》の記者はおおいに楽しんで感動していた。

記事にはこんな見出しがついていた。

マッチングアプリで恐怖のデート？
実体験を素顔で語る

記事はまずビレッジブレンドとボヘミアンたちの有名な歴史をざっと紹介している。そして昨夜のイベントの生き生きとした描写が続く。さらに負け犬ラウンジのコンセプトを熱く語り、エスターのポエトリースラムをべた褒めしている。

その場に集まった人々が示した強い共感を紹介し、「カプチーノとともに思いやりを、カクテルとともにコミュニティを」提供するビレッジブレンドを他のデートスポットも見習うべきだと述べている。そして「シンダーとビレッジブレンドはマッチングアプリ全盛の二十一世紀に、真の人間性を取り戻した」と絶賛して締めくくっている。

「ビレッジブレンドの名は全米に知れ渡っています。今度こそ、最高のお店として」キャロル・リンが言う。

「乾杯だ！　もっとエスプレッソを持ってこよう」タッカーがきっぱりと言った。

ところがタッカーは前に進めない。ガタイのいい制服警察官二人と、ソールズ刑事とバス刑事が立ちはだかったのだ。アマゾネスの顔に笑顔はない。通りすがりに立ち寄ったのではないと、すぐにわかった。

「キャロル・リン・ケンドール。ロバート・クレンショー殺害の容疑であなたを逮捕します」スー・エレンの硬い声。

「そんな！」タッカーが大きな声をあげる。

「あなたには黙秘する権利があり、あなたの発言はすべて法廷であなたの不利にはたらく可能性があり――」

「なにかのまちがいよ。わたしは人殺しなどしていない！　クレンショーなんて人は知りません！」キャロル・リンが叫んだ。

制服警察官二人が無駄のない動きですみやかにキャロル・リンを椅子から立ち上がらせ、両手を後ろにまわして手錠をかけた。彼女がいきなり暴れ出した。

「嫌よ！　どうして？」金属製の手錠をかけられた姿でキャロルがもがく。

店内は混み合っているが、警察官たちが進むと自然と道がひらけた。

「やめて……お願い……」キャロル・リンが泣きじゃくっている。タッカーはキャロルに付き添って正面のドアまで行き、どうか彼女を手荒に扱わないで欲しいと警察官たちに頼んだ。

ロリが相棒の後からドアを出ようとするところを、腕をつかんでわたしが引き留めた。

「これはいったいどういうこと？　キャロル・リンが殺人を犯したという根拠は？」

ロリがわたしの腕を振り払う。「ミズ・ケンドールの有罪は動かしようがない。自白すら必要ないくらい」

「いくらなんでも、そんな」

ロリが首を横に振る。「あなたも映像を見たでしょう。わたしたちは街頭に設置した防犯カメラのデータで、殺害後の犯人の足取りを追った。彼女はバロウ通りとベッドフォード通りの角のアパートに入った。ミズ・ケンドールの住まいはその建物にある。それに加え、殺人犯が残した紙コップから採取した指紋は、ミズ・ケンドールが被害者を威嚇し脅迫して逮捕された際に取った指紋と一致した。第三者がいる状況で。あの時の目撃者には、あなたもいたわね」

「確かにそうかもしれないけれど、あの紙コップはちがうと説明したはずよ。彼が撃たれる何時間も前から、あの青いカップではコーヒーを提供していないと——」

「根拠はほかにもある」ロリが言う。「ミズ・ケンドールが暮らすアパートの建物の裏の大型ゴミ容器から、科学捜査班が凶器と殺人犯が身につけていた衣服を発見した。拳銃についた指紋はきれいに拭き取られていたけれど、衣服を調べたところ射撃残渣が検出された」

「でも」

「あなたが納得していないのはわかる。でも合理的な疑いを差し挟む余地はない。なにもかもカメラにとらえられている。殺害の瞬間から彼女が帰宅するところまで。目撃者もひとりいる。建物の清掃員兼管理人が、ミズ・ケンドールが午前二時十五分頃にゴミ容器に捨てているのを見たと証言している。まとめた服と銃を一丁」

そんな。「キャロル・リンがゴミを捨てるところの映像データだけないということね。不思議ね」

「本来なら、あった。裏通りに面した戸口についていたカメラがたまたま故障していたのよ」

ロリが励ますような口調で言葉をかけた。「そんな暗い声をださないで。ミズ・ケンドールは援助を必要としている。救いの手が差し伸べられたと考えてみて。不幸中の幸いよ。あくまでも突発的な犯行として捜査を進めるわ。下手して地方検事が周到に計画した犯行と主張したら、厄介なことになる」

こらえようと激しくまばたきをしても、涙がこみあげてくる。わたしが泣いてもなんにもならないというのに。いくら卑劣な人物でも、わたしがおびき寄せたために殺された。それだけでも耐えがたいのに、そのことで将来のある若い女性が逮捕されてしまった。

ロリが心配そうな表情でわたしの肩に手を置き、ぎゅっと力を込めた。

「彼女の弁護士は有能よ。かならず同情的な判事を見つけるはず。それでも無罪ということはない。キャロル・リン・ケンドールはロバート・クレンショー殺害の罪で処罰されるでしょう」

75

「キャロル・リンは絶対に殺していない。まちがいない」タッカーはむっつりとした表情でフレンチドアの外の暮れゆく街を見ている。

日曜日の宵闇が迫るなか、刻々と暗く染まっていく外の風景とは裏腹にビレッジブレンドの店内は灯台の光のように明るく輝いている。お客さまが詰めかけ、ふたたび活気を取り戻している。あふれた人々で歩道もにぎやかだ。

カウンターにはヴィッキとダンテが入り、フロアはナンシーが担当している。エスターは二階の負け犬ラウンジでカラオケとトリビアクイズのMCを務めている。

タッカーとわたしは休憩時間に入っていた。キャロル・リンのことを思うと心配でたまらず、どうしたらいいのか途方に暮れていた。

「どこで銃を手に入れたんだろう?」タッカーが疑問を口にした。「アマゾンで注文してドローンが玄関先で落としていくわけでもないだろうし。なんでもそろっているホールフーズでも、さすがに〝銃と弾〟の棚はないだろう」

彼は空になったデミタスカップを脇に避けた。「彼女は無罪だ。なんとしてもそれを証明しなくては」

タッカーの気持ちはよくわかる。ただ、彼女に不利な証拠がありすぎて、彼のだいじな友だちの容疑を晴らすのは――。

「そうよ。証拠がありすぎる」思っていることをそのまま声に出した。「この計画を立てた人物はケーキに砂糖衣(アイシング)をつけすぎたようね」

タッカーはキツネにつままれたような表情だ。「アイシング？　ケーキ？　クィン警部補との結婚式のプランですか？」

「いいえ。キャロル・リンの指紋がついていた紙コップよ。コーヒーカップのことを考えているの。防犯カメラの映像を見た時から、ひっかかっていた。手がかりが多すぎる。しかも、つじつまが合っていない。だから警察とは別に、独自の捜査をするしかない……」

タッカーに思い出してもらった。キャロル・リンは昨夜の一大イベントのまっさいちゅうにビレッジブレンドを訪れたと言っていた。「謝罪に訪れた。でも人でいっぱいだったから、つまり動員をかけたサクラでいっぱいだったから、わたしのことを見つけられなかった。それで早々に引きあげた。そんなふうに言っていたわね」

「それがなにか？」

「もしもキャロル・リンが早い時間帯にコーヒーを購入していたなら、ビレッジブレンドのロゴつきの、いつもケータリングで使う青いカップで受け取ったはず。彼女がそれを捨てた後に、何者かが拾い、殺人の罪を彼女に着せるために数時間後に使用した」

キャロルが逮捕されてから初めてタッカーが明るい表情を浮かべた。が、すぐに顔をしかめた。「彼女に変装して殺し、罪を着せようとするほどリチャード・クレストを憎んでいる人物がいるってことか。すごい執念だ。憎悪にかられてそこまでやるのか」

その話題はひとまず脇に置き、本題を続けた。

「被害者の名前はクレストではない。ロバート・クレンショーよ。その人物について調べたら、なにか背景がわかるかもしれない。調べてみるわね」

ノートパソコンを持ってきてテーブルに置き、さっそく検索した。ロバート・クレンショーという人物のフェイスブックとツイッターは一ダース見つかった。リンクトインでは二十五人。検索対象を「すべて」から「ニュース」へと絞ってみると、大当たりが来た。市の遺体安置所に横たわる男性は、あのフックスターの創業者と判明した。信用を失ってサービスを停止し、集団訴訟で息の根を止められたマッチングアプリだ。

マテオが言っていた《ウォール・ストリート・ジャーナル》に目を通し、ワイアードの記事を読んだ。フックスターの誕生から崩壊までの全貌を知ることができた。

「あまり憶えていないな。なんだったかな、フックスター？」タッカーが言う。

「マッチングアプリよ、クレンショーが大学生の時に考案したの。フラタニティの友人のトミー・フィンクルという人物と一緒に。二人とも、後に集団訴訟で告発されている……」

フックスターについて、タッカーにくわしく説明した。「セクシー」で「イイ女」がそろっていると謳っていたが、それは実在する女性ではなかった。フックスターのアプリは架空の女性のプロフィールを優先的に表示して実在の女の子のプロフィールは最下位、つまり絶対に出ないようにプログラミングされていた。

男性ユーザーが「セクシー」な女性と「マッチング」したら、メッセージを三通まで出せる。それ以上やりとりしたければ課金を求められた。そこにからくりがあった。フックスターは合法的なマッチングアプリを装っていたが、実際は有料電話のテレホンセックスの業者と変わらなかった。

あきらかに詐欺だ。クレンショーたちはさっさと逃げることもできたはず。ところがロバート・クレンショーはシンディー・ウェバーと出会ってしまった。同僚として、そして恋人として。彼女は若いながらマーケティングの才能を発揮してフックスターの事業を大化けさせた。そして同社に数百万ドルの富をもたらした。

すべては順調だった。ウェバーとクレンショーが仲違いをするまでは。

シンディー・ウェバーは会社を追い出された。しかしおとなしく消えたわけではない。ウェブ雑誌のインタビューでフックスター社内の女性へのハラスメントの実態を暴露し、それが拡散した。さらに、彼女はフックスターの詐欺の手口も暴露し、そこから訴訟へとつながりアプリはサービス停止に追い込まれた。

シンディーは警察の捜査に協力することと引き換えに、訴追を免がれた。ただ、フックスターの利用規約には小さな活字で「有料サービス」モデルの説明があったので、クレンショーらは刑事上の有罪判決は免れた。セクシャルハラスメントに関しては多額の支払いで解決した。しかし騙されたユーザーたちが代理人を立てて集団訴訟を起こし、フックスターは消滅した。

そんなわけで、かつて《ワイアード》誌が「成功の海を揚々と渡るフックスター船長」と持ち上げたウェブデザイナー、ロバート・クレンショーはもはや本名を名乗れなくなり、カメレオンのようにリチャード・クレストやハリー・クリンクルなどの偽名を使うしかなくなった。

いっぽう、シンディー・ウェバーは結婚してシドニー・ウェバー＝ローズと名乗るようになり、シンダーを創業してCEOにおさまった。彼女がめざしたのはカップル、とりわけ女性の「リアル」なハッピーエンド。そして精力的にプロモーションに励んだ。フックスターのアプリで女性がモノ扱いされた無念もあっただろう。

「シドニーが殺したのかもしれない。実際に手を下したのは忠実なティンカーベルだった可能性はあるけど。そしてクレンショーがシンダーに妨害工作を仕掛ける動機はじゅうぶんにある。自分を破滅に追い込んだ女性が事業を起こして大成功しているのを見て、つぶそうとした。ヘイリーを味方に引き入れ、そのことにシドニーが気づいたとしたら……」

「シドニーがヘイリーも殺した。そう考えているんですか？」

「その可能性はある。店の裏口を出た路地で彼女たちが話しているのを盗み聞きしたのよ。ヘイリーはシンダーのプログラムにバックドアを設定した。シドニーは薄々それに気づいて、ヘイリーから直接聞き出そうとした」

　タッカーがうなずく。「ところがシドニーはヘイリーの頭を殴り、殺してしまった。どうしてだ。天才的なマーケティング能力の持ち主が、公園で殺害するプランを考えるだろうか」

「そうね。だから計画的ではなかったはず。犯人とヘイリーはハビタット・ガーデンで会った。口論が激しくなって歯止めが利かなくなった。ヘイリーの裏切りを知ったシドニーが激怒して殴ったのかもしれない。おそらく、忠実な番犬みたいなコーディーが呼ばれて、遺体の処分を手伝ったのよ」

　イクエーターのジムで見たコーディーの目は、狙撃手のように鋭かった。

「コーディーならきっと、わけなくボスの窮地を救えた。ヘイリーのポケットの中身と貴重品をとりのぞいてハドソン川に投げ込んだ。路上強盗に遭遇して運悪く命を落としたという筋書きで」

「そうか。シドニーには動機があるんだな」

　わたしはノートパソコンを閉じた。「仮説としてはまだ穴がいっぱいあるけど」

「穴？」

「というより、人。キャロルのアパートの清掃員兼管理人が警察に証言している。キャロルが服と銃を建物の裏手のゴミ容器に捨てるのを見たと」

「見まちがえたのかもしれない」

「警察の聞き込みが性急だった、という可能性もある。テーブルの紙コップもうさんくさいけれど、この証言も疑ってかかる必要があるわ」

「で、どうします？　アマゾネスたちに話しますか？」

「いずれね。まずは、その建物の清掃員兼管理人に会ってみる。そして実際になにを目撃したのかをはっきりさせましょう」

76

十分後、タッカーとわたしはキャロル・リン・ケンドールのアパートに早足で向かっていた。赤煉瓦造りの六階建ての建物だ。

正面のエントランスで管理人を呼ぶベルを鳴らすつもりだった。ところが、見覚えのある車が目に入った。ワインレッドのSUV。めざす建物のエントランスの前に停まっている。張り出した屋根のすぐ前に。ドライバー側のドアは開けっ放しで車内灯がついている。

「下がって！　いそいで！」タッカーに小声でささやいて引き返し、角に隠れた。

「どうして？」

「わたしを轢こうとしたSUVよ。赤い顎ひげの男がいるかどうか、のぞいて確かめてみて」

タッカーは少しかがむようにして、のぞいた。「いますよ、くるくるカールしたひげだ。がっちりした体格だな。あれ、確か見たことがあるな。あ、彼女か」

「シドニー？」

タッカーが首を横に振る。「見ればわかります……」

前に出て、のぞいてみた。赤い顎ひげの男は歩道に立って女性と話している。ただ、角度のせいで女性の姿が見えない。

「カギを返せよ。必要ないだろ？」男はぶっきらぼうな口調だ。

ＳＵＶの向こうから女性がこちらに出てきた。その姿を見て、腰を抜かしそうになった。ミレニアル世代のマリリン・モンロー。わたしの元夫の新たな恋愛ごっこの相手（そして上司）ではないか。彼女はマニキュアをした指でキーホルダーの輪をひねってカギを一本外し、赤い顎ひげの男に渡した。彼はそれを手のひらでくるりと返し、ワークシャツのポケットにしまった。

マリリン・ハーンは艶やかなプラチナブロンドの巻き毛を手で流す。「わたしにも、なにかないの？」はにかんだ様子だ。

「へえ、おれの新しい仕事からおこぼれが欲しいのか」

彼女は両手を腰に当てた。「嫌なやつ。ハイスクールの頃のままね」

「嫌なやつで上等。でもおまえをひどい目に遭わせたことは一度もない。おまえを誘惑して朝になったらゴミ扱いしたり、暴力をふるったり――」

「そんなことといいから、ダグ。ねえ、じらさないで。持っているんでしょう？」マリリンは甘えるようにもじもじしている。

「ある。手に入れた。しかも飛び切りのやつだ。欲しいならＳＵＶに乗れ」

男が一歩脇に退き、マリリンが車に乗り込んだ。その後から彼も乗ってドアを閉めた。窓ガラスには薄く色がついているので、車内灯がないとなかの様子は見えない。

「なにをしているんだろう？」タッカーがつぶやいた。

数分後——わたしは時間を計っていた——ドアが開いてマリリンが降りた。

「ほんとうに送らなくていいのか？」男の声がする。

「ウーバーで車を手配したから」

そこに車が到着してマリリンが乗り、そのまま行ってしまった。赤ひげの男がＳＵＶのエンジンをかけた。発車しようとした時、建物から高齢の女性が出てきて手を振った。彼はうなずいて挨拶を返し、走り去った。今回は法定速度を守って。

「ここで待っていて」わたしはタッカーに言い残して、大急ぎでその女性に追いついた。

「すみません。いま車で出た男性をご存じですか？」

彼女が微笑んだ。「ダグラスよ。この建物の清掃員兼管理人。いろんな雑用もよくやってくれるのよ。うちの冷蔵庫を直してくれたりね。管理人の仕事ではないのにね」

「いい人なんですね」

挨拶をして彼女と別れ、わたしは歩道のまんなかに突っ立っていた。清掃員兼管理人。その言葉がイクエーターの動画のバレーボールみたいに頭のなかで飛び跳ねている。

なぜその言葉にひっかかるの？

そのこたえは過去にあった。正確には一九六七年のグリニッチビレッジに。

グルーピー殺人事件についての捜査をマイクから聞いたのは、ヘイリーの遺体がハドソン川に浮かんでいるのを見つけた晩だった。グリニッチビレッジで二人のティーンエイジャーが惨殺され、サマー・オブ・ラブが終わるきっかけとなった事件だ。

事件解明のカギとなったのは、二人の殺害現場となった建物の清掃員だった。その男は当初、知っていることの一部だけを警察に話していた。ほんとうはもっと知っていた。

赤ひげは清掃員兼管理人。マリリンは彼にカギを渡した。あれはなんのカギ？　隠れていたタッカーが、我慢しきれなくなったらしく、出てきた。「そろそろ建物の管理人の呼び鈴を鳴らしますか？」

「たったいま、彼はどこかに行ったわ」

タッカーは驚いている。「まさか、あの木こりみたいなのが管理人？　世間は狭いな」

「どういうこと？」

「うちの店でキャロル・リンが起こした騒動の動画に映ってましたよ。だから憶えていた。騒動について知って、拡散した動画八本すべてをチェックしてますからね」

「八本？　五本だけだと思っていた」

「ニュースになってからアップした人たちもいたんですよ。ともかく、その動画の一つで、あの赤ひげの男はキャロル・リンに『やってしまえ。息の根を止めてやれ！』とヤジを飛ばしていた。あれは本気だった」

あの晩のことをよく思い出してみた。背後でヤジが飛ぶのは聞いた。でも言った本人のことは見ていない。「タッカー、この建物の清掃員兼管理人はクレンショーの殺害に絶対に関わっている。それも、かなり深く」

「それなら、彼は——」

「キャロル・リンを殺人犯に仕立て上げた」

「どんなふうに？　理由は？　監視カメラの映像にはクレンショーが殺される場面が映っていた。顎ひげを伸ばしたごつい男が、ほっそりとして可憐なキャロルになりすましたっていうんですか。それは無茶だ」

「確かにね。でも、なりすませる人物がいる……」

マリリン・ハーンはリチャード・クレスト、またの名をロバート・クレンショーとデートしてひどい目に遭った経験者だ。彼女が暗い表情でそう打ち明けたことをタッカーに伝えた。そしてさきほどのダグラスとマリリンの会話も。ということは……。

「クレンショーへの復讐からマリリンが殺害計画を練った可能性はある。どうやら単独ではなく、協力者がいたらしい。そして彼女とこの建物の清掃員兼管理人とはなれあいの関係。あのグルービー殺人事件と同じように、彼は知っていることの一部だけを警察に話している」

「マリリンが変装してキャロル・リンになりすまし、ロバート・クレンショーを撃ったのか！」

「証拠はまだないけれど。いまわたしたちの目の前でマリリンが返したカギは、キャロルのアパートのカギだったのかもしれない。管理人なら合鍵を持っているだろうし、そのカギで建物内のどの住まいにも入れる。マリリンと彼はつきあっていた。ハイスクールの時からの知り合いだと言っていたわ。マリリンが赤ひげからカギを借りてキャロル・リンの住まいに入った可能性はある――」

「そうか！　マリリンはキャロル・リンの服を盗んだ。おそらく数日前に。それを着て、ウィッグもつけて犯行におよんだ」

「銃で撃った後、マリリンはキャロル・リンが住む建物まで歩いて戻った。ニューヨーク市の街路に設置された監視カメラに丸見えの状態でね。建物に入って彼女が向かった先は管理人の部屋だった。そこで着替え、盗んだ服は凶器とともにゴミ容器に廃棄し、裏通りに出た。誰の目にもふれずに。裏口の防犯カメラは、うまい具合に壊れていた。まさに完全犯罪よ！」

タッカーは全力でうなずく。と、動きを止めた。「からくりは解き明かせても、どう証明すればいいんだ？　ソールズ刑事とバス刑事は納得するかな」

「自白を録音して聞かせれば、彼女たちも本気になるはず」

わたしはブルックリンの倉庫に短縮ダイヤルで電話した。

「もしもし、マテオ？　どうしてもあなたの協力が必要なの……」

77

二日後の夜、マテオはロマンティックなディナーに備えて身支度に取りかかった。もちろん、下心あるディナーだ。

マテオはブルックリンの倉庫内の自室でタオルだけを巻きつけた姿。髪の毛と顎ひげはシャワーで濡れてツヤツヤしている。自分の縄張りにいる彼はくつろいで快適そうだ。二人きりのディナーのセッティングがされたテーブルのまわりを一周する。白いテーブルクロス、クリスタルガラスと磁器、氷で冷やしたシャンパン、キャンドル。今夜のメニューはおいしいものを取り揃えている。

それを見ているわたしは外にいた。倉庫の駐車場に停めたビレッジブレンドのバンの運転席で震えている。メタル製のルーフを雨がポツポツと叩き、フロントガラスを滴が曲線を描いて流れ落ちていく。エンジンを切っているので車内は冷えきって吐く息が白い。テイクアウト用のサーモマグから熱いコーヒーをすすって暖を取る。傍らに置いたポットにはたっぷりコーヒーが入っている。

ダッシュボードには持参したノートパソコンがのっている。画面ではマテオ・アレグロのショーが進行中だ。マテオの携帯電話とこのパソコンをワイヤレス接続してリアルタイムの映像を流している。すべての映像はハードドライブに記録している。さいわい、いまのところは順調だ。しかしわたしはこの手のテクノロジーを心から信頼しているわけではないので、バックアップとしてマテオの部屋に音声作動式の録音装置もセットしてきた。これで一言も聞き漏らす心配はない。

わたしのスマホも作動中だ。それに向かって語りかけた。

「そろそろ服を着たら？　マリリンが来るまであと三十分もない。到着と同時に真の自己を開示するつもり？　殺人の自白を引き出すチャンスがなくなるわ」

「せっかく集中しているんだから、乱さないでくれよ。気が散るじゃないか」

「安心して、マテオ。彼女を誘惑するシーンになったらスイッチを切るから」

彼はシャンパンの温度を確かめ、氷を足した。

「料理はもうできた？　いつもディナーの支度ができたと言ってから十分以上キッチンにこもるでしょ。それじゃムードがぶち壊し」

マテオが目を丸くするのが見えた。「支度はできているよ、クレア。主菜、副菜、サラダ。ソースもだ」

「シェ・アレグロの今夜のメニューは？」

マテオがキャンドルに火を灯す。「ブランデー・マッシュルームグレイビー添えのステーキ、ふわふわガーリック・マッシュポテト、シンプルなサラダ、以上」

「デザートは？」

「焼き菓子は用意していない。野暮ってもんだ」

「そうね。協力に感謝しているわ。でもくれぐれも気をつけて。これから会う女性は油断ならない相手よ」

「マリリンはいろいろな可能性を秘めている。その可能性のなかに冷血な殺人鬼はない。あと少しでそれがはっきりする。すべてはきみの壮大な思いちがいだってことがわかる」

「あなたの思惑はさておき、これはすべて自白を引き出すためだということを忘れないで。彼女がリラックスしたら作戦開始よ。少しシャンパンを勧めてもいいわね。ただし飲みすぎないで。うまくタイミングを見計らって……くれぐれもわたしが見ているのを忘れないで」

「もしもマリリンが無関係と判明して殺人なんてとんだ勘違いだと笑い飛ばしたら、きみは視聴を止める。いいね」

「約束する」

「いまから着替える。ソールズとバスはもう着いたかな？」

「援軍はまもなく到着するわ」嘘はついてない。じつはソールズ刑事とバス刑事は来られなくなった。かわりにバックアップとして待機する警察官について、いまくわしく伝える必要はない。さいわいにもマテオはほかに気を取られて、それ以上聞いてこなかった。「服を着る前に消音モードにする。きみの声で気が散らないように。見られているだけでも情けないのに、きみの声まで聞こえたらムードが台無しだ」

わたしが返事をする前に彼の巨大な手が画面を覆った。それが離れると、彼の笑顔が映った。

「きみにはぼくの声が聞こえるが、こちらにはきみの声は届かない、じつに快適だ」上機嫌のまま彼の姿がカメラの枠から出ていった。

五分後、雨が強くなりバンのルーフを激しいいきおいで叩くようになった。サーモマグのコーヒーを飲み干し、ポットからワイドアウェイク・ブレンドのおかわりを注いだ。コロンビア産の豆をライトローストし、カフェイン濃度をぐっとあげるためにロブスタ種を少量混ぜたブレンドだ。今夜のこの状況を乗り切るには、これくらい強い刺激でちょうどいい。

注ぎ終えたちょうどその時、ウィンドウをコツコツと叩く音。思わずビクッとした。ロックを解除するとドアが開き、エマヌエル・フランコ巡査部長が助手席に乗り込んだ。スキンヘッドを振って雨を払い、びっしりと水滴がついたレインコートを後部座席に放った。雨具の下に着ていたのは、わたしが知るいつものフランコらしい服だ。着古したデニム、スウェットシャツ、ごついワークブーツ、幅広のベルトには拳銃とバッジ。

「ありがとう、来てくれて。ソールズ刑事とバス刑事はビレッジで起きた事件の現場に急行することになって土壇場で振られてしまったわ。マイクは街にいないし、ほかに誰も当てがなくて」

どうしても冷ややかな口調になってしまう。フランコもきっと気づいている。ジョイのことを思うと、どうしても態度に出てしまう。

「いつでもよろこんで協力するよ、コーヒーレディ。しかし、倉庫の駐車場に停めたバンのなかを指定されて、正直なところ理解に苦しんだ」

茶化してはいるけれど、よそよそしい雰囲気だ。でもいまは気づかないふりをしよう。

「くわしく説明する前に確認させて。頼んだ通り、車は人目につかないように角を曲がったところに停めてくれた？」

「ああ。じゃなければ、こんなにずぶ濡れになったりしない」

「ありがとう」

それっきりフランコもわたしも黙ってしまった。おたがいにピリピリしている。ついに、わたしは口をひらいた。「捜査活動に入る前に、もうひとつだけ確認させて」

「うん？」

「ジョーンという人物について。誰？」

78

「ジョーン？」

フランコの困惑した表情は本物？　それともタッカー・バートン並みの演技力の持ち主？　考えるまでもない、演技に決まっている。なんといってもおとり捜査のプロだ。人の目を欺くのは彼にとって仕事の一部。

「そうよ、ジョーンよ！　ジョイに仕事だと嘘をついて会っていた女性。高い服を着ておめかしして会っていた相手。高価な男性用化粧品をこれでもかと贈ったり、かわいらしいメモを書いたりする女性よ。とぼけないで！」

「おれが!?」

彼がジーンズのポケットからスマホを取り出した。よほどあわてているのかドアのハンドルに肘を強くぶつけた。反射的にもらす罵詈雑言のたぐいは海兵隊員時代に身につけたものだろう。親指でスマホを操作している。

「これはどうなんだ!?」彼が見せたのはシンダーに登録したわたしのプロフィールだった。つまりカーラ・Cの、ビキニ写真つきのプロフィールだ。

「クィン警部補ほどの相手がいながら、なぜ二股をかけようとする？　それじゃ彼の最初の結婚相手と変わらないじゃないか。よりによってこんな裏切りをするとは」

「わたしが!?」叫んだ拍子に唾が飛んでしまった。その時、倉庫の前の通りに動きがあった。視線をそちらに向けた。

「静かに！　マリリンよ」声をひそめた。

わたしとフランコが固唾をのんで見守るなか、プラチナブロンドのセクシーな若い女性がウーバー・カーから降り立ち、いそいでゲートのなかに入った（マテオは彼女のために、そして警察の応援部隊のためにゲートのロックを解除しておいた）。水たまりのある駐車場をレースアップのニーハイブーツで、よろめくように進んでいく。風をはらんで傘がさざ波のように揺れ、その下からマリリンのうつむいた顔がのぞく。

マテオはドアを開けたまま押さえ、彼女はなかに駆け込んだ。

「一時停戦しましょう。この件はまた後で。いまの状況を説明するから聞いて」

説明にはたっぷり十分かかった。その間にマテオとマリリンは部屋に落ち着いたようだ。和解できたわけではないけれど、フランコは警察官魂を刺激されたらしい。犯人の自白をここで聞けるかもしれないと知って、がぜん乗り気になった。

「ニューヨーク州でよかったな」ポットのワイドアウェイク・ブレンドを彼も飲みながら、言う。「この州は会話の当事者の一方が相手の同意を得ずに録音できる。アレグロは会話の当事者だから合法だ。場所は彼の寝室には当たらない。倉庫のなかの共有スペースにたまたまイタリア製の革張りのソファとテーブルがあり、超有名なレストラン、イレブンマディソンパークみたいなテーブルセッティングがされている」

ファストフードが行きつけのフランコがなぜイレブンマディソンパークにくわしいのか、突っ込んで聞きたいところだ。ドリンクとワインつきのディナーを二人で楽しめば、請求書の金額は彼の週給をはるかに超えるはず。たぶんその支払いも「ジョーン」なのだろう。デザートをつつきながら、どんな楽しい会話をすることやら。

「前もって言っておくが、法廷にこのデータを提出しても、証拠としては認められないだろう」

「それはかまわない。とにかく真実を確かめたいの。自白を引き出せたら、警察の役には立つでしょう。自白でなくても、なにか情報が引き出せるかもしれない。それをもとに捜査の進展があるかもしれない。もちろん合法的に」

「そうだな」フランコはうなずいた。そのままコンピュータの画面を見つめていたが、ふいにニヤリとした。「ポップコーンの袋を用意しておけばよかったな。稀代の女たらしがロマンティックな尋問室でどう攻めるのか、これは見ものだ……」

マテオはまったく危なげがなかった。ただし血の気が引く瞬間が一度だけあった。マリリンが三杯目のシャンパンを飲みながら、とんでもないことを言い出した。「ねえ、とことんクレイジーになりたい」

彼女がバッグのなかから取り出したものを見て、ぞっとした。

「スティクスというのよ。こんなふうに細いストローに詰めてあるから……」

フランコは苦り切った表情だ。「スティクスめ。どこまでもついてくるな。こいつの流通経路を暴こうと何週間もかかりきりだ」

「ふつうは色がついているの」マリリンは話し続けている。「でも今回のストローは透明だから、まっしろな粉がよく見える……」

依存症患者だった元夫の鼻先で彼女が細いストローを振るのを見て、わたしは凍りついた。やめて、マテオ、絶対に手を出さないで！

「試してみない？　愛をうんと高めてくれるの。なにもかもが最高って感じに」

マテオが手を伸ばす。わたしの心臓はいまにも止まりそう。彼の手がマリリンの手を包むように握りしめ、そのままスティクスをバッグのなかに戻した。

「興味はない。そっちには二度と近づくつもりはない。きみもやめておけ」

それを聞いて、全身の力が抜けた。よかった。マテオ、よく言った……。

「冒険家にしては冒険心が足りないわ」マリリンは不満そうだ。

「それよりジンのカクテルはどう？　ボンベイ・サファイアがある。コリアンダーのすばらしい後味を楽しめる」

マリリンは首を横に振る。「もっとシャンパンが飲みたい」

さらに二回乾杯してボトルがほぼ空になった頃、ようやくマテオが殺人事件について切り出した。さりげない口調で、拡散した動画に映っていた男性のことを聞いたと打ち明けた。

「クレアに聞いたよ、彼とつきあっていたんだって?」

「デートはいろんな男性とするわ」ほろ酔いの彼女はあっけらかんとした口調だ。「小さな町の男の子なんてたかが知れている。そこへいくとニューヨークはビュッフェみたい。わたし、食べるの大好きだし」

「女の子がみんな、きみみたいにうまくやれるとは限らない。会って不幸になるケースもあるだろう。あの動画の女の子も」

「あの子は特別よ。援助が必要なレベル。でももう大丈夫、彼女はあの人でなしを殺した罪で逮捕された」

マテオがうなずく。「どうやら警察は共犯者をさがしているらしい。赤い顎ひげの男を。名前はダグ」

マリリンはけろっとしている。「それ、わたしの元カレよ。いまはストーカー」

やっぱり。わたしは興奮してフランコのほうを見た。

マリリンがマテオにくわしい話を始めた、ダグ・ファーシングとはミドルスクールの時につきあい始め、オハイオ州ライマ郊外の小さな町からいっしょにニューヨークに出てきた。マリリンは大学でジャーナリズムの勉強に打ち込み、キラキラしたブログが注目されてポップクレイビング・ドットコムの編集者になった。しかしダグは彼女のようにトントン拍子にはいかなかった。

「彼は大学からドロップアウトして、ずっとふらふらしていたの。学位も職歴もないから清掃員兼管理人くらいしか働き口がなくて。アパートの地下の窓のない部屋で暮らすしかない。わたしはそんなのまっぴら。だから別れた」

「彼をストーカーと呼んだね」

「わたしが行く先々にあらわれるの。もう住む世界がちがうっていうことを受け入れられないのね。だからあの夜、ビレッジブレンドのパーティーにいたくなかった。ダグがいて落ち着かなかったから。もううんざり」

「元カレに接近禁止命令を出してもらうといい」

マリリンが首を横に振る。「日曜日の夜に彼とじっくり話してみた。ずいぶん前向きなことを言っていたわ。将来のこととか。それに羽振りもよくて、いい仕事が見つかったみたい。いままで共有名義にしていたSUVのわたしの持ち分を買い取ったの。オハイオから二人で乗ってきた車。日曜日にカギを渡したから、もうあの負け犬には会わずにすむ。スティクスが欲しい時には連絡するけど……」

ここでわたしはフランコのほうを見た。がっかりだ。マリリンが元カレに渡したカギは、キャロル・リンのアパートのカギではなかった。赤いSUVのカギ。ここから目と鼻の先でわたしを轢きそうになった、あのいまいましい車。

やっとわかった。あの晩、赤ひげの男がマテオの倉庫の外にいたわけが。彼はわたしを見張っていたのではない。元彼女にストーカー行為をしていたのだ。彼としては「守っていた」つもりなのだろう。マテオはマリリンとディナーのデートの約束をしていた。彼女はドタキャンして、かわりにわたしがあらわれ、彼の車へと歩いていったものだから、あわてて逃げ出した。

バンの寒い車内でうなだれているわたしに、フランコから声がかかった。

「気を抜くな、クレア。ダグ・ファーシングがスティクスの売人となると、お宝情報が期待できる……」

フランコの読みは当たった。マリリンはロバート・クレンショー（またの名をリチャード・クレスト）殺しの犯人ではなかったが、強力な手がかりを提供してくれたのだ。

「ねえ、教えて。わたしの元カレはヤバい状況なの？　もしもそうなら忠告しておかなくちゃ。たぶん彼、買収されていろいろ工作していると思う。あの子を犯人に仕立てあげるために」

マテオはピンとこないふりをしている。「あの子？」

「拡散した動画の女の子よ、リチャード・クレストを撃った罪で捕まった子。彼女は精神的に相当追いつめられていたから、捕まってよかったのかもしれないけど、クレストを殺した犯人ではない。彼女は嵌められたのよ」

「嵌められた？　じゃあ誰がクレストを殺したんだ？」

マリリンは膝を抱えるようにして丸くなり、グラスをあげておかわりをねだる。

「ダグの新しいボス。ずいぶん大掛かりなことをしているそうよ。ダグはそこに食い込めたんだとしきりに言っていた。ボスに〝融通をきかせる〟ことの見返りにね。あの建物の清掃員兼管理人の立場を最大限に利用したのよ。それで高給の仕事にありついた。デジタル関係の仕事ですって。でも、わたしに見栄を張っているだけだと思う」

「どうして？」

「だってそういう業界の経験なんてなにひとつないのよ。あの女の子を嵌めるのに協力していなかったら、絶対に無理」

「彼の話はどこまで本当なんだろう」

マリリンが肩をすくめる。「彼が頼まれたのは、あの女の子のことで警察にでたらめの話をする、ばれたら捕まるから建物の裏口の防犯カメラを壊す、彼女の指紋がついたカップを拾う。たったそれだけで大金がもらえて最先端の仕事につけるなんてね」

「そのボスっていうのは、何者？」ついにマテオがたずねた。フランコとわたしはその返事を聞き逃すまいとして、めいっぱい画面に顔を近づけた。

「知らない。ダグは絶対に名前を明かさない。報酬は現金払い。ダグは税金を払うなんてまっぴらだから、ちょうどいいのね。あ、別の形でも報酬はもらっている。スティクスとか」

「そりゃ結構なことだ」マテオは無表情だ。

「結構なことばかりよ。クレストみたいな最低の男は死んだしね。精神不安定のあの子は病院でセラピーを受けられるし、ダグにはもうつきまとわれずにすむ。ウィンウィンね！　ちょうど、あなたとわたしみたい」

「そうだな」マテオの視線はまっすぐカメラのレンズを見つめている。冷め切ったその表情から、マリリンへの気持ちはもうなくなったとわかった。

マテオがシャンパンのボトルを持って軽く振った。

「ほとんど残っていない。新しいのを持ってくる。もっと話をしよう」

「シャンパンより強いのはないの？　今夜はとことんクレイジーになりたい」

「ジンがある。それともテキーラか？」

マリリンが首を横に振った。「やっぱりシャンパンをお願い」

マテオがシャンパンを取りに出ていったとたん、マリリンの手がバッグに伸びた。なかから取り出したのは、ストローのような容器。それも二本。スティクスだ。彼女は自分とマテオのグラスに一本ずつ中身をあけた。

「やめて！」わたしは叫びながらフランコのほうを向いた。「マテオに知らせることができない！　彼の携帯電話は消音モードになっているから電話しても気づかない！」

フランコは悪態をつきながらレインコートをつかんだ。

パソコンの画面ではマリリンがボトルに残っていたシャンパンを二つのグラスにそそいでマニキュアをした指で混ぜている。

フランコはバンのドアを開けて雨の降るなかに降り立った。「なかに行って止めろ。まにあえば」

「あなたは？」

「自分の車に」

「なんのために？」

「ヘラクレス！」

フランコはあっというまに自分の車めざして駆け出していた。バッグをあさって倉庫のカギをさがしていると、マテオが部屋に戻ってきたらしく、マリリンの声が聞こえた。

「それを開ける前に、残っていた分を飲み切っちゃいましょう。もったいないからね」マリリンは弾んだ声だ。

「いい子だ。一息で飲んでしまおう！」

79

倉庫に入って階段をのぼりきった時には、すでにマテオとマリリンの意識はなかった。マテオはまったく反応しない。瞳孔が収縮しきっている。マテオよりもかなり小柄なマリリンは痙攣を起こし、赤いくちびるには泡がついている。

九一一番に緊急通報してオペレーターにつながったのとほぼ同時にフランコがオーバードーズ用の解毒剤を持って到着した。

「お願い！」

フランコはいそいで二人の状態をチェックし、ナロキソンをマリリンの太腿に注射した。それからマテオのパンツを飛び出しナイフで裂き、注射した。

マテオに二回、マリリンに三回注射し、フランコの「ヘラクレス」キットは二人を冥界から引き戻した。救急車に乗せられる時点ではまだ意識が戻っていなかったけれど、自力呼吸ができていた。

二人はブルックリンの病院に救急搬送され、わたしはフランコのＳＵＶに同乗して後を追った。フランコがルーフにマグネットで回転灯をつけてサイレンを鳴らすと、前方の車が次々に道をゆずった。

待合室に入り、あとはひたすら待つしかなかった。あたりは重苦しい空気に包まれている。ここで待つ人々は打ちひしがれた様子で、殺伐とした雰囲気だ。誰からも離れた隅にスペースを見つけて腰掛けた。心配でたまらない。

マテオはかつて一度だけオーバードーズの状態になった。だからといって慣れるなどということはない。まして今回は、成人した娘にパパが瀕死の状態だと知らせなくてはならないのだ。

「いますぐに出る！　空港に向かいながら携帯電話で定期便を予約する。二、三時間のうちにそちらに着くから」ジョイの声は震えていた。

病院側からの説明を待ちながら、そしてジョイを待ちながら、わたしは自分を責め続けた。前回のオーバードーズはマテオの愚かな判断が招いた結果だった。彼が世界各地に出かけては女性に手を出すことにも耐えられず、わたしは離婚を決意した。しかし、いまマテオがオーバードーズで苦しんでいるのは、すべてわたしのせい。わたしが愚かな判断をしたからこんなことになった。ジョイが今夜、父親を失うことになれば、わたしが殺したことになる。

数時間待っても看護師も医師もあらわれない。いまの容態も今後の見通しもなにもわからないままだ。フランコはわたしに付き添っていたけれど、電話をかけにいってもう三十分もずっと話している。

ようやく通話を終えてフランコが戻ってきた。

「ソールズ刑事とバス刑事に連絡を入れた。ダグ・ファーシングはスティクスの有力な証人だからな」フランコは疲れた様子で目をこする。「しかし奇遇というか。まさにヤツの件であの二人は今夜ここのバックアップに来られなかった。死んだよ、ダグ・ファーシングは」

「死んだ？」

「オーバードーズだ。マテオとマリリンに中毒症状を引き起こしたのと同じ、透明なストローに入った粉末だ。質の悪いロットに当たったか」

「さもなければ、何者かが赤ひげの命を……」わたしはフランコと向き合った。「マリリンはダグの〝新しいボス〟について話していたわね。赤ひげを買収してキャロル・リンを嵌めるための工作をさせた。報酬は現金とスティクスだったと彼女は言っていた。赤ひげは質の悪いロットを渡されていた。おそらく、わざと。ダグ・ファーシングは多く知りすぎた、だから始末された」

フランコは厳しい表情だ。「われわれはスティクスをずっと追っている」

「ええ。わたしはビレッジブレンドのお客さまを殺害した犯人を突き止めたかった。それから殺人の罪を着せられた若い女性の容疑も晴らしたくて。その過程でシンダーというマッチングアプリを調べていたら、とんでもない事実がわかって――」

「シンダー!?　それも捜査の対象だ」

ハッピーエンドを謳うシンダーについてつかんだ事実を、時間をかけてすべてフランコに話した。

「そのシンダーにとどめを刺す。ハッピーエンドとはいかない」きっぱりとした声だった。

「なんの話？」

「シンダーの息の根を止めようと、ここのところかかりきりだった。昼も夜も。明日の朝にはCEOのシドニー・ウェバー＝ローズの逮捕状を取得する。麻薬の不法取引の容疑で——」

「なんですって!?」

こうしてようやく、フランコの行動の謎が解けた。ジョイへの裏切り行為など、なかった。OD班はスティクスがシンダーのアプリを通じて取引される仕組みをつきとめた。シンダーのマッチングでは女性が最初にアクションを起こす。スティクスはまず女性に流れ、ドラッグの暗号がプロフィールに入っている男性に彼女たちがアプローチして売る仕組みだ。

「おれは金遣いの荒い男としてシンダーに登録した。〝キャンディ〟が好きという設定で。それはつまり——」

「ドラッグを示す暗号ね」

「その暗号は、クィン警部補がつかまえた路上強盗から聞き出した。その貴重な情報を利用して、シンダーのプロフィールにスティクスを欲しがっているという意味のハッシュタグをつけた。そして狙いを定めた女性つまりディーラーからのアプローチを待った。先週の金曜日の午後、ようやくその人物とマッチングして土曜日の夜に会った。それでジョイとの約束をキャンセルした」

「そのことをマイクは？」

「知らない。朝の打ち合わせの後で動きがあった。次の打ち合わせは月曜日の予定だったから、その時に報告するつもりでいた……」

フランコはその女性と会って高級マンションに連れていったそうだ。そこはもともと麻薬の売人が所有していたが、昨年ニューヨーク市警が差し押さえたという。おとり捜査に利用するために警察は盗聴器を仕掛けているそうだ。

「彼女が取引を持ちかけ、待ってましたとばかりにおれは食いついた。彼女はマンションにドラッグを持ってきた。わがOD班のメンバーがバックアップに入っているのも知らずに……」

土曜日は夜を徹して、そして日曜日もほぼまる一日、徹底的に取り調べをおこない、ついにその女性は口を割った。

「どうやらシンダーのために仕事をしているという認識だったらしい」

「どうしてそんなふうに？」

「買い手から彼女に直接、代金が入る仕組みではなかった。彼らはドラッグの代金をシンダーの宝箱に入金していた」

「なるほど。そういうからくりでシンダーの口座に大金が貯まっていったのね」

「なんの話だ？」

「シドニーとコーディーが話しているのをこっそり聞いたのよ。なぜか口座にお金が貯まっていると不思議がっていたわ。十七万ドルを超える額がどこからか入金されると。でもこれでわかった。スティクスの代金だったのね」

「われわれがシンダーのCEOの逮捕とアプリの閉鎖に踏み切ろうとする理由も、そこにある」

「シドニーはそのお金のことは本当に心当たりがなさそうだった。まるで罠が仕掛けられたみたいな感じ」じっくりと思い返してみた。「あなたが逮捕した女性はドラッグを売っていたのね。そして買い手は代金をシンダーに支払った。それなら彼女はどうやって報酬を？ドラッグを売っているのだから、当然受け取っているはずよね」

「ドラッグの取引をおこなうごとに、ある男から現金を受け取ったそうだ。長身のイケメンらしい。シンダーのスタッフだと思っていたそうだ。本名はわからない。フック船長と呼ばれているようだ」

「フック船長!? それはロバート・クレンショーよ。《ワイアード》誌の記事で『フックスター船長』と紹介されていた。ねえフランコ、シドニーを麻薬売買の容疑で逮捕するのはまちがっているわ。彼女、嵌められたのよ。報復のために仕組まれた罠。クレンショーの復讐劇だったのよ。でも当のクレンショーは死体となって、いまは遺体安置所で眠っている」

「それじゃ尋問は難しそうだな。背景をさぐるほうが脈はありそうだ」

「わたしなりに少し調べてみた。一刻も早く彼を殺した犯人をみつけなくてはならないから。クレンショー殺しの濡れ衣を着せられてタッカーの友だちが警察に拘束されているの。彼女はいつ精神的に破綻してもおかしくない。いまの状況は悪夢としかいいようがない。救い出すにはクレンショーを殺した真犯人をみつけるしかない」

「それで独自の捜査をしていたのか。で、真相は？」

「マリリン・ハーンは、犯人はダグ・ファーシングの〝新しいボス〟だと確信しているようね。わたしはシドニーがそのボスだと睨んでいる。彼女がフックスター船長を殺した。実際に手を下したのは部下のティンカーベルかもしれないけれど」

「ピーターパンって線もあるな」

「わたしは本気よ。クレンショーが殺された晩、シドニーが部下と話しているのをこっそり聞いたの。シンダーのアプリに妨害工作が仕掛けられているのをシドニーは知っていた。説明のつかないお金が口座に貯まっていることも。デジタル・フォレジックの専門家を雇って調べさせていたのよ。クレンショーが裏で糸を引いていると知ったら、そして彼がドラッグの売買の罪を自分にかぶせようとしていると知ったら、ただではおかないでしょうね。強い殺意を抱いてもおかしくない……ただ……」

「ただ？　ただ、どうなんだ？」

「タイミングが合わない。妨害工作がクレンショーのしわざだとシドニーが土曜日の晩に知ったとしたら、完全犯罪を計画する時間はなかったはず。わずか数時間のうちにダグ・ファーシングを買収してキャロル・リンを犯人に仕立て上げる手はずを整えるなんて、無理よね……」

それにはフランコも賛成した。二人とも黙り込み、次に取るべき手段を考えた。ふと、フランコの表情が曇った。「ジョイは今回のおとり捜査についてなにか気づいているだろうか」

「ジョーンのことは知っているわ。その女性からのメモを見たんですって。誰なの？ 覆面捜査官？ それとも容疑者として狙っている女性？」

「ジョーン!?」フランコは剃り上げた頭をもどかしげにガシガシこすった。「女じゃない。複数の管轄にまたがるタスクフォースの頭文字をつなげた略称だ。違法薬物対策統合作戦！」

「高価な男性用化粧品はどうやってそろえたの？ あの高級なスーツも」

「以前の麻薬捜索で押収した盗品だ。覆面でのおとり捜査で使っている」

わたしはノートパソコンをひらいてマテオが携帯電話で撮って送ってきた動画を呼び出した。

「このソーホーラウンジでのデートは、おとり捜査の一環？」

画面を見つめるフランコの表情が苦しげにゆがむ。「ジョイはこれを見ていないと言ってくれ」

「見たわ。マテオが土曜日の夜にこれを撮影したの。わたしとジョイの両方に送ってきた」

フランコが敵を殴るように、自分の手のひらを拳で思い切り殴る。「あの時、命を助けたりするから、こんなことに」

「あなたがマテオの命を救ったのは、愛する女性の父親だからよ」

フランコがふうっとため息をついた。「ジョイに知られることはないと高をくっていた。彼女には悟られずにすむだろうと。あくまでもおとり捜査だ。それをわかって欲しい。そのために一晩に二人もしくは三人の女性と会っていた」

「わかるわ。でもあなたにもわかって欲しい。マテオを責めるのは筋違いだということを。どうしてもっとジョイを信頼してくれなかったの。どうしてジョイが疑心暗鬼になるような隙を与えてしまったの。それが残念でならない。ジョイはあなたに裏切られたと思い込んでいる。苦しんでいるわ」

フランコがうなだれる。「浅はかだった」

「ジョイもね。あなたと直接会って話をすべきだった。きっと、そのつもりだったと思うの。でもこの動画はあの子をうちのめした」

「申し訳ない……」

「謝る相手はわたしではないわ。ジョイに言ってあげて」

フランコが顔をあげた。ちょうどジョイが待合室に入ってきたのだ。

フランコとジョイの目が合った。ジョイはくるりと向きを変えて逃げ出す。フランコが立ち上がり、後を追い、エレベーターの近くで彼女をつかまえた。ジョイは抵抗し、彼の話を聞くまいとしている。が、やがて二人は話を始めた。濃密なやりとりが続き、数分後、ついに二人は抱き合った。

わたしは全身の力がどっと抜けてしまい、背もたれに身体をあずけた。二人は愛し合っている。おたがいを愛している。そのことを再確認できたのだ。それを自分の目で見て、ほっとした。

強い絆で結ばれたジョイとフランコは、きっとすばらしい新郎新婦になる。そうなるまでに、まだしばらくはかかるだろうけれど。マイクは決して楽観的ではない。マテオは頑なに反対している。けれども母親の目に狂いはないはず。

若い二人は親密な様子で話し込んでいるので、わたしはノートパソコンを自分のほうに向けた。マテオが撮った動画がエンドレスで再生されている。スクリーンサイズを拡大して、もう一度じっくりと見た。携帯電話の小さな画面では細かな部分まではよく見えなかった。このサイズならフランコのデートの相手をもっとよく観察して手がかりを得られるかもしれない。

しかし彼女にはこれといってピンとくるものがない。それでも動画を見続けた。人でにぎわう歩道を二人が進む。ソーホーラウンジの前だ。このサイズだと背景の様子が細かに見てとれる。イクエーターのソーホー店のガラス張りのりっぱなエントランスも見える。そして流行をリードする人々。談笑し、タバコや電子タバコを吸う姿もある。

そのなかで、二人の男性の様子に目が留まった。ひとりは背が高く、もうひとりは小柄だ。手を打ち合わせ、たがいの手首をぎゅっと握って挨拶している。ブラザーの握手だ。

まさか……。

あっと思って、画像を一時停止した。

長身の男はロバート・クレンショー。殺されるわずか数時間前の姿だ。小柄な男性はクリッター・クロールのグル、トリスタン・フェレル。

80

マテオの容態の説明は、まだなにもない。わたしは不安をまぎらわしたくて「クリッター・クロール」を考案した人物についてネットで検索した……。

娘のジョイが来てから二時間。わたしはまだ検索している。ジョイは眠ってしまった。フランコの膝枕で、彼の大きなコートをかけてもらっている。この一週間の疲労がたまってジョイは心身ともに限界に来ていた。

わたしはスロットマシンを操るようないきおいで検索を続け、ついに大当たりが出た。その成果をフランコに見せたのだが。

彼の反応は鈍かった。

「この握手を決め手として有罪を立証するのは、難しいな。リチャード・クレストを知っているかと聞かれてトリスタン・フェレルが知らないとこたえた理由は、いろいろ考えられる。確かフェレルは自分の事業に投資してくれる〝エンジェル〟をさがしていたんだったな。クレストとは土曜日の晩にソーホーラウンジで初めて会ったのかもしれない」

「それも考えてみたけど、ロバート・クレンショーが偽名を使っていたのと同様に、トリスタン・フェレルも本名ではない、という可能性もあるのでは？」

「続きを聞こう」

「フックスターがつぶれた後、シンディーはミドルネームのシドニーを名乗るようになった。クレンショーはＩＤを偽ってクレスト、そしてクリンクルを名乗った。そして問違いなくトミー・フィンクルは――」

「待て。トミー・フィンクルとは？」

「フィンクルはフックスターの共同創業者。《ウォール・ストリート・ジャーナル》紙の記事に出ていたわ。ロバート・クレンショーの友人で同じフラタニティに所属していた」

トミー・フィンクルの画像を見つけるのがいかに大変だったかをフランコに説明した。ビジネス欄に名前は載っていても、顔写真はない。集団訴訟の際も、表に出て話すのは弁護士だった。

「あきらめかけた時に思い出したの。クレンショーとフィンクルは同じフラタニティに所属していたはず。それでフラタニティのホームページのアーカイブを調べてみたら、これが――」

ノートパソコンの向きを変えてフランコに見せた、十年前のトミー・フィンクルが写っている。ぽっちゃり気味で頬がぷっくりとふくらんでいるけれど、同一人物にまちがいない。

「フックスターの共同創業者トミー・フィンクルは現在、トリスタン・フェレルと名乗っている。これですべてのつじつまが合うわ。クリッター・クロールのクラスでは、トリスタンはしつこいほど『ビジネスというジャングルで経験した手酷い失敗』と言っていた。その失敗がきっかけとなって本物のジャングルに行き、バランスを取り戻したとかなんとか。新しいアイデンティティもついでに見つけたようね。検索でそれがわかったわ」

ジョイがもぞもぞと動き、フランコは彼女の栗色の髪をいとおしそうに撫でる。わたしはひとすじの希望を感じていた。が、せっかくみつけたクレンショーとフィンクルのつながりについて、フランコの反応はつれない。疑わしくはあっても証拠にもならない、と。

「残念だが、犯罪を立証できるものはないな。フェレルを尋問しようとすれば、すみやかに弁護士を立てるだろう。つまり、それ以上は……」

がっかりしていると、夜勤の看護師がやってきた。うれしい知らせだった。

「ミスター・アレグロは危険な状態を脱しました」

わたしは目を閉じた。神よ、感謝します……。

「回診が終わりしだい、医師から直接説明があります。その後、一人だけ面会できます、それ以外の方は明朝に」

「ジョイがいいわね。娘に会えばたちまち元気になるわ、きっと」フランコに小声でささやいた。

胸がつまり、それ以上なにも言えない。押し込めてきたものが押し寄せてきて、わたしは両手に顔をうずめて嗚咽をもらした。

肩にフランコの手が置かれ、ぎゅっと抱きしめられた。彼の無言のやさしさが沁みる。それがただただ、心強かった。

看護師の後で医師からもうれしい経過報告があった。ジョイの面会がゆるされた。

ジョイが待合室から出ていくと、さきほどのフランコとのやりとりについて考えてみた。犯罪を立証できるものは、確かに見つかっていない。しかしヘイリー・ハートフォードのことはどうしても気になる。フェレルはクレンショーを知っているとは認めなかった。ヘイリーを雇った経緯についてもこたえようとはしなかった。シンダーの給料の倍額を提示し、現金のボーナスまで出して引き抜いたわけを。

ヘイリーが殺された晩のフェレルはアリバイがあると、ソールズ刑事とバス刑事は言っていた。「真夜中まで仕事場にいた、証人はおおぜいいる……」

しかしイクエーターの建物は人の出入りが多く、裏口の防犯カメラは壊れている。もしもフェレルがこっそり抜け出してハドソンリバー・パークでヘイリーと会い、ふたたびジムに戻ったとしても、誰も気づかなかったかもしれない。フランコに話しかけた。

「フェレルの有罪を立証するものは、ロバート・クレンショーの携帯電話のなかにあるはず。撃った後に犯人が持ち去ったのも、そのせいよ」

「そうだな」

「赤ひげの携帯電話は？」

「ダグ・ファーシングか？」フランコが顎をゴシゴシとこする。「そう言われてみると興味深い。消えていたそうだ。ソールズとバスから聞いている」

「ベイリー・ハートフォードの携帯電話もなかった。殺して携帯電話をかっさらうのがパターンなのね。ねえ……トリスタン・フェレルの携帯電話の中身はどうかしら。捜索令状を取ってなかの情報を取り出すわけにはいかない？」

「冗談言っちゃいけない」フランコが笑う。「マイク・クィン警部補がいつも愚痴っているじゃないか。地方検事局が携帯電話の墓場と化していると」

それは聞いている――何度も。マンハッタンの地方検事の新進気鋭のサイバー・クライム・ラボには数百台の携帯電話が溜まっている。いずれもｉＯＳソフトウェアの高度な暗号化技術で守られているので、パスワードがわからなければ情報を取り出せない。

「何百件もの重大犯罪が解決されず、何百人もの犯罪者が野放しのままだ。つまり令状を取ってフェレルの携帯電話を押収したとしても、暗号化されている。彼がパスワードを教えない限り、われわれは手も足も出ない」

「クラウドは？」

「抜け目のない犯罪者は、警察がアクセスできるところにバックアップデータを置いたりしない。あくまでも携帯電話のなかに保存しておく」

わたしは黙り込み、もうひとつの可能性について考えた。「イギリスの警察は携帯電話のロック問題をうまく回避するそうよ。マイクから聞いたことがある。容疑者が携帯電話を使うのを待って逮捕する。ロックが解除された状態の携帯電話を警察官が確保し、スワイプし続けてコンピュータにつなぎ、中のデータをダウンロードする」

「われわれにもそれはできる。合法的だ。ただ、そのためには逮捕するに足る理由が必要だ。さもなければ令状だ。フェレルの場合、それだけの名目が見つからない」

フランコがなにか言いたげな様子でこちらを見ている。

「言ってしまったらどうだ、コーヒーレディ。アイデアがあるんだろう？　顔に書いてある」

「わたしは一人の市民に過ぎない。もしもトリスタンが携帯電話のロックを解除したまま、自分の意志で誰かに渡し、その人物がわたしに渡したら、個人の権利を侵害したことにはならない。そして、その携帯電話にたまたま犯罪の証拠があれば、警察に報告するのがわたしの義務。そうでしょう？」

フランコが片方の眉をあげてみせた。「なるほど。続きを……」

81

翌日の夜、トリスタン・フェレルのエンジェル・パーティーは華やかに盛り上がっていた。十二人編成のバンドがスウィング・ジャズを奏でる。今宵はギャングスタ・ラップはお呼びではない。クリッター・クロールのグルに招かれているのは、ニューヨークの選りすぐりの投資家たちで年齢層も高い。フェレルは彼らの好みを熟知しているのだ。

会場となっているアンカー・アンド・ライトは七十九丁目のボート・ベイスンの隣にできたばかりの三階建てのガラス張りだ。五十ブロック南のピア66マリタイムと同じように、ここも川に浮かぶ艀の上に建造されている。最上階のエレガントなイベントスペースから望む夜景はみごとだ。フロアは磨き上げられたチーク材、暖炉では赤々と炎が燃えている。ビュッフェにはシーフードとヴィーガン料理が並び、オープンバーが三カ所にある。

こんなに広々としてゴージャスな会場が川に浮かんでいるなんて。思わずため息が出る。理想的な結婚式会場だ。絶対にマイクは気に入る。わたしたちの予算ではとうてい無理だろうけれど。

いや、いまはそんなことを言っている場合ではない。へたりそうな気持ちを奮い立たせた。

結婚式の会場をさがしに来たわけではない。トリスタン・フェレルのスマホのデータをのぞく。それが目的だ。いちかばちかの勝負になるだろう。しかし計画は練りに練った。仲間もついている。

いまごろビレッジブレンドはにぎわっているだろう。タッカー・バートンがしっかりと店を守っているはず。その手に時計とスマホをしっかりと握って。

マダムとジョーンズ巡査部長はすでにパーティー会場に入っている。段取りにしたがって動けるように。

トリスタンのもとで働くスポッターたちは今夜も蛍光色のユニフォーム姿だ。その一人、ナンシーの役割はとりわけ重要だ。

計画が失敗した場合に備えて、フランコ巡査部長はウエストエンド・アベニューと七十九丁目の角に車で待機している。「憂慮する一市民」作戦として成立させるには、これがギリギリの距離なのだ。

トリスタンのスピーチが続く。わたしはじりじりとした気持ちで聞いている。蛍光色のユニフォームに身を包んだスポッターたちが招待客に袋を配ってまわる。袋の中身は事業案内だ。クリッター・クロールを全米ブランドに拡大するための事業計画が紹介されている。高級アプリ、フィットネスウェア、スポーツドリンク、ノンシュガー・ノンカーボのクリッタースナックなど多彩な内容だ。袋には「マスター・オブ・ザ・クロール」のポスターも入っている。光沢のある上質紙でサイン入りだ。ポスターでクリッターのグルは全身に迷彩柄のペイントをして、小さな下着をつけただけの姿で四つん這いでジャングルのなかを威厳たっぷりに歩いている。もちろん、ジャングルはフォトショップで加工したものだ。

ステージ上でクリッター・クロールの実演が始まった。鍛え抜かれた身体の四人の弟子がフェレルの熱のこもったナレーションに合わせて次々に動きを披露していく。フェレルは細身のオーダーメードのスーツ姿だ。

一つひとつの動物のポーズについての哲学、そして「クリッター・クロール」を「発見」したストーリーを語るフェレルの言葉（「自分の至福を追求する」など）で思い出した。一九八八年頃に放映されたジョーゼフ・キャンベルとビル・モイヤーズのインタビュー番組『神話の力』にそっくりだ。マダムが傍らにやってきたので、フェレルの話を聞くのはやめた。

八十代のわたしのエレガントな雇用主は、ゆったりとして膝までの丈のカシミアのセーターに、まったく同じ色合いのシルクのパンツで、いつもながら感性を刺激させる装いだ。わたしが褒めると、「ジョージ・イネスが描いたハーベスト・ムーンのアイボリー・イエローよ」と教えてくれた。スカーフの柄はイネスの傑作、「月の出」だ。

「イネスは十九世紀のハドソン・リバー派の画家たちに影響を受けたのよ。だからぴったりでしょ」マダムがウィンクをする。

マダムの隣ではレオニダス・ジャバリ・ジョーンズ巡査部長が独特の存在感を示している。今日はツイードの服ではなく、仕立てのいいイブニングスーツに糊の利いた真っ白なシャツ、真っ赤なボウタイという姿だ。アイパッチは黒いシルクなので、さっそうとした雰囲気と危険なにおいが絶妙に混じっている。わたしの元姑はこの二つの要素の組み合わせに弱い。

明るいムードのカップルを装ってはいるけれど、マダムがフェレルに視線を向けるたびに、スミレ色の瞳にめらめらと怒りの炎が燃え上がるのがわかる。

「ビュッフェとバーをどうぞお楽しみください」フェレルがスピーチを締めくくろうとしている。「まだ一時間ほどおりますので、皆様からの質問をお待ちしています！」

「わたしの息子と、あの気の毒な娘さんに毒を盛った後、よく眠れたかどうかをぜひ聞いてみたいものだわ」マダムがわたしの耳元で小声でささやき、フェレルへの罵りの言葉を吐いた。

「まだ仮説の段階ですから、どうか冷静に」マダムに言い聞かせながら指をクロスして祈った。どうかわたしのささやかな策略が成功して、わたしたちが必要とする証拠が手に入りますように。

いよいよ実行の時が訪れた。計画通りわたしとマダムとナンシーはフェレルのそばにいる。絶妙のタイミングでタッカーがフェレルに電話をかけた。フェレルは胸ポケットから携帯電話を取り出して発信者を確認する。電話に出ないのは想定ずみだ。出る必要はない。重要なのは、携帯電話のロックを解除すること。

彼がロックを解除するのと同時に、マダムが行動を開始した。

「ちょっと、ごめんなさい」マダムが強引に話しかけた。「ナンシーから聞きましたけど、

『マダガスカル・レミュー』というシリーズもあるそうね。わたしね、昔から毛がふわふわした小さな霊長類が大好きなの。でもあなたの若いお弟子さんたちが実演してくださらなくて、がっかりしたわ」

「じつは」トリスタンはこたえながら携帯電話をポケットにしまう。「あのシリーズは高い技術を要求される動きなんですよ。バランス、筋力、きわだった柔軟性が要求され――」

「ほらね、マダム」ナンシーは恐縮しきった口調だ。「考案したトリスタンでさえ、マダガスカル・レミューのマスターには何年もかかったんですよ」

「まあ、そうなの。ぜひ拝見したかったのにね……」マダムがため息をつき、がっかりしてみせる。

ほかのゲストたちもあつまってきて――ジョーンズ巡査部長がさりげなく誘導した――クリッター・クロールの傑作を見たいとせがむ。

ついにクリッター・クロールのグルが折れた。「そこまでみなさんがおっしゃるなら……」

彼はジャケットを脱いでナンシーに渡した。ナンシーからわたしが受け取って椅子にかけた。フェレルは一流ブランドのローファーを脱ぎ、ナンシーがそれを預かる。その間にわたしは椅子にかけたジャケットの胸ポケットから彼の携帯電話をこっそり抜いた。そのままその場を離れ、歩きながらスワイプした。こうすればロックがかからない。これもフランコと打ち合わせした通りだ。

フェレルはまったく気づいていない。いま彼はマダガスカル・レミューと一体化するために全神経を集中している。まず椅子をしかるべき位置に置いて準備運動をして、たっぷり一分間、目を閉じたままだ。そしていよいよ、一連の動きが始まった。まずはゆっくりと身体を後ろに反らせ、椅子の座面に手をつき、なんとそこから逆立ちになった。

すでにわたしはバーの奥に移動して彼の携帯電話のデータの捜査を開始している。証拠を見つけなくては。さっそくシンダーのアプリを立ち上げてみた。

82

思った通りフェレルはアカウントをつくっていた。プロフィールの名前も、性別も偽って登録している。

バイセクシュアルの女性「トリシア」を装って「リチャード・クレスト」と何十通ものメッセージをやり取りしている。「レッド」という名の女性ともやり取りがある。彼女のプロフィール写真は「アイラブ・ルーシー」を演じたルシル・ボールにそっくり。もしかしたらルーシーはダグラス・ファーシング、つまり赤ひげなのか。それが確信に変わったのは、やりとりのなかにバロウ通りのキャロル・リンのアパートの住所をみつけた時だった。

自分のスマホを出して次々に写真を撮った。レッドはトリシア（つまりトリスタン・フェレル）の依頼にこたえて「キャンディ」を届けると伝えている。もちろんそのメッセージも写真に撮った。ダグが「給料のいいデジタル関係」と自慢した仕事はこれか。赤ひげが生きていれば違法薬物の密売の片棒をかついでいたのだろう。

そしてついに、「トリシア」と「ハリー・クリンクル」とのやりとりを見つけた。とうとう大当たりを引き当てたのだ。いままではクレンショーを死に追い込んだという後ろめたさがあったけれど、どうやらそれは考えすぎだったようだ。

ロバート・クレンショーがビレッジブレンドを訪れたのは、「カーラ」に会うためではなかった。フェレルが「トリシア」のアカウントを通じて、あの夜、ビレッジブレンドに呼び寄せていたのだ……。

至急会う必要がある！
屋外のいちばん端のテーブルで。

時間とテーブルが指定されていた。まちがいない。フェレルはともにフックスターを創業したパートナーに向かって銃の引き金を引いたにちがいない。その罪をキャロル・リンに着せるために赤ひげを利用した。赤ひげに報酬の一部としてスティクスを渡し、そのスティクスでマテオは危うく命を落としかけた。

マダム、わたしも思い切り罵っていいですか！

フェレルの電話の連絡先フォルダに「フックの乗組員」というフォルダを見つけた。開いてみると、フランコのリストにあった人物の名前が載っている。フランコの手元には、今後数時間以内に逮捕する予定の違法ドラッグディーラーのリストがある。万が一の可能性を考えてそれを見せてくれたのだ。やっぱり！

日にち、時間、「フックの乗組員」というフォルダから判断して、フェレルはクレンショーを撃った直後に彼の携帯電話からダウンロードしたにちがいない。

クレンショーの後釜に座ってスティクスの売買を取り仕切るつもりだったのか。そのためにクレンショーを殺害したの？　二人はフラタニティの時代からの長いつきあいのはず。共同で事業を起こし、ともに試練を乗り越えてきた。動画では二人はソーホーで熱い握手をかわしている。それなのに、なぜ殺意を抱いたのか。その動機は？　しかしいまはそれを考えている暇はない。この情報なら、OD班がフェレルを逮捕し彼のビジネスを調べるための証拠となるだろう。いそいで撮った写真をフランコとタッカーの携帯電話に送信し、パーティーに戻った。

携帯電話をフェレルのジャケットのポケットにこっそり戻したのと、彼が最後のポーズを決めるのはほぼ同時だった。いきなりフェレルが宙返りして目が合った。もしかしたら、見られたかもしれない。

マダガスカル・レミューの実演が終わり、拍手喝采が起きた。マダムですら心底感激しているように見える。ジョーンズ巡査部長はグルと握手している。

フェレルがローファーとジャケットを身につける間に、わたしはいそいで出口に向かった。あわてていたのでクロークに預けたコートのことは忘れていた。ナンシーとマダムにもなにも告げずに出てしまった。通りに出たらフランコにメールを出す。そしてタクシーをつかまえて合流し、彼はわたしから正式に「調書を取る」。わたしはあくまでも「憂慮する一市民」として目撃したことを証言する。

間の悪いことに、たった一機のエレベーターのドアが目の前で閉まってしまった。もう一度上がってくるまでの時間が異様に長く感じられる。心臓がドックンドックンと音を立て、体内でアドレナリンが猛烈に放出されている。ようやくエレベーターのドアが開いた。なかに飛び込んで必死にボタンを叩く。ドアがスライドしていまにも閉まろうとした時、数人のパーティー参加者とフェレルがすばやく乗り込んできた。フェレルは笑顔だ。

降りようかと思ったがドアが閉まってしまった。彼はさりげなくわたしの前に立ちふさがり、穏やかな口調で話しかけてきた。

「おや、ミズ・コージー。あなたのボスはわたしのクリッター・クロールの哲学にひじょうに関心をお持ちのようだ。投資先としても手応えを……」

なんだ、ビジネスの話か。ということは携帯電話をこっそり戻したのはバレていない。

「明朝、シアトルに発つ予定でしてね。それからポートランドにも。若い人々がわたしのメッセージを積極的に受け入れてくれるもので……」

あなたが売るスティクスも積極的に受け入れるでしょうね。

ぐっと奥歯に力を入れて感じよく微笑んだ。頭に浮かぶのは、マテオが生死の境をさまよってベッドに横たわる光景だ。

エレベーターのドアが開いた。通りへの出口と七十九丁目のボート・ベイスン方向への出口がある。

エレベーターに乗っていた人々は通りのほうに向かう。フェレルが無理矢理わたしの腕をとって自分の腕に組ませた。「わたしの船を見てみませんか？　リーバ号です。イタリア系のあなたにぜひご覧に入れたい。わたしの船の滑らかな美しいラインを」

彼はわたしに断わる隙を与えず、腕をふり払うこともできない。気がついたら腎臓のあたりに銃口らしきものを突きつけられていた。小型の拳銃だろう。フェレルはジャケットでたくみに周囲からの視線をさえぎっている。

「いっしょに船に乗ってもらうよ、ミズ・コージー。危害を加えたりはしない。わたしの携帯電話に関心を抱く理由をゆっくり聞かせてもらおう……」

隣り合うボート・ベイスンとの境のドアをあけてなかに入った。夜の空気は冴え冴えとしている。薄っぺらいカクテルドレス一枚では寒くて、わたしは震えている。隙を見て逃げ出そう、さもなければ通りすがりの人に助けてもらおうと思った。だが彼の船は、いま出てきたアンカー・アンド・ライトから十メートルも離れていないところに係留されていた。

「入れ」彼が命じた。

危害を加えないと言われたけれど、この男の本性をわたしは知っている。彼といっしょにハドソン川で船に乗れば、行き先はまちがいなく冥界だ。

もがいて腕をふり払い、駆け出そうとした。が、前に一歩も踏み出さないうちに、殴られた。「助けて！」と叫ぶために息を吸う間もなかった。

そしてふっと真っ暗になった。

83

頭がズキズキ痛む。激しく揺れているので、ますます苦しい。このゆりかごを止めて。祖母に向かって叫ぼうとして目をあけたら、ぞっとする現実に引き戻された。

ここは幼いころを過ごした子ども部屋ではない。イタリア出身の祖母が営む小さな食料雑貨店の二階の、安全で温かな部屋ではなかった。トリスタン・フェレルの船だ。震えは止まらない。このまま溺死するしかないのか。

腕は動かない。両手を背中にまわされてきつく縛られている。足首も。指先をロープに触れて確かめた。船首部分のレザー張りのゴージャスなシートの間に、胎児のような窮屈な姿勢で押し込められている。身動きが取れないまま、気絶したふりをした。薄目をあけると、彼が見えた。人殺し、違法薬物の売買、そして誘拐にまで手を染めた犯人が。

フェレルは川下に向かってリーバ号を航行させている。ランドマークの建物のてっぺんの部分があらわれては消える。ミッドタウンを通過しているらしい。

フェレルが自動操縦に切り替えてこちらにやってきたので、しっかりと目を閉じた。彼の手がわたしの衣服をさぐり、服の下にも手が入ってくる。わたしは身動きしない。今度はわたしのバッグをあさっている。携帯電話を取り出し、それ以外はすべて川に放った。

携帯電話だけはまだ船にある。かすかな希望が残った。

ニューヨーク市警は携帯電話の接続を確認し中継塔を使って位置を確認できる。わたしがいないとナンシーが気づいたら、マダム、フランコ、ジョーンズ巡査部長に知らせるだろう。

フェレルが悪態をつく声が耳に入った。わたしの携帯電話を放り投げようとしている。あれは唯一の希望なのに。しかし彼は川に投げ込むのではなく、わたしに投げつけた。肩に命中してデッキに転がった。なんとかこらえて、声を出さずにすんだ。

フェレルがふたたび舵を握る。わたしは片目をあけてデッキに落ちている携帯電話を見た。しっかりとロックがかかっている。ああ、なんて皮肉なこと。情けなくて笑いたくなってしまう。

いっぽうフェレルはダッシュボードの物入れのふたを押し開けた。スティクスが入ったストローが何本もデッキに落ちて散らばった。違法薬物を売るだけでなく、依存症になっていたのか。いや、ちがう。フィットネスのグルを虜にしたのはスティクスではなかった。

片手で操縦しながらフェレルはトゥインキーの入ったセロファンの袋を歯で食いちぎった。なかにはスポンジケーキでクリームを包んだカロリーたっぷりのトゥインキーが二つ入っている。

トゥインキー！

なにかに憑かれたように、彼はトゥインキーを二つとも口に押し込んで咀嚼（そしゃく）している。うめき声がもれる。飲み込んでしまうと、オレオ・ダブルスタッフの大袋が登場した。

わたしに向かって「糖分摂取について、再検討してはどうだろう」などと、よくも言えたものだ。くたばってしまえ！（もちろん声には出せない）

オレオを立て続けに三個たいらげると、フェレルは袋をシートに置いてこちらにやってきた。今回は高級ブランドのローファーで脇腹を蹴られた。

さすがに気絶しているふりはできず、反射的に身体を丸め、鋭い声をあげてしまった。

「目を覚ましているのはわかっていた。誰に雇われているのか白状しろ。無線機器を装着していないから、警察でも連邦捜査官でもないな。私立探偵か。あの女に雇われたんだな」

身体の痛みがひどすぎて、うまく頭がまわらない。

「しらばっくれるのか。シドニーが送り込んだスパイであることはわかっている。おまえのボスももうお終いだ。気の毒にな。すでに警察官に包囲されている。死骸に群がるハゲワシみたいにな。もっても一週間だろう。おまえはどうだろうな」

脇腹の痛みをまぎらすために、足首を縛るロープをつかんだ。いつのまにか片方のハイヒールが脱げている。ヘイリー・ハートフォードのピンクのスニーカーが頭に浮かんだ。川べりのベンチの下に転がっていたスニーカーを見つけた時のことを。

わたしが死んだ後、片方だけのハイヒールを誰かが発見するの？

冗談じゃない。わたしはぐっと歯を食いしばり、足首のロープにふれて結び目をみつけた。

少しでもゆるむように手を動かす。フェレルに気づかれたらまずい。注意をそらさなくては。

「逃げられないわよ、トミー・フィンクル！　ニューヨーク市警の港湾隊はあなたがヘイリー・ハートフォードを殺した映像を入手している。船のカメラに映っていたのよ。ハドソンリバー・パークで殺すところが」はったりをかけた。

トリスタンは降参するように、わざとらしく両手をあげる。「まいった」口いっぱいにオレオを頬張りながら笑い出す。

「わたしはヘイリーを殺していない」

「じゃあ、誰が？」

「ロバート・クレンショーだ。あいつが彼女を雇っていた」

「彼女のボスはあなたじゃなかったの？」

彼がさらにオレオを口に押し込む。

「わたしはあくまでも看板だ。誰かがフィットネスのアプリをつくらなくてはならない。それでクレンショーがヘイリーを高い報酬で釣って雇った。シンダーのプログラムにバックドアもつくらせた。シンダーのデータを見るためと嘘をついて、あくまでもユーザー数、顧客層、そんなものをのぞくことが目的だと説明した。しかし実際になにが起きているのかに気づいてヘイリーはパニックになった」

「それで彼女はあの動画をダウンロードしていたのね。ビレッジブレンドで撮られて拡散したものを」

「ああ、彼女は愚かではなかった。動画を見てすぐに、クレンショーに騙されていたと気づいた。シンダーの下っ端たちも前々からプログラムの異変に気づいていた。そしてクレンショーの妨害工作の一部が発覚したというわけだ。あの一連の動画はヘイリーを追いつめた。けっきょくのところ、彼女は骨の髄からシドニーの信者だったわけだ……」

「どういう意味？」

「ヘイリーは激怒した。女性の味方を謳うアプリを利用してクレンショーが女にハラスメント行為を続けていたんだからな」トリスタンはわざとらしく怯えるようなしぐさをする。『たくさんの被害者を出した』と彼女はうわごとのように言っていた。妨害工作もハラスメント行為も決してゆるさない、自分が阻止するとわたしに直訴してきた」

「なぜあなたに？」

「彼女はわたしのことは信頼していた」

「なぜ？」

彼は肩をすくめた。「クレンショーがわたしのことも騙していたと考えたんだろう。それに彼女は必死だった。クレンショーにブロックされて、まったく連絡がつかなくなっていた。彼女は雇用主であるわたしに、クレンショーとハビタット・ガーデンで会えるように取りはからってくれと言ってきた。それができなければ、内部告発する決意を固めていた。クレンショーは彼女に口止め料を払って解雇しようとした。現金一万ドルを払うと持ちかけたが、彼女は断わった。その後は知っての通りだ」

「そうね。次々に人が殺された」蹴られた脇腹の痛みで、声を出すのもつらい。

「クレンショーは彼女を殺した後、わたしに連絡してきた。あくまでも事故だったと彼は主張したが。わたしはイクエーターの灯りの消えた裏口から出て公園に行き、二人で川に彼女を投げ込んだ。路上強盗のしわざと見せかけるための細工をしてからな」

そこでフェレルがさらにクッキーを頬ばる。

「あの夜、決めた。クレンショーにも消えてもらわなくてはならない」

「消える。つまり、殺すということね」

「たいしたことではない。人は毎日死んでいる。迷惑な存在になれば、死んでもらうしかない。生きてててもらっては困るんだ。おまえも」

「わたしはあなたの友だちではない。でもクレンショーは友だちのはず」

「大昔のことだ。彼に協力したのは事業に金が必要だったからだ。彼は事業に投資すると同意した――」

「あなたたちはフックスターで儲けたんでしょう?」

「クレンショーはわたしよりもはるかに稼いでいた。やつはプログラマーだ。開発したソフトウエア関連の収入もたっぷりある。スティクスの卸でも稼いでいた。スコットランドの知人を通じて手に入れて流していたんだ」

フェレルはさらにクッキーをむさぼり、舵をチェックする。船は順調に進んでいるらしい。

なぜなら彼がまたわたしの方を向いたから。

「クレンショーを片付けてせいせいした。やつはしじゅうシドニーにちょっかいを出していた。つきあった期間もあったが、ひどい捨て方をした。やつは片っ端から女をそんな目に遭わせる。だがシドニーはクレンショーに報復した。マスコミに、フックスターのアプリの仕組みを洗いざらいぶちまけてくれた。そのあげく起業してマッチングアプリのビジネスを始めた。それがクレンショーを怒らせたんだ。元恋人だった女を陥れて破滅させることしか考えなくなった。シルクロードというウェブサイトを知っているか？」

「いいえ。それにも妨害工作を？」

ぎょろりとした目がこちらをにらむ。「シルクロードは違法行為をおこなったとして閉鎖された。いまそのウェブサイトを訪れると、『本サイトは差し押さえられています』という合衆国政府の告知がデカデカとあらわれる。シンダーをその状態に追い込む。それがクレンショーの望みだった。シンダーのウェブサイトのアドレスを打ち込むとその表示があらわれ、それを見て高笑いすること、シドニーにはブタ箱で臭い飯を食わせること。やつの頭はそれだけでいっぱいになった。ほかのことはどうでもよくなり、金をばらまき、収拾がつかなくなっていった。こっちまでヤバい状況になってきた。だからスコットランド人と直接交渉して取り決めをした」

「どういう取り決め？」足首を縛るロープの結び目をほどきながら、爪がまたひとつ割れた。

「フックスターの訴訟が終わって管財人の管理下に置かれた二百万ドルが自由になる。あんなことにならなければ、桁違いに儲けていた。それに比べれば微々たる金額だが、クレンショーと分けずにすむ。それを資金にフィットネスの事業を立ち上げる。合法的でしっかりしたフロント企業を経営するいっぽうでスティックスを流してせいぜい稼がせてもらう」

彼はオレオの大袋を脇に置き、わたしに背中を向けて舵を操作する。

「なんにも知らなかったんだろう？　餞別がわりだ。いまからヴェラザノ橋の先で貨物船と合流する」

結び目の一部がほどけ、足首を縛るロープがゆるんだ。

「スコットランド人が送ってきたスティクスを取りにいく。密輸業者にはボーナスとしておまえを渡す。やつら、よろこぶだろうよ。飽きたら大西洋のまんなかで捨てておさらばか。さんざん楽しんだ後でな」

84

十分後、フリーダム・タワーの先端が遠ざかるのが見えた。もう助からない。希望が絶望に変わっていく。

ガバナーズアイランド、そしてレッドフックのそばを通過するだろう。マテオの倉庫が見える距離だ。でも果てしなく遠い……じきに船は公海に出るだろう。

リーバ号のダッシュボードに置いた電子機器が点滅を始めた。「密売業者だ！　この信号に従っていけば合流地点に着く。おまえのやんちゃな新しい仲間が待ってるぞ……」

負けるものかと気を取り直し、足首をしばるロープをほどく作業を続けた。数分後、とうとうロープがはずれた。足が自由になった！

これが映画なら、縛られたままの両腕をするりとお尻の下から抜いて前にまわすのだろうけれど。わたしはそんなに身体がやわらかくないし、シートの狭い隙間に押し込まれているので動こうにも動けない。

そこに、ニューヨーク市警のヘリが飛んできた。ちょうど船の真上に。ふたたび希望が湧いた。フェレルが驚いて上空をうかがう。しかしヘリはそのまま遠ざかり、音が小さくなっていく。フェレルは厳しい表情で前方の暗い洋上を見つめた。

ダッシュボードでは点滅が続き、船はニューヨーク湾を航行していく。とつぜん、ヘリが戻ってきた。今回は低空を飛行している。ヘリの胴体から光が射してリーバ号をとらえた。

フェレルはパニックになり、強い光から逃れようと必死だ。舵を操作して船の進行方向を前に後ろに変えながら、スティクス入りのストローを海に投げ捨てる。彼がこちらを見た。はあはあという荒い息づかいが聞こえる。

「おまえを乗せておくわけにはいかない」

追跡を切り上げたのか、ヘリが飛び去った。フェレルは自動操縦に切り替え、こちらに来てわたしの身体をつかんだ。引きずるようにして立たせ、両腕にロープを結びつけようとする。ロープにはダンベルの重りが数個、つながっている。

そこに、声が轟いた。同時に目が眩むばかりの光が、今回は海上から射し込んだ。フェレルの手が止まる。

「ニューヨーク市警のジョーンズ巡査部長だ。船を停止させなさい。これから乗船する」

フェレルが凍りつく。わたしは片方だけのハイヒールで彼のローファーを思い切り踏みつけた。彼が悲鳴をあげてわたしから手を離した。

その隙に彼の向こうずねを思い切り蹴った。「トゥインキー！ オレオ！」わけもわからず叫んでいた。もう一度蹴った拍子につまずいて倒れ、彼もいっしょにデッキに倒れた。

最初に立ち上がったのはフェレルだ。両腕をわたしの腰にまわし、立ち上がらせようとする。

「停止しなさい」ジョーンズ巡査部長の声が轟く。すぐそばまで船が接近している。

白い光が三本、リーバ号を照らした。誰も操縦していないので「停止」できない。フェレルとわたしがもみあっているうちに、リーバ号は大西洋へと向かっていく。

追いつめられた動物のような唸り声がしたかと思うと、フェレルがわたしに思い切り体当たりした。片方だけハイヒールを履いて手首を後ろで縛られたままのわたしはバランスを失った。重りにつながれたロープに足をひっかけてよろけ、船から飛び出した。ロープがからまってフェレルもいっしょだ。そのまま凍るように冷たい水へと落ちていった。

衝撃で全身が痺(しび)れたようになり、気が遠くなっていく。両手は縛られたままでどうにもならず、身体がぐんぐん下に引き込まれるのを感じる。視界が真っ暗になりそうになった時、祈りの言葉が浮かんだ。マイクの祈りの言葉……。

守護の天使よ、
主の慈しみにより、あなたに委ねられたわたしを
照らし、守り、治め、導いてください

祈りの言葉で心が落ち着いた。光が見える。死んだ？　いや、違う。光が動いている。港湾隊の船がサーチライトを当ててさがしている！

がぜん、力が湧いてきた、自由な両脚でキックした。必死にサーチライトをめざした。でも届かない。たどりつけない。

酸欠で頭がクラクラし、肺が焼けつくようだ。意識が薄れていく。ふいに、力強い二本の腕がわたしの腰をしっかりと抱えた。鼻と口にマスクが装着され、わたしは仮死状態の新生児のように酸素を吸った。

長く感じた数秒間、ひたすら肺に奇跡が満ちていくのを感じていた。空気！ おいしい！これこそ至福！

数秒後、わたしたちは水面を割った。まぢかに濃い茶色の目が見えた。ヘルナンデス巡査が微笑んでいた。

「また会いましたね、コーヒーレディ！」

身体がガタガタ震え、感覚が麻痺し、呼吸が荒いわたしをヘルナンデス巡査とバーンズ巡査がマーティン・モロー号に引き上げてくれた。

ヘルナンデス巡査はふたたび海にもぐり、バーンズ巡査は手首を縛っていたロープを切り、歯が合わないほど震えているわたしを毛布でくるんでくれた。あっという間にナンシーとマダムに抱きしめられていた。ぬくもりがじかに伝わってくる。二人とも涙ぐんでいる。

「わ、わ、わたしのけ、携帯電話で位置を？」ガタガタ震えて口がうまくまわらない。

「その通り」こたえたのはジョーンズ巡査部長だ。風雨にさらされた船乗りの顔がほっとゆるんでいる。「ナンシーがドックに落ちていた靴を見つけ、フェレルに連れ去られたとわかった。部下に連絡を取り、フランコ巡査部長の協力を得て携帯電話の信号を追った」

ちょうどその時、ヘルナンデス巡査とバーンズ巡査がトリスタン・フェレルを海から引きずり上げ、デッキにどさりと転がした。凍えて震えながらも、「悪の手先の女ども」とこちらに向かって叫ぶフェレルに手錠がかけられた。権利を読み上げる巡査の声が聞こえる。

一連の手続きが終わると、ナンシーが壊れた。ビレッジブレンドの皆は家族と同じ、自分のすべてだと語っていたナンシーには、どれほどつらかっただろう。

「よくも、こんなことを！」フィットネスのグルに向かって、彼女は飛びかかっていった。

バーンズ巡査とヘルナンデス巡査に引き離される寸前、彼女はフェレルの〝真の自己〟に素早く蹴りを入れた。

エピローグ

夜のニューヨーク湾にわたしが沈みそうになってから三日後、マダムは自宅で六人のディナーパーティーを催し、ワシントンスクエアにほどちかい五番街のタウンハウスに皆が集まった。

美術品やアンティークがふんだんにあるダイニングルームは、赤々と燃える暖炉でとても暖かい。今夜のオニオンソースたっぷりのポークチョップはジョーンズ家に伝わるレシピだ（ジミ・ヘンドリックスのソウルフードとも言われている）。香り高いオニオンのグレイビーソースはふわふわガーリック・マッシュポテトにもよく合う。これはマテオのレシピでジョイがつくった。ハードサイダー・グリーンビーンズもたっぷりある。リンゴ酒が利いたこの一品はビレッジブレンドDC店の二階のジャズクラブで人気のサイドディッシュだ。

わたしはデザートに皆が好きなダブルチョコレートファッジ・バントケーキを用意した。少々散らしたエスプレッソパウダーが、焼いたチョコレートのうっとりするような香ばしさに奥行きを出している。カロリーたっぷりで、まさに退廃的な味。

食器を片付けたところで新しいシャンパンのボトルがあけられた。今宵の主賓が立ち上がって乾杯の音頭をとる。

「クレアに」マテオがグラスを掲げた。「世界で最高の元妻であり、ぼくの守護天使であるきみに乾杯」

「それはちょっと」わたしは異議を申し立てた。「元妻の部分はいいとしても、守護天使があなたをあんな目に遭わせるはずがない。わたしのせいで、あなたを危険にさらしてしまった」

マテオは腕に残る点滴静脈注射の痕を掻く。

「ちがうね。彼女とはきみが連絡してくる前に食事の約束をしていた。きみがあそこにいなければ、マリリンがこっそりグラスにドラッグを入れたことに誰も気づかず、そのままぼくとマリリンは死んでいた」

「それなら、ここにはもう一人、あの晩あなたたちを見守っていた人物がいることを忘れないで……」

フランコはワイシャツの襟を直すふりをしてあらぬ方を向いている。ジョイは目をキラキラさせて父親を見つめる。

「そうだな」かなり間を置いて、元夫は声を出す。

わたしはわくわくした思いで、息を詰めて次の言葉を待った。

「天使に乾杯……そして、ヤツにも」

ジョイが不満げな声をもらした。フランコはしかたないとばかりに首を横に振り、わたしたちはそろってグラスのシャンパンを飲み干した。やはり一筋縄ではいかないわね。

マテオはすぐに腰をおろした。退院の翌日なのだから無理もない。まだ顔は青白くやつれている。死の淵から生還したのだと痛感する。

さらに新しいシャンパンのボトルをあけていると、マダムがジョーンズ巡査部長に話しかけた。

「ところで、バッテリー・パークでわたしたちを降ろしたあと、なにが起きたの？ 聞きたいわ」

ジョーンズ巡査部長は今夜はニューヨーク市警の礼服姿で正装している。それに合わせてアイパッチも青い。マダムにやわらかな笑顔を向けた。

「逃亡したリーバ号はスタテン島のセントジョージ・ターミナルの沖でグルグル回っていた。発見してただちに乗り込み、点滅している装置を見つけた。クレアから聞いた通りだった。それを沿岸警備隊に引き継いだ。彼らは密輸業者の船に乗り込み、違法薬物を押収し乗組員を拘束した。以上」

「まだ続きがあるでしょう」マダムがうながす。

「いや、これはほんの二時間前のことだから」ジョーンズが勲章に触れた。青銅色の星の形の両脇には青、緑、金色のストライプが走っている。

「表彰されたのよ」マダムは誇らしげにわが子を自慢するような口ぶりだ。「警察委員長から授与されて、市長がリーと握手したのよ」

「キャリアの総決算というところだな。来年は退職を迎える。まあ、辞めてくれということだ。上層部の判断で定年が延長されていたんだが、それも七十歳までだ」

「川から離れるのはさびしいでしょうね」

「そうでもないんだ、クレア。ハウスボートで暮らしているからね」

「とてもステキな船よ。寝室からの眺めは最高なの！」

マダムから衝撃発言が飛び出して、室内がしんとした。気詰まりな空気を打ち消そうと、わたしたちはグラスの中身を飲み干した。

「ボート・ベイスンに係留している」ジョーンズは愉快そうに咳払いをして続けた。「ニューヨーク市のリバーサイドで暮らすには、これがいちばん安くつく」

マテオがシャンパンのおかわりを注ぐ。「ハドソン川といえば、クレア、きみのだいじなデカがここにいないのは残念だな」

「マイクはロンドンに行ったきりよ。スティクスの密輸業者が摘発されて、大西洋を挟んであちらとこちらで大騒動だったの。川がどうかした？」

ジョイがにっこりした。「わたし、知っているわ」

「結婚式の会場だ。ハドソン川でやりたいと言っていただろう。日が沈むところを眺められる場所がいいと」

「ええ、でも費用が」

「いい話がある。きみさえよければ、水上のすばらしい場所がある。ただし人気があるから予約しても来年の春か夏まで待つことになる」

「どこ？」

「アンカー・アンド・ライト。オーナーと取引が成立した。ぼくは彼らのフラッグシップ・ホテルに選りすぐりのコーヒーを半年間、半額で納め、彼らは最上階と接客係全員を一度だけ無料で提供する」

わたしは座ったまま、茫然としている。「マテオ……あなたに――」

彼はストップをかけるように片手をあげた。「礼を言うのは早い。ケータリングとアルコール類は有料だ。しかし割引価格になるから全部ひっくるめてもかなりお手頃価格になる。きみたち二人への、ぼくからの結婚祝いだ」そこで彼がわたしの目を見つめた。「こんなことしかできないが……」

すぐには声が出てこない。「ありがとう」ようやく言えた。

「どういたしまして！　ちゃんとあのデカに言っておいてくれよ、招待客リストにぼくの名前を忘れるなと」


一週間後、わたしはマイクといっしょに念願のベセルカで食事をしていた。マイク・クィンの帰国祝い、そして新しく登場した違法薬物のサプライチェーン摘発のお祝いも兼ねていた。たまたまとはいえ、わたしも貢献することができたので。

うれしいことに炭水化物はまだ合法で、わたしたちはピエロギやロールキャベツを始め、伝統的な料理でお祝いした。マイクの希望でデザートはわたしの家で食べることにした。彼のお目当てはわたしのお手製のピーナツバター・クッキー。「秘密の材料」を入れたこのクッキーは、確かにベセルカでは食べられない。彼はこれを食べるのを指折り数えて待っていたのだ。

食べたがるだろうと思って、焼き立てを用意していた。そのクッキーを皿に盛って、寝室の暖炉の前に腰を落ち着けた。香ばしく焼けたクッキーはサクッとした食感としっかりした歯ごたえも楽しめる。ポットには東ティモールの豆をフレンチプレスしたコーヒーがたっぷり入っている。

「これを知らないなんて、イギリス人は気の毒だ」マイクがさっそくひとくちかじる。「美味い」ナッツの風味たっぷりのクッキーを頬張ったままつぶやく。

「ハロッズで買ってきてくれたフランス製のせっけんの香り、大好きよ」

「あれはいい。このクッキーと同じくらい好きだ」

わたしはふざけて彼の脇腹を小突いた。「ありがとう。じゃあピーナツバターの香水をつけてみようかしら」

「きみはなにもつけなくていい……」マイクがわたしのブラウスのボタンをひとつ外す。そしてもうひとつ。

「クッキーはもういいの？」彼がわたしの首に鼻をこすりつける。

「デザートはもうお腹いっぱいだ。もっと甘いものに飢えている」

「わたしも」

部屋にも甘い香りが満ちている。心に刺さった小さなトゲの痛みを癒やす香り……。

マイクがロンドンに行く前、わたしはマテオが放りっぱなしにしたバラのつぼみを枯らしたくなくて、部屋に生けた。そのたった一輪が、マイクの心に小さな痛みを残した。

わたしにはヘイリー・ハートフォードを救うことはできなかった。彼女も、そして彼女を殺した人物も、もうこの世にはいない。そして殺人を犯した罪で、これから長い刑に服することになる人物がいる。この間、悲しいことばかりでなく、ハッピーな結末もあった。キャロル・リン、タッカー、パンチ、シドニー、そしてビレッジブレンドにとっても。

キャロル・リンは殺人の容疑が晴れて元気を取り戻した。試練は彼女の心を強くした。自分自身について教えられた、と彼女は表現した。壮絶な経験を生き延びて、誰もがニューヨーカーになっていく。それを知り尽くしているのがマダムだ（そしてわたしも）。

パンチはトウモロコシのおかゆとオクラを食べずにすむといっておおよろこびだ。タッカーは『スワイプ・トゥ・ミート』で殺される重要なシーンの撮影を無事に終えた。封切りになったら近くの映画館でぜひ観ていただきたい。二人は七〇年代のヒット曲とともに汗をかこうというコンセプトでフィットネスのクラスを立ち上げた。一回目を開催したばかりだ。

わたしは水泳をパスして（水に入るのはしばらくご免だ）楽しいダンスのクラスに参加した。ドナ・サマーとグロリア・ゲイナーの曲で汗を流してすっかり元気になった。

シンダーのＣＥＯとはいい関係を取り戻した。フェレルと密輸業者が捕まり、わたしが証人として証言し、シドニーが全面的に協力したことで、フランコとOD班はすみやかに麻薬密売ルートを解明し、シドニーと彼女のビジネスは罠に嵌められたのだと明らかになった。地方検事局は起訴を取り下げ、代わって「フックの乗組員」つまり実際のディーラーとフェレルに捜査の焦点を移した。フェレルは違法薬物の取引、ヘイリー・ハートフォードとロバート・クレンショーと「赤ひげ」ことダグ・ファーシング殺害の罪に問われる。

　結果的に、わたしの行動はシドニーの事業を救うことにつながり、彼女に感謝された。シドニー自身、たいへんな試練を経験したが、その後に見せた寛容さには胸を打たれた。彼女はヘイリー・ハートフォードの追悼式をおこない、ヘイリーの妹が医学部を卒業するまでの学費を援助するための資金集めをおこなった。それは寛容な精神からであるのと同時に、フックスター時代の罪滅ぼしの気持ちも込められていたにちがいない。

　シンダーはビレッジブレンドを舞台に〈シンダーの宝箱〉という三カ月間のキャンペーンを打ち出し、ドリンクとペストリーを割引価格で提供することを決定した。エスター、ダンテ、ナンシーにとってもハッピーな展開となった。ビレッジブレンドはシンダーが勧めるロマンティックなデートスポットにはランクインしなくなったけれど、まったく新しいカテゴリーでナンバーワンの座についた。恋の敗者復活戦に最高のスポットとして。

　わたしとマイクも、もちろん幸せをかみしめている。結婚式の完璧な会場が決まり、あとはプランを詰めていくだけ。

決めることもやることも山積みだけれど、話し合う時間はたっぷりある。ただし今夜はやめておこう。今夜はもう、言葉はいらない。

かすかなささやきとともにマイクがわたしを引き寄せ、両手で抱きしめた。友情が芽生えた時から、もうどれくらい経つのか。いい時もつらい時もあった。仕事で多忙なマイク。わたしの仕事も待ってはくれない。ひとりぼっちで過ごす夜は、これからもたびたびあるだろう。

けれども今夜、わたしたちは一緒にいる。彼のキスは温かくて、本物だ。わたしたちを包む花の香りのように甘い。部屋いっぱいの彼の愛情をしっかりと確かめて、ベッドに向かった。

マイクから贈られたバラ。それは花瓶ひとつにはとうてい入りきらないほど、抱えきれないほどの大きな花束だった。

ジューシーな
パイナップル・ポーク

マテオとクレアの新婚時代、コーヒーの買い付けにそろって訪れたハワイのコナで出会ったのが、この肉料理。甘くとろけるような味わいに、２人はすっかり魅了されてしまった。クレアは滞在先の主にレシピを教わり、ニューヨークに戻るとマテオはお気に入りのスパイスを数種加えてアレンジした。パイナップルの成分と、とろ火で煮込むことで肉が柔らかくなり、さまざまな風味が濃厚に溶け合った奥深いおいしさを味わえる。

全レシピ１カップは米国の１カップ（約 240ml）として記載

【材料】4~6 人分

豚ヒレ肉……3~5ポンド(約1~2キログラム)
クミン……大さじ1
ガーリックパウダー……大さじ1
チリパウダー……大さじ1
パプリカパウダー……大さじ1
白コショウ……小さじ1
植物油……大さじ1
ベーコンスライス……6~8枚
パイナップルジュース……1½カップ
(1カップと½カップに分ける)
バター……大さじ4
ダークブラウンシュガー……⅓カップ
小麦粉(ダマになりにくいもの) ……大さじ1 (お好みで)

Recipe 1 ジューシーな
パイナップル・ポーク

【つくり方】

1 **豚肉の下ごしらえ**

オーブンを200度で予熱する。豚肉を室温に戻す(およそ15分)。

2 **スパイス類を肉にまぶしてオーブンで焼く**

深い容器にクミン、ガーリックパウダー、チリパウダー、パプリカパウダー、白コショウを入れてよく混ぜ合わせる。豚肉を入れ、スパイスをまんべんなくまぶす。オーブン皿にアルミホイルを敷き植物油を塗る。そこに肉を置きベーコンを巻く。巻き終わりは巻き始めに少し重なるように(肉400グラムにつきベーコン2枚を目安として、肉の大きさに応じてベーコンの枚数を調整するとよい)。パイナップルジュース1カップを肉にかけ、オーブンで40分焼く。

← 【つくり方】につづく

3 グレーズをつくる

小ぶりのソースパンにバターとダークブラウンシュガーを入れ、火にかけて溶かし、残りのパイナップルジュース（1/2カップ）を加えてひと煮立ちしたら、鍋を火からおろす。オーブンで肉を焼き始めて40分たったらオーブン皿を取り出し、ソースパンの中身を肉にかける。オーブン皿全体をアルミホイルでぴったりと覆う（隙間ができないように密閉する）。オーブンの温度を175度に下げ、アルミホイルで覆った状態のままでオーブン皿を入れて約1時間20分焼く。とちゅう20分ごとに肉汁を肉にかける。

4 食卓へ

オーブン皿を取り出してアルミホイルを外し、肉汁が落ち着くまで20分ほど置いてからスライスして盛りつける。オーブン皿に残った肉汁はそのままスプーンで肉にかけても、次の手順で濃厚なグレイビーソースにしてもよい。①ソースパンに肉汁を入れて沸騰するまで加熱する。②肉汁大さじ2をソースパンから取り出し、それに小麦粉大さじ1を加え、混ぜてペースト状にする。③ソースパンで沸騰させている肉汁に②のペーストを少しずつ加え、濃度がつくまで2~5分加熱すればグレイビーソースのできあがり。

Recipe 1 ジューシーな
パイナップル・ポーク

マテオ特製の
かんたんブランデー・
マッシュルームグレイビー

料理は好き。でも目下のところ倉庫暮らしで、オーブンがない。あるのはホットプレート２つだけ、という人でもこれならつくれる。屋上に炭火グリルがある？　大変よろしい。コーヒーポットでラーメンをつくっている？　大丈夫。あの手この手で、グレイビーをつくろう。マテオ・アレグロ特製のブランデー・マッシュルームグレイビーさえあれば、茹でただけの鶏の胸肉も、炒めただけの豚肉も、すばらしいごちそうになる。少量加えたブランデーが香ばしさの決め手となって、焼いた肉と抜群の相性だ。とりわけ、牛肉にはよく合う。倉庫の屋上で焼いても、どこで焼いても、おいしいものはおいしい。

【材料】2~3カップ分
バター……½カップ
ニンニク……6片(つぶす)
エシャロット……3本(スライスする)
マッシュルーム……½ポンド(約220グラム、スライスする)
ブランデー……大さじ2
生クリーム……1½カップ

【つくり方】

1 野菜を調理する

フライパンを中火にかけてバターを溶かし、つぶしたニンニク、スライスしたエシャロットとマッシュルームを加える。いわゆるマッシュルーム以外にも、クレミニマッシュルームなど各種マッシュルーム、またはそれをミックスして使ってもよい。マッシュルームが柔らかくなりきつね色になるまで6~10分炒める。

2 グレイビーを仕上げる

ブランデーと生クリームを加える。沸騰したら火を弱め、とろ火で5分、濃度がつくまで煮詰める。

3 食卓へ

グリルまたはローストした牛肉、豚肉、鶏肉はもちろん、マッシュポテトにもよく合う。マテオ特製のふわふわガーリック・マッシュポテトのレシピは次の通り。

マテオのふわふわ
ガーリック・マッシュポテト

マテオの手にかかれば、どんな料理もどこかイタリア風になる。みんなが大好きなふわふわガーリック・マッシュポテトは、生クリームに漬したニンニクを加えているのがおいしさの秘訣。ふわふわの食感は、フードプロセッサーや電動ミキサーを使わずマテオが腕力だけでつくりだしたものだ。マテオのキッチンには最低限の設備しかないので、茹でたジャガイモをまずマッシャーでつぶし、あとはフォーク一本でふわふわになるまでホイップする。さあ、自分の腕力を信じてやってみよう。

【材料】4~5人分
生クリーム……⅔カップ
バター……大さじ2
ニンニク……5片（皮をむいてつぶす）
ジャガイモ……2ポンド（約900グラム）
食卓塩……大さじ2（標準的なもの）
ガーリックパウダー……小さじ¼

【つくり方】

1 小ぶりのソースパンにクリーム、バター、ニンニクを入れて火にかける。火加減は弱火から中火。沸騰したらすぐに火からおろす。予熱で香りが立つ。

2 ジャガイモの皮をむいて、ほぼ同じ大きさにカットする。大きなソースパンにジャガイモ、塩、ガーリックパウダーを入れ、完全にかぶるように水を注ぐ。中火から強火で茹でる。ぐらぐら沸いている状態を保ち、ジャガイモにフォークを刺して割れるようになるまで茹でる（茹で初めてから15分でフォークを刺してみよう。ジャガイモの切り方や火加減しだいで、最高で30分かかる場合もある）。

3 鍋を火からおろしてジャガイモの水分をよく切る。ポテトマッシャーでジャガイモをよくつぶす。1の鍋の中身を漉してニンニク片を取り除き、つぶしたジャガイモにかける。フォークを使ってふわふわになるまでホイップする。このままで味わっても、グレイビーと合わせても絶品だ。

Recipe 4

ポークチョップのオニオンソース

ジョーンズ家に代々伝わるアメリカ南部の伝統的な家庭料理をご紹介しよう。レオニダス・ジャバリ・ジョーンズが毎週日曜日に、妻と娘のためにつくっていた料理だ。彼の憧れのミュージシャン、ジミ・ヘンドリックスはソウルフードが大の好物で、なかでもオニオンソースで煮込んだポークチョップに目がなかったという。マダムが息子マテオのために催した特別な夕食会では、ジョーンズ家のポークチョップとマテオのふわふわガーリック・マッシュポテトが1つの皿に盛られ、ビレッジブレンドのワシントンDC店で人気のハードサイダー・グリーンビーンズが添えられた。ワシントンDCの店の2階はジャズ演奏を聞きながら食事が楽しめるスペースとなっている。くわしくは〈コクと深みの名推理〉シリーズ『大統領令嬢のコーヒーブレイク』をご覧ください。

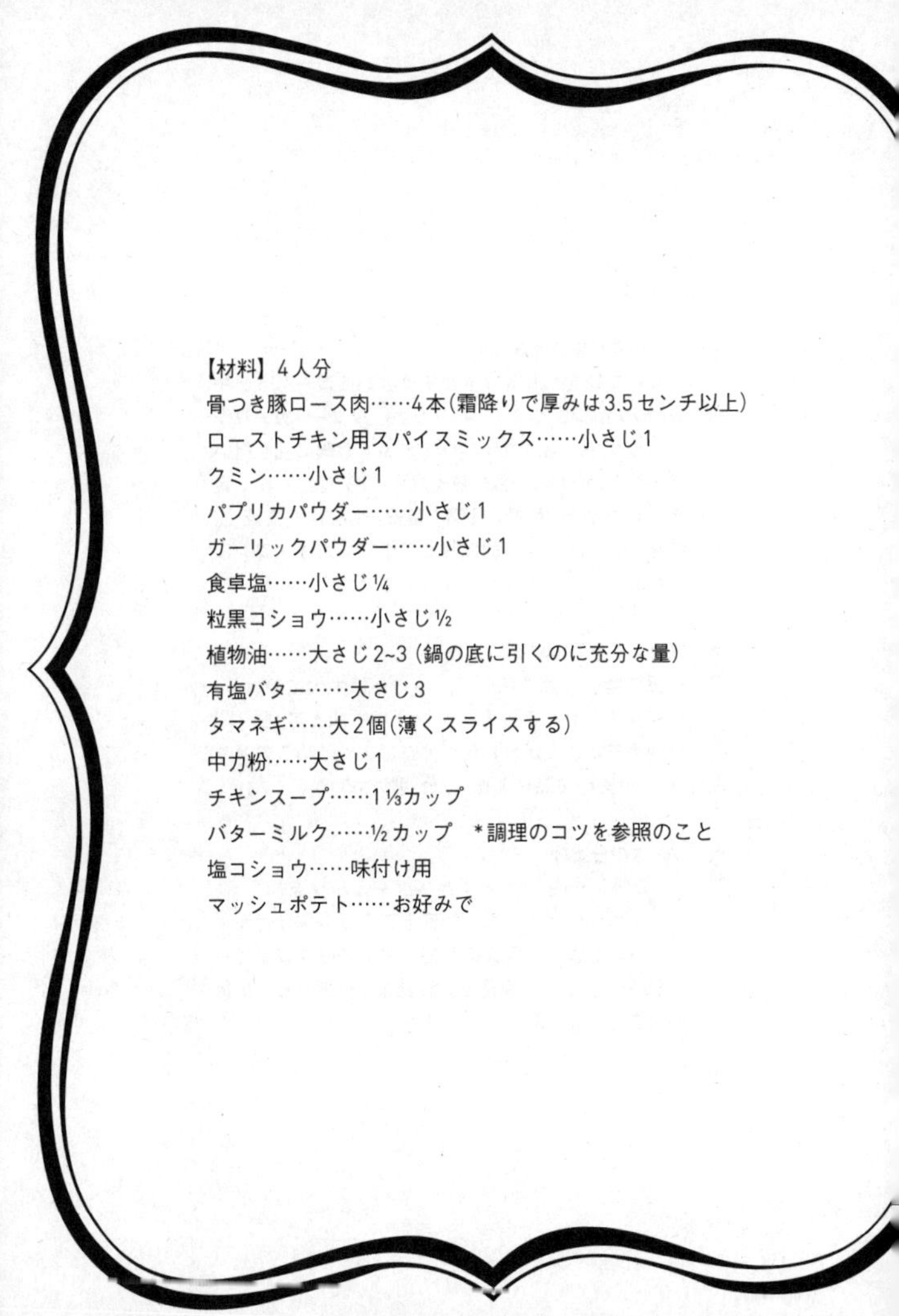

【材料】4人分
骨つき豚ロース肉……4本（霜降りで厚みは3.5センチ以上）
ローストチキン用スパイスミックス……小さじ1
クミン……小さじ1
パプリカパウダー……小さじ1
ガーリックパウダー……小さじ1
食卓塩……小さじ¼
粒黒コショウ……小さじ½
植物油……大さじ2~3（鍋の底に引くのに充分な量）
有塩バター……大さじ3
タマネギ……大2個（薄くスライスする）
中力粉……大さじ1
チキンスープ……1⅓カップ
バターミルク……½カップ　*調理のコツを参照のこと
塩コショウ……味付け用
マッシュポテト……お好みで

← 【つくり方】につづく

【つくり方】

1 肉に焼き目をつける

オーブンを120度で予熱する。肉にローストチキン用スパイス、クミン、パプリカパウダー、ガーリックパウダー、塩、コショウをまぶす。鍋に油を引いて中火にかける。油が熱くなったら肉を入れて焼き目をつける。片側6分間を目安として両面を焼く。肉を鍋からオーブン皿に移して予熱したオーブンに入れる。

2 タマネギを調理する

鍋の余分な油を除いて、ふたたび中火にかける。バターを入れて溶かし、タマネギを加えて15～20分炒める。こんがりと色づくまでよく炒めるのがコツ！ 小麦粉を混ぜ入れ、3分間炒める。

3 ソースの仕上げ

2の鍋にチキンスープとバターミルクを加える。ぐつぐつ沸いてきたら、鍋底をこそげて焦げ付かないようにしよう。弱火にしてタマネギのグレイビーを15分グツグツと煮込む。煮詰まり過ぎたら、少量の水を加えるとよい。

4 肉を加える

オーブンから肉を取り出して3の鍋に入れる。オーブン皿にたまった肉汁も加える。鍋のなかで肉にグレイビーをまぶし、肉の内部の温度が68度から74度に達するまで火にかける。目安は、およそ8分。塩とコショウを加えて味を整え、マッシュポテトの上に盛りつけて、さあ召し上がれ！

［料理のコツ］
バターミルクが手に入らない場合には、ホールミルク½カップにホワイトビネガー小さじ1を加えて15分置き、それから料理に使おう。

コージーブックス

コクと深みの名推理⑰
ほろ苦いラテは恋の罠

著者　クレオ・コイル
訳者　小川敏子

2019年　8月20日　初版第1刷発行

発行人　成瀬雅人
発行所　株式会社　原書房
〒160-0022 東京都新宿区新宿1-25-13
電話・代表　03-3354-0685
振替・00150-6-151594
http://www.harashobo.co.jp
ブックデザイン　atmosphere ltd.
印刷所　中央精版印刷株式会社

落丁・乱丁本はお取り替えいたします。
定価は、カバーに表示してあります。
 ISBN978-4-562-06097-9 Printed in Japan